LA CARA OCULTA

Si tienes un club de lectura o quieres organizar uno, en nuestra web encontrarás guías de lectura de algunos de nuestros libros. **www.maeva.es/guias-lectura**

MARI JUNGSTEDT

LA CARA OCULTA

Traducción:
José Luis Martínez Redondo
y
Alicia Puerta Quinta

Título original:
DET ANDRA ANSIKTET

© Mari Jungstedt, 2016
Publicado por primera vez por Albert Bonniers Förlag, Estocolmo, Suecia
Publicado en español por acuerdo con Bonnier Rights, Estocolmo, Suecia
© de la traducción: José Luis Martínez Redondo
y Alicia Puerta Quinta, 2020
© MAEVA EDICIONES, 2020
Benito Castro, 6
28028 MADRID
www.maeva.es

ISBN: 978-84-18184-08-6
Depósito legal: M-24.378-2020

Diseño e imagen de cubierta: Alejandro Colucci
Fotografía de la autora: © Thron Ullberg
Preimpresión: Gráficas 4, S.A.
Impresión y encuadernación: CPi BLACK PRINT.
Impreso en España / Printed in Spain

Para Katerina y Andreas,
por vuestra amistad, amabilidad y todo vuestro apoyo

SUECIA

0 km   50   100 km

GEOATLAS
Copyright Graphi-Ogre

NORUEGA

SUECIA

FINLANDIA

■ Oslo

■ Helsinki

■ Tallín

Estocolmo

ESTONIA

Gotska Sandön

Gotemburgo

Fårö

Visby ■

GOTLAND

ÖLAND

■ Riga

LETONIA

Mar Báltico

Copenhague

LITUANIA

GOTLAND

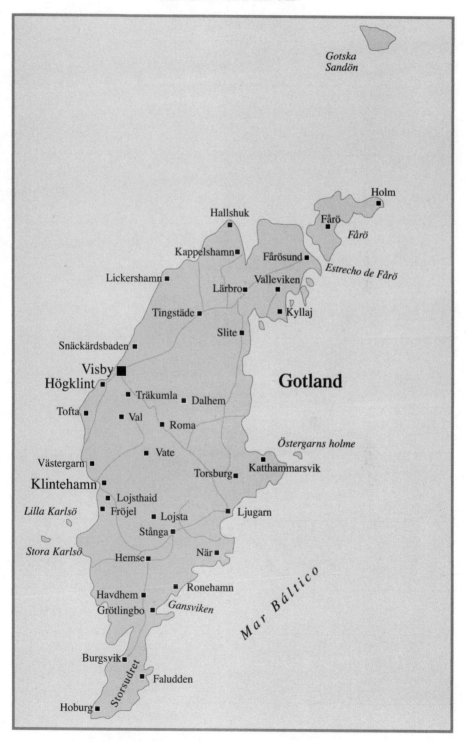

Gotska
Sandön

Holm

Hallshuk

Fårö

Fårö

Kappelshamn

Fårösund

Estrecho de Fårö

Lickershamn

Valleviken

Lärbro

Tingstäde

Kyllaj

Slite

Snäckärdsbaden

Visby

Gotland

Högklint

Träkumla

Dalhem

Tofta

Val

Roma

Vate

Östergarns holme

Västergarn

Torsburg

Katthammarsvik

Klintehamn

Lojsthaid

Lilla Karlsö

Fröjel

Lojsta

Ljugarn

Stånga

Stora Karlsö

Hemse

När

Ronehamn

Mar Báltico

Havdhem

Grötlingbo

Gansviken

Burgsvik

Storsudret

Faludden

Hoburg

A todos nos llega, irremediablemente,
la hora nefasta de la muerte,
y entonces lucirá con las ramas de un abeto mi portón,
y no volverán a abrirse mis cortinas floridas de algodón,
y en mi mano una rosa eternamente yacerá;
una flor cuyo olor jamás podré apreciar.
A todos nos llega, irremediablemente,
la hora nefasta de la muerte,
y arropado en sus brazos me protegeré del dolor.

Poema de *El libro de Frida*, Birger Sjöberg

EL AVIÓN MODELO Cessna 182 con capacidad para cuatro personas había comenzado a temblar de forma tan violenta que cualquiera habría creído que iba a estallar por los aires de un momento a otro. El piloto aceleró al máximo el motor para alcanzar la velocidad correcta y provocó que la tensión se apoderase de todos los que se encontraban en el interior. Aún seguían en la pista esperando la señal de despegue. Mientras tanto, el piloto revisaba las normas de seguridad, controlaba el timón de dirección, el panel de mandos, las válvulas, el nivel de aceite y la temperatura de los cilindros. El ruido ensordecedor imposibilitaba cualquier conversación y los pasajeros tenían que gritar a pleno pulmón en caso de que necesitaran algo. Habían quitado los asientos para mayor comodidad y tanto Krister como su viejo amigo Peter se habían puesto de rodillas en el suelo. Una paracaidista que Krister no había visto antes iba sentada al lado del piloto, de espaldas al panel de mandos. Los dos amigos, agazapados en la parte de atrás y con sus paracaídas a la espalda, llevaban varios años sin verse. Peter lo había llamado la noche anterior para anunciarle que estaba de paso por Estocolmo y había insistido en que fueran juntos a hacer paracaidismo como antes. Además, ya había reservado en el centro al que iban cuando eran jóvenes.

Cecilia, la hija de dieciséis años de Krister, estaba de visita aquel fin de semana y no escondió su decepción al saber que su padre había preferido quedar con otra persona en lugar de pasar el sábado con ella. Esa mañana no tuvo más remedio que ir de compras a la ciudad con la nueva novia de su padre. «No le quedaba otra», pensó Krister. No podía rechazar la invitación y perder la oportunidad de reencontrarse con su amigo, que vivía en Estados Unidos desde hacía varios años. Para compensar a su hija, la invitaría a cenar por la noche en un restaurante de Gamla Stan, los dos solos.

Los motores rugieron. En el centro de la aeronave, había otra mujer agachada que no había dicho ni una sola palabra. Era bastante guapa, bajita y tenía el cabello oscuro. Parecía una de esas personas que no expresan nada. De vez en cuando, miraba fijamente por la ventanilla del avión con cara de pocos amigos.

Aquel día, Krister y Peter iban a saltar juntos a la vez, tal y como solían hacer cuando Peter vivía en Suecia y ambos participaban en las actividades del centro de paracaidismo. Los dos eran paracaidistas experimentados y llevaban practicando ese deporte desde hacía casi veinte años. Los motores tronaron con más fuerza y Krister supuso que ya se aproximaban a las tres mil revoluciones que se precisaban para alzar el vuelo. En ese momento, el avión empezó a dar sacudidas y a balancearse de un lado a otro. El piloto se comunicó por radio con la torre de control y finalmente obtuvo autorización para iniciar el despegue. Aceleró aún más y la aeronave se puso en marcha. Tardaron veinte segundos en alcanzar la distancia inicial de cuatrocientos metros. A partir de ese momento, el avión empezó a dar bandazos cada vez más fuertes hasta que finalmente se separó de la pista. Se sintieron liberados, pese a que las turbulencias y sacudidas se volvieron más violentas. Aquel momento era el peor de todos. Parecía que el aeroplano fuera a desmoronarse cada vez que tomaban un poco más de altura.

Alcanzaron los tres mil metros después de media hora de vuelo. Las piernas se les habían dormido debido a la postura incómoda en la que estaban y, además, la temperatura corporal les había disminuido a causa de la altura. Al avión le faltaba la puerta, que había sido sustituida por una cortina de tela que tapaba la abertura y que se cerraba con una cinta de velcro. Krister trató de pensar en otra cosa conforme perdía la sensibilidad en las piernas. Además, notaba que los dedos se le helaban aún más a medida que ascendían. De repente, le vinieron a la cabeza los años de amistad con Peter y todo lo que habían hecho juntos.

Justo entonces, a bordo de aquella pequeña aeronave en compañía de su amigo, se dio cuenta de cuánto lo había echado de menos.

El avión continuó volando en círculos unos minutos sobre la zona de salto hasta que, finalmente, el piloto se dirigió a un área de árboles frondosos. Era importante acertar y calcular el salto correctamente según la dirección del viento.

El piloto les dio la señal y la primera paracaidista que estaba más cerca de la cortina se colocó en posición y bajó el pie izquierdo para apoyarse en el soporte externo. Unos segundos después, saltó del avión y desapareció. Krister se abrió paso y se dirigió al mismo punto. Cruzó la mirada con Peter y justo después le hizo señas con un brazo para indicarle que era el momento de saltar. Primero estiró el brazo, luego se lo pegó al cuerpo y por último volvió a extenderlo; Peter y Krister contaron hasta tres y se tiraron del avión a la vez. En ese momento, empezó la caída libre.

Era crucial saltar exactamente al mismo tiempo para descender a la par, pues la mínima desviación de movimiento podía modificar la velocidad del descenso.

El salto se realizó con éxito y, mientras flotaban en el aire, ambos se encontraron de frente. Cada uno posó una mano en el brazo del otro, se agarraron de la muñeca y juntos formaron una sola figura. Sin perder la concentración, mantuvieron el contacto visual todo el tiempo. El cielo azul de mayo los envolvía y a su alrededor las nubes blancas auguraban el principio del verano. Ante su miraba, la vida humana y el paisaje verde se fundían en la inmensidad del horizonte. Durante la caída libre, que transcurría a doscientos kilómetros por hora, la mente se quedaba en blanco. Peter le hizo un gesto con la cabeza a Krister y enseguida ambos doblaron la rodilla derecha y el codo izquierdo para hacer una pirueta simultáneamente. Krister pudo entrever que Peter le sonreía mientras el viento los azotaba con fuerza. Unos segundos después, se hicieron otra señal y extendieron los brazos y flexionaron las rodillas, esta vez para realizar una voltereta hacia atrás mientras continuaban precipitándose a una velocidad de vértigo. Justo después, intercambiaron otra sonrisa cuando sus miradas se cruzaron de nuevo.

Se animaron con una última pirueta antes de que llegara el momento de soltar el paracaídas, aunque primero se aseguraron de mantener la distancia apropiada para no acabar chocando.

Krister tiró firmemente de la anilla del paracaídas para que se abriera en el aire. Sin resultado. Volvió a tirar una vez más, pero no sucedió nada. Empezó a sentir que el pánico le presionaba ligeramente el pecho. La velocidad de la caída era de doscientos kilómetros por hora y sabía que tan solo contaba con unos segundos antes de que fuera demasiado tarde. Sin embargo, no era la primera vez que le ocurría, pues a veces el paracaídas tardaba en desplegarse. Era consciente de que siempre podía haber algún fallo, pero no era lo habitual. En cualquier caso, para su alivio, todos los equipos llevaban un paracaídas de emergencia. «Ahora concéntrate. Máxima concentración», se dijo. Alzó la cabeza un poco y observó que Peter ya flotaba a una distancia considerable de él, y a lo lejos pudo ver a la otra paracaidista que se había lanzado al vacío antes que ellos. A ella también se le había abierto el paracaídas sin problema. ¿Qué le habría pasado al suyo? En ese instante, se acordó de que la noche anterior había revisado el equipo de vuelo para comprobar que todo estuviera en orden. No lo entendía. Tal vez debería haberlo revisado una vez más antes de montarse en el avión tal y como solía hacer. Al fin y al cabo, todos los paracaidistas comprobaban el correcto funcionamiento de los sistemas de seguridad antes de saltar. «Maldita sea.»

Krister se había concentrado tanto en la conversación con Peter que ni siquiera se había preocupado de revisarlo de nuevo. Tras varios intentos más, todos fallidos, buscó el arnés que tiraba del paracaídas de repuesto e hizo todo lo posible porque se soltara. Pero fue en vano. El paisaje se iba fundiendo delante de sus ojos a medida que caía en picado. Las copas de los árboles, el campo, el bosque y, al fondo, en algún lugar, el centro de paracaidismo. De pronto lo invadió un pánico absoluto. El corazón le latía a mil por hora mientras se precipitaba hacia el suelo, y la desesperación se apoderó de él en el instante en que se dio cuenta de que ya era demasiado tarde.

Notó una fuerte presión en el pecho y sintió que ya no podía seguir respirando. El paracaídas no se abriría nunca. En ese momento, vio pasar ante sus ojos los rostros de su hija, Cecilia, de su madre, Annika, y de Anki, su novia. En cuestión de segundos, la vida llegaría a su fin. Y tan solo con cuarenta y siete años. De repente, notó como si algo le estuviera succionando el cuerpo de la cabeza a los pies.

A su alrededor solo quedaba el viento, la hierba, la tierra…

Y, al final, el suelo se lo tragó.

En algún lugar de mi ser soy consciente de que he comenzado un viaje, un camino hacia la destrucción y la eterna oscuridad. Las arrugas de mi frente así lo reflejan, al igual que mis ojos, donde se plasma la inquietud, y los músculos de mi rostro, que siento cada vez más tensos. Al mismo tiempo, me muevo de manera inconsciente y un tanto mecánica, como si ya no hubiera vuelta atrás.

Estoy sola, sentada delante de este enorme espejo, después de que se hayan marchado todos. Sé perfectamente que nadie volverá a entrar aquí hasta mañana temprano. Hace unos momentos se podía palpar y oír el ajetreo, las voces, las risas y el parloteo de los actores. Mientras algunos mostraban su enfado, a otros se los veía nerviosos y preocupados. Una pareja se abrazaba y alguien le daba un masaje en los hombros a su compañero con movimientos lentos e inconscientes mientras ambos se miraban fijamente a los ojos en el espejo. Siempre se respira cierto erotismo en el aire. No lo soporto.

La mayoría iba a salir a tomar unas cervezas por la ciudad, pero yo he preferido quedarme con la excusa de que aún tengo trabajo que terminar. Y bueno, en cierto modo, así es.

Cuando todos se van y tan solo quedo yo es cuando me retraigo en una calma y un silencio absolutos. Es algo de lo que me es imposible escapar, no tengo adónde huir. Me viene a la cabeza una estrofa del poeta Birger Sjöberg: «A todos nos llega, irremediablemente, la hora nefasta de la muerte».

16

No ha dejado de llover en todo el día. Es una lluvia fresca que anticipa el verano y que lo humedece todo. Me gusta el silencio que deja a su paso. Cuando miro a mi alrededor, me parece que el pasado aún estuviera presente en este lugar. Al fin y al cabo, los enormes muros medievales albergan la historia de cientos de años y representan la memoria viva de una época que ya no existe. No se puede olvidar. Nunca. Jamás.

Un destello de color plomizo se cuela por los recovecos de los ventanales. Pronto llegará el verano y con él volverá la luz a pesar de que dentro de mí reine la oscuridad. Cómo ha pasado el tiempo.

Delante de mí tengo todo lo que necesito. Voy a peinarme el pelo hacia atrás y lo sujetaré con un gorro ajustado de forma que quede completamente pegado a la cabeza, aunque, por si acaso, usaré también cinta adhesiva. Me encuentro con mi propia mirada en el espejo, serena y decidida a la vez. Entonces alcanzo la brocha de maquillaje y empiezo a aplicarme la base. Poco a poco, la transformación empieza a cobrar forma. Los ojos me llevan más tiempo, pues he de ponerme varias capas de sombra oscura en los párpados hasta que quedan totalmente cubiertos. Después, utilizo un lápiz negro y un buen perfilador para hacerme la raya, incluso me hago unos rabillos a lo Audrey Hepburn. A continuación me pongo el colorete y me pinto los labios con calma y esmero para no perder la concentración. Sé lo que hay que hacer cuando se trata de lograr una transformación perfecta. Por último, llega la guinda del pastel. Retiro la peluca de la cabeza del maniquí que hay en la mesa y me la coloco.

No lo he podido remediar, he soltado un profundo suspiro en cuanto he visto el resultado final en el espejo. Efectivamente, esa es la mujer que buscaba. Guapa, morena, misteriosa y sexy.

Soy el cebo perfecto antes de la muerte, y lo más importante de todo es que estoy irreconocible. Este es un rostro que nunca había visto y que no habría imaginado ni en sueños. Es mi otro rostro.

Ha llegado la hora de hacer lo que debo. Podría considerarlo una misión, una obligación, aunque me gusta más pensar en ello como una llamada de la muerte. El mero hecho de pensarlo hace que se me erice la piel y sienta cosquillas de emoción en el estómago. Llevo toda la vida esperando este preciso momento. Bueno, miento. Quizá no toda la vida. Más bien lo llevo esperando desde el 4 de mayo de 1998.

Ahí fue cuando empezó todo.

Henrik Dahlman tenía los ojos clavados en el techo cuando de repente un brote de ansiedad le azotó todo el cuerpo. Ese podría haber sido un domingo cualquiera, pero al final decidió hacer otros planes. Sus dos hijas mayores entraron de golpe en la habitación con el perro y se subieron de un salto a la cama. De pronto, a Henrik lo rodearon las risas y los lametones efusivos del labrador feliz que se revolcaba sin parar en la cama de matrimonio de sus dueños. Tenía tres hijas. A la menor, Inez, de tan solo dos años, la había tenido con su nueva pareja. A las dos mayores, Ebba y Angelica, con su exmujer. Tenían diez y doce años, y ambas se iban con su madre cada dos semanas. Además, también tenía una hijastra, Beata, hija de su exmujer, fruto de una relación sentimental anterior. Beata ya había cumplido veinte años, se había mudado y vivía en Estocolmo. Nunca terminó de aceptar el hecho de que su padrastro hubiera tenido otra hija al poco tiempo de echarse una nueva novia, y apenas habían seguido en contacto después del divorcio.

Henrik Dahlman era consciente de lo afortunado que era a pesar de todo, pues era un artista reconocido con galería propia y con un estudio en el centro, justo al lado de la muralla. Además, estaba recién casado y tenía, ni más ni menos, que una mansión en Visby y una casa de verano en Ljugarn.

Las ventanas del dormitorio de la casita de piedra situada junto al jardín botánico ofrecían unas vistas preciosas a la muralla y a un manto verde y frondoso. Se apreciaba cómo el verano arrancaba con todo su esplendor. Las vacaciones estaban a la vuelta de la esquina y la vida era llevadera y sencilla para cualquiera que así lo deseara. Por desgracia, Henrik Dahlman había optado por lo contrario y había preferido complicársela. Muy a su pesar, ya no había vuelta atrás.

Después de los mimitos y el alboroto matutinos, dejó a las niñas y al perro metidos entre las sábanas y almohadas y se levantó para ir al baño. Amanda ya estaba despierta, la oía trajinar en la cocina mientras tarareaba el estribillo de una canción que sonaba en la radio.

Por la ventana abierta entraba el gorjeo ruidoso de los pájaros y un sonido atronador que provenía de un cortacésped. Henrik se detuvo un momento a observar su propia imagen delante del espejo. En él vio a un hombre de cuarenta y cinco años de ojos marrones, con una melena oscura y una barba de tres días que le favorecía. Dudaba entre afeitársela o dejársela tal cual, aunque al final optó por lo segundo. Así pues, se metió en la ducha, se lavó el pelo y se enjabonó con esmero. Le encantaba sentir con las manos su cuerpo musculoso y en forma. Desde luego, él siempre se había preocupado por mantener un buen aspecto. Es más, se encontraba en mejor forma física que hacía veinte años. Satisfecho, se lanzó una sonrisita en el espejo, se puso una toalla grande y blanca a la altura de la cadera y bajó a la cocina a saludar a Amanda. Observó a su mujer mientras cortaba un melón en rodajas perfectas. Mechones sueltos del pelo castaño le caían por la espalda y vestía unos pantalones cortos a conjunto con una camiseta de tirantes. Iba descalza y llevaba las uñas perfectamente pintadas de rosa pálido. Tenía las piernas en forma, bronceadas y sin varices ni celulitis. Los rayos que entraban por la ventana la iluminaban y formaban un halo hermoso a su alrededor. Sin duda, era guapísima, casi perfecta. Junto a ella, en el suelo, se encontraba la pequeña Inez, que jugaba con unas tapas de plástico sobre una manta. En ese momento, Henrik abrazó a Amanda por detrás y le dio un beso en el cuello.

—Buenos días, cariño —lo saludó con dulzura—. Ya he oído lo bien que os lo estabais pasando arriba.

—Así es —dijo Henrik mientras inspiraba el aroma que desprendía el pelo de su mujer—. Vaya tres.

—¿Tienes que irte?

Amanda se giró y en ese instante clavó sus enormes ojos oscuros en los de Henrik.

—Pues sí, el deber me llama —respondió—. Bueno, no me refiero a tener que irme por obligación, pero me vendrá bien estar fuera unos días para empezar a esbozar algo en concreto ahora que tengo muchas ideas en mente.

—Pero si la escultura no tiene que estar lista hasta después del verano, ¿no?

—Es para mediados de agosto, así que corre bastante prisa. Quieren que esté terminada para el Festival de Novela Negra de Gotland. Desde luego, se ha vuelto un evento muy popular, y al parecer van a venir algunos autores extranjeros famosos. También acudirán muchos medios de comunicación, así que querrán que esté lista para entonces.

El encargo consistía en realizar una escultura de hormigón que después se colocaría junto a la entrada de la biblioteca Almedal. Tenía que hacer referencia a Gotland y el objetivo era representar la isla como un lugar idóneo para la inspiración. Debía ponerse a trabajar de lleno y le corría prisa, se lo habían propuesto un poco tarde y no podía darse el lujo de rechazar una oportunidad así. Normalmente, necesitaba estar a solas para dedicarse a su obra, así que la idea de marcharse a la casa de verano de Ljugarn le pareció perfecta, puesto que allí lograría encontrar esa inspiración y podría trabajar sin que nadie lo molestara. Sin embargo, esta vez aquel no era el único motivo por el que había decidido marcharse de la ciudad. Su mujer no tenía por qué enterarse. En ese momento le dio un fuerte abrazo a Amanda.

—Tan solo serán unos días. Después podréis venir Inez y tú.

—Ya lo sé. Pero es que yo también estoy impaciente por salir de aquí. Y seguro que *Laban* echa de menos correr por el campo —dijo en un tono exagerado de reproche mientras le ponía la mano en el pecho para mostrar que estaba un poco enfadada.

—Piensa en la maravillosa creación que voy a hacer —bromeó mientras hacía unos gestos con los brazos—. Ya verás, te sentirás orgullosa de mí.

De pronto se sintió culpable. ¿Qué estaba a punto de hacer? ¿Acaso estaba perdiendo la cabeza? Amanda era la mujer más guapa que había conocido. Ambos tenían una hija preciosa, y además se portaba fenomenal con sus otras dos hijas. Henrik la quería.

En ese momento, notó que el iPhone le vibraba en el bolsillo. Lo había puesto en silencio por si las moscas, así que se apartó de Amanda.

—Voy a sacar a *Laban* para que tome un poco el aire.

—Genial —soltó con una sonrisa—. Entonces voy preparando el desayuno.

Anders Knutas estaba en el porche de la casa de verano de Lickershamn, donde bebía café mientras contemplaba los últimos reflejos del sol en el mar. Pronto tendría que volver a casa. Karin había tenido que acompañar al equipo femenino de fútbol al que entrenaba en algunos partidos, así que ese fin de semana tan solo había estado en compañía de su gatita. Hacía dos meses que Karin había encontrado al pobre animal muerto de hambre en el cobertizo, y ahora que había crecido estaba bien regordeta y la pequeña pícara andaba dando brincos por todo el jardín mientras cazaba moscas. Su pelaje de color pardo brillaba a la luz del atardecer. Knutas decidió ponerle el nombre de *Milagro*, ya que era la única de la camada que había sobrevivido. Desde luego, había sido un milagro, porque, por alguna razón, la madre había abandonado a las crías, que no habían logrado seguir con vida. Knutas seguía a la gata con la mirada por el césped y sonreía cada vez que la veía dar un brinco. Lo cierto era que no tenía prisa por regresar a la ciudad. Casi prefería esperar al día siguiente, así pasaría primero por casa para dejar a *Milagro* y después iría directamente a la comisaría. Durante las últimas semanas todo había estado bastante tranquilo por el Departamento de Investigación Criminal, lo cual era un alivio después de haber pasado una primavera ajetreada tratando de resolver un complejo asesinato en el que el arma homicida había sido nada menos que una pistola de bala cautiva. Knutas

23

sentía escalofríos solo de pensar en ello. Finalmente, el autor del crimen fue detenido en unas terribles circunstancias. Finalmente lo detuvieron en circunstancias dramáticas, de modo que aquella investigación les había afectado enormemente tanto a Karin como a él. Knutas le dio un sorbo al café. Su compañera de trabajo y él llevaban mucho tiempo saliendo. Sabía que ella tenía la intención de pasar a la siguiente fase de la relación y que sopesaba la idea de que se fueran a vivir juntos, pues durante las últimas semanas se lo había dejado caer muchas veces. Tampoco lo había manifestado con esas palabras, sino que más bien Knutas había interpretado que era eso lo que ella deseaba. En cierto modo, la entendía, puesto que Karin había vivido sola prácticamente desde que tenía dieciocho años y tal vez añorase el hecho de tener una vida en pareja y compartir el día a día con alguien. Sin embargo, a él aquella idea no le parecía del todo atractiva. Hacía solo tres años que se había divorciado de su exmujer, Line, con quien había estado más de veinte años, y tenía dos hijos mellizos. A pesar de que Petra y Nils se habían independizado y ya eran prácticamente personas adultas, ambos conservaban de manera inconsciente la esperanza de que sus padres volvieran a estar juntos algún día, de que todo fuera como antes. No es que no quisieran a Karin, al contrario, pero su madre nunca dejaría de serlo, al igual que él siempre sería su padre. La familia sería la que siempre fue. Quizá todo habría sido menos complicado si Knutas y Line se hubieran llevado mal, si hubieran estado todo el día con broncas y peleándose. Si hubiera habido malas caras y mal ambiente en casa, tal vez habría sido más fácil. Pero, claro, nunca sucedió tal cosa y, por lo tanto, los hijos no lograban entender del todo por qué se habían acabado divorciando. A decir verdad, Knutas tampoco hallaba una respuesta a por qué todo había acabado así, ya que Line fue quien tomó la iniciativa de pedirle el divorcio. Después, todo ocurrió demasiado rápido. Ni siquiera surgió la idea de ir juntos a terapia de pareja. Un buen día, Line, ni corta ni perezosa, hizo la maleta y se marchó a Copenhague, donde había conseguido un puesto de matrona en un hospital.

Knutas posó la mirada en el buzón que había junto a un poste de luz de la carretera y observó que la pintura se había desgastado con el paso de los años. Se puso a recordar el día en que Line lo pintó. De eso hacía ya mucho tiempo, y de repente se le escapó una sonrisa al pensar en ella. Su mujer danesa de cabello cobrizo y rostro pecoso, corpulenta y risueña, siempre con tantas ganas de vivir y con esas carcajadas capaces de resonar a lo lejos, tan alegre y llena de entusiasmo. O mejor dicho, su exmujer. De pronto sintió un ardor en el estómago. No podía evitar sentir dolor cuando pensaba en Line como su exmujer, le daba la sensación de que había desaparecido sin más después del divorcio. De repente todo había cambiado. Line tenía un nuevo trabajo, había conocido a otro hombre y parecía que todo lo que ambos habían vivido juntos no significara nada en absoluto para ella. Todos esos años, todos los recuerdos que a él se le habían quedado grabados en el alma. Y los hijos. Al principio le costó asimilarlo, sobre todo le resultó difícil acostumbrarse a que ella no estuviera a su lado cuando se despertaba por las mañanas. Del mismo modo le costó asimilar que se había ido y que ahora dormía en los brazos de otro hombre.

Después de aquello, Karin y él comenzaron a estrechar lazos y, gracias a eso, logró quitarse esos pensamientos de la cabeza. El tiempo había pasado volando, y en cierto modo aún se sentía como un barco a la deriva que no lograba encontrar su rumbo. Además, sus dos hijos estudiaban en la capital y cada uno tenía su propia vida, aunque de vez en cuando volvían a casa. Se quedaban un par de días como mucho y prácticamente pasaban casi todo el tiempo con sus amigos. Al parecer, él ya no era tan importante ni para ellos ni para Line. Él, que siempre imaginó que era alguien imprescindible. Qué sencillo era todo cuando estaban casados y todos vivían bajo el mismo techo. Sin embargo, aquella familia ya no existía y no era más que un recuerdo del pasado.

El sol estaba a punto de esconderse y la oscuridad lo envolvía cada vez más. De pronto la gata dejó de juguetear y fue a restregarse entre sus piernas.

En cuestión de un instante sintió un profundo vacío. Levantó al animalito y lo sostuvo entre los brazos para sentir su cuerpecito suave contra el suyo.

MIENTRAS CONDUCÍA DE camino hacia la casa de verano de Lju-garn, al otro extremo de Gotland, Henrik Dahlman sentía que se aproximaba cada vez más a un destino fatídico. Tenía una sen-sación incómoda en el estómago y una mezcla de miedo y exci-tación. Se despidió de Amanda, se subió al coche y se fue por el camino que salía del garaje como siempre. Aparentemente, ella no tenía por qué extrañarse, pues tan solo se iba de la ciudad para trabajar unos días. Aun así, lo atormentaban sus propios pensamientos y sentimientos encontrados. Una sensación de lu-juria y riesgo afloraba dentro del vehículo en marcha.

A pesar de que la tarde de verano era más hermosa de lo ha-bitual, no dejaba de sentir un profundo abismo dentro de él. No podía impedirlo la belleza que había en las hojas de abedul, que habían brotado recientemente y que brillaban bajo el sol del atar-decer; ni las flores de los arcenes o los campos dorados salpica-dos de amapolas que presumían de un rojo ardiente; ni los campos verde claro donde pastaban corderos de pelaje negro en numerosos rebaños, y tampoco las preciosas granjas antiguas de piedra caliza que se cruzaba por el camino. Iba a suceder por fin aquello que tanto temía y anhelaba al mismo tiempo. En ese momento, pisó el acelerador a fondo, subió el volumen de la música y de pronto el paisaje veraniego que ofrecía la isla se convirtió en una sucesión de imágenes borrosas. Tan solo tenía una imagen clara delante de él: la de aquella mujer de pelo negro, ojos oscuros y piernas largas. Era imponente, despampanante e impredecible. Todo lo contrario a Amanda.

La había conocido dos semanas atrás al salir del trabajo, en un pub llamado Munkkällaren, y quedó tan pasmado ante su aspecto provocativo que decidió invitarla a una copa de vino. Tan solo bastaron un par de encuentros a escondidas y con total discreción y unos cuantos mensajes de texto subidos de tono para que ambos decidieran pactar un encuentro en secreto. Se llamaba Céline, era de la península y trabajaba en Gotland durante el verano. En realidad, eso era todo lo que sabía de ella.

En casa trataba de comportarse con total normalidad y hacer como si nada. Al mediodía, durante el almuerzo, trató de concentrarse en la comida y actuar como de costumbre, a pesar de que ya comenzaban a brotarle los sentimientos de culpa. Después de comer, se levantó automáticamente, recogió los platos y se puso a fregarlos en la cocina.

Le había dicho a su mujer que necesitaba irse fuera unos días para trabajar en paz y concentrarse en su próximo proyecto, que consistía en realizar una escultura enorme de hormigón para la biblioteca Almedal. A decir verdad, nunca había realizado una obra de arte de ese tamaño, por lo que quería estar a solas para poder volcar toda su creatividad en ella. La reacción de Amanda no fue del todo negativa, a pesar de que le habría gustado acompañarlo, pero no le extrañó el hecho de que su marido se marchara a Ljugarn unos días para que nadie lo molestara a la hora de trabajar en su proyecto.

En los últimos años, Henrik Dahlman se había vuelto un artista de renombre. Normalmente, los encargos le proporcionaban grandes ingresos, pero deseaba terminarlos cuanto antes para quitárselos de encima. Gracias a sus obras, pudieron permitirse el lujo de comprar una de las casas más impresionantes de Visby con vistas a la muralla. Cada verano pasaban las vacaciones en el extranjero y contaban con otra residencia de verano junto al mar. A pesar de tenerlo todo, para Henrik no era suficiente. Necesitaba más. Y no podía hacer nada al respecto.

Lo cierto era que Henrik no quería serle infiel a Amanda, pero tenía una debilidad y no podía reprimirla. Aun así, era consciente de que la haría sufrir y de que se enfadaría muchísimo si llegara a enterarse. En lo más profundo de su ser, sabía que había algo malsano en su conducta, pero se aceptaba tal y como era. Simplemente, le atraía el *bondage*. Cuando se lo insinuó a Amanda al principio de su relación, esta inmediatamente mostró su rechazo. Es más, la idea de practicar juegos de dominación no le resultaba atractiva en absoluto. Por el contrario, esa otra mujer le había dejado bien clara su postura al respecto. En sus conversaciones secretas no tardó en salir el tema del sexo y los dos se sinceraron en cuanto a sus fantasías sexuales, por lo que ella captó a la primera por dónde iban los tiros. Henrik no podía dejar escapar esa oportunidad que se le había puesto por delante. Se le aceleraba el pulso solo con pensar en lo que iba a suceder esa misma noche.

Sentía el impulso de coquetear con otras mujeres cuando salía solo por la ciudad. Sin duda, las había hermosas, atractivas y sexys por todas partes. La calle era un hervidero de chicas. Y un poco de roce tampoco tenía por qué ser algo grave. Así no se apagaría la llama y podría sentirse vivo, atractivo y un buen producto que todavía estaba en *el mercado*. Aunque el hecho de invitar a una extraña a cenar en la casa de verano de la familia era ya otra historia. Con eso estaba más que claro que había traspasado los límites y, muy a su pesar, era consciente de ello. Henrik intentaba evadirse de esos pensamientos a duras penas, pero esa mujer había vuelto a despertar algo dentro de él y le había dado rienda suelta a sus fantasías sexuales. Se decía a sí mismo que siempre podía echarse atrás en el último momento, no tenía que obligarse a hacer nada que no quisiera. En resumidas cuentas, era feliz con la vida que tenía junto a Amanda y las niñas, y también con su trabajo, pero al mismo tiempo sabía de sobra que no estaba del todo satisfecho con lo que tenía. Tal vez era imposible para un hombre como él. Había pasado muchos momentos maravillosos con Amanda. Nunca antes había disfrutado de una vida tan plena, estable y llena de armonía, tan libre de discusiones y de situaciones conflictivas. Por supuesto, siempre había algo que se podía mejorar, pero apenas disponía de tiempo para hacerlo. Lo cierto era que estaba a gusto, sin duda era una mujer llena de vitalidad y era fácil convivir con ella. Al contrario que su exmujer, Regina, con la que solía discutir casi todo el tiempo.

La razón por la que estaba dispuesto a ponerlo todo en peligro y llevar a cabo su plan era algo inexplicable, y ni siquiera él mismo lograba entenderlo. Incluso había organizado todos los preparativos como un autómata que no era dueño de su propio cuerpo y que se negaba a aceptar que podía dar marcha atrás.

La carretera estaba prácticamente vacía, por lo que aprovechó para sobrepasar los límites de velocidad y solo empezó a disminuirla a medida que se fue aproximando a su destino. Ljugarn era un pequeño pueblo costero que tenía poca afluencia de visitantes a mediados de junio, la temporada alta de turistas no había comenzado todavía y tan solo había unos doscientos residentes. Henrik solía pasar todos los veranos en aquel remoto enclave pintoresco que tanto le gustaba. La mayoría de las casas tenían varios siglos de antigüedad y eran de madera, con unas fachadas majestuosas y unos jardines exuberantes.

Un poco más al norte de Ljugarn, se encontraba el precioso pueblo pesquero de Vitvär, con sus cabañas de pescadores. Algunas de ellas, de piedra, databan del siglo XVI. Eran de un gris desgastado con los tejados recubiertos de tejas antiguas de madera. Antaño, los campesinos del lugar usaban las cabañas para almacenar comida y compensar la escasez de ingresos. En los alrededores del pueblo abundaba la pesca de arenque, salmón, bacalao y platijas durante todo el año, lo que había provocado que muchos de los cobertizos se reformaran para usarse como residencias vacacionales. Más allá del pueblecito pesquero se encontraba la reserva natural de Folhammar, conocida por sus *raukar* y playas de guijarros. Las formaciones rocosas se extendían unos quinientos metros a lo largo de la costa y algunas alcanzaban incluso los seis metros de altura. Henrik y Amanda solían ir a pasear por aquel lugar cuando eran novios.

Al final de la playa, al otro lado de Ljugarn, se encontraba su casa, construida junto al mar. Henrik se percató de que los vecinos que vivían en la calle principal estaban en casa. Su buen amigo Claes y su familia eran de los pocos que habían establecido allí su residencia permanente durante todo el año. Para cerciorarse, lo llamó por teléfono y le avisó de que tenía una llamada importante esa misma noche, por lo que estaría ocupado, pero aun así le hizo saber que le encantaría almorzar con él al día siguiente. Si no hacía esa llamada, se arriesgaba a que su amigo se pasara por su casa al ver las luces encendidas.

Henrik Dahlman aparcó delante de la casa, que estaba situada al final de la calle con vistas al mar. Desde allí también se veía el pequeño faro y la playa de guijarros que se extendía a los pies de la casa. Al bajarse del coche se puso a mirar el reloj, impaciente. Ya eran más de las ocho de la tarde y su invitada había quedado en ir a las nueve. Sacó las bolsas en las que había una botella de vino y comida para llevar de un restaurante tailandés, por el que se había pasado a escondidas después de dejar a sus dos hijas mayores en casa de su madre, y cruzó el jardín a toda prisa. El vino se lo había llevado a hurtadillas de la bodega del garaje y lo había metido en el coche sin que Amanda se diera cuenta.

Lo primero que encontró al llegar a la casa fueron las zapatillas de las niñas colocadas en fila junto a la alfombra de la entrada. Observó también que en la cocina había unos libros de colorear y algunos juguetes esparcidos. Maldita sea, debía borrar cualquier rastro de su familia. Estresado, se puso a recogerlo todo. Escondió juguetes y quitó de la pared algunas fotografías de Amanda y él juntos. Hacía frío dentro y se notaba bastante la humedad, por lo que encendió todos los radiadores y encendió la chimenea. Más tarde, descorchó la botella de vino tinto y se dio una ducha con la intención de estar más aseado que de costumbre. Se puso unos calzoncillos limpios y una camisa recién planchada, se embadurnó el rostro con *aftershave* y se arregló el pelo delante del espejo. Quería aparentar buen aspecto, la mujer a la que iba a recibir era hermosa y además iría bien vestida. Aunque no lo sabía con certeza, suponía que tenía unos diez años menos que él.

Después de arreglarse, fue a la cocina y observó que el reloj marcaba las nueve menos cuarto. Ya solo quedaban quince minutos para que su invitada llegara, así que Henrik se puso a sacar los platos del armario. De pronto se le pasó por la cabeza que quizá no le gustara el vino y que tal vez hubiera pensado quedarse a dormir allí o que lo había dado por hecho, ya que Henrik la había invitado a venir a Ljugarn a esas horas de la noche precisamente. De repente se vio abrumado por la incertidumbre y se puso a observar toda la cocina. ¿Acaso una extraña iba a cenar con él a la luz de las velas en la misma mesa donde sus hijas se tomaban los cereales del desayuno? ¿Y pasar la noche en la misma cama donde su mujer y él dormían? ¿Y revolcarse en sus sábanas? ¿Y utilizar la almohada de Amanda?

En ese momento, se llenó la copa de vino y se la bebió de un trago. Echó más leña a las brasas de la chimenea. «Pero ¿qué estoy haciendo?», pensó mientras contemplaba el paisaje por la ventana.

Entonces, al oír el timbre de la puerta, los pensamientos se detuvieron.

Era domingo por la tarde y la subcomisaria Karin Jacobsson se encontraba en su apartamento de la calle Mellangatan. Decidió apagar el teléfono y acurrucarse en un rincón del sofá con una taza de té. Estaba destrozada después de haber estado todo el fin de semana entrenando a su equipo de fútbol femenino y, aunque sin duda habían sido unos días llenos de diversión, estaba agotada. Justo acababa de hablar por teléfono con su hija, Hanna, que vivía en Estocolmo. Había pasado bastante tiempo desde la última vez que se habían visto y ambas habían decidido que el próximo reencuentro sería en la capital sueca, así que el siguiente fin de semana iría a visitarla. Hanna fue fruto de una violación cuando Karin tan solo tenía quince años, y en aquel entonces sus padres decidieron darla en adopción justo al nacer. Hanna se había criado en el seno de una familia adinerada que residía en una enorme mansión del distrito de Djursholm, a las afueras de Estocolmo, y hacía tan solo unos años que Karin había decidido llenarse de fuerza de voluntad y dar el paso para retomar el contacto con ella. Hanna había estudiado la carrera de Arquitectura y vivía con su novia en un lujoso apartamento de la calle Wollmar Yxkullsgatan, en el barrio de Södermalm, que había heredado de un tío abuelo que era rico.

Karin y Hanna eran prácticamente idénticas en cuanto a aspecto físico, de baja estatura, tenían las piernas delgadas y el pelo castaño oscuro, y, además, ambas tenían un diastema entre las dos paletas. Al parecer, compartían muchas aficiones y la conversación siempre fluía entre ellas. Karin se sentía más que agradecida por el hecho de que Hanna quisiera estar en contacto con su madre biológica, a pesar de que considerara al matrimonio Von Schwerin como sus verdaderos padres. Al fin y al cabo, habían sido ellos los que se habían ocupado de ella todos esos años. Para Karin, volver a estar en contacto con su hija supuso llenar por completo el enorme vacío que siempre había existido en su interior.

Se levantó del sofá y se puso a mirar por la ventana. En ese momento, un ferri repleto de pasajeros llegaba al puerto desde Estocolmo. Todavía había claridad a esas horas y la temporada alta estaba a la vuelta de la esquina. Visby ya empezaba a mostrar su rostro más hermoso, aunque las calles empedradas y sinuosas del casco antiguo estaban todavía muy poco transitadas. Mientras tanto, los rayos del sol incidían sobre las antiguas fachadas medievales decoradas con escaloncitos de piedra y puertas ornamentadas con todo tipo de detalles y, al fondo, el mar azul se mostraba en todo su esplendor.

Karin se preguntaba qué le depararía el verano. Aparte de tener que trabajar, Anders y ella tenían pensado viajar al extranjero en otoño. Serían sus primeras vacaciones juntos y se le alegraba el corazón de tan solo pensarlo. Anders era su jefe y su compañero de trabajo en la comisaría, eran pareja desde hacía unos años y esperaba que su relación siguiera adelante. Lo cierto es que Karin deseaba estrechar ese vínculo y que se fueran a vivir juntos, aunque al mismo tiempo hacía lo posible para no forzar nada. Anders había estado casado más de veinte años y Karin no quería ser insistente, pues eso no iba con ella, al menos no cuando se trataba de amor. Además, sabía lo que era estar soltera, lo había estado casi toda su vida a excepción de alguna que otra relación esporádica. En general, le costaba confiar en

34

los hombres, quizá a causa de la violación que había sufrido de joven, pero con Anders había logrado sentirse cómoda por primera vez en su vida.

En ese momento, posó la mirada en su cacatúa, *Vincent*, que permanecía inmóvil sobre un palo dentro de la jaula y cerraba los ojos de vez en cuando. «Ya se está haciendo viejo —pensó—. Como yo.» *Vincent* llegó a su vida a través de un amigo que se lo había dado en adopción veinte años atrás, y en aquel entonces la cacatúa ya había cumplido los treinta. A decir verdad, ambos rondaban la misma edad, Karin tan solo era un año mayor. Cuando se acercó a la jaula, el pájaro alzó la cabeza y pestañeó unos segundos. La miró y soltó un enorme bostezo a través de su pico negro. Dio unos pasos al frente para acercarse más a Karin y la saludó diciendo «buenos días». Cuando Karin abrió la jaula, a la cacatúa se le dibujó una sonrisa en el rostro. Por muy inteligente que fuera, no podía discernir qué hora del día era. De vez en cuando, la dejaba salir para que revoloteara a sus anchas, y por eso Karin a veces se sentía culpable si pasaba muchos días fuera de casa, ya que a *Vincent* no le gustaba mucho estar solo. Por suerte tenía a la vecina, que se encargaba de echarle un vistazo e incluso se lo llevaba a casa. Era artista y tenía el estudio montado en su patio, donde se pasaba los días enteros.

De pronto, *Vincent* alzó el vuelo y se posó en el hombro de Karin. Se frotaba contra ella mientras parloteaba y gorjeaba de felicidad. Desde luego era muy tierno y le encantaba estar cerca de ella. Karin fue al baño charlando con él por el camino. *Vincent* se posó en el grifo de la ducha y la observó mientras se lavaba los dientes y orinaba.

Antes de acostarse sopesó la idea de llamar a Anders, pero finalmente no lo hizo porque sabía que pronto estaría de vuelta en casa y no quería molestarlo. Se metió en la cama y sintió una profunda nostalgia, el deseo de poder dormir junto a él todas las noches. No había nada más maravilloso en el mundo que eso.

«Lo amo», se dijo para sus adentros. Pensar en quedarse dormida junto a alguien la reconfortaba. Le parecía increíble, porque era la primera vez en su vida que amaba a un hombre de verdad, algo que creyó que nunca sería capaz de experimentar.

HENRIK SINTIÓ QUE le faltaba el aliento en el momento en que abrió la puerta y se encontró con aquella estampa. La mujer de aspecto despampanante tenía una melena oscura y llevaba tacones, iba perfectamente maquillada y desprendía un estilo y una elegancia que encajaban a la perfección con el Volvo recién lavado, el jardín de fondo, la leñera exterior, las flores estivales y los exuberantes arbustos que decoraban la entrada. Antes tan solo la había visto en algunos bares de Visby donde habían estado prácticamente a oscuras. Pero ahora que la tenía delante de él, bajo el sol del atardecer de Ljugarn, todo cambiaba por completo.

—Hola, bienvenida —fue todo lo que pudo decir en ese momento, y la invitó a pasar dentro.

La mujer esbozó una sonrisa. Parecía una estrella de cine con las enormes gafas de sol que llevaba. A Henrik ya le temblaban las rodillas.

Cuando se desabrochó el cinturón de la chaqueta de cuero y se la quitó, Henrik cayó rendido ante la belleza de su cuerpo esbelto. Parecía de otro mundo con aquella estatura, los hombros rectos y las piernas tonificadas cubiertas con unas medias negras de nailon. Llevaba una blusa roja de una especie de tela fina y sedosa, y una minifalda de cuero. Las medias tenían además unos encajes que le recorrían la pierna y se ocultaban por debajo de la falda. De repente sintió la boca seca y se fue a la cocina para ofrecerle una copa de vino. No lograba entender cómo se le había presentado una oportunidad así en su humilde casa de campo.

—Qué bonita la tienes —dijo Céline mientras lo observaba todo a su alrededor sin haberse quitado siquiera las gafas de sol ni los zapatos. «Desde luego su presencia impone a cualquiera», pensó Henrik. Con los tacones debía de medir un metro ochenta como mínimo, ya que era tan alta como él.

—Bueno, la casa no es nada del otro mundo, pero el sitio es fantástico. Me gusta venir a trabajar aquí para sentir paz y tranquilidad, y así alejarme de todo.

—¿Alejarte de qué, por ejemplo? —preguntó en un tono provocador.

—Sí, bueno… —respondió dudoso entre risitas—. Del estrés, de la gente…

—¿De la gente? —reiteró Céline levantando una ceja.

—Sí, de todas las personas que me rodean. Clientes, obligaciones y todas las expectativas que se crean al respecto…

—Ya veo —dijo mientras sonreía con timidez.

Tenía una voz oscura y profunda, aunque un poco rasgada. Su acento era bastante peculiar y podría decirse que era una mezcla entre el de Gotland y el de Estocolmo, algo de lo que no se había percatado antes. Todas sus singularidades parecían brotar con mucha más fuerza ahora que ambos se hallaban en aquella estampa idílica. Le llamaron la atención aquellos contrastes.

—¿Quieres ver el resto de la casa?

—Por supuesto —respondió Céline, que lo siguió mientras se tomaba la copa de vino que le había servido.

Mientras se la enseñaba, Henrik se percató de que aún llevaba el bolso bajo el brazo. Su actitud parecía algo expectante, sobre todo porque seguía con las gafas de sol puestas. No tardó en entender por qué, ya que era probable que se sintiera insegura. Al fin y al cabo, había viajado hasta allí para quedar con un hombre al que apenas conocía y al que tan solo había visto un par de veces, y ahora se encontraban los dos solos en una casa bastante lejos de la ciudad. Era evidente que esa era la razón por la que probablemente aún no se había descalzado ni quitado las gafas. En el caso de que se sintiera incómoda, lo primero que haría sería marcharse, por lo que Henrik trató de esforzarse por ser simpático con ella y estar relajado para demostrarle que no era uno de esos tipos peligrosos.

Después de enseñarle la casa, se sentaron a la mesa y Henrik le sirvió un poco más de vino. Al final, Céline mostró su rostro y él pudo contemplar la mirada oscura que se escondía detrás de las gafas de sol. A la luz tenue de las velas, observó que sus ojos eran casi totalmente negros. Desde la chimenea se oía el chasquido y el crepitar de las brasas. Lo que podía haber sido una cena agradable y digna de ser disfrutada, se había transformado en una situación totalmente distinta, ya que su intuición le decía que se encontraba más bien ante algo peligroso y tentador al mismo tiempo, y que de alguna manera la situación lo llevaría por el camino de la perdición.

La mujer que tenía enfrente le provocaba tanta tensión sexual que incluso le costaba tragar la comida. Henrik ya empezaba a notar entre las piernas cómo aumentaba esa emoción. Ella, por otro lado, disfrutaba con buen apetito de la comida tailandesa, aunque más bien parecía que estuviese devorando el plato, que acompañaba con un sorbo de vino entre bocado y bocado. Daba la impresión de que lo único que quería era terminar la cena rápido para que ambos pudieran pasar a otra cosa.

Henrik no tardó en volver a llenarse la copa. Cuando unos segundos después se levantó y fue a la cocina a por otra botella, notó cómo le temblaban las manos al ir a abrirla con el sacacorchos. En esos momentos, ya no pensaba en Amanda.

Durante la cena, la conversación fluyó como el agua, a pesar de que no le resultaba nada fácil prestarle atención. Henrik le habló de su trabajo, pero no mencionó ni a su mujer ni a sus hijas. Además, se había quitado el anillo de casado y lo había escondido en el armario del baño, y esperaba que su invitada no se hubiera dado cuenta de que en otras ocasiones lo había llevado puesto. Aunque, tal vez fuera del tipo de personas a las que no les importaba en absoluto, pues, a juzgar por su apariencia, no parecía ser una mujer muy convencional. Quizá, al igual que él, solo estuviera buscando un poco de sexo esporádico. «Tengo la impresión de que esta mujer sabe bien cómo conseguir lo que quiere», pensó Henrik, y notó de repente cosquillas de emoción en el estómago.

Antes de empezar la velada, se había asegurado de poner el teléfono móvil en silencio y lo había dejado en una banqueta junto a la ventana. Lo oyó vibrar un par de veces y supuso que sería Amanda llamándolo para darle las buenas noches. Siempre lo hacía cuando Henrik no estaba en casa, aunque esta vez optó por ignorar el teléfono y darle un buen trago a la copa de vino mientras observaba a la mujer tan sexy que estaba al otro lado de la mesa. Ahora se encontraba en ese momento y lugar y ya no había marcha atrás.

Cuando ambos terminaron de cenar, Henrik recogió los platos, subió un poco el volumen de la música y se metió en el baño a toda prisa. Se miró en el espejo unos segundos y observó lo irresistible que estaba esa noche. «Ahora te vas a enterar. Tanto tú como yo sabemos lo que queremos.» Las copas de vino ya se le habían subido un poco a la cabeza, así que se lavó las manos en un santiamén y se puso unas gotas más de *aftershave* para conquistarla.

Cuando regresó a la cocina, comprobó que ya no iba a tener que esforzarse en seducirla. La invitada había retirado la silla de la mesa, estaba sentada con la espalda apoyada en el respaldo y totalmente abierta de piernas. Su mirada penetrante se clavó en los ojos de Henrik y poco a poco empezó a desabrocharse la blusa que dejaba entrever un sujetador negro. Tenía la falda subida para que se le vieran los muslos y el liguero de encaje que sujetaba las medias.

—Sé perfectamente lo que quieres —le dijo con voz seductora—. Y acto seguido se levantó y comenzó a acariciarlo—. Antes no me enseñaste el dormitorio.

Henrik a duras penas logró tragar saliva y ambos se pegaron cuerpo con cuerpo. Empezó a besarla lentamente y notó la suavidad y calidez de sus labios, y su lengua rígida y juguetona. Aquel beso lo dejó aturdido y se preguntaba hasta dónde estaría dispuesta a llegar. La invitada agarró su bolso mientras salían de la cocina dando tumbos y guio a Henrik balanceando las caderas con cada paso que daba. Cuando subían por las escaleras y Henrik le acariciaba los muslos, firmes y fibrosos, se percató de que también se le marcaba el tanga debajo de la minifalda. Al entrar en el cuarto, continuaron besándose en la cama. Henrik se sentía loco de excitación cuando, de repente, la invitada metió la mano en el bolso que aún llevaba bajo el brazo y sacó un objeto metálico que brillaba por el reflejo de luz de una farola del jardín. Se quedó sin aliento cuando se dio cuenta de lo que era exactamente.

—¿Quieres jugar? —le susurró entre besos y soltó una risa repentina—. Qué pregunta más tonta. Pues claro que quieres.

JOHAN SE PASÓ las manos por la cabeza mientras observaba el desastre que tenía delante. Había trastos por todas partes, cajas de mudanza amontonadas junto a las paredes, maletas, bolsas con objetos de todo tipo. Mientras tanto, entre todo el alboroto, sus hijos correteaban y jugaban de un lado para otro con el perro. Eran las once de la noche y deberían haber estado en la cama desde hacía un buen rato. Habían llegado esa misma mañana desde Estocolmo, donde habían vivido un tiempo para probar suerte. Lo cierto era que a Johan le hacía ilusión la idea de establecerse allí de forma permanente, pero ni Emma ni los niños terminaron por adaptarse a su nuevo hogar. Era evidente que todos echaban de menos Gotland y la vida allí. Añoraban la antigua casa de piedra de Roma, el colegio, los amigos, y, además, Emma echaba en falta trabajar como maestra en la escuela Kyrkskolan, en la que había pedido una excedencia temporal. Además, echaba de menos a sus padres y al círculo de conocidos que tenía. Por su parte, tampoco es que Johan tuviera muchos amigos en la isla, a pesar de que había vivido allí con Emma muchos años. La falta de amistades no se debía a que fuera una persona poco social, sino al trabajo y a la familia, que ocupaban la mayor parte de su tiempo. En cuanto a lo profesional, trabajar para la redacción del canal de noticias regional le agradaba a pesar de que no fuera gran cosa. Disfrutaba de la independencia que aquel puesto le ofrecía. Además, le encantaba colaborar con la fotógrafa Pia Lilja. Pese a que había dejado su trabajo en el canal de noticias de Estocolmo para volver a Gotland, la experiencia había sido enriquecedora y única en muchos sentidos. Pero lo cierto era que en el enorme estudio de televisión de la capital había sido uno más de los muchos reporteros que trabajaban allí. Ahora le tocaba volver a su antiguo puesto de trabajo, en el que gozaba de mucha más libertad para desempeñar sus tareas, aunque no cabía duda de que la cobertura de noticias era menor y los temas menos jugosos, ya que era evidente que no sucedían muchas cosas en la isla.

Johan empezaba a trabajar al día siguiente, lo cual le venía de maravilla. Tenía cargo de conciencia porque estaba deseando marcharse y dejar que Emma, sus suegros, los niños y unos compañeros de trabajo vinieran a ayudar a desempaquetar y poner la casa a punto. De todas formas, Emma tenía prácticamente todo el verano libre y no comenzaría a trabajar hasta agosto.

Lo mejor de todo era que casi toda la gente que conocía se había ofrecido a ayudarlos en cuanto se enteraron de que volverían a Gotland. Es más, tenían todas las noches de la semana siguiente reservadas para ir a cenar a casa de amigos, por lo que no había que preocuparse por la comida mientras se adaptaban de nuevo a su vida de siempre. Aquello lo reconfortaba, facilitaba las cosas y hacía que la vuelta fuera más amena. No cabía duda de que Johan se sentía a gusto en Gotland, a pesar de que vivir allí significara alejarse de una vida emocionante y llena de acontecimientos como la que tenía en Estocolmo.

—¿Acostamos a los niños? Ya les he hecho la cama.

Emma, que bostezaba con cara de cansancio mientras miraba el caos que había montado en el salón, apareció en el umbral de la puerta.

—Venga, vamos. Y después nos sentamos juntos en la terraza a tomarnos una cerveza, ¿te parece?

—Me parece una idea fantástica. La verdad es que lo necesito, así que mucho mejor si estamos los dos.

Emma estaba muy hermosa esa noche. Llevaba una blusa blanca ancha y unos vaqueros claros. Como de costumbre, el pelo rubio dorado le caía por los hombros y sus ojos marrones y rasgados brillaban intensamente. A Johan le encantaba estar con ella.

Unos minutos después, se sentaron juntos en el jardín con una cerveza cada uno. Estar de vuelta en el viejo porche disfrutando del silencio y del olor a naturaleza a principios de verano era una sensación maravillosa.

—Es increíble que estemos otra vez aquí —dijo Emma soltando un suspiro—. Es fantástico. Gracias a Dios que no vendimos la casa.

Sin embargo, a los inquilinos no les hizo tanta gracia que Johan les anunciara en primavera que volvería con su familia y que, por lo tanto, el contrato de alquiler quedaría rescindido. En la casa vivía una familia con hijos y, a decir verdad, esperaban poder quedarse allí. Quién sabe si con el tiempo no hubieran acabado comprando aquella casa antigua tan bonita.

—Pues sí —reafirmó Johan y acto seguido le dio un sorbo a la cerveza fría—. Ahora tan solo nos queda colocarlo todo en su sitio, pero, bueno, todavía tenemos todo el verano por delante.

—Y tú ya trabajas mañana. ¿Cómo te sientes?

—Seguro que irá genial. Ya tengo ganas de volver a ver a Pia. Y bueno, no parece que haya mucho movimiento todavía, al menos hasta que empiece la temporada alta.

—Mucho mejor así, cariño. Así podrás venir antes a casa para echarnos una mano —le dijo Emma entre risas y le lanzó un beso al aire.

Más tarde decidieron dar un paseo nocturno con el perro por el pueblecito. Vivían en la calle Villagatan, cerca de la escuela y del polideportivo. Los jardines impolutos, las calles tan bien cuidadas y aquel silencio eran cosas que apenas existían en Estocolmo. En una parte del pueblo se encontraba una antigua fábrica de azúcar que estaba cerrada, y, al otro lado, el antiguo teatro de Roma, levantado sobre unas ruinas medievales, donde todos los veranos se representaban obras de Shakespeare. Esos eran los dos elementos por los que Roma era conocida.

Puede que Johan pensara que Roma no era el lugar más emocionante en la faz de la tierra, pero era allí donde había conocido a Emma y donde habían formado una familia, así que entendía que ella se sintiera arraigada a ese sitio. Además, los asuntos cotidianos ya habían quedado resueltos, y ahora tan solo faltaba recuperar la normalidad y tratar de ver Gotland como su hogar definitivo. Así pues, Johan agarró a Emma de la mano mientras se imaginaba que al final todo saldría bien.

En la habitación se respira un ambiente particularmente tranquilo, aunque está algo cargado y oscuro. Parece que han ocurrido muchas cosas aquí dentro, empezando por excitación sexual, pasión, miedo, ansiedad, pánico y sangre, para desembocar en una muerte repentina. Todo un verdadero drama hasta hace un momento. Ahora, sin embargo, reina la tranquilidad absoluta. Al fin y al cabo, después de la tormenta siempre llega la calma.

Me gustaría ventilarla, pero lo cierto es que no me atrevo a abrir la ventana. El cuerpo me duele, los brazos y las manos han sufrido. No hace mucho que estábamos peleándonos en la cama como si fuéramos dos osos luchando el uno contra el otro. Al principio me pareció más fuerte y por un momento llegué a pensar que no sería capaz de lograrlo, pero ahora yace en silencio junto a mí, frágil e inofensivo. Su cuerpo se encuentra en una postura retorcida y poco natural, con la cabeza apoyada en la almohada y la mirada clavada en el techo. Yace boquiabierto como si aún le asombrara que la noche haya acabado de una manera tan diferente a como se lo había imaginado. La lengua le cuelga hacia fuera, como si estuviera haciendo el tonto. El éxtasis sexual que había estado esperando y que había imaginado palpar con sus propias manos nunca llegó a suceder. Para mi satisfacción, fui testigo de cómo le cambiaba la mirada cada vez que apretaba aún más la cuerda que le había puesto alrededor del cuello unos minutos antes. Lo hacía lentamente, de modo que estuviera más apretada a cada segundo que pasaba.

Al principio comencé a azotarlo suavemente con el látigo, pero más tarde pasé a fustigarlo con más fuerza. Disfrutaba con sus gemidos y jadeos insistentes. Hasta que de pronto el pánico inundó sus ojos. Por fin estaba teniendo su merecido. En estos momentos, mientras observo su cuerpo tirado en la cama ahora aún más pálido y desamparado, siento una calma que me embriaga por dentro. Ya no queda prácticamente nada de aquel hombre tan encantador y seductor.

Mis ojos se deslizan por las cortinas blancas de encaje llenas de inocencia y de bordados de florecitas. El contraste con lo que acaba de suceder en esta habitación resulta aplastante. A pesar de todo, el dormitorio sigue pareciendo una estancia dulce y acogedora.

Desde luego, este hombre no volverá a saber lo que es el amor. La soga al cuello lo asfixiaba de tal forma que la sangre y el oxígeno dejaron de llegarle al cerebro. Lo que esperaba que fuera un momento de intimidad y excitación, pronto se le esfumó de la cabeza y la erección bajó rápidamente en cuanto se dio cuenta de que mis intenciones no se correspondían con el disfrute erótico precisamente.

Casi no puedo evitar esbozar una sonrisa al pensar en ello. De hecho, me siento incluso satisfecha y orgullosa de mí misma. Un estremecimiento se apodera de todo mi cuerpo cuando me embriaga el recuerdo de la sensación de mis uñas incrustadas en un cuerpo masculino indefenso mientras dejo que el látigo imponga su victoria y observo las heridas ensangrentadas y profundas. Escuchar ese grito de terror y saber que nada podría detenerme una vez había comenzado. Irremediablemente, la hora de la muerte nos llega a todos y su vida ha llegado a su fin esta hermosa noche de verano.

Fuera de la casa, la vida sigue su curso sin más. Nadie se ha percatado de la tragedia que ha sucedido dentro de este chalecito situado junto al mar. Entonces, miro el reloj, que marca las once menos cuarto, y pienso en que probablemente casi todos estarán durmiendo y mañana les espera el despertar de un nuevo día. Excepto para el hombre que yace a mi lado, que jamás volverá a abrir los ojos. Al fin y al cabo, él también ha sido culpable de que su vida haya acabado esta noche. Ha sido culpa suya.

De repente, noto el cansancio y empiezo a sentir que me pesan las piernas. Soy consciente de que debo salir de aquí, aunque sé que esto no ha terminado todavía. Es más, tan solo es el principio.

CLAES HOLM SE inclinó para asomarse por la ventana de la cocina que daba a la casa del vecino. Sabía que la noche anterior las luces habían estado encendidas hasta muy tarde y seguramente la razón fuera que Henrik había estado trabajando durante horas. Cerró la puerta de casa con llave al salir y se llevó el teléfono y la cartera. Ya fuera, se detuvo unos instantes para contemplar el mar en el porche de la entrada. A lo lejos vio una bandada de aves oscuras que se apelotonaban junto a las rocas y observó que algunas extendían las alas para secárselas después de haberse sumergido en el mar para pescar. Mientras oía algunas gaviotas graznar y volar a ras de las olas, que brillaban como diamantes, observó a lo lejos, en la orilla, que unos niños jugaban con un perro en la playa. El verano cada vez estaba más cerca y en el aire ya se respiraba una brisa de alegría e ilusión. De hecho, así era como él mismo se sentía ante la idea de volver a reunirse con uno de sus mejores amigos para almorzar y hablar largo y tendido en el restaurante de la playa Bruna Dörren. Había abierto recientemente sus puertas y pensaba ir allí con él para dar por inaugurada la temporada de verano. A decir verdad, Henrik y Claes se habían vuelto íntimos con el paso de los años, y esperaba con ansia la llegada de las vacaciones, que era precisamente cuando su amigo venía con la familia a pasar casi todo el verano allí, en Ljugarn. Sin duda, Claes lo había echado de menos durante el invierno y, a pesar de que la distancia entre

Ljugarn y Visby era relativamente corta, rara vez quedaban para verse el resto del año, ya que ambos trabajaban a un ritmo frenético, cada uno tenía su familia y los quehaceres cotidianos les ocupaban gran parte del tiempo. No obstante, había llegado la hora de ponerse al día y reencontrarse con Henrik, que justo era uno de esos pocos amigos con los que podía hablar abiertamente. Además, Claes y su mujer, Helena, estaban pasando por una mala racha, por lo que necesitaba el consejo y el apoyo de su buen amigo.

En cuanto puso un pie en el jardín de Henrik, notó que algo no iba bien. El coche estaba aparcado junto a la valla, pero la casa todavía parecía estar vacía, deshabitada. Como conocía a Henrik bastante bien, sabía que era una persona activa que normalmente se levantaba temprano cuando no estaba en la ciudad. También sabía que solía dejar el cobertizo abierto, que vaciaba los cubos de basura y que siempre recogía la leña. Además, tenía la costumbre de colgar las sábanas en el balcón para que se airearan con la brisa del mar. A veces, también dejaba alguna que otra ventana entreabierta y ponía música clásica a un volumen relativamente bajo, aunque suficiente para que se percibiera desde fuera. En ese momento, Claes se acercó al porche de la entrada y llamó a la puerta, pero nadie le abrió, así que lo intentó una vez más. Tal vez Henrik hubiera salido a dar una vuelta y se hubiera olvidado de la hora que era. Ambos acordaron que Claes se pasaría a buscarlo a las doce. Miró el reloj de pulsera y vio que pasaban cinco minutos de las doce. Aquello le pareció extraño, Henrik siempre era puntual y, en general, una persona muy meticulosa hasta el punto de rozar la obsesión. Desde luego, había algo que no encajaba.

Se asomó por la ventana de la cocina, pero no vio nada fuera de lo normal. A través del cristal parecía ordenada y limpia, lo cual no le sorprendió en absoluto. La intuición hizo que se acercara al cubo de basura de la entrada y que levantara la tapadera.

De pronto lo azotó el olor a comida tailandesa y comprobó que dentro había dos cajas de cartón de un restaurante de Visby. «Ajá, Henrik ha tenido compañía. Si no dijo nada al respecto, entonces es que se trata de un secreto. ¿Una mujer, quizá?», Claes sonrió al pensarlo. Tal vez por eso no se acordaba de que habían quedado para almorzar juntos. Entonces intentó llamar a Henrik por teléfono, pero tampoco obtuvo respuesta.

«Caray, no está disponible», pensó mientras negaba con la cabeza. Decidió dejarlo estar. Ya tendrían tiempo de verse luego para ponerse al día de todo. Además, era probable que Henrik hubiera conocido a otra mujer y que no se tratara de ninguna broma.

Al cabo de unas horas sonó el teléfono. Era Amanda. Después del típico saludo cortés, la mujer de Henrik lanzó la pregunta.

—¿Has visto a Henrik hoy?

—No, no lo he visto —respondió Claes sin saber muy bien qué decir.

—¿Y ayer?

—Tampoco. Llegó ayer por la noche, ¿no?

Claes se acercó a la ventana y miró hacia la casa de los Dahlman. El coche todavía seguía aparcado junto a la entrada, pero no había ni rastro de vida humana.

—¿Ha pasado algo?

—No lo sé, es muy raro. Ayer se fue de casa sobre las siete de la tarde. Me dijo que quería estar solo para trabajar unos días y que luego fuéramos Inez y yo el fin de semana.

—Ya veo.

Claes prefirió no mencionar que ambos habían quedado para almorzar juntos, ya que no quería levantar sospechas.

—Anoche lo llamé varias veces y no me respondió. Y hoy sigue sin responderme, así que estoy empezando a preocuparme. ¿Puedes ver si el coche está aparcado en la entrada?

—Sí, el coche está.

—¿Hay alguna ventana abierta? ¿Crees que estará en casa?

—Desde aquí no se aprecia, desde luego —respondió Claes unos segundos después—. Tampoco veo a nadie en el jardín.

—Pues eso sí que es raro —continuó Amanda con voz preocupada—. ¿Te importaría acercarte y llamar a la puerta? Si no te abre, usa la llave. ¿Está Helena en casa?

—No, lleva todo el día en la ciudad. Estoy solo.

—Vale. Bueno, ¿podrías pasarte ahora, por favor? Si está en casa, dile que me llame. Y si no hay nadie, llámame cuando hayas vuelto.

—Claro, descuida. Voy para allá.

Claes se sintió incómodo cuando colgó el teléfono. La idea de tener que entrar en casa de Henrik y molestarlo mientras estaba allí con su amante le resultaba de todo menos atractiva. Volvió a marcar el número de teléfono de su amigo, pero no obtuvo respuesta. Entonces le envió un mensaje de texto para advertirle de la situación y de que iba de camino a su casa. Después de eso, sacó una copia de la llave que había dentro de un cajón, se puso los zapatos y salió por la puerta. A pesar de que tener que ir a fisgonear al jardín de su amigo le parecía una situación más bien embarazosa, entendía la preocupación de Amanda.

Por segunda vez ese día, saltó la valla del jardín y llamó al timbre. Esperó unos segundos, pero tampoco respondió nadie. Volvió a pulsar el botón con algo más de fuerza e insistencia, pero no se produjo ninguna reacción. Entonces, Claes colocó la oreja en la puerta por si oía algún ruido dentro de la casa, pero no oyó nada, así que decidió agarrar el pomo de la puerta y justo en ese momento se dio cuenta de que estaba abierta. De repente lo invadió una enorme preocupación. No cabía duda de que todo aquello era un tanto extraño. Claes la abrió lentamente y comenzó a llamarlo en voz alta.

—¿Hola? ¿Henrik?

La paz y el silencio absoluto reinaban en la casa. Claes comprobó que no había zapatos de ningún extraño, tan solo unas viejas zapatillas de deporte de Henrik. A paso lento, se adentró en la cocina y volvió a llamar a su amigo a voces un par de veces más sin obtener respuesta. Observó que la encimera no estaba húmeda y que no había restos de vajilla. No había ni rastro de la cena tailandesa de la noche anterior, así que fue al salón, después a la terraza y a la habitación de invitados, y por último comprobó el baño. Mientras recorría las habitaciones vacías, empezó a sentir que algo no iba bien. Empezó a subir las escaleras que llevaban a la primera planta y trató de escuchar con atención. ¿Por qué Henrik olvidaría cerrar la puerta si no estaba en casa? Puede que estuviera dentro y no quisiera que lo molestaran. «Maldita sea», pensó. Quizá estaban los dos ocupados en el dormitorio en ese momento. Claes se detuvo de nuevo para intentar captar algún sonido, pero fue en vano.

—¿Hola? —preguntó en voz alta—. ¿Hay alguien en casa?

Al no recibir ninguna contestación, Claes siguió subiendo las escaleras, que crujían conforme avanzaba. Cuando llegó al piso de arriba, se asomó con cuidado al dormitorio de Henrik y Amanda.

La escena macabra que se le presentó en ese momento lo hizo retroceder de forma violenta. No fue fácil digerir aquella imagen. El cuerpo de Henrik, desnudo y sin vida, yacía en la cama de matrimonio que ocupaba el centro de la habitación. Tenía una soga atada al cuello que colgaba del techo y que, a su vez, continuaba por una de las vigas de madera blanca que Henrik y él habían pintado el verano pasado. Aquel día adecentaron el dormitorio mientras se bebían unas cervezas y sonaba la música a todo volumen. Cuando terminaron, los dos se fueron directos a la playa para zambullirse en el mar.

Los brazos de Henrik se encontraban amarrados y apoyados sobre su cabeza con los codos apuntando hacia la ventana que cubrían unas cortinas de flores. Las muñecas estaban atadas a los barrotes de la cama y un arnés negro de cuero con numerosos remaches le marcaba la piel desnuda. A Claes le costó asimilar la escena que estaba contemplando, es más, tenía la sensación de haber salido de su propio cuerpo para ser testigo de semejante imagen.

De repente, escuchó el canto de los pájaros al otro lado de la ventana. Era un murmullo distante, ya que en la habitación reinaba un profundo silencio. El verano había comenzado a florecer y, aunque resultara absurdo, Claes tenía la sensación de que el tiempo se había detenido de repente y de que el mundo había dejado de girar mientras trataba de comprender lo que tenía delante de los ojos.

Estaba mirando las paredes de la habitación cuando notó que se le hacía un nudo en el estómago y que apenas podía respirar con normalidad. Observó las marcas rojas en el pecho de su amigo y otras que tenía en el abdomen y en los muslos, que parecían ser señales de azotes. Algunas estaban cubiertas de sangre. No había ninguna en el rostro, que estaba pálido, algo raro en él. Tenía la mirada fija.

—¡Dios Santo! —Claes soltó un grito mientras buscaba a tientas su teléfono móvil en el bolsillo—. Pero ¿qué diablos has hecho?

En el pasado

Se sintió feliz al ver el Volvo aparcado en el camino que llevaba a la entrada del jardín. Había llegado a casa antes de lo esperado. Quería verlo cuanto antes, así que echó a correr y justo cuando llegó a la puerta apareció su padre, que la tomó en sus brazos.

—Papá —le susurró al oído—. Te he echado de menos.

Aunque había estado fuera solo unos días, el tiempo sin él se hacía eterno. La casa se volvía un poco fría y desoladora cuando estaba de viaje, parecía que los colores se apagaban, era como si el buen humor se esfumara por la puerta en el momento en que su padre la atravesaba para marcharse. A pesar de que su madre se quedaba con ella, no era lo mismo cuando las dos estaban solas. Esta vez su padre había estado en Estocolmo, aunque no logró averiguar del todo cuál había sido el motivo de su viaje, tal vez fuera para hacer paracaidismo, ya que era su pasión, o probablemente hubiera ido a alguna conferencia. En cualquier caso, era perfecto que normalmente trabajara en Kappelshamn, porque siempre que quería podía ir en bicicleta a hacerle una visita durante el día.

—Yo sí que te he echado de menos, cariño —dijo en un tono de voz que sonó diferente que de costumbre, como si fuera más bien forzado. El padre la abrazó con fuerza durante unos segundos, aunque parecía que tuviera miedo a soltarse. De pronto su hija se quedó petrificada. Sabía que algo iba mal.

—¿Tienes hambre? —le preguntó el padre—. Había pensado hacer chocolate caliente para tomarlo con unos bollitos de canela que he comprado. Si quieres, también podemos tostar un poco de pan. Eso sí, nada de decírselo a mamá, ¿trato hecho?

Con aquellas palabras, su padre ahora parecía el mismo de siempre. Le guiñó el ojo y ella le correspondió con el mismo gesto.

A su madre no le gustaba que picoteara entre comidas. Siempre decía que era malo para los dientes y que uno engordaba si no vigilaba lo que se llevaba a la boca. Era muy típico de ella, todo tenía que ser siempre perfecto y aburrido. Uno no podía disfrutar de la vida sin más. Reírse en voz alta o hacer ruido parecía un deporte de riesgo, al igual que comerse una bolsa de patatas o de gominolas. Así pues, Cecilia y su padre habían hecho su propio pacto para excluir a la madre y así poder deleitarse en paz con aquello que ella nunca lograría comprender. Ese «pero nada de decírselo a mamá» se convirtió en una especie de código secreto que ambos se susurraban a sus espaldas. Cuando era pequeña, muchas veces su padre la llevaba a Visby y la dejaba viajar en el asiento delantero del coche. A la madre, evidentemente, no le gustaba ni un pelo porque los niños debían sentarse en la parte de atrás, pero a su padre le parecía una tontería. Siempre le preguntaba para qué se llevaba a la niña, y a pesar de que a menudo iba a una simple reunión de la asociación de paracaidistas, y de que se trataba de una afición más bien cara y arriesgada, a Cecilia le encantaba ir y se sentía muy orgullosa de tener un padre tan valiente y molón. A decir verdad, ninguno de sus compañeros de clase tenía un padre al que le gustara saltar en paracaídas, así que Cecilia sabía que todos lo admiraban por atreverse a hacer tal cosa. Además, en cuanto ella tuviera la edad permitida, estaba más que claro que se montaría en una avioneta y se lanzaría al aire. Navegaría entre las nubes y descendería lentamente en libertad hasta que se abriera el paracaídas. Su padre le describió lo que se sentía, cómo uno notaba las cosquillas en el estómago y el viento silbando en los oídos. Decía que en el aire eras como un pájaro libre, por lo que Cecilia jamás se cansaba de escuchar las historias que le contaba.

Siempre solía pedirse una tarrina de helado en aquel puesto de la plaza de Söderport y antes del almuerzo ambos compartían el gofre más grande que tenían y que servían con chocolate y virutas de caramelo por encima. «Pero nada de decírselo a mamá.» Cecilia se imaginaba la cara de enfado que pondría su madre, con la boca torcida y la mirada de decepción. Tomarse un helado era actuar de forma poco responsable, de comprar un globo de colores con purpurina mejor ni hablar, comerse una salchicha con patatas fritas era pasable, pero solo si uno tenía hambre. Sin embargo, a su padre le daba igual lo que se suponía que era mejor o peor y Cecilia lo amaba por ser así.

Sacó el pan de molde, la mantequilla, el queso y la mermelada de frambuesa. Sacó también los dos bollos de canela de la bolsa de la panadería, puso un par de rebanadas en la tostadora y miró el reloj. Era indudable que su padre estaba raro, pero no sabía exactamente por qué. Parecía inquieto y ausente, aunque tal vez tan solo estuviera cansado después del trabajo.

—Luego podemos ir a dar una vuelta al lago, ¿te parece? Necesito estirar las piernas después de haber estado tantas horas sentado —le sugirió a Cecilia.

—Sí, me parece genial.

Ese día soplaba un viento frío desde el mar, pero su padre la hacía entrar en calor agarrándola con su enorme mano. Las tardes de primavera podían ser algo gélidas, pero a ella no le importaba helarse de frío. Los paseos con papá eran sagrados y Cecilia esperaba que siempre fuera así, que estuviesen juntos caminando el uno junto al otro. A pesar de que ya tenía quince años, todavía quería ir con él agarrada de la mano.

A veces le preguntaba qué tal le había ido en el instituto y con los compañeros, otras bromeaba y le preguntaba si algún chico le había robado el corazón. Pero esta vez era distinto, caminaba lentamente y en silencio, lo que provocaba que Cecilia estuviera cada vez más preocupada.

Los rayos del sol iluminaban el magnífico acantilado, conocido como Hamnberget, que se alzaba unos cuantos metros sobre el mar. A veces solían subir a la cima a contemplar el horizonte. «Este es el punto más septentrional de Gotland, no está nada mal —solía decir siempre su padre con un tono de orgullo—. Puede que no sea como el Pan de Azúcar de Río de Janeiro, pero igualmente es una maravilla.»

Sin embargo, ese día no dijo nada. Caminaban en silencio mientras solo se oía el crujido de las piedrecitas que iban pisando. Las olas ondeaban a un ritmo constante y arrastraban restos de algas hacia la orilla. La primavera había sido fría y aún faltaba bastante para poder darse un baño en el mar, quizá incluso tuvieran que esperar hasta finales de junio.

—Papá, ¿este año nos iremos de viaje a algún sitio? —lanzó la pregunta de repente.

Le apretó la mano aún más, aunque por un momento dudó si tal vez se lo estaba imaginando. Lo cierto era que Cecilia sentía que estaba en alerta sin saber muy bien por qué.

—No lo sé, cariño —respondió. Cecilia volvió a notarle un tono de voz apagado.

—Tu madre y yo todavía no hemos hablado de las vacaciones.

—Johanna va a ir a España.

—Qué bien.

—¿No podemos ir nosotros de viaje a algún país? Si mamá no quiere venir, podemos ir tú y yo. Porfa, papá.

A su madre le daba miedo volar, por eso nunca quería irse de vacaciones al extranjero, aunque a su padre le encantaba.

Cecilia ya empezaba a soñar despierta con el momento en que por fin se subirían a un avión hacia algún lugar exótico. Pensar en ello le provocaba cosquillas en el estómago. Un viaje a solas con él era algo que deseaba hacer desde hacía mucho tiempo.

—Mi niña, ya empiezas a hacerte mayor —le contestó evitando la pregunta—. A veces las cosas no salen como uno piensa.

De pronto sintió una ola de pánico en su interior. El padre le apretó la mano y ambos continuaron con el paseo.

—He estado pensando en irme a trabajar a Estocolmo.

En ese mismo instante, Cecilia tropezó con un trozo de madera que estaba tirado en la arena de la playa y su padre la agarró con fuerza para que no cayera al suelo.

—Ay, ten cuidado. Será mejor que te fijes por donde pisas. No vaya a ser que te caigas y vuelvas a casa empapada y hecha un trapo.

—No —murmuró Cecilia, que trataba de recomponerse de su estado de *shock*.

¿Qué habría querido decirle? ¿Un trabajo en Estocolmo? ¿Tendrían que irse de Hallshuk y dejar la casita roja y el jardín?

—Pero si mamá detesta Estocolmo —dijo en voz baja.

—Ya lo sé, corazón. Ya lo sé.

—Pero ¿y entonces? ¿Cómo lo vas a hacer? ¿No vas a estar nunca en casa?

El mero hecho de pensar en ello la dejó petrificada. La casa sin su padre... Las semanas serían eternas y, además, estarían las dos solas, su madre y ella. Aquel silencio sería tan desolador. Mamá con la nariz puesta en el periódico. Mamá junto a la estufa. Mamá, con la que todo era un quiero y no puedo y no hacía otra cosa que quejarse y dar sermones todo el día.

—Todavía no lo sé —le respondió con voz afligida.

—¿No te gusta este sitio para vivir?

Cecilia sintió que se abría un abismo en su interior. De pronto se imaginó a sí misma en aquella cima del acantilado caminando hacia el borde para saltar directa al mar y desaparecer para siempre en la más absoluta oscuridad. Sería la misma sensación de cuando su padre estaba a punto de lanzarse en paracaídas y tenía que dar ese paso adelante.

Con la diferencia de que él sí tenía algo que lo sostenía, pues sabía volar en el aire. Aunque lo que él hacía era más bien una aventura o un desafío. Lanzarse desde el acantilado de Hamnberget suponía otra cosa, era dar un paso adelante para dejarlo todo atrás. En ese momento cerró los ojos mientras caminaba y notaba la brisa gélida en las mejillas.

—Claro que estoy a gusto en Gotland, Cecilia. No se trata de eso. Además, tú pronto dejarás de ser una adolescente, por eso he querido contártelo.

—¿Y mamá sabe que tienes pensado irte a trabajar allí?

El padre no parecía querer responder a esa pregunta.

—¿A ella le parece bien? —le preguntó Cecilia con voz temblorosa.

—Aún no he tenido tiempo de hablar con mamá. Todavía no hay nada decidido. Tal vez ha sido estúpido por mi parte decírtelo ahora. Solo quería comentarte lo que puede pasar.

—¿Pasar? ¿Cómo que lo que puede pasar?

—Bueno, la verdad es que ni yo mismo lo sé. Tampoco hay nada seguro. No te preocupes. Quién sabe, tal vez ni siquiera consiga trabajo allí. Mejor dejemos el tema, que tampoco hay por qué preocuparse ahora.

El padre le acarició la mano como gesto de consuelo. Cecilia tuvo la impresión de que lo hacía para que tratara de olvidar lo que le había contado hacía unos instantes y de que, en realidad, no se atrevía a ser totalmente claro con ella, quizá para no verla triste. A pesar de todo, por mucho que lo intentase, Cecilia no podía pronunciar ni una palabra. Su mente estaba vacía. Siguió caminando junto a su padre, avanzando paso a paso y mirándose las zapatillas. Trató de concentrarse en pisar el terreno irregular para no tropezarse. Uno, dos, uno, dos. Por mucho que su padre estuviera tan cerca de ella y la tuviera agarrada de la mano, a Cecilia le parecía que estuviese lejos y que hubiese una distancia enorme entre los dos.

—A veces la vida cambia —continuó el padre—. Cuando era pequeño odiaba los cambios. Supongo que a nadie le gustan de niño. Pero poco a poco aprendí a aceptar que aquello que al principio era una pesadilla, podía llegar a ser fantástico. Solo porque uno no esté acostumbrado, no significa que lo nuevo tenga que ser malo.

El sol desapareció detrás de las nubes y el acantilado se oscureció con el atardecer. El viento empezó a soplar con más fuerza mientras las olas del mar dejaban ver la espuma blanca en sus crestas. En ese mismo instante, notó unas gotas de lluvia en la nariz. El clima en esa parte de la isla solía cambiar de un momento a otro, y uno podía pasar de disfrutar de la calma absoluta y de un cielo azul a toparse con vientos huracanados en cuestión de minutos.

—Será mejor que volvamos a casa —le dijo su padre con la mirada clavada en el horizonte.

Sintió que su mano estaba cálida, como siempre. Sin embargo, a ella se le había congelado el corazón.

Era evidente que algo había cambiado para siempre y Cecilia no estaba segura de querer averiguar el qué.

KNUTAS SE ACOMODÓ en su vieja silla de escritorio de color roble con el asiento suave de cuero y se puso a balancearse. Llevaba ya varias horas clasificando papeles, pues no tenía nada mejor que hacer en esos momentos. Tampoco había sucedido nada interesante durante el fin de semana, a excepción de una pelea entre dos borrachos en la zona de Söderport, el robo de un vehículo junto a la estación de autobuses, algunas ventanas rotas de un supermercado en Vibble y la búsqueda de una vaca que se había escapado de una granja y que acabó vagando por los callejones de la ciudad causando un cierto revuelo. Desde luego, el trabajo a veces podía ser tan ridículo como para echarse a reír.

Había pasado mucho tiempo desde la última vez que había sucedido algún acontecimiento más grave y, en general, había muy poco que hacer. Knutas se sentía desganado y sin inspiración. En ese momento, la única emoción que le esperaba era el café de la tarde. Sacó la pipa y se puso a cargarla mientras contemplaba el paisaje por la ventana. Los abedules habían dado sus frutos por fin y el mar rugía enfurecido por el viento más allá de la imponente muralla que rodeaba la ciudad. El aparcamiento del supermercado Coop estaba prácticamente vacío. En unas pocas semanas se vería completamente diferente cuando la horda de turistas llegara a la isla. Después de un eterno y miserable invierno y de una primavera fría y lluviosa. En el momento en que abrió la ventana para fumar, sintió el aire cálido como una suave caricia en la mejilla. Era a lo que se dedicaba la mayor parte del día, cargaba la pipa con tabaco, inspiraba la agradable brisa por la nariz y después desenroscaba el caño y tiraba las cenizas a la papelera. Sin embargo, esta vez algo lo absorbió de repente. Por primera vez se daba cuenta de lo desganado que se sentía, pues normalmente solo fumaba si se estaba muriendo de aburrimiento o muy preocupado.

Se acercaba el verano y eso le inundaba la mente de ilusión y melancolía. La verdad es que todo era mucho más fácil en el pasado, cuando seguía casado con Line y los niños aún vivían en casa. La vida familiar iba como la seda fuese la época del año que fuese; no escatimaban en ninguna tradición, celebraban juntos la Navidad, los cumpleaños, la Pascua y el solsticio de verano. Siempre tenía planes previstos para el verano. Además, Line y él planeaban juntos qué semanas elegirían sus vacaciones, cuándo irían a la playa y a Dinamarca, incluso tenían previstas las excursiones que harían con los niños. Sin embargo, ese año lo esperaba un verano incierto y sin ningún plan a la vista, aunque Karin y él habían hablado de hacer un viaje juntos al extranjero en otoño, algo que pudiera ser emocionante. O tal vez no.

Knutas soltó un sonoro suspiro y volvió a darle una calada a la pipa. Desde luego, estaba irreconocible, y se sentía cansado y desilusionado. Tenía la impresión de que nada en el mundo podía hacerlo feliz.

De pronto, los pensamientos de Knutas se vieron interrumpidos por unos golpecitos en la puerta.

—¿Sí? —preguntó Knutas—. Adelante.

Karin se asomó por detrás de la puerta y una sensación de ternura lo invadió por completo. Le encantaba su aspecto dulce, el flequillo oscuro que le tapaba la frente, el diastema de las paletas, que mostraba al sonreír. Sin embargo, en ese momento su rostro transmitía firmeza y seriedad. Las manchas rojas que tenía en el cuello eran un signo de que estaba alterada.

—¿Te suena un artista llamado Henrik Dahlman?

Karin prosiguió antes de que Knutas alcanzara a responder la pregunta.

—Acaban de informarnos de que ha sido asesinado en su casa de verano de Ljugarn. Lo han hallado desnudo y esposado a la cama. Ha sido su vecino quien ha descubierto el cadáver y, según dice, cree que se trata de un asesinato con signos de violación.

—¿Cuándo ha ocurrido? —se interesó Knutas mientras apagaba la pipa y cerraba la ventana del despacho.

—Ha sido hace un momento. Wittberg y Sohlman ya van de camino.

Knutas agarró la chaqueta y ambos salieron a toda prisa al aparcamiento de la comisaría. Karin pisó el acelerador, encendió la sirena y puso rumbo al sur de la isla, hacia el pueblo costero de Ljugarn. Por suerte, había poco tráfico. De camino, pasaron por varias granjas donde pastaban vacas. Conforme avanzaban, dejaban atrás hermosas casas de piedra caliza y campos verdes repletos de flores azules, rojas y moradas que llegaban hasta el arcén. «Qué paisaje tan idílico», pensó Knutas. Justo cuando algo tan terrible acababa de suceder. Sin duda sabía quién era Henrik Dahlman. Se trataba de un artista muy conocido por la mayoría de los habitantes de Gotland, sobre todo por sus esculturas de hormigón, aunque también por realizar otros objetos de artesanía como jarras, ollas y candelabros. Knutas tenía varios en casa, pero Line se los llevó todos cuando se mudó a Dinamarca, puesto que fue ella quién los había comprado. Le encantaban sus diseños. Y ahora estaba muerto, probablemente tras haber sido víctima de una violación. Resultaba imposible imaginar que eso le hubiera sucedido en un pueblecito tranquilo como Ljugarn. Hasta donde Knutas sabía, Henrik Dahlman vivía en Visby con su mujer y sus hijas. Pero ¿qué habría estado ocultando?

La casa de Dahlman se encontraba al final de la calle, justo pegada al mar. Cuando llegaron, ya había varios coches de policía. Todavía no había llegado la patrulla con los perros, a pesar de que Knutas había dado la orden de inspeccionar el terreno en busca de alguna pista porque el autor del crimen aún podía estar cerca. La propiedad fue acordonada y unos cuantos curiosos empezaron a apiñarse alrededor de la casa.

Karin y Knutas saludaron brevemente a los técnicos que estaban en el jardín y que ya habían comenzado a recopilar pistas, y después entraron en la casa. En ese momento, oyeron la voz de Erik Sohlman, que venía de la planta de arriba.

Ambos soltaron un suspiro al unísono cuando asomaron la cabeza por la puerta del dormitorio. En el centro había una cama de matrimonio con barrotes de estilo antiguo y, en ella, un hombre desnudo y ensangrentado de mediana edad que yacía de espaldas y encadenado con esposas a los barrotes del cabecero. Llevaba un collar de perro de cuero negro y una soga al cuello que continuaba alrededor de una viga en el techo y después bajaba hasta los tobillos que también estaban amarrados por la misma cuerda. Sohlman, que se encontraba inspeccionando el cuerpo en ese momento, alzó la vista de repente cuando notó que tenía compañía.

—Buenas a los dos. Menuda estampa, ¿verdad?

—Y que lo digas —afirmó Knutas en un tono serio.

Este deslizó la mirada sobre la víctima, que tenía la cara roja y los ojos brillantes. Parecía que se le fueran a salir de las órbitas. Además, parte de la lengua asomaba entre los labios. Karin no dudó en desaparecer de la escena del crimen porque no soportaba estar ante la presencia de un cadáver. Y por muy acogedora que fuera la habitación de techo inclinado y cortinas con motivos florales, el contraste era de lo más macabro. Hasta Knutas estaba más afectado de lo normal, ya que Henrik Dahlman era una persona agradable y encantadora, y verlo en esas condiciones era, cuando menos, desagradable.

—¿Qué creéis que ha ocurrido? —preguntó Knutas al compañero de la científica que se encontraba tomando muestras de la boca y la nariz.

Sohlman inclinó la cabeza para apartarse uno de los rizos rojos que le cubrían los ojos.

—Pues, a simple vista, diría que ha habido relaciones sexuales no convencionales que no han acabado del todo bien. Ha muerto mientras estaba atado y, a juzgar por las marcas que hay en la esclerótica de los ojos, lo han estrangulado, o bien él mismo se ha asfixiado con la soga que tiene alrededor del cuello.

—¿Y el collar de perro?

—Sí, bueno… Hay gente a la que le atrae todo tipo de perversiones —continuó Sohlman—. Cabe la posibilidad de que estuvieran practicando *bondage* y la jugada les haya salido mal. Además, le han propinado un buen número de latigazos y, probablemente, haya sido con la fusta que está tirada en el suelo junto a la cama.

Knutas y Sohlman oyeron el ruido de unos pasos que subían por las escaleras y entonces apareció Karin por la puerta con un pañuelo que le tapaba la boca.

—¿Qué tal estás? —se interesó Knutas mientras le acariciaba la mejilla, que estaba totalmente pálida.

—Estoy bien —respondió Karin, que no dudó en quedarse apartada. Sabía que ese tipo de situaciones le afectaban bastante y detestaba que fuera así, pero no podía evitarlo. Aun así, se puso a observar a la víctima con cuidado. Sin duda, era una imagen espantosa.

—¿Cuánto tiempo lleva muerto? —preguntó la subcomisaria.

Sohlman se puso de pie y resolló al estirar la espalda.

—Este trabajo va a acabar conmigo —soltó haciendo una mueca mientras se masajeaba las lumbares con el dorso de la mano. Luego se volvió hacia sus compañeros—. Es difícil de precisar, aunque diría que lleva más de doce horas. El *rigor mortis* ya está completamente desarrollado, podéis comprobarlo vosotros mismos.

Entonces levantó una pierna, que cayó a plomo como una piedra sobre la cama.

Los tres se quedaron un momento en silencio y observaron las marcas ensangrentadas de los latigazos que había sufrido el cuerpo de aquel artista de renombre que además era padre de tres niñas.

—Dudo mucho que su mujer esté detrás de todo esto —murmuró Knutas.

—Bueno, eso nunca se sabe —espetó Sohlman—. Aunque el hecho de que haya sucedido en su casa de verano apunta más bien a que estaba tramando algo a escondidas. Quiero decir que tal vez quería quedar con alguien en secreto.

Knutas sacó el teléfono para intentar localizar a algún médico forense que pudiera ir a la isla e investigar el cadáver *in situ*. Sabía que era difícil lograr traer a alguien de Estocolmo, pero tenía esperanzas, sobre todo cuando las circunstancias eran particularmente extraordinarias. Tenían que interrogar a la esposa y a los parientes más cercanos lo antes posible, y, además, debían ponerse en contacto con el fiscal para obtener una orden de registro y seguir inspeccionando la casa. También tenían que averiguar el tipo de fantasías sexuales que tenía Henrik Dahlman. Al fin y al cabo, debía de conocer al autor del crimen, de lo contrario no habrían acordado verse en ese lugar.

—Será mejor que la patrulla no venga con los perros si ya lleva mucho tiempo sin vida —señaló Knutas una vez terminó de hablar por teléfono con sus compañeros de la comisaría—. Aun así, convendría empezar cuanto antes a llamar a los vecinos puerta por puerta. ¿Dónde está el hombre que lo encontró?

—Vive en la casa que hay al otro lado de la acera, se encuentra en frente de la parada de autobús, es decir, bajando por la calle Strandvägen —explicó Sohlman—. Por lo visto, el vecino era un buen amigo suyo y habían quedado hoy para almorzar juntos.

—Ahora está claro que ese almuerzo nunca sucederá —añadió Knutas mientras miraba a la víctima con una expresión de tristeza.

Johan estaba frente al ordenador de la redacción, en los estudios de radio y televisión de la calle Östra Hansegatan, situados a las afueras de la muralla de Visby. El edificio se encontraba en un área militar abandonada que se conocía como la A7 y que antiguamente había servido como establo para los caballos del regimiento. En la actualidad, la planta baja albergaba la redacción principal de la radio de Gotland y en la planta de arriba se encontraban los estudios de noticias regionales, que contaban con salas más pequeñas y vistas a un parque. Johan se había pasado casi toda la mañana poniéndose al día, aunque no le supuso ninguna dificultad porque se había interesado en seguir desde Estocolmo todo lo que sucedía en Gotland para no estar completamente desconectado. Lo cierto era que el día a día no había cambiado demasiado durante el tiempo que estuvo fuera de la isla. Además, los becarios que habían cubierto su puesto habían hecho un trabajo decente. Tenía que reconocerlo. Johan posó la mirada sobre una fotografía enmarcada que colgaba de la pared en la que aparecía Pia Lilja y su compañera de Estocolmo, Madeleine Haga, que también lo había sustituido por un tiempo. Madeleine, que tenía una belleza singular y grandes ojos marrones, aparecía en la foto sonriéndole a la cámara y mostrando sus enormes dientes blancos. Se la veía muy pequeña al lado de Pia, que posaba a su lado con unos tacones altos y le sacaba varios centímetros de altura. Ambas iban vestidas de gala y salían abrazándose en la alfombra roja de los premios Kristallen celebrados en Estocolmo. La diferencia de altura le daba a la imagen un aspecto cómico. Madeleine llevaba un vestido negro ajustado que le quedaba de escándalo. «Qué guapa es», pensó sin poder evitar sentir unas cosquillas en el estómago. A pesar de que en el pasado habían tenido una relación que terminó hacía mucho tiempo, aún existía cierta atracción entre ambos. Una vez, varios años atrás, la tensión sexual estalló cuando Emma y él estaban pasando por una crisis de pareja. «Bueno, eso ya se acabó», se dijo a sí mismo. Sin duda, ahora amaba a Emma y no le interesaban otras mujeres. Al menos no de esa manera.

Johan dejó de mirar la fotografía y continuó leyendo unos cuantos periódicos en busca de alguna noticia que pudieran cubrir los medios locales y que tuviera algo de relevancia. Ya había transcurrido la mañana de su primer lunes de trabajo y tenía la impresión de que, a medida que hojeaba las páginas, se volvía más exigente. La redacción de Visby había acordado emitir como mínimo una noticia cada día para el canal regional que cubría la parte este de Suecia. Sin embargo, no había nada que le suscitara interés. No había sucedido ningún acontecimiento importante que pudiera ser noticia. Lo más relevante que encontró fue el robo de un vehículo con un portátil dentro que se había producido la noche anterior. El teléfono se puso a sonar justo cuando Johan estaba a punto de perder toda esperanza de hallar algún acontecimiento digno de ser emitido. Era Pia, que ya iba de camino a la redacción después de asistir esa mañana a una exposición de arte para sacar algunas fotos.

—¿Te has enterado de lo que ha ocurrido? —le preguntó Pia, a la que oyó sofocada y muy agitada.

—Pues no.

A juzgar por su tono de voz, se trataba de algo serio.

—Han hallado el cadáver de un hombre en su casa de verano, en Ljugarn. Hay varias patrullas de policía. Una amiga mía vive allí y su vecino ha sido quien ha encontrado a la víctima. Se llama Henrik Dahlman. Bueno, se llamaba.

—Santo cielo. Ven a buscarme ya.

Johan colgó de inmediato y echó un vistazo al reloj. Las dos y media. Con un poco de suerte, lograrían emitir la noticia por la noche. A pesar de que se trataba de un incidente desagradable, Johan no podía contener la adrenalina que se le disparaba como un cohete, ni la sangre que empezaba a bullir de la emoción. Qué oportuno. Un asesinato en el primer día de trabajo. En ese momento, llamó a Max Grenfors, que estaba a cargo de las noticias nacionales, para pedirle al menos dos minutos de retransmisión en el telediario de la noche. Como de costumbre, el redactor se puso manos a la obra en cuanto Johan le contó los pormenores.

—Johan, eres un auténtico imán para las noticias. *Mamma mia*, no me lo puedo creer.

Johan levantó una ceja. No sabía muy bien cómo tomarse el cumplido. Desde luego no dejaba de sorprenderle nunca ese cinismo tan propio del redactor.

—¿Tienes más datos? —continuó Grenfors con cierta emoción en la voz—. ¿Cuál va a ser el procedimiento de actuación de la policía? ¿Quién es la víctima?

—Solo sé que se llama Henrik Dahlman y que es un artista conocido. Al menos en Gotland.

—Oh, ¡así que un famoso! —estalló el redactor entusiasmado—. Esto va directo a las noticias de cabecera.

—Recopila toda la información que puedas sobre él y envíame los datos que tengáis —prosiguió Johan en un tono firme y sereno—. Te llamaré más tarde.

Pasados unos minutos, Johan y Pia se montaron en la furgoneta de la televisión regional y pusieron rumbo hacia el sur de la isla. La fotógrafa conducía a toda velocidad sin apartar la vista de la carretera mientras le comentaba a su compañero todos los datos que había recopilado hasta el momento.

—Mi amiga me ha dicho que el vecino fue quien encontró el cuerpo.

—¿Quién es el hombre? —se interesó Johan. Tenía un bolígrafo entre los dientes y sacó un cuaderno para tomar notas.

—Su nombre es Claes Holm y era un buen amigo de Henrik. Solían quedar con sus respectivas familias, sobre todo durante el verano. Además, los dos tienen hijos de la misma edad.

—¿Y el tal Henrik se encontraba solo en casa?

—No lo sé.

—¿Sabes cómo se produjo el asesinato?

—No, pero según Johanna, la amiga que me lo ha contado, Claes estaba completamente en *shock*. Y no duda de que se trate de un asesinato.

Johan intentó llamar al comisario Anders Knutas, pero no obtuvo respuesta. Al final consiguió hablar con el responsable de prensa, Lars Norrby.

—¿Podrías informarnos acerca del asesinato que ha tenido lugar en Ljugarn? —fue la primera pregunta de Johan.

—Pero ¿cómo demonios te…?

Hizo una breve pausa. Después prosiguió.

—Han hallado el cuerpo de un hombre en su casa de verano. Es todo lo que podemos decir por ahora.

—¿Cuándo?

Norrby dudó unos segundos.

—Bueno, sobre las dos de la tarde.

—¿Quién ha avisado a la policía?

—Ha sido un vecino. El mismo que ha encontrado el cuerpo.

—¿Se sospecha que pueda tratarse de un asesinato?

—Sí, se podría decir que sí.

—¿Y el motivo?

—No puedo confirmarlo, pero todo apunta a que se trata de un crimen. Eso es todo lo que puedo contar. Ya os iremos dando más detalles.

—¿Tenéis información sobre la víctima?

—No se nos permite dar a conocer su identidad hasta que no hayan interrogado a las personas de su entorno.

—¿Y si te digo que sé que se trata de Henrik Dahlman?

—Hasta luego.

Lars Norrby colgó el teléfono. Johan le hizo un gesto a Pia con los ojos y esta se rio por lo bajo.

—¿Qué te parece tan gracioso? —preguntó Johan enfadado.

Justo en ese momento se encontraban detrás de un tractor que circulaba a unos treinta kilómetros por hora y que bloqueaba la carretera estrecha y llena de curvas, por lo que resultaba imposible adelantarlo.

—¿Esperabas que fuera a responder tu última pregunta?

Pia le lanzó una mirada compasiva. La sombra oscura con la que se maquillaba los ojos acentuaba su expresividad, que, combinada con su estatura, el pelo negro como el azabache y todos los *piercings* y tatuajes, provocaba que la gente a menudo se cruzara de acera al verla caminando por la calle. Le pasaba tanto con hombres como con mujeres. Sin embargo, Pia era muy agradable e interesante, una persona muy especial. Además, era buena fotógrafa, valiente y directa. Siempre soñaba con viajar alrededor del mundo y trabajar para los medios de comunicación más reconocidos. Y Johan estaba convencido de que ese día llegaría.

No tardaron en llegar a Ljugarn, que estaba al sur de la isla. Cruzaron el pueblo por la carretera que conducía a la playa y después continuaron por la calle Strandvägen, donde se encontraba la casa de los Dahlman. Johan trató de llamar al vecino,

Claes Holm, pero ni él ni su mujer contestaron al teléfono. No le extrañó en absoluto, ya que probablemente aún estuvieran en estado de *shock*. Por otra parte, Johan jamás se atrevería a intentar contactar con alguno de los parientes cercanos a la víctima. No era ese tipo de periodista, así que habría que esperar.

A lo lejos, junto al mar, resultaba evidente que había ocurrido algo grave. Pudo ver que había tres coches patrulla aparcados al final de la calle y junto al jardín de la familia Dahlman. Pia detuvo la furgoneta lo más cerca posible y ambos salieron a toda prisa hacia la casa. Johan vio a Karin Jacobsson entrando por la puerta principal con una mujer mayor y corpulenta, y unos segundos más tarde se percató de que era la forense del Instituto de Medicina Legal de Solna, a quien había entrevistado varias veces en Estocolmo durante los años que trabajó en la televisión nacional. Sin embargo, no recordaba su nombre. Johan se preguntaba si Knutas estaría también allí, pues seguía sin responder a su llamada. Entretanto, dos agentes de policía vigilaban la zona para impedir el paso a personas no autorizadas. Johan se acercó a uno de ellos mientras Pia grababa con la cámara.

—¿Qué ha ocurrido?

—No puedo decir nada —respondió el policía y apretó los labios—. Tendréis que hablar con el responsable de prensa de la policía.

—Entiendo. Pero ¿no nos podrías decir al menos por qué habéis acordonado la zona? ¿O por qué han llegado varias patrullas?

—Lo dicho, hablad con Lars Norrby.

Era obvio que el agente no estaba por la labor y, a juzgar por su postura firme, estaba claro que no pensaba dar ni un solo dato. En ese momento, Anders Knutas salió al porche de la casa de la víctima.

—¡Hola! —Johan lo saludó a gritos para captar su atención. Esperaba poder intercambiar unas palabras con él. Más que nada porque llevaban mucho tiempo sin verse y también porque, a decir verdad, Knutas le debía un favor. Johan no solo había proporcionado información muy valiosa a las autoridades; en una ocasión, hacía muchos años, incluso llegó a salvarle la vida al inspector.

Knutas alzó la vista y Johan se percató de que había levantado una ceja al verlo. Para su satisfacción, se acercó a ellos y les tendió la mano para saludarlos.

—Muy buenas, cuánto tiempo —lo saludó el comisario con un apretón de manos.

—Y que lo digas —asintió Johan—. Me alegro de verte, aunque las circunstancias podrían haber sido distintas.

—Siempre nos toca vernos las caras en este tipo de situaciones —señaló con firmeza. Johan vio que una tímida sonrisa se esbozaba en el rostro del policía.

—¿Qué ha pasado?

Johan extendió la mano que sujetaba el micrófono y Pia comenzó a grabar. Knutas no pareció inmutarse.

—Se ha hallado el cuerpo de un hombre.

—¿Dentro de la casa?

—Correcto.

—¿Es el dueño de la misma?

—Aún no se nos permite revelar su identidad. Primero hay que interrogar a las personas cercanas al fallecido.

—¿Existen indicios que señalen que se trata de un asesinato?

Knutas dudó por un momento si debía responder a esa pregunta.

—No podemos descartar nada por ahora, aunque todavía es pronto para confirmar ninguna hipótesis.

—¿Qué les hace sospechar que haya podido ser asesinado?

—No puedo pronunciarme sobre eso. Aún es pronto.

—¿Qué actuaciones está llevando a cabo la policía en estos momentos?

—Por ahora nos estamos dedicando a localizar a los vecinos de la zona, los agentes de la científica están tomando muestras dentro de la casa y los médicos forenses ya han comenzado a examinar el cadáver. También vamos a intentar reconstruir cómo fueron las últimas horas de vida del fallecido.

—Pero ¿podría decirse que se trata de un crimen? ¿Ha sido víctima de un atraco por parte de alguna banda?

—Lo siento, no puedo proporcionar más detalles por ahora.

—¿Cuando se produjo el incidente?

—Ocurrió entre la madrugada y las primeras horas de la mañana, según señalan los forenses.

—¿Podría confirmarnos las circunstancias de la muerte?

—No es posible. Aún es demasiado pronto.

Knutas se giró hacia la cámara y continuó.

—En estos momentos necesitamos la colaboración de todos los ciudadanos. Si alguien vio algo inusual en la zona de Ljugarn durante la pasada noche o tiene algún tipo de información que nos pueda ayudar, por favor, que contacte con la policía.

Por el tono de voz del comisario, Johan concluyó que se trataba de un suceso extraordinario, si es que podía calificarse de esa manera. Era evidente que no había sido una muerte sin más.

EL EQUIPO DE investigación se reunió en la comisaría de Visby el lunes por la tarde y Knutas les dio la enhorabuena a los agentes por haber actuado de forma rápida y eficaz. Los medios de comunicación se hicieron eco de la noticia, y, a pesar de que la identidad de la víctima no se había hecho pública, fue inevitable que acabaran filtrándose algunos detalles. Se sabía que se trataba de un hombre, padre de tres niñas, que había muerto en su residencia vacacional mientras realizaba sexo no convencional y que la policía sospechaba que lo habían asesinado. Ante el absoluto desconcierto de los habitantes de aquel pueblo idílico, habían acordonado los alrededores de la casa y numerosos coches patrulla estaban aparcados en la puerta.

Knutas se colocó en su lugar correspondiente de la mesa y a continuación entraron el resto de miembros del equipo, que fueron tomando asiento frente a las tazas de café y algunos tentempiés que estaban dispuestos en el centro.

—Bueno, tenemos a un padre de familia de unos cuarenta y cinco años. El cadáver fue encontrado en su casa de verano, en Ljugarn. La víctima no es otra que el artista Henrik Dahlman. Supongo que todos lo conocéis.

—El mismo a quien le habían encargado realizar una escultura para la biblioteca Almedal, ¿no? —preguntó el inspector Thomas Wittberg—. Leí hace poco un artículo completo sobre él en la revista *GT*.

—Correcto. Es él —respondió Knutas brevemente y prosiguió con el comunicado—. Por ahora no estamos seguros de que se trate de un asesinato, pero aun así debemos contar con esa posibilidad. La propiedad ya está acordonada y están interrogando a los vecinos de la zona. Los de la científica continúan con su trabajo *in situ*. También, en nombre de todos, quiero dar las gracias a Sohlman por acudir a esta reunión.

El inspector le hizo un gesto al agente de la científica, que se giró hacia el resto de compañeros que estaban alrededor de la mesa.

—El cuerpo fue encontrado en las condiciones que veréis a continuación.

Knutas le hizo un gesto a Karin para que apagara la luz y otro a Sohlman para que comenzara a enseñar las imágenes en la pantalla de la sala. En el momento en que se proyectó la primera fotografía, se oyó un murmullo entre los asistentes.

—¿Podemos decir que se trata de un asesinato que tuvo lugar durante el acto sexual? —Lars Norrby hizo la primera pregunta.

Knutas le lanzó una mirada. La persona responsable de presentar el informe policial parecía ser quien menos información tenía en comparación al resto de asistentes.

—Parece que estás en babia, ¿eh? —insinuó Wittberg en un tono irónico—. Bromas aparte, ¿a ti qué te parece?

Wittberg, que llevaba una camiseta blanca y ajustada que le marcaba los músculos del brazo, negó con un gesto de la cabeza, coronada por una melena de rizos largos y dorados que llevaba siempre recogidos en una coleta. «Dios mío, este está cada día más fuerte», pensó Knutas con un poco de envidia. El contraste entre Wittberg y el compañero flaco y elegantemente vestido que acababa de hablar era evidente.

—Bueno, ya basta —respondió Norrby. Acto seguido, se giró hacia Knutas con cara de estar esperando oír más detalles, mientras Sohlman continuaba mostrando imágenes del cuerpo desde distintos ángulos.

—Podemos decir que no cabe duda de que la víctima estaba practicando sexo en el momento de la muerte —continuó Knutas—. Un vecino encontró el cuerpo de Henrik Dahlman sobre las dos de la tarde y para entonces ya llevaba muerto unas doce horas. El cadáver presenta señales de latigazos en todo el cuerpo, además de varios cortes y numerosas contusiones.

—¿Hay algún signo que indique que la víctima opuso resistencia? —se interesó el fiscal Birger Smittenberg, que también estaba presente en la reunión.

El fiscal llevaba muchos años colaborando estrechamente con Knutas y solía involucrarse en la investigación desde el principio, sobre todo cuando se trataba de resolver un asesinato.

—Hay pruebas evidentes que apuntan a que la víctima opuso resistencia —respondió Knutas—. Es más, me atrevo a decir que lo hizo desde el principio. Se va a proceder a analizar los restos de semen que se han hallado en las sábanas. También hemos encontrado mechones de cabello en la cama que ya se han enviado al Instituto de Medicina Legal. Les hemos metido prisa, así que espero que los resultados estén listos dentro unos días.

En ese momento, Knutas se dirigió al agente de la científica.

—Sohlman, ¿puedes proporcionarnos alguna información sobre las pistas que han sido halladas en el lugar de los hechos?

—Los restos de semen de las sábanas pueden pertenecer a la víctima o al autor del crimen, pero tampoco debemos descartar que las manchas ya estuvieran allí antes —aclaró Sohlman—. En cuanto a los mechones que se encontraron sobre la cama, son sintéticos. Les he echado un vistazo con el microscopio y no parecen naturales, por lo que posiblemente provengan de una peluca. Hasta donde sabemos, la mujer de Henrik Dahlman no lleva pelo postizo. No hay signos de que se produjera ninguna pelea dentro de la casa, aunque todo apunta a que la víctima cenó con alguien. Hemos descubierto dos botellas de vino que no llevaban mucho tiempo abiertas, además de un par de recipientes de comida para llevar de un restaurante tailandés que se encuentra en Visby. Los están analizando. Hay que tener en cuenta que puede que no sean de anoche, aunque los vecinos afirman que los Dahlman llevaban un par de semanas sin aparecer por allí.

—Dices que es comida tailandesa… —dijo Knutas—. ¿Y habéis encontrado restos de comida? De ahí podríamos obtener muestras de ADN.

—Por desgracia, está intacta y en sus envases de plástico. Aunque habían utilizado algunos cubiertos, estaban bien fregados. Con un poco de suerte, podríamos averiguar de quién se trata si el autor o autora del crimen fue quien compró la comida, siempre y cuando el personal del restaurante u otros testigos recuerden su rostro. Lo cierto es que podemos decantarnos por una muerte que se produjo accidentalmente durante una práctica sexual degenerada y no convencional. Pero es imposible confirmarlo en este momento.

—¿Y se han hallado otras pistas? —preguntó el fiscal.

—Todo indica que estamos ante un asesino, o asesina. Bueno, sea quien sea, se aseguró de que la casa quedara impecable, lo cual debió de llevarle tiempo. Lo dejó todo ordenado, limpio y fregó los platos, sin olvidarnos de que todas las superficies que hubiera podido tocar o por las que hubiera pasado están inmaculadas, incluido el suelo del dormitorio. El de toda la casa está impecable, desde luego, así que el criminal tuvo que limpiarlo antes de marcharse.

Knutas le hizo un guiño a Sohlman para que continuara.

—Encontramos una fusta debajo de la cama. Lo más probable es fuera usada para azotar el cuerpo de Dahlman. La investigación de la escena del crimen durará toda la noche, así que es muy posible que surjan otras pistas que por ahora desconocemos.

Sohlman mostró varias fotografías de la víctima y de estancias de la casa, como el dormitorio, la cocina y el salón.

—¿Algo que objetar en cuanto al posible autor o autora del crimen? —planteó Karin—. Me refiero al hecho de que estuviera todo tan impecable.

—¿A dónde quieres llegar con eso? —quiso saber Norrby.

—Me refiero a que, si el sexo fue demasiado lejos y fue un accidente, la persona que le quitó la vida a Henrik Dahlman se habría quedado en estado de *shock* y completamente aturdida. ¿Puede alguien tener la sangre fría de ponerse a limpiarlo todo después de que suceda algo así? ¿No creéis que todo apunta claramente a que ha sido un asesinato premeditado?

—Pues, ahora que lo dices, puede que tengas razón —afirmó Knutas pensativo mientras se acariciaba la barbilla.

Posó la mirada en Karin unos segundos más de lo necesario mientras pensaba en cómo serían ahora las cosas si solo fueran compañeros de trabajo . Al fin y al cabo, lo habían sido durante años. Sin embargo, ahora eran pareja y lo cierto era que a menudo tenía la sensación de que esa relación no era real, de que no le estaba pasando a él. A veces le parecía que su cuerpo se hubiera dividido en dos. Se deshizo de sus pensamientos de inmediato para volver a la reunión y a la pregunta que había planteado Karin. Desde luego, aquel no era el lugar adecuado para filosofar sobre la identidad.

—¿Qué tal si nos paramos a pensar en ello unos segundos? —prosiguió Knutas—. Veamos, si estamos hablando de un asesinato y suponemos que, en efecto, lo habían planeado, ¿qué pistas nos pueden indicar que haya sido así?

Dejó caer la pregunta y paseó la mirada por cada uno de los presentes. Casi todos eran compañeros cercanos con los que siempre trabajaba en equipo. El agente de la científica, Erik Sohlman, con su encendido cabello pelirrojo y su temperamento peculiar; el distinguido responsable de prensa, Lars Norrby, siempre correcto y algo malhumorado, y en el que Knutas confiaba a pesar de todo; el fiscal, Birger Smittenberg, que rondaba los setenta, pero que aún trabajaba a tiempo parcial. Sin duda, Knutas no podía haberse imaginado tener a unos compañeros tan comprometidos y dedicados a su trabajo. Por último, se encontraba el inspector Thomas Wittberg, un seductor nato y donjuán de la comisaría, el eterno soltero que por fin había sentado la cabeza con una joven que veraneaba en Gotland a la que doblaba la edad. Desde que salía con ella, tenía un físico más tonificado y esbelto, se había dejado barba y se ponía jerséis que le quedaban más apretados de lo habitual para llamar la atención sobre su cuerpo entrenado en el gimnasio. Tal vez lo hacía con la intención de aparentar ser más joven y atraer las miradas hacia sus bíceps y sus abdominales, perfectamente definidos. De esa manera, contrarrestaba las canas y las gafas que tenía que llevar para la presbicia. «Imagino que tiene que ser difícil», pensó Knutas, aunque él también era consciente de la diferencia de edad que existía entre Karin y él. La subcomisaria era doce años más joven y a menudo esos años lo atormentaban bastante más que las nuevas canas y arrugas que descubría, entre otros signos de envejecimiento que empezaba a notar con el paso del tiempo. Además, Karin podía presumir de tener un buen cuerpo y una buena condición física, lo cual hacía que Knutas se sintiera agobiado. Al fin y al cabo, nunca llegó a preocuparse de esa manera por su físico cuando estaba con Line, puesto que ambos tenían la misma edad. Unos segundos después, maldijo en silencio. ¿Qué le ocurría? Estaba en medio de la primera reunión de una investigación criminal y, en lugar de estar concentrado, había dejado volar sus pensamientos. Qué oportuno. Decidió fijar la mirada en Wittberg, que parecía dispuesto a responderle a la pregunta que había lanzado y ya movía los labios al pronunciar las palabras.

—Sin duda, que quedaran en ese lugar, si la intención era matar a alguien, fue una buena elección —señaló el agente—. Sobre todo, si tenemos en cuenta la ubicación remota y los pocos vecinos que residen allí de forma permanente. Además, todavía no hay turistas, por lo que no hay testigos. Así pues, si el autor del crimen se desplazó hasta el lugar en su vehículo, aparcaría fácilmente a unos metros de la casa sin que nadie se percatara. El asesinato ocurrió en la casa de la víctima, que supuestamente no esperaba a nadie más. Eso nos deja al asesino campando a sus anchas sabiendo que tiene horas para eliminar cualquier pista y que nadie vendrá a molestar ni a interrumpir la faena. Después, se marchó de allí sin más. Lo cierto es que, si se trata de una mujer, parece la escena perfecta para cometer un crimen. Engatusar a un hombre y hacerle creer que tendrá sexo con él, atarlo con esposas a la cama para que no pueda defenderse y luego eliminar las huellas sin prisas y sin tener que mover el cuerpo pesado del lugar del crimen. Si lo pensamos, no es de extrañar que el cuerpo presente signos que demuestran que la víctima opuso resistencia. Es más, ¿cómo no iba a oponerla si tenía los brazos totalmente inmovilizados por encima de la cabeza y los pies atados?

—Tienes toda la razón —coincidió Karin—. ¿Qué sabemos del tal Henrik Dahlman? Tal vez tuviera una vida turbia a espaldas de su matrimonio.

—Aún no hemos podido interrogar a su mujer. Continúa en estado de *shock* —constató Knutas—. Espero poder hablar con ella en persona mañana.

—¿Qué hay del vecino que lo encontró? ¿No eran buenos amigos? —preguntó Norrby.

El inspector sacó un papel de la carpeta que tenía enfrente de la mesa, se puso las gafas de lectura a la altura de la nariz y echó un vistazo a la transcripción del interrogatorio.

—No mencionó nada respecto a que Henrik Dahlman estuviera viéndose con otras mujeres. Y de ser así, habrá actuado como si no supiera nada al respecto.

—¿Hay alguna pista que confirme que efectivamente se trata de una mujer? —preguntó Smittenberg.

—Hemos descubierto huellas de zapatos en el jardín —reveló Sohlman—. La tierra estaba húmeda, y por suerte, anoche no llovió, lo cual ha facilitado las cosas. Hemos encontrado las huellas de los zapatos de la víctima y también las de las suelas del vecino. También hay huellas de zapatos de mujer, podrían tratarse de unos con tacones del número cuarenta. Falta analizarlas con más detalle, pero, al parecer, se corresponden con unos zapatos de cuña, por lo que dudo que un hombre los llevara puestos.

—Bueno, quién sabe. Tal vez iba disfrazado de mujer o fuera un travesti —objetó Karin—. Fijaos en los mechones de pelo. Son largos.

—Y en cuanto al teléfono móvil y el portátil de la víctima, ¿tenemos nuevos datos? —quiso saber Wittberg.

—No hay rastro de su teléfono. Su portátil también ha desaparecido, aunque tiene un ordenador de escritorio en su casa de Visby y un iPad que dejó dentro de su vehículo. Los analizaremos cuanto antes. Además, hemos solicitado a la compañía telefónica el acceso a la lista de todas las llamadas, pero quizá tarden unos días en dárnoslo.

—¿Hemos conseguido localizar a los vecinos de la zona? —preguntó Norrby.

—No que yo sepa —dijo Knutas—. Son pocos los que tienen allí su residencia principal. Los colegios han cerrado esta semana y la gente aún no se ha ido a sus casas de verano. Seguiremos trabajando en ello. Ya obtendremos más información por la mañana. Además, falta interrogar al entorno de Henrik Dahlman, tanto a conocidos como a compañeros de trabajo y amigos en general. Amanda y él tienen una hija pequeña y por ahora la ha dejado en casa de los abuelos, en Burgsvik. Me parece que tiene dos años. Tiene dos hijas más con su exmujer, que vive en Ygne. No recuerdo muy bien cuál era su nombre…

Knutas se puso a hojear los papeles.

—Regina Mörner se llama. Las hijas tienen diez y doce años. La exmujer también tiene otra hija mayor, de veinte años, fruto de una relación anterior.

—¿Qué más sabemos de la exmujer?

—Cuando se divorciaron, Regina Mörner se mudó a Ygne… No es originaria de Gotland, sino de Estocolmo y la hija mayor que tuvo con otro hombre vive actualmente en la capital.

—Sería buena idea que la interrogáramos cuanto antes —señaló Knutas—. Y a la hija mayor también.

Al terminar la frase, el comisario miró a sus compañeros de trabajo. El reloj marcaba las ocho de la tarde y la mayoría tenía que seguir trabajando unas cuantas horas más.

—No sabemos con certeza si la persona que buscamos es un hombre o una mujer, ni tampoco si se trata de un asesinato o de un accidente, así que será mejor que nos pongamos manos a la obra.

En el pasado

EL MAR BRILLABA al fondo, con los veleros que navegaban como perlas a la deriva. El vuelo de Visby al aeropuerto de Bromma tan solo duraba media hora. Cecilia decidió inclinarse hacia la ventana del avión para obtener mejores vistas mientras se preguntaba cómo su padre se atrevía a saltar desde esas alturas. Los motores de la aeronave eran seguros, pero aun así no podía concebir que la gente quisiera tirarse en picado desde lo más alto. Cuando era una niña, solía pensar que lo intentaría cuando fuera mayor, pero ahora más que nunca sabía que nunca se atrevería a saltar en paracaídas.

Notaba en los oídos que empezaban a elevarse cada vez más. La altura era óptima para poder contemplar el paisaje, así que Cecilia continuó admirando el mar azul que se extendía debajo. La vida había cambiado mucho desde que su padre se marchó a Estocolmo. Ahora tenía la impresión de que vivía esperando el momento de reencontrarse con él y, aunque había estado en Gotland varias veces después del divorcio, esta iba a ser la primera vez que ambos se verían en Estocolmo. Su padre se había mudado a una zona de la capital llamada Tumba y había conseguido un apartamento con una habitación extra para ella. Por teléfono le contó que se estaba a gusto allí. La ventana de la habitación daba al jardín de la comunidad, y además había comprado una cama nueva y un escritorio para cuando Cecilia tuviera que hacer los deberes. Le iba a encantar, sin duda.

De modo que Cecilia y su padre pasarían el fin de semana juntos. Primero le enseñaría el apartamento y después saldrían a comer a un restaurante. También irían al cine y quizá a dar un paseo por Gamla Stan. Su padre dudaba si llevarla al parque de atracciones de Gröna Lund, pues pensaba que tal vez ya era mayor para esas cosas, pero Cecilia no estaba de acuerdo porque todavía se consideraba una niña. Es más, tenía curiosidad por visitar el parque de atracciones del que tanto había oído hablar y en el que había dos montañas rusas impresionantes y un escenario enorme donde actuaban los artistas más famosos de Suecia. Pero, sobre todo, estaba ansiosa por sentarse junto a su padre en el sofá para ver la televisión por la noche, simplemente deseaba que estuvieran juntos. Echaba de menos sus abrazos, el olor de la espuma de afeitar, la sensación reconfortante de sentirse segura cuando la arropaba en sus brazos. El amor que había recibido durante su infancia era todo lo que importaba en la vida. Le pareció muy cruel que se la hubieran arrebatado de repente cuando se marchó y las dejó a su madre y a ella. Nunca llegaría a ser lo suficientemente adulta para soportarlo, ni siquiera ahora que tenía dieciséis años.

Al parecer, Cecilia se había quedado dormida durante el trayecto, porque una voz la despertó de repente al tiempo que vio encenderse la señal de abrocharse los cinturones de seguridad. Una azafata se inclinó hacia ella para asegurarse de que se lo había puesto, aunque obviamente no hacía falta que lo comprobara porque no se lo había desabrochado en todo el vuelo.

Unos minutos más tarde, el avión aterrizó y disminuyó la velocidad en la pista. Por fin había llegado a Estocolmo. Al bajarse, empezó a notar unas cosquillas de emoción en el estómago. Cecilia siguió al resto de pasajeros hasta la zona de llegadas sin soltar su bolsa de viaje ni un segundo. Paseó la mirada por todos los rostros desconocidos tratando de encontrar el de su padre, pero no lograba verlo entre la multitud. Estaba pensando que tal vez no había ido a buscarla cuando apareció de pronto delante de sus ojos. Su padre se había situado un poco alejado de la salida de pasajeros, y recibió a su hija con los brazos abiertos y una enorme sonrisa. Cecilia cerró los ojos y se fundió en aquel abrazo. Una felicidad plena le recorrió todo el cuerpo y deseó que nunca más tuvieran que separarse.

—¿Qué tal ha ido el viaje? —le preguntó de camino hacia la puerta de salida de la zona de llegadas.

—Ha ido genial —respondió.

—Si es que ya eres una chica mayor —trató de elogiarla—. Pronto tendrás edad para echarte novio. ¿A cuántos no les habrás robado ya el corazón?

Cecilia se ruborizó.

Su padre siempre le hacía ese tipo de preguntas y comentarios. Pero, desde luego, la mayoría de los chicos que iban a su clase eran unos mentecatos y tontos de remate.

Minutos después, salieron del aparcamiento del aeropuerto y pusieron rumbo a la ciudad por la autovía principal. Cecilia notó que de vez en cuando la miraba y le acariciaba el pelo como si todavía fuera una niña pequeña. Se le veía feliz probablemente porque él también la había echado de menos. Al fin y al cabo, su padre ahora vivía solo en la gran ciudad y tal vez añorase un poco de compañía. La vida en la capital era, cuando menos, bulliciosa comparada con Hallshuk. Había tantos coches y edificios, tantas personas desconocidas. ¿Cómo se las apañaba en medio de todo ese lío?

—¿Te gusta vivir aquí? —Cecilia lanzó la pregunta con cuidado a pesar de que esperaba obtener una respuesta negativa.

Tal vez su padre echara de menos la vida en Gotland y aún cabía la posibilidad de que volviera algún día.

—Sí, estoy encantado —le respondió.

—¿No te sientes solo?

El padre se detuvo delante de un semáforo que estaba en rojo y la miró con una sonrisa un tanto misteriosa.

—En absoluto —le aseguró—. Me gustaría contarte una cosa antes de que lleguemos al apartamento.

En ese momento, sintió un pálpito de incertidumbre en el pecho. Entonces se acordó de que toda su vida había querido tener un perro y de que muchas veces había tratado de convencer a sus padres. Pero a su madre le parecía una idea descabellada y siempre decía que tener un animal suponía una atadura enorme, a pesar de que para ella eso no fuera un engorro porque nunca iba a ningún sitio y tampoco le gustaba viajar. Pero ella siempre salía con esa excusa cuando surgía el tema de las mascotas. En cambio, su padre era más abierto en ese aspecto, incluso la ayudaba a intentar convencer a su madre. Sin duda, la idea de tener un cachorrito de bóxer era algo que había deseado desde siempre. Y a juzgar por el rostro risueño de su padre, Cecilia sabía que estaba a punto de sorprenderla con algo especial. Aun así, permaneció en silencio unos segundos como si se estuviera preparando para anunciar la noticia.

—Bueno, resulta que he conocido a una mujer y estamos saliendo juntos. Se llama Anki y es una bellísima persona. Tiene muchas ganas de conocerte.

A Cecilia se le hizo un nudo en la garganta en cuanto su padre terminó la frase. No lo había entendido del todo. ¿Tenía novia? ¿Qué quería decir eso?

—¿No me digas? —dijo sorprendida mientras lo miraba fijamente tratando de tragarse las palabras.

Su padre continuó la conversación y la voz le cambió a un tono más alegre. Mientras tanto, Cecilia tan solo alcanzaba a oír palabras sueltas. Anki era más joven y la describía como una chica «superguay». Tal cual, con esas palabras.

Por mucho que intentara esbozar una sonrisa, la boca se le torcía cada vez más, como si le hubiera dado un mordisco a una rodaja de limón y la acidez fuera lo que le provocara ese gesto. ¿Cómo podía ser que su padre no se diera cuenta?

—Hemos pensado en salir a cenar esta noche. Hay un restaurante pequeño cerca que está genial. Tienen comida italiana, como a ti te gusta. Y sirven unos helados riquísimos.

A medida que se acercaban a su destino, Cecilia observaba los enormes y horribles edificios que se alzaban a ambos lados de la autovía. Siempre había imaginado que la zona donde vivía su padre sería un lugar agradable y acogedor, sin embargo, cuando tomó la salida, aquel paisaje le pareció de lo más triste. De pronto, notó que le dolía el estómago y que los ojos empezaban a escocerle. Aún no había conocido a Anki y ya sentía que la odiaba. ¿Qué derecho tenía a entrometerse en la vida de su padre y en la de ella?

Después de dejar a un lado los numerosos edificios de viviendas, el hombre giró el volante y tomó una carretera más estrecha por la que pasaban niños en bicicleta, una madre con un carrito de bebé y un señor mayor que paseaba a un perro al lado de una valla. Pero ninguno los saludó.

Su padre le anunció con una sonrisa que habían llegado y dejó el coche aparcado en una plaza de aparcamiento que tenía asignada.

—¡Bueno, bueno! Bienvenida a Tumba —exclamó con alegría.

Agarró la bolsa de viaje de su hija, cerró el coche y continuó con la conversación. Hacía un agradable día de sol a pesar de que solo estaban a principios de mayo. Cecilia se moría de frío con la camiseta fina que llevaba puesta y deseaba volver a Gotland, a la casa donde vivía con su madre. Le dolía cada vez más la barriga, tal vez pronto le vendría la regla. Por suerte, venía preparada, pues no quería tener que pedirle dinero a su padre para comprar compresas.

A Cecilia le pareció que los enormes edificios eran idénticos entre sí. Todos tenían seis pisos de altura, con las fachadas de hormigón revestidas de un color grisáceo. Había tres entradas al recinto, cada una con una puerta de acero y cristal. En una de las paredes, vio que había un grafiti, y descubrió que había unas colillas tiradas junto al portal. En ese momento, pasó por su lado un chaval con el pelo largo y vaqueros rotos que le lanzó una mirada difícil de interpretar.

El olor a moho en la escalera y el color apagado de la pared acentuaban aún más la sensación de estar en un lugar deshabitado. A duras penas conseguía disimular la enorme decepción que sentía y la verdad era que tampoco ayudaba la lámpara fluorescente del ascensor que parpadeaba constantemente.

—Es la planta cuarta —le dijo su padre—. Cuando eras pequeña te encantaba pulsar los botones, ¿te acuerdas?

Cecilia asintió con cara de tonta. Esperaba no tener que conocer a la tal Anki, pero la esperanza fue en vano.

Unos segundos más tarde, su padre metió la llave en la cerradura de la puerta y al abrirla los recibió una mujer rubia con unos enormes aros que le colgaban de las orejas, una camisa vaquera y una camiseta de tirantes. Llevaba unos pantalones deportivos que se había puesto un poco bajos y ya lucía una piel morena a pesar de que estaban a principios de mayo.

—Dios mío, ¡qué alegría que estés aquí! —exclamó la mujer, que inmediatamente se abalanzó al cuello de Cecilia—. Krille me ha hablado tanto de ti.

¿Krille? ¿Esa persona se estaba refiriendo a su padre con ese nombre?

El padre rodeó los hombros de Anki con el brazo como gesto de cariño.

—No sabéis cuánto me alegro de que por fin os conozcáis —dijo con un peculiar tono de voz que Cecilia nunca le había escuchado antes.

CECILIA SE HIZO un ovillo en la cama de la pequeña habitación de invitados que contaba con los muebles básicos. Anki le había hablado de muchas cosas, pero a ella le había parecido como si su voz estuviera en un segundo plano donde apenas se distinguían las palabras. Se metió debajo de la colcha y comprobó que, efectivamente, la ventana tenía vistas al jardín, donde los niños jugaban y soltaban risas felices que resonaban hasta la planta cuarta. A pesar de que los rayos de sol iluminaban gran parte de la habitación, la oscuridad estaba presente entre aquellas cuatro paredes cubiertas de papel pintado amarillo. Era la primera vez en su vida que se sentía tan incómoda. ¿Por qué su padre no le había dicho antes que tenía novia? Con la que, además, compartía el apartamento y se había prometido. Clavó la mirada en sus manos, que tenía apoyadas en las rodillas, y la sensación de irrealidad no hizo más que aumentar. Anki le había hecho saber varias veces durante la conversación que se alegraba mucho de que Cecilia hubiera ido a pasar el fin de semana con ellos y que esperaba que se hiciera amiga de su sobrina, que tenía diecisiete años y vivía en Södermalm. A pesar de todo, Cecilia hizo todo lo posible por no parecer maleducada y contuvo las lágrimas como pudo.

HUBO QUE ESPERAR al día siguiente para interrogar a Amanda, la mujer de Henrik Dahlman. Aún se encontraba en estado de *shock* y la noche anterior la habían tenido que ingresar en el hospital psiquiátrico de Visby después de que le hubieran comunicado la noticia de la muerte de su marido. Para no complicar las cosas, Knutas prefería hablar con ella cuando estuviera en casa, no solo porque la pobre mujer hubiera perdido al padre de su hija, sino por la forma tan espantosa en que había ocurrido.

Como hacía un día precioso, el comisario Knutas decidió caminar hasta la casa de los Dahlman, que se encontraba al otro lado de la ciudad, cerca del lago y del jardín botánico. Por el camino, atravesó uno de los arcos de la muralla medieval situado al este y se fijó en el sol de la mañana, que acariciaba las fachadas de los edificios. Las calles empedradas parecían haber enmudecido, ya que prácticamente no había nadie. Observó a un gato negro que se lamía las patas en una escalera de piedra bajo los rayos de sol. Después, cruzó la plaza principal de la ciudad, en la que se encontraban las ruinas medievales de la iglesia de Santa Catalina, y luego dejó atrás la majestuosa catedral de Visby. Vio que las puertas estaban abiertas y escuchó la música que provenía del órgano del recinto religioso. Tal vez estuvieran ensayando para el concierto de esa noche. Continuó unos metros más abajo y finalmente llegó al callejón de Sankt Olofsgränd, donde estaba la casa de los Dahlman. Al llegar a la esquina, Knutas se encontró con una hermosa casita blanca junto a las ruinas de San Olaf, a pocos metros del Botan, como se conocía popularmente el jardín botánico. Knutas se detuvo y cerró los ojos unos instantes para disfrutar del aroma que desprendían desde la distancia las flores y las plantas exóticas mientras escuchaba el gorjeo de los pájaros que cantaban al unísono entre las hojas de los árboles.

La verja de la parte trasera del jardín estaba abierta y Knutas subió las escaleras que llevaban a la puerta principal. Llamó y esperó un par de minutos. No quería volver a llamar, tenía que ser paciente. Por nada del mundo quería estresar a la pobre viuda.

Pasados unos instantes, Amanda Dahlman apareció en el umbral con una falda negra y una blusa azul. Llevaba el pelo suelto y ondulado hasta los hombros con un estilo desenfadado. Tenía el rostro pálido y sin maquillar. Llamaban la atención sus ojos oscuros, que eran enormes y destacaban sobre los pómulos altos y los labios finos. Se notaba que había estado llorando. De pronto, un labrador negro se acercó a la puerta moviendo la cola. El animal no era consciente de la tragedia que le había ocurrido a la familia. Knutas lo saludó con unas palmaditas y luego se giró hacia Amanda para presentarse, estrecharle la mano y mostrarle sus condolencias.

Amanda Dahlman lo invitó a pasar dentro y lo guio hasta el salón, donde había un sofá enorme y una chimenea. Era evidente que aquella casa había sido decorada por gente que tenía buen gusto y dinero.

—¿Le apetece un café? —preguntó con un tono de voz calmado.

—No, se lo agradezco. Me he tomado uno antes de venir. ¿Le importaría darme un vaso de agua, si no es mucho pedir?

La mujer volvió al salón con una jarra de agua y dos vasos, y se sentó en un sillón para estar enfrente de Knutas.

—Intentaré ser breve —dijo el comisario. Sacó la grabadora, la encendió y empezó el interrogatorio con las frases introductorias habituales.

—Según tengo entendido, usted y su marido llevaban tres años juntos y tienen una hija llamada Inez. ¿Correcto?

—Así es.

—¿Había detectado algún comportamiento extraño últimamente?

—No, todo iba bien, como siempre —respondió Amanda entre sollozos—. Bueno, ahora todo será peor que antes.

—¿Notó algo raro en Henrik? ¿Algún cambio? ¿En el trabajo, quizá? ¿Sabe si había conocido a alguien?

—La verdad es que no noté nada fuera de lo normal. Y si había conocido a alguien, no me dijo nada. Qué espanto…

Las lágrimas empezaron a brotarle y sacó un pañuelo de papel de un paquete que había sobre la mesa.

—¿Cómo describiría su relación?

—Maravillosa. Henrik y yo nos queremos mucho. Bueno, nos queríamos… —rectificó—. Siempre ha sido mi gran amor. Incluso habíamos hablado de tener otro hijo.

En ese momento, Amanda Dahlman tuvo un violento ataque de llanto y Knutas no supo si debía levantarse para consolarla y darle un abrazo. Finalmente, optó por esperar unos segundos.

—Cuénteme, ¿cómo era su día a día juntos?

—Nos iba de maravilla, siempre había sido así desde que empezamos a salir juntos. Me encantaba hacerlo todo con él, hasta limpiar o sacar la basura —Amanda enmudeció un instante—. Esto ha supuesto un *shock* para mí. No puedo llegar a entenderlo…

—¿Su marido se veía con otra mujer?

—Nunca me dio motivos para pensarlo. Bueno, a veces me daba cuenta de que miraba más de la cuenta a cualquier mujer con buen aspecto que pasara por delante, pero no creo que tuviera intención de ligar o de andar con otra a mis espaldas. Siempre pensé que era la única mujer de su vida y que no necesitaba nada más.

El labio inferior comenzó a temblarle y, con los nervios a flor de piel, volvió a sacar otro pañuelo del paquete.

—Perdone, puede que lo que voy a decir suene muy directo, pero la pregunta que quiero hacerle es de suma importancia para la investigación. ¿Cómo era su vida sexual?

La angustia asomó al rostro de la mujer que estaba sentada al otro lado de la mesita y se tomó unos segundos antes de responder.

—Buena. Conmigo era cariñoso y atento. No entiendo nada…

Knutas se inclinó hacia adelante y prosiguió.

—¿Cree que podría haber algo que explique el estado en que apareció el cuerpo de Henrik?

Amanda Dahlman dudó un momento y pestañeó un par veces mientras recorría con la mirada las paredes de aquel salón tan acogedor. El único sonido que podía percibirse eran los ronquidos del perro, que dormía sobre una alfombra al lado de la chimenea.

—Si le soy sincera, no sé muy bien cómo expresarlo, pero al principio de nuestra relación, Henrik me preguntó cuál era mi visión respecto al sexo y si me gustaban las emociones fuertes. Desde luego, yo le dije que a mí no me interesaban ese tipo de cosas.

Amanda cambió de postura y, por sus gestos, parecía avergonzada. Knutas también se ruborizó, pues no estaba acostumbrado a tener esa clase de conversaciones. No obstante, aquel detalle explicaba muchas cosas, ya que todo apuntaba a un asesinato durante el acto sexual. A juzgar por los hechos, Henrik le ocultaba parte de su vida amorosa a su mujer.

Se produjo un silencio y, pasados unos segundos, Knutas continuó.

—¿Tiene algo más que explicar sobre él? ¿Algo relacionado con el sexo que le venga a la cabeza?

—Una vez me fijé en que Henrik solía echar un vistazo en el ordenador a algunos clubs de *bondage* o algo así. Le pregunté el motivo, pero tan solo me dijo que miraba por mera curiosidad.

La voz de Amanda Dahlman volvió a quebrarse y las lágrimas brotaron una vez más.

—Confiaba plenamente en él. Yo pensaba que le bastaba con lo nuestro.

De pronto, Knutas se sintió afligido por ella, decidió dejar de preguntar y apagó la grabadora.

El salón enmudeció.

KNUTAS SE SENTÍA conmovido cuando regresó a la comisaría después de haber interrogado a Amanda Dahlman. Qué pena le había dado ver así a la viuda. Pero, bueno, nadie podía asegurar que no pudiera ser la autora del crimen, no debían descartar esa posibilidad. De ser así, habría acostado a las niñas y después se habría llevado el otro coche de la familia hasta Ljugarn para asesinar a su marido y luego volver a Visby de madrugada. Sin embargo, por el momento no dudaban de la credibilidad de Amanda Dahlman. Habían revisado el ordenador y el iPad de su marido y lo que habían encontrado concordaba con las declaraciones que había prestado a la policía. Henrik Dahlman había indagado en algunas páginas de *bondage* en internet y, a decir verdad, todo apuntaba a que seguramente había conocido a la persona que le arrebató la vida en alguna página de encuentros sexuales. «A saber cuántos hay metidos en esos sitios», pensó Knutas.

Sonó el teléfono en el preciso momento en que iba a ponerse a cargar la pipa. La médica forense, Maj-Britt Ingdahl, estaba al otro lado del auricular y lo llamaba desde el Instituto de Medicina Legal de Solna, adonde habían transportado el cuerpo de la víctima. No era la primera vez que Knutas hablaba con ella.

—Muy buenas. Te llamo para darte los primeros datos del informe. Más tarde te lo enviaré con más detalle. La autopsia tendrá que esperar hasta el jueves al mediodía.

—Estupendo, muchas gracias. Te agradezco mucho que me mantengas informado.

—Supongo que estás al tanto de lo principal, aunque han aparecido otros elementos que resultan interesantes.

Knutas dejó la pipa en el escritorio y prestó atención a lo que la forense estaba a punto de revelarle.

—¿No me digas? ¿Qué habéis encontrado?

—Si partimos de la base de que la causa de la muerte fue el estrangulamiento o la asfixia, en tal caso fue la cuerda tensada lo que lo ahorcó y lo dejó inconsciente, aunque no podemos saber si él mismo se ató la soga al cuello. Es difícil sacar conclusiones antes de la autopsia.

—¿Te refieres a que Henrik Dahlman podría haberse ahorcado a propósito?

—No hay que descartar esa opción.

—Pero ¿por qué de esa manera?

—Bueno, tengo constancia de que existe un término llamado hipoxifilia. Es un tipo de asfixia erótica en el que la persona obtiene una satisfacción sexual tan intensa que puede provocarle la muerte, aunque no sea la intención —añadió Maj-Britt—. Diría que se trata de un claro accidente. En primer lugar, la persona se ata las partes del cuerpo e incluso se coloca una cuerda alrededor del cuello que va desde la espalda hasta los tobillos, que también se encuentran atados. De forma que, al estirar las piernas, automáticamente la soga del cuello se tensa y el individuo acaba muriendo estrangulado.

Knutas se quedó pasmado. Aquella imagen sobrepasaba sus límites. Nunca se había encontrado con algo así en sus treinta años de profesión.

—Desde luego no consigo entender cómo alguien podría llegar a hacer tal cosa.

—Al parecer, el orgasmo se intensifica mucho más cuando disminuye la respiración. La falta de oxígeno proporciona un placer sin igual. Desde luego, quiero que quede claro que no lo he probado —dijo en un tono tajante.

—Santo cielo —resopló el comisario.

—Si la persona llega demasiado lejos y no se detiene, existe el riesgo de que acabe perdiendo la conciencia y los músculos del cuerpo sigan tensados hasta provocar su propia muerte.

—¿Crees que eso fue lo que sucedió?

—No debemos excluir esa posibilidad. Esperemos que los resultados de la autopsia sean esclarecedores. Aunque he de decir que hay una particularidad que me hace dudar de que fuera él mismo quien se provocó la muerte y es que la cuerda no estaba recubierta con ninguna tela.

—¿En qué sentido?

—Los que se sienten atraídos por este tipo de prácticas sexuales suelen recubrir la soga con algún pañuelo para no dejar marcas en el cuello, pero en este caso no ha sido así.

—¿Y qué hay de las marcas de latigazos?

—Efectivamente, el hecho de que hubiera sadismo de por medio apunta a que haya sido un asesinato. Al igual que toda la parafernalia que había montada.

—De lo contrario, ¿cómo habría podido azotarse a sí mismo?

—Pues lo cierto es que a simple vista resulta difícil confirmarlo. De todas formas, es evidente que fue fustigado cuando aún estaba con vida. Las señales miden entre diez y veinticinco centímetros. Están enrojecidas y parte de la piel está levantada. Muchas tienen restos de sangre, lo cual significa que la circulación sanguínea aún estaba activa. Si le hubieran propinado los azotes después de la muerte, las heridas *post mortem* tendrían los bordes más endurecidos y el tejido de la piel no se vería tan natural. Es decir, estarían más secas y amarillentas. Habría una capa blanquecina que las recubriría, ya sabes. Como la apariencia que tiene un jamón cuando se deja secar al aire.

—Gracias, es suficiente —interrumpió Knutas, que ya empezaba a notar una desagradable sensación en el cuerpo. Él también tenía sus límites. Y prosiguió con otra pregunta—. ¿Tenéis algo más?

—Sí, he hallado heridas dentro del ano. Son bastantes superficiales pero profundas, así que podríamos decir que hubo penetración. A no ser, claro está, que tuviera problemas graves de estreñimiento.

—¿Hay restos de semen?

—Mmm, no… —dijo la forense e hizo una pausa breve—. Quizá ya no se aprecien. También se le ha tomado una muestra en todos los orificios y se le ha realizado un análisis de sangre. Los análisis clínicos estarán listos dentro de unos días. Entonces sabremos si también había tomado drogas.

—En la sábana había restos de semen —explicó Knutas—. Ya se han enviado a analizar al Instituto de Medicina Legal.

—Perfecto, estaremos atentos a los resultados.

Terminaron la conversación telefónica y el comisario continuó cargando la pipa. Se acercó a la ventana para encenderla. En ese momento, le vino a la mente Amanda Dahlman. Su marido tenía deseos y necesidades que ella tal vez conocía, pero no quería aceptar. Unos segundos más tarde, cerró los ojos. Visualizó a Line y revivió en su memoria el momento en que le dijo la razón por la que había decidido divorciarse de él. Entre otras cosas, era porque nunca se sentía escuchada ni satisfecha. Según las palabras de Line, Knutas no podía darle lo que necesitaba. Se quedó perplejo cuando su exmujer le anunció la noticia y ahora pensaba en todo el tiempo que Line se lo había estado ocultando. Tal vez se hubiera sentido así durante años sin que él se hubiera dado cuenta.

Aquel pensamiento lo atormentaba.

Karin estaba delante del ordenador de su despacho mientras observaba la vida pasar por la ventana. Pensaba en Amanda Dahlman y en el hecho de que se hubiera quedado viuda de una forma tan repentina y despiadada. Podía imaginarse cómo sería la reacción de la gente del pueblo cuando salieran a la luz los detalles del asesinato. Tan solo era una cuestión de tiempo y, para colmo, Amanda se había quedado sola con una niña de dos años.

Cabía la posibilidad de que Henrik Dahlman se sintiera atraído por las relaciones sexuales poco convencionales, de hecho, era lo que en esos momentos centraba la atención de los investigadores, sobre todo teniendo en cuenta las circunstancias en que habían hallado el cuerpo. Tal vez esa era la explicación de todo lo ocurrido. Justo cuando Karin encendió el ordenador para mirar en internet todos los clubs de *bondage* en los que Henrik Dahlman se había interesado, Wittberg la interrumpió asomando la cabeza por la puerta al mismo tiempo que hacía señales con un trozo de papel y la miraba con cara de pícaro.

—Acaba de entrar una llamada por el número de teléfono gratuito que no tiene desperdicio —comenzó a decirle el compañero—. Se trata de un hombre llamado Bo Lindgren que tiene una casa de verano no muy lejos de la residencia de los Dahlman en Ljugarn.

Karin agarró la nota al vuelo.

—Te advierto que es muy charlatán. Yo es que tengo un poco de prisa. Es Sofia otra vez... —Wittberg entornó los ojos—. ¿Te importa hacerte cargo?

—No, está bien —asintió Karin.

En cuanto cerró la puerta, Karin se dispuso a marcar número de teléfono de Bo Lindgren.

El interesado respondió justo después de la señal, seguramente estaría pegado al teléfono esperando la llamada. Karin se presentó.

—Mi compañero me ha comentado que quería proporcionarnos algunos datos, ¿cierto?

—Así es —respondió el hombre en un tono alegre.

Tenía el indiscutible acento de Gotland.

—Cuénteme.

—Verá, llevo muchos años viviendo en Ljugarn —empezó—, aunque ahora estoy solo. Desde que falleció mi mujer vivo con mi perro en la que era nuestra casa de verano. Los dos estamos bien, no necesitamos más. Mi hijo se quedó con nuestra residencia principal. Como tiene familia... Vive allí con su mujer y sus dos hijos. Mejor que se quede él con la casa, su padre ya es viejo...

—Comprendo —dijo Karin.

—Y la casa de los Dahlman, la conozco muy bien. Tengo entendido que la familia pasa los veranos allí. Qué espanto lo que ha pasado.

—¿Qué era lo que quería decirnos? —Karin lanzó la pregunta tratando de no parecer demasiado impaciente.

—Pues estaba paseando a *César*, mi perro. Tal vez llevábamos una hora fuera de casa. Se rumorea que a veces hay robos en las casas que llevan un tiempo deshabitadas y...

A Karin le pareció que era un buen vecino, aunque un poco caótico. Al fin y al cabo, a su edad, el hombre tenía que entretenerse con algo.

—Pues eso, que serían las nueve cuando la vi.

El señor Lindgren hizo una breve pausa.

—Una mujer. Era la primera vez que la veía. Salió de una cabaña de madera que lleva vacía mucho tiempo. Y me sorprendió.

Karin frunció el ceño.

—¿Podría describirla?

Bo caviló unos segundos.

—Bueno, estaba ya algo oscuro y mi vista no es muy buena que digamos. Pero, por lo poco que logré ver, me pareció que era una mujer muy guapa y muy alta. Tenía el pelo negro y llevaba una falda. O un vestido, no sé. Y tacones muy altos. Me acuerdo. Desde luego, tiene que ser difícil caminar por la hierba y la arena con unos zapatos así, porque si el tacón se hunde hacia dentro... Me pareció que llevaba algo de prisa. Iba casi corriendo. Primero pensé en saludarla, pero preferí no hacerlo.

—¿Y por qué razón?

—Qué se yo, porque sinceramente me dio la impresión de que la cabaña de la que salió no era suya, y, al ser una mujer, preferí no meterme en donde no me llaman.

—¿Hacia dónde se dirigió? —preguntó Karin.

—Vi que dobló la esquina y desapareció por un camino a toda prisa.

—¿Y después de eso?

—*César* y yo nos fuimos a casa.

—¿No vio nada más esa noche que le resultara extraño?

—Ah, sí, bueno... Llevaba también un bolso en la mano. Era muy grande, además. Si no recuerdo mal, era negro.

Karin sintió que el pulso se le aceleraba. La información que proporcionaba aquel hombre era muy valiosa: había visto a una mujer misteriosa vestida con ropa elegante merodeando por los alrededores de la casa de los Dahlman. Además, la hora coincidía a la perfección.

—Señor Lindgren, será mejor que nos veamos ahora mismo.

¿Me puede indicar dónde está situada la cabaña?

—Claro, descuide. Yo se la enseño.

Karin pisó el acelerador y puso rumbo al sur, donde se encontraba el pueblecito de Ljugarn. De camino pasó por la aldea de Roma, un lugar que sin duda le traía muchos recuerdos. Apenas había tráfico en la carretera y mientras conducía le vino a la memoria aquel verano en el que se celebró la semana de Almedal, un evento marcado por el asesinato de la famosa periodista Erika Malm. En la zona se encontraba el famoso teatro de Roma, donde, finalmente, se resolvió el caso.

Durante el trayecto, el emblemático paisaje estival de Gotland se proyectaba delante de sus ojos. Divisó los muros de piedra, los prados con caballos y corderos, los acianos y las amapolas en flor. A un lado, una iglesia de piedra se alzaba majestuosa y solitaria, y no le pasaron por alto las casas de piedra caliza. Algunas eran pensiones que también ofrecían desayuno, tiendas de cerámica y de miel. Sin duda, parecía que hubieran recortado la imagen de la revista turística *Destino Gotland*. La naturaleza del interior de la isla presentaba muchos contrastes y era más exuberante que la vegetación de la costa.

Dejó Roma atrás y continuó hacia el este por Ala. Al norte de Ljugarn se encontraban el pueblo pesquero de Vitvär y la reserva natural de Folhammar, dos lugares que sin duda merecían una visita. Pero Karin no se dirigía allí para hacer turismo. A medida que se acercaba al pueblecito, vio a un grupo de niños en bicicleta que a duras penas pedaleaban por el arcén para no perder el equilibrio, así que disminuyó la velocidad. A partir de ese momento, supo que estaba cada vez más cerca del mar, puesto que la vegetación tenía poca altura y el paisaje estaba poblado de enebros, brezos y pinos silvestres típicos de la costa de la isla.

Karin no tardó en llegar al pueblo que todos conocían por ser un lugar de vacaciones y por su camping turístico. Bo Lindgren le había detallado perfectamente las instrucciones para llegar a su casa y, gracias a ello, no le supuso ninguna dificultad encontrarla. Al pasar el puerto pesquero, tomó una salida por un camino de grava al final del cual estaba la casa del anciano.

Cuando aparcó, vio que el hombre la estaba esperando junto a la verja de la entrada. El perro peludo que tenía al lado empezó a mover la cola en cuanto Karin salió del coche.

—Hola, soy Karin Jacobsson, de la comisaría de Visby —se presentó Karin tendiéndole la mano al señor que iba vestido con unos pantalones de pana verde oscuro y una camisa de color claro. Llevaba el pelo canoso peinado con un estilo elegante y tenía una frondosa barba gris. El hombre le devolvió el saludo con una sonrisa amable y una mirada que mostraba unos ojos azules inocentes y profundos rodeados de numerosas arrugas, que revelaban un rostro curtido por el viento y castigado por los rayos del sol.

—Bienvenida, ¿le apetece un café? —le ofreció.

Karin aceptó la invitación, aunque por pura cortesía, y lo siguió hasta la cocina de la casa, que estaba amueblada con lo básico. Únicamente había unos armarios de color celeste y una mesa con superficie laminada que a Karin le produjo una cierta nostalgia porque su abuela tenía una igual.

El señor Lindgren sirvió el café en unas tazas blancas pintadas con flores azules, Karin tomó la suya y se puso junto a la ventana para contemplar el jardín y las casas de alrededor.

—¿Está lejos de aquí la cabaña de la que me ha hablado antes? —preguntó Karin.

—Qué va, está muy cerca —afirmó él.

Cuando ambos se terminaron el café, pusieron rumbo hacia allí. El anciano le mostró el camino mientras charlaba sin parar de todo un poco, aunque Karin tampoco le prestaba mucha atención. El perro, que también los acompañaba, paseaba tranquilo junto a su amo. Unos minutos más tarde, cruzaron un bosque y llegaron a una zona descampada en la que había algunas cabañas dispersas. El mar desprendía un fuerte olor y de vez en cuando se percibía un desagradable hedor a descomposición.

—Ahí está —señaló él.

La cabaña de madera tenía una sola planta y a simple vista necesitaba reformas.

—Los dueños son una pareja de Escania —continuó—, no vienen muy a menudo. La última vez que los vi fue el año pasado. Suelen llegar a finales de junio para celebrar el solsticio de verano. Por ese motivo me sorprendió bastante lo que vi.

Era evidente que la cabaña estaba prácticamente en ruinas. Además, los hierbajos la ocultaban casi en su totalidad, las ventanas necesitaban una buena capa de pintura y algunas tablas del tejado se habían caído.

Karin decidió acercarse a la puerta y, al girar el pomo, descubrió que estaba cerrada, algo que no la sorprendió.

—Voy a echar un vistazo, si no le importa —le dijo. Prefería esperar un poco antes de forzar la puerta, tal vez hubiera otra en la parte trasera que sí estuviera abierta. Con un poco de suerte, habría alguna llave debajo de una maceta o de una alfombra para no tener que echar la puerta abajo. Tampoco tenía tiempo de esperar a que el fiscal le concediera una orden de registro o a que sus compañeros acudieran a ayudarla. No obstante, sabía que corría cierto riesgo si actuaba por su cuenta. Además, no podía descartar la posibilidad de que el autor del crimen estuviera escondido dentro de la cabaña.

—Por supuesto, como quiera —respondió él—. No la molesto. *César* y yo vamos a dar un paseíto mientras tanto.

Karin apoyó la mano en el cristal de la ventana para ver el interior de la casa. Al parecer, no había nadie, pues estaba un tanto oscura y abandonada. Al fondo, observó que el salón tenía algunos muebles sencillos y una chimenea moderna. Había unos bancos y una mesa de madera, y una alfombra de esparto en el suelo.

Siguió caminando alrededor de la casa y finalmente encontró la llave en una maceta.

Cuando abrió la puerta, entró en un pasillo estrecho y observó que el techo era bajo. En un gancho de la pared, había un chubasquero, y debajo unos zapatos negros viejos y un par de botas de agua. Se asomó al dormitorio y observó que también era estrecho, y que tenía una litera y una cómoda de color verde en un rincón. Olía a madera, pero también percibía otro aroma un poco extraño que era incapaz de identificar, aunque quizá solo fuera moho. Los rayos del sol iluminaban los muebles del salón y revelaban las motas de polvo que flotaban en el aire. Junto a la ventana, descubrió una maceta con un geranio de plástico, y vio que todas las cortinas eran de color amarillo oscuro y estaban hechas de tela gruesa. Se dio cuenta de que los cojines y el sofá combinaban con la alfombra gris y naranja de esparto. Sin duda, el interior de aquella casita parecía salido de un catálogo de decoración de interiores de los años setenta donde se hubiera parado el tiempo.

Karin se detuvo en la cocina, que limitaba con el salón, y de repente su intuición la llevó a pensar que alguien más había estado allí.

Abrió el frigorífico, pero no halló comida dentro. Tampoco había encontrado ningún objeto de valor en el dormitorio después de inspeccionarlo. Siguió hasta el baño y vio que era minúsculo. Tan solo había un lavabo, una ducha pequeña y un inodoro. Por encima del lavabo colgaba un armario con un espejo y en el techo había una lámpara redonda llena de moscas muertas que contrastaban con el fondo blanco. Karin se preguntó cómo habrían llegado hasta allí y encendió la luz para ver mejor.

En ese momento, el corazón empezó a latirle con más fuerza, tal y como le ocurría siempre que la adrenalina empezaba a apoderarse de su cuerpo. Entonces descubrió que había algo en el lavabo. Una especie de grieta fina que se extendía sobre el esmalte blanco hasta el desagüe y terminaba enroscándose.

Era un mechón de pelo negro.

Lo levantó con cuidado y lo colocó debajo de la luz.

Tenía un brillo peculiar y parecía sintético.

En el pasado

Notó cómo una mano helada se acercaba a su garganta. La había encontrado y ya no tenía escapatoria. Intentó evitarlo, trató de escapar, pero detrás de ella tan solo había una pared de cemento. La mano se asemejaba a las garras de un animal, con los dedos enormes y los nudillos que sobresalían. Cada vez se acercaba más a ella. Notaba el aliento cálido y desagradable de su boca mientras la aplastaba con fuerza. Aquellos ojos tan vacíos y llenos de luz al mismo tiempo. Trató de gritar, pero fue en vano. Las cuerdas vocales no producían ningún sonido. Entonces el pánico estalló dentro de su cuerpo, una violenta sensación de terror le arrebataba todo el oxígeno. Aquella figura masculina estaba allí para matarla. «Por favor —suplicó para sus adentros—, perdóname.» Pero él no podía oírla y siguió presionando los dedos alrededor de su suave cuello con precisión y esmero.

Entonces se sentó en la cama de la habitación y se puso a respirar como si le faltara el aire. Empezó a mirar a su alrededor y se preguntó dónde estaba. Por un momento, pensó que se encontraba en su casa, en Hallshuk, en su habitación, que estaba en la planta de arriba. Sin embargo, el dormitorio era más pequeño y notaba que la cama no era la misma. La almohada no era tan suave y la colcha era muy gruesa y le daba calor.

De repente, oyó el motor de un coche a través de la ventana y se acordó de todo. Estaba en Tumba, en el apartamento de su padre. Había pasado la primera noche y se quedaría hasta el domingo, cuando regresaría a casa. Miró el reloj: eran las cinco menos cuarto de la mañana.

En el dormitorio se respiraba paz y silencio. A su alrededor, todo parecía muy tranquilo, no había ningún peligro que la amenazara. No obstante, el corazón le latía violentamente en el pecho y notó que tenía el cuello empapado en sudor. El miedo se negaba a abandonarla, y en ese momento recordó los brazos protectores de su padre. A veces, cuando tenía pesadillas, pensaba que se salvaría con solo saltar a la cama de sus padres y meterse entre ambos debajo de las sábanas. Eso la reconfortaba.

Entonces oyó que alguien subía las escaleras y de pronto cayó en la cuenta. Su padre no estaba solo en casa. Ahora tenía a su lado a una chica nueva, la rubia aquella que siempre estaba contenta, Anki. Ambos dormían juntos en el dormitorio, así que no podía acostarse junto a él.

La oscuridad la asustaba, pero la sensación de que su padre ya no existía para ella la aterrorizaba aún más. Se hizo un ovillo debajo de la colcha e intentó controlar la respiración. La pesadilla la había desvelado por completo y ahora sentía que estaba sola y atemorizada en medio de la habitación, en un apartamento que no era para nada acogedor. Tenía la impresión de que su vida había pasado a pertenecerle a otra persona. ¿Es que ya no significaba nada para su padre? ¿Lo había dejado todo atrás el día que se marchó de Gotland? Tal vez se arrepintiera de haber tenido una hija, lo que probablemente la convertía en un engorro para él. De repente se quedó petrificada. Era evidente que su padre ahora prefería a Anki, se había enamorado de nuevo y seguramente su antigua vida era una mal necesario con el que tenía que lidiar. Pero eso era injusto, porque ella no había nacido por voluntad propia. En ese instante, Cecilia sintió aún más pena de sí misma, su corazón estaba lleno de tristeza y amargura, y lamentaba haber viajado hasta Estocolmo. Trató de relajarse y finalmente volvió a quedarse dormida después de un buen rato.

De pronto, unos golpecitos en la puerta la despertaron.

—Pero, bueno, ¡buenos días, dormilona!

Anki asomó la cabeza con una sonrisa de oreja a oreja.

—Ya son las ocho y media. Acabamos de preparar un desayuno delicioso. Hoy hace un día de sol maravilloso, veinte grados. Sería una pena malgastar esta maravillosa mañana tirada en la cama sin hacer nada. Te he dejado una toalla en el cuarto de baño por si quieres ducharte. Puedes usar mis cosas también si las necesitas. Tengo una crema corporal magnífica que huele superbién.

¿Por qué no se iba de una vez? ¿Y por qué no había ido su padre a despertarla?

La noche anterior habían cenado en un restaurante cerca de casa. Después, Anki se fue a dormir mientras Cecilia y su padre se quedaron jugando a las cartas en el salón, tal y como solían hacer en Gotland. Sin embargo, parecía que la forma de interaccionar entre ellos había cambiado, la complicidad de siempre se había transformado en algo extraño y artificial.

Cuando Cecilia llegó a la cocina, su padre ya estaba sentado a la mesa untándose la mantequilla en un panecillo y poniéndole una loncha de queso encima. No tenía ni pizca de hambre y le entró un poco de remordimiento de conciencia cuando vio la cesta del pan que rebosaba de bollitos recién horneados, el plato lleno de rodajas de jamón, otro con verduras y frutas frescas, tarros de mermelada y un cuenco con huevos cocidos. Sin duda, lo habían hecho lo mejor posible, pero no podía evitar tener un enorme nudo en el estómago que le quitaba las ganas de todo.

—¿Has dormido bien? —le preguntó su padre mientras Anki le servía un poco más de café.

—Sí —respondió Cecilia.

—Qué acogedora es tu habitación —señaló Anki—. A veces me escapo a tu cuarto cuando quiero estar a solas.

Anki y el padre se lanzaron una mirada de complicidad que Cecilia no pudo descifrar. La pobre adolescente tan solo deseaba que pararan de una vez.

—Bueno, cariño, hay una cosa que me gustaría decirte —comenzó a decir su padre de repente—. Ha habido un pequeño cambio de planes para hoy. Resulta que mi viejo amigo Peter ha venido a Suecia y ha reservado un salto en paracaídas para los dos. ¿Te acuerdas de Peter? Estuvo de visita en casa hace muchos años cuando vivíamos en Gotland. Ahora vive en Washington y lo cierto es que llevamos mucho tiempo sin vernos.

—¡Pero si se supone que íbamos a hacer algo juntos, tú y yo! —estalló Cecilia.

—Nos va a dar tiempo de vernos después y hacer muchas cosas. No te preocupes. Solo van a ser un par de horas por la mañana. Créeme, yo también habría preferido que Peter hubiera venido en otro momento, pero es que ha surgido así.

—Bueno, no pasa nada —añadió Anki y aportó su grano de arena a la conversación—. Mientras, tú y yo podemos ir al centro a mirar algunas tiendas y a tomar algo.

—De hecho, he reservado una mesa para esta noche en el restaurante Michelangelo en Gamla Stan. Es un lugar fantástico. Estaremos tú y yo solos, ¿te parece? Seguro que nos lo pasaremos genial.

En un gesto cariñoso, el padre le apretó los hombros, como si quisiera decirle «venga, no pongas mala cara». Siempre solía ablandarla con gestos así, había cierta dulzura en la manera en que trataba de demostrarle su amor paternal. Sin embargo, esta vez Cecilia no se inmutó, notaba que esa muestra de afecto era bastante falsa.

Después de eso, papá y Anki continuaron hablando y riéndose, pero ella apenas oía lo que decían. Para no parecer maleducada, tomó un vaso de zumo y se obligó a comer medio bocadillo. Sin embargo, las náuseas llegaron al cabo de unos minutos; entonces se levantó de la mesa y se encerró en el baño. Metió la cabeza en el inodoro y trató de resistir mientras las lágrimas le provocaban ardor en los ojos. Se decía a sí misma que debía hacer un esfuerzo. Pero por más que lo intentaba, la sensación de haber sido traicionada se iba apoderando de ella. Su padre había cambiado, ya no era la misma persona. Los ataques de ansiedad nocturnos habían regresado y eso la asfixiaba.

Cuando regresó a la cocina, Anki y su padre se habían ido. Habían salido al balcón y se estaban encendiendo un cigarrillo. Cecilia dio unos pasos a hurtadillas para poder verlos mejor, aunque no quería que la descubrieran. Tenía claro que ese no era el lugar al que pertenecía.

El padre debía de haber dicho algo que tenía gracia, porque Anki empezó a reírse a carcajadas. Entonces él se acercó aún más y su rostro quedó oculto detrás del pelo de Anki, que enseguida apagó el cigarrillo y se le tiró al cuello. Empezaron a besarse apasionadamente. Cecilia nunca lo había visto dándole un beso a su madre y la escena provocó que volvieran las náuseas, pero esta vez acompañadas de un dolor intenso que se transformó en ira. Una inmensa oscuridad se apoderó de su alma.

En mitad de aquel trance, Cecilia se dio la vuelta, abrió uno de los cajones de la cocina y deslizó la mirada por todos los cuchillos que había dentro. Ninguno era lo suficientemente afilado. Entonces descubrió encima del fregadero unas tijeras alargadas que colgaban de un gancho en la pared.

En su mente solo había silencio.

La nada, la serenidad y el vacío absoluto.

Fue otra persona la que salió de aquella cocina. Otro cuerpo el que cruzó el umbral de la puerta. No era ella. Agarró las tijeras con decisión, fue hacia el pasillo y se plantó delante de las chaquetas que había colgadas en la pared y de las numerosas zapatillas de deporte colocadas en fila en el suelo. Sabía que su padre utilizaba un traje especial para hacer paracaidismo.

Siempre dejaba preparado el equipamiento.

Su padre lo revisaba siempre.

Y Cecilia sabía exactamente cómo funcionaba, él mismo se lo había enseñado.

El silencio lo inundó todo.

Mientras tanto, el padre besaba a Anki en el balcón. El cabello rubio. La enorme boca de fresa. El amor y la traición se habían encontrado en el mismo lugar.

Y el odio.

Casi de forma involuntaria, agarró la bolsa que estaba en el suelo.

Alzó el brazo y las tijeras afiladas hicieron el resto.

KNUTAS CORTÓ UN trozo grande de queso de Västerbotten y se lo llevó a la boca. El sabor fuerte se extendió por el paladar y disfrutó del agradable placer que le brindaba. Mientras tanto, el olor a carne se había propagado por toda la cocina. Antes de tragárselo, le dio un sorbo a la copa de Rioja que acababa de servirse y después encendió una vela que había junto a la chimenea para crear ambiente. Sin duda, se sentía feliz e ilusionado ante la visita de esa noche.

Había preparado la cena con todo detalle. Y cómo no, había hecho su receta especial de macarrones al horno, aquella receta que tanto había consumido durante los años más difíciles, pero que era más que apropiada para la ocasión. Aquel plato sabroso y contundente contenía mucho más que mantequilla, carne picada, nata y pasta, también estaba lleno de grandes dosis de nostalgia y recuerdos, entre otros muchos pensamientos que lo reconfortaban. En definitiva, un plato que era ideal para una velada como esa.

Line había llamado unas horas antes para preguntarle si podía pasar a saludarlo y su autoinvitación lo había pillado totalmente por sorpresa. El motivo era que quería hojear los álbumes de fotos, fotos de los niños, y llevarse otras cosas suyas que había dejado en la casa que una vez fue un hogar compartido. Según sus palabras, tenía asuntos pendientes en Visby y quería aprovechar la ocasión para verlo a él también. Como era de esperar,

Knutas no dudó en hacerle saber que era bienvenida. A decir verdad, su repentina aparición lo había sorprendido gratamente y, a pesar de que la llamada había sido como meter el dedo en la llaga, le hacía ilusión reencontrarse con ella, aunque no pudiera evitar sentirse nervioso.

En el trabajo no lograba concentrarse. Estaba callado y distraído la mayor parte del tiempo. Karin se había dado cuenta y lo había llevado a otra sala para preguntarle si se encontraba bien. Knutas se inventó la excusa de que últimamente dormía mal y se sentía cansado, y le dijo que se iría a casa más temprano. Mentirle hizo que se sintiera culpable, pues era indudable que sentía algo por Karin. Sin embargo, otra voz le susurraba que aún existía un viejo amor que, además, era la madre de sus dos hijos y que significaba más que cualquier otra mujer en el mundo, por mucho que estuviera enamorado de otra persona en ese momento.

De todas formas, era innecesario preocupar a Karin y hacerle saber que había quedado con Line. Su matrimonio ya estaba más que zanjado y el amor que una vez sintieron ya era agua pasada. Es más, nadie tenía por qué entrometerse entre ellos, y que mantuviera una nueva relación no quería decir que no pudiera tener algo de privacidad.

Mientras removía la salsa de queso, justificaba ante sí mismo las razones que lo habían llevado a actuar de esa manera. Sin saber cómo ni por qué, lo cierto era que últimamente no lograba apartar a Line de su cabeza y por eso ahora ella había contactado con él. Knutas tenía la creencia de que existía una subsconsciencia colectiva, pensaba que las emociones no estaban aisladas dentro de cada uno, sino que traspasaban las fronteras del cerebro humano. Esa debía de ser la explicación lógica que había detrás de todo lo que estaba ocurriendo.

Por fin había llegado el momento y sentía los nervios a flor de piel. La expectativa no hacía más que aumentar. El molde del horno ya estaba bien embadurnado y listo para llenarlo con macarrones cocidos, carne picada de cerdo y salsa cremosa. Knutas mezcló los ingredientes con esmero y alcanzó el molinillo para espolvorear unos granos de pimienta. Se le hacía la boca agua. A Line le encantaba su plato estrella, y el comisario se imaginó la cara que pondría en cuanto lo oliera y probara el primer bocado.

Se duchó y después de afeitarse se puso la colonia de Azarro que a Line le gustaba por su aroma masculino y sexy. Por un momento pensó que tal vez el perfume provocase alguna reacción en ella, y automáticamente se enfadó consigo mismo por tener esos pensamientos. Tal vez quisiera vengarse inconscientemente porque se había sentido rechazado y despreciado después de que Line lo dejara. En ese instante se miró en el espejo y se preguntó si había envejecido mucho desde la última vez que se vieron. Rebuscó entre toda la ropa del armario para tratar de encontrar la camisa celeste de algodón que Line le había regalado hacía mucho tiempo, un verano que apenas recordaba. Cuando la encontró, le dio un vuelco el corazón. Era indudable lo que aquella mujer podía llegar a hacerle sentir solo con la expectativa de su presencia.

Ni él mismo encontraba una explicación.

Colocó encima de la mesita del salón todas las cajas ordenadas que contenían álbumes y algunas fotos sueltas. Mientras los macarrones se hacían en el horno, se sentó en el sofá y escogió al azar uno de los álbumes de fotos cuya tapa, adornada con una franja dorada, era de cuero sintético color burdeos. Al abrirlo, vio en la primera página el título que Line le había puesto con una hermosa caligrafía, «Verano de 1998». Sintió otro vuelco en el corazón cuando se puso a hojear las páginas y vio las fotos en las que aparecían sus hijos sonriendo y mirando a cámara. En una de ellas, ambos estaban desnudos en una bañera de plástico sobre el césped, un momento que quedó grabado para siempre como el recuerdo de una infancia llena de felicidad y despreocupación. Continuó hojeándolo y de pronto se le llenaron los ojos de lágrimas. En una de las imágenes apareció Line, casi veinte años más joven, con un vestido ajustado de volantes y la melena pelirroja y rizada cayéndole sobre los hombros. Podía distinguir las pecas del rostro y también las del cuello y el escote. Se secó una lágrima que se había quedado detenida en la mejilla.

En ese momento, oyó unos golpecitos en la puerta y dejó a un lado el álbum de fotos que aún no había terminado de ver.

Line olía tan bien como siempre, al abrazarla con los ojos cerrados percibió una fragancia de vainilla y flores.

—Cómo me alegro de verte —lo saludó Line con una sonrisa.

Conocía la casa de sobra, por lo que no era necesario hacer el gesto cortés de invitarla a pasar.

Sin pedir permiso, Line entró directamente en la sala de estar y se sentó en el sofá.

—Madre mía, ¡cuánto tiempo! —exclamó Line al descubrir la página del álbum abierta que mostraba su retrato.

—Ahora estás más guapa —murmuró Knutas e inmediatamente se sintió estúpido al decirlo.

Maldición, ¿por qué había dicho eso? Aunque como dice el refrán: de la abundancia del corazón, habla la boca.

—Bueno…

Line alzó la mano y le preguntó si podía tomar una copa de vino. Knutas se la sirvió y se sentaron juntos en el sofá a hojear las fotos. Eran muchas las sensaciones que experimentaba, pero, al mismo tiempo, Knutas trataba de no caer en el sentimentalismo y la nostalgia del pasado. Por un momento, se olvidó de los macarrones y de pronto le llegó el olor a queso gratinado. Se fue a la cocina a toda prisa y rápidamente sacó la bandeja del horno. La pasta había quedado perfecta. En ese momento, Line entró en la cocina y se puso a su lado.

—Ay, qué entrañable eres. ¡Pero si has hecho tu receta de macarrones! —le dijo Line entusiasmada mientras lo agarraba cariñosamente del brazo—. Qué buena pinta. Con el hambre que tengo.

—Pues a cenar —sugirió Knutas.

Casi se quedó paralizado por haberla tenido tan cerca por unos segundos y pensó que la cena sería una buena idea para darse un respiro.

Se acomodaron junto a la bonita mesa y Line se sirvió su propio plato. Knutas disfrutaba viéndola comer y, a decir verdad, era una de las personas más glotonas que había conocido. No escatimaba con las porciones, siempre se servía grandes cantidades. Se podía decir que Line era una persona con mucho apetito y sabía disfrutar de los placeres de la vida. Y por qué no decirlo, que le encantara su receta de macarrones al horno lo hacía sentirse aún más vivo.

—Están buenísimos —lo elogió—. Pero esta vez has utilizado otras especias, ¿no? ¿Qué, te has puesto a experimentar últimamente?

Knutas se echó a reír.

—Qué va, bueno… Es que pensé en darles un toque exótico con un poco de queso de Västerbotten.

—Chapó —le felicitó Line con la boca llena.

La conversación fluía, aunque Knutas se despistaba de vez en cuando mientras observaba el rostro de su exmujer, o tal vez era el vino, que lo hacía soñar despierto. Aun así, trataba de poner toda su atención para no perder el hilo. Ambos hablaron de los hijos y de cómo les iba la vida, de los estudios y las parejas nuevas que tenían. Knutas le habló del asesinato de Henrik Dahlman y Line lo escuchaba con suma atención sin perder ni un solo detalle. Había que reconocer que siempre se había interesado por su trabajo, y más aún en este caso, que era algo estremecedor.

Después de la cena, fregaron juntos los platos y limpiaron la cocina. Knutas echaba de menos las cosas del día a día y disfrutaba simplemente estando a su lado delante del fregadero enjuagando la vajilla. Todo el tiempo era consciente de su olor y de su cabello pelirrojo, que tanto añoraba.

Terminaron de recoger la cocina, tal y como solían hacer antes, hasta parecía que nunca hubiera habido una ruptura. Luego, volvieron al sofá para seguir viendo los álbumes de fotos.

—Bueno, ¿y tú qué tal? —se interesó Knutas—. Que solo he hablado de mí y no me has contado casi nada de cómo te va todo.

Line se encogió de hombros.

—¿Qué quieres saber?

Knutas era demasiado orgulloso para reconocer que sentía curiosidad por saber cosas de su vida sentimental y se estaba retorciendo por dentro.

—Cuéntame un poco, solo por encima, cómo te va…

Hizo hincapié en el *cómo* y esperaba que Line captara la señal.

Ella le clavó sus enormes ojos. Entonces le dio un sorbo a la copa de vino y apartó la mirada.

—Bueno, ¿qué te voy a contar? Morten y yo ya no estamos juntos.

Al principio Knutas no supo si lo había entendido correctamente.

—Él necesitaba algo más, quería que nos fuéramos a vivir juntos… Ya sabes, para mi gusto eso es ir un poco deprisa —continuó Line—. Al menos para mí, que acabo de salir de un matrimonio de muchos años y lo último que me apetece es meterme de lleno en otra relación. Además, las cosas se complicaron aún más cuando me soltó que había empezado a mirar casas para los dos. Creo que lo he decepcionado bastante.

—Vaya —dijo Knutas sin saber qué más decir.

—¿Y qué tal os va a Karin y a ti?

Line le lanzó una mirada pícara acompañada de una sonrisita ante la que él no sabía qué responder.

—Sí, lo nuestro va bien. No sé... —al responder se sintió culpable por haber pronunciado esas palabras. ¿Qué le estaba ocurriendo?—. Ahí vamos... —finalizó la frase de una forma que le pareció poco sincera.

Line le sonrió y prefirió no hacer ninguna otra pregunta acerca de su relación. Después de eso, continuaron bebiendo más vino y se pusieron a charlar de otras cosas. Dejaron las fotos a un lado y estuvieron recordando viejos tiempos. El primer embarazo y el momento en que Knutas tuvo que irse en mitad de la noche a comprar Coca-Cola porque Line no podía beber otra cosa. Aquella anécdota les hizo reír. Sus vidas estaban tan entrelazadas... A decir verdad, nadie conseguía entender nunca del todo lo que dos personas habían vivido juntas.

—Ups, qué tarde es —exclamó Line de repente al darse cuenta de que habían estado charlando durante horas—. Debería irme a la cama. Mañana tengo cosas que hacer.

Line le dio un último trago a la copa de vino, luego se levantó y se colocó la falda. Él la acompañó hasta la puerta y la ayudó a ponerse la chaqueta larga que había dejado colgada. En ese momento, la miró fijamente y después la abrazó. Knutas notó que Line le correspondía y no le resultó nada extraño volver a tenerla en sus brazos.

Ambos se dejaron llevar.

El abrazo se hizo más largo de lo esperado.

Simplemente era incapaz de soltarla, así que sus labios se fundieron en un beso lleno de ternura. La rodeó con los brazos para no dejarla ir. Quería sentir su boca el mayor tiempo posible.

Unos segundos después Line se apartó, le acarició la mejilla y se despidió con un susurro en el oído.

Se marchó, la puerta principal se cerró de golpe y él se quedó solo en la casa.

La sensación del cuerpo de Line contra el suyo no lo abandonó mientras recorría la casa y apagaba las luces de las habitaciones.

Les dieron las buenas noches a los niños y después se sentaron en el sofá con una taza de café. Había empezado a llover y Emma puso una serie de televisión estadounidense que le gustaba, aunque Johan no parecía mostrar mucho interés. Se sentía más bien inquieto por el asesinato de Henrik Dahlman, se habían filtrado algunos detalles a la prensa que apuntaban a que también lo habían violado. El cuerpo de Dahlman estaba desnudo y atado a la cama cuando lo hallaron. Las fuentes decían que había sido estrangulado con una correa, sin embargo, Johan dudaba de que eso fuera cierto. Tanto Pia como él habían estado todo el día trabajando en el caso y habían retransmitido la noticia desde Ljugarn, el lugar de los hechos. Entrevistaron a los habitantes del pueblo y trataron de contactar con el vecino que había encontrado el cuerpo de la víctima, pero no sirvió de nada. Claes Holm estaba en el jardín cortando el césped en el momento en que los periodistas llegaron y dejó claro que no quería que lo entrevistaran. Aun así, consiguieron hablar con él fuera de la casa y Johan tuvo la impresión de que Henrik y él tenían una buena relación.

Finalmente, Johan optó por dejarle una tarjeta de visita y le pidió que lo llamara si cambiaba de opinión.

Por lo demás, el inspector Knutas estaba demasiado ocupado y apenas disponía de tiempo para informar a los periodistas. Tampoco había logrado concertar una entrevista con Karin Jacobsson, así que tendrían que conformarse con los detalles que el responsable de prensa, Lars Norrby, les había proporcionado y que, como casi siempre, resultaban insignificantes.

—Voy a sentarme fuera para despejarme un rato. La verdad es que no me apetece ver esto ahora —le dijo Johan a Emma mientras señalaba la pantalla.

Se levantó del sofá, le dio un beso en la mejilla y se fue a la cocina. Abrió la nevera para coger una cerveza fría y se sentó delante de la puerta principal con su iPad mientras oía el sonido de las gotas de lluvia cayendo en el tejado del porche. Trató de averiguar todo tipo de información que hiciera referencia al asesinato de Henrik Dahlman, pero ningún medio de comunicación había publicado su nombre ni imágenes, aunque tan solo era cuestión de tiempo que todos los detalles del asesinato salieran a la luz. Henrik Dahlman era un artista conocido y la noticia despertaría cierto interés en cuanto se confirmara oficialmente su identidad. Ese tema se había tratado en la redacción, y al final se tomó la decisión de no dar a conocer los datos hasta que los familiares fueran informados.

Johan no encontró nada nuevo y comprobó que ningún otro testigo había sido entrevistado por otros medios de comunicación. Lo tranquilizó saber que Claes Holm no había hablado con otros periodistas. Johan lo entendía perfectamente, el vecino era un buen amigo de Henrik Dahlman y, lógicamente, la noticia le había afectado mucho. Claes se había puesto a cortar el césped de su jardín, ocultaba el rostro tras unas gafas de sol y llevaba puestos unos auriculares. Le explicó a Johan que lo hacía para evadirse de sus pensamientos.

Al cabo de un rato, Johan apartó el iPad y le dio un trago a la cerveza. Ya comenzaba a atardecer en el precioso jardín y se percibía cierta humedad en el ambiente.

Sacó del bolsillo una fotografía de Henrik Dahlman que llevaba consigo. En ella podía verse a un hombre de mediana edad con el cabello ligeramente canoso a la altura de las sienes, bonitos ojos marrones y una sonrisa amable. Salía muy bien en la foto y a simple vista se veía que era una persona cálida y benévola. ¿Quién querría matarlo? Tenía que localizar a su mujer como fuera, a pesar de que hablar con ella pudiera resultar impertinente en momentos tan difíciles. Johan no dejaba de contemplar la fotografía que tan bien retrataba a la víctima. Henrik y su actual esposa llevaban poco tiempo juntos, tal vez dos o tres años, si las cuentas no le fallaban. Johan se preguntaba cómo era la vida de Henrik antes de conocer a Amanda. Sabía que había estado casado con una mujer cuyo nombre creía recordar que era Regina Mörner. Lo comprobó en Facebook y, efectivamente, apareció una mujer morena que posaba con los brazos extendidos y miraba a la cámara con una sonrisa pícara, como si fuera una adolescente rebelde. Sin embargo, probablemente rondaría los cuarenta.

En la foto del fondo de pantalla de su perfil, salía tomando el sol en una terraza con la cabeza apoyada en un cojín. Se veía que estaba en forma. «Regina Mörner... Tal vez acceda a una entrevista», pensó. Se habían divorciado hacía cuatro años, por lo que Henrik Dahlman no podía haber estado soltero más de un año antes de conocer a Amanda. Johan buscó el número de teléfono de la exmujer, que vivía en Ygne, a las afueras de la ciudad, y echó un vistazo al reloj. Eran las diez menos cuarto y pensó que tal vez sería un poco tarde para llamar a alguien. De todos modos, aprovechó la oportunidad y marcó el número. Tras varios tonos, respondió una mujer. Johan percibió que tenía puesta música de fondo.

—¿Sí? ¿Diga? ¿Eres tú? —preguntó una vocecita femenina—. ¿Dónde estabas?

—Perdone que la moleste a estas horas de la noche —empezó a decir Johan y se aclaró la garganta—. Soy Johan Berg, periodista del canal Regionalnytt.

Se hizo un breve silencio. Al parecer, Regina Mörner estaba esperando otra llamada.

—Ah, sí, ya sé quién es —contestó—. Trabaja en la tele.

—Correcto.

Johan optó por ser breve e ir directamente al grano. No había tiempo para divagar, la mujer al otro lado del teléfono tampoco parecía muy receptiva y, a juzgar por su tono de voz, había bebido.

—El motivo de mi llamada tiene que ver con el asesinato de Henrik Dahlman. Me consta que estuvieron casados durante nueve años y tuvieron dos hijas. Si le parece bien, me gustaría hacerle algunas preguntas sobre tu exmarido en persona.

—¿Una entrevista? ¿En la tele? —Regina Mörner adoptó un tono distinto esta vez—. Claro. Qué bien suena eso —dijo como si estuviera coqueteando—. Tendría que arreglarme un poco, no voy muy bien vestida que digamos…

—No me refería a ahora mismo —aclaró Johan—. ¿Le viene bien mañana?

—Claro, ¿por qué no?

—¿A las doce?

Johan optó por no sugerirle a Regina una hora demasiado temprana. Dado el estado en que estaba, sería mejor dejarla dormir la mona.

—¿Qué día es mañana? —le preguntó Regina.

—Miércoles.

La mujer murmuró algo en voz baja que él apenas pudo oír y luego permaneció en silencio durante unos segundos. A Johan le pareció que estaba dando un buen trago seguido de una calada a un cigarrillo.

—Genial. ¿Viene usted a mi casa?

—Sí, si no hay ningún inconveniente. Me acompañará mi fotógrafa. A las doce entonces, ¿no?

—Sí, a las doce.

Para finalizar, Johan se despidió dando las gracias y colgó el teléfono.

Estoy tumbada en la cama. A veces me muero de frío y en otras ocasiones empiezo a sudar. Mi corazón late fuerte y a un ritmo acelerado, aunque, por muy extraño que parezca, me siento tranquila y emocionada. En cualquier caso, estoy impresionada por lo que he sido capaz de hacer. Incluso me doy miedo a mí misma. Yo, que nunca pensé que lo lograría.

Llegué allí con mi otro rostro y mi otro cuerpo, que nada tienen que ver con mi verdadero yo. He estado mucho tiempo practicando mi transformación con un nivel de precisión muy exigente. El necesario para que nadie, ni siquiera mi familia, sea capaz de reconocerme. Tal vez, si se acercaran, me descubrirían por la voz o la piel, o por los gestos, pero nunca por mi aspecto físico. De eso estoy más que convencida. Por esa razón, soy consciente de que mi otro cuerpo no me representa. Es más, al transformarme en esa otra persona, de repente soy capaz de hacer cualquier cosa, así que, en cierto modo, no me extraña que ahora tenga esta sensación de placer. Diría incluso que podría enamorarme de esa otra mujer que veo en el espejo.

Llegué a Ljugarn unas horas antes de mi cita. Me llevé un bolso que había dejado preparado con todo lo que iba a necesitar. No me atreví a vestirme en casa por miedo a que algún vecino me viera salir o meterme en el coche con ese aspecto, así que preferí optar por un lugar donde pudiera estar en absoluta tranquilidad. Aunque lo cierto es que, con lo meticulosa que soy, me habría gustado ir allí antes a inspeccionar la zona. Aparqué el coche. En un terreno que había junto al bosque, a unos metros de distancia, entre pinos y abetos, encontré una casita de verano que estaba vacía, por lo que me resultó fácil colarme. Desde luego, la gente tiene muy poca imaginación. Mira que esconder las llaves debajo de una maceta en el porche... Aquello era una clara invitación a pasar. No era la única cabaña en aquel lugar, entre los árboles había algunas más que también parecían estar deshabitadas. Aunque pronto llegarían las vacaciones y la imagen de ese lugar cambiaría por completo.

Dentro de la casita de madera había bastante humedad y hacía demasiado frío, a pesar de que ya era verano. A simple vista, me pareció que estaba deshabitada desde hacía mucho tiempo. En cuanto a la estructura, era una casita simple y estaba bien escondida entre la maleza. Tenía una cocina americana y la chimenea parecía de los años setenta, al igual que las paredes de papel pintado desvaído. En el salón había un chifonier y una mesa cubierta con un mantel de ganchillo. Al lado de la ventana, unas macetas de plástico rosa que contenían flores de tela que contrastaban con las cortinas de encaje de color amarillo. En un rincón, había un sofá marrón sucio que seguramente habría vivido tiempos mejores y, enfrente, una televisión robusta. El tapiz de macramé de la pared representaba el dibujo de un niño con camiseta de tirantes y pantalones cortos en la cima de una montaña que me recordaba a los Alpes.

Me instalé en la mesa de aquella cocina cutre y saqué todo lo que llevaba en el bolso. No había luz ni agua, pero tampoco me importaba. Hacía un sol espléndido y había traído todo lo que necesitaba. Coloqué un espejo sobre la mesa y observé mi rostro pálido, común y corriente. Mi mirada vacía estaba a punto de cambiar. A medida que me iba transformando paso a paso, aumentaba mi emoción. En cierto modo, me sentía otra persona, como si hubiera dos mujeres dentro de mí. Una era mi antigua yo, la de siempre, y la otra era una persona completamente diferente.

Ahora lo veo con total claridad. Siento que mi otro yo ha estado esperando este momento durante mucho tiempo y al fin ha sido rescatado.

Mientras me maquillaba con esmero, pensé en todo lo que me había pasado. Lo que había ocurrido tenía una razón. Las cosas sucedían como estaban destinadas a ser y por fin iba a poner orden a mi caos interno.

Cuando terminé con el maquillaje, me encontré con mi mirada en el espejo. Tenía los ojos oscuros por la sombra de ojos difuminada. Parecía que me hubiese arreglado para ir de marcha a alguna discoteca de las zonas más decadentes de Berlín. Llevaba carmín brillante en los labios y la melena me caía como una cortina oscura y seductora a ambos lados de la cara.

Descorché una botella de vino tinto que encontré para darle sorbos de vez en cuando y así entrar en calor y aumentar la confianza en mí misma. Para calmarme un poco, trataba de concentrarme y autoconvencerme de que todo iba a salir bien. Solo tenía que mantener la cabeza bien fría. Me puse la ropa que previamente había estirado y colocado con sumo cuidado sobre el sofá y me quedé embobada mientras me miraba en un espejo alargado de cuerpo entero y fantaseaba. Verme con las medias de encaje, los ligueros negros que rodeaban mis muslos y el sujetador a juego me hacía reír. Probablemente por una mezcla de fascinación y miedo. Luego me subí la cremallera de la falda de cuero, me puse la blusa roja y, por último, me coloqué la peluca. Después de eso, la chaqueta negra y *voilà*. Me volví a sentar junto a la mesa para seguir bebiendo vino y decidí probar a andar un poco más con los tacones sobre la alfombra. Vista desde fuera, la imagen sería absurda: una mujer caminando de lado a lado en una pequeña casita de madera que tenía un techo tan bajo que casi me golpeé la cabeza. Miré el reloj y vi que quedaba una hora, así que recogí el maquillaje, mi ropa y lo metí todo en el bolso.

Me senté de nuevo y bebí un poco más de vino. Sabía que después debía conducir de vuelta a casa, pero no me importaba. Aunque si me hubiera parado la policía al salir de Ljugarn, entonces sí que habría tenido un gran problema por haber conducido borracha. De forma pausada y meditada, me puse a imaginar cómo iba a hacerlo exactamente. Sabía que íbamos a estar solos y esperaba que ningún vecino o amigo fuera a acercarse a la casa para saludar a Henrik Dahlman. Además, él sabía que iba a cometer una infidelidad, seguramente había contado con que existía ese riesgo y lo evitaría a toda costa. Aun así, algunas cosas no habían quedado del todo claras. ¿Adoptaría una actitud pasiva y dejaría que lo azotara? ¿O tal vez tendría la intención de dominarme? Eso último no podía suceder. No tenía ni la más remota idea de cómo era en la cama, pero, sin duda alguna, no podía permitir que mi plan se fuera al garete. Henrik debía ser fácilmente manipulable y estar atento a lograr su propio placer, tal y como actuaban la mayoría de los hombres.

Cuando ya estaba lista para salir, me aseguré de no dejarme nada. Coloqué los muebles en su sitio y puse bien el mantel para que nadie se diera cuenta de que alguien había estado allí. Aunque estaba a cierta distancia de la casa de Henrik, existía el riesgo de que la policía la inspeccionara después. Sentí un cosquilleo en el estómago de tan solo pensarlo, de imaginar que llevaría a cabo el plan que había diseñado y de ser consciente de todo el poder que tenía.

Eché un vistazo a la casita por última vez antes de salir. Froté la llave, la volví a colocar debajo de la maceta y me marché de allí.

A DIFERENCIA DE LA mayoría de los artesanos y artistas que tenían su sede en el centro de la ciudad de Visby y cuyos talleres se ubicaban en las zonas más transitadas, la tienda y la galería adjunta de Henrik Dahlman se encontraban en un local apartado bajo un rótulo sin nombre. El colectivo de artistas estaba escondido dentro de un patio de adoquines en la calle Hästgatan y cualquiera que desconociera su existencia podía pasar de largo ante el cartel rojo de la entrada. Sin embargo, el número de visitantes resultaba sorprendente y la galería era conocida tanto en la isla como en la península. Además, la reputación del artista había traspasado fronteras después de que un periodista británico hubiera publicado un extenso artículo en una prestigiosa revista de arte en el que halagaba las esculturas de hormigón de Henrik.

La puerta de madera chirrió cuando la abrió y, al entrar, Karin se vio rodeada por un espacio enorme. El sol de la mañana brillaba en aquel pintoresco patio en el que las rosas trepaban por las fachadas de poca altura y las ventanas blancas llegaban a ras del suelo.

—Dios santo, qué maravilla —dijo Wittberg lleno de entusiasmo.

—Es muy típico. Seguro que hay gente que vive muy cerca que nunca se pasa por aquí —señaló Karin.

—Sí, bueno, ya sabes lo que dicen. Nadie es profeta en su propia tierra, o ¿cómo era el refrán? —se preguntó Wittberg mirando a Karin.

Llamó a la puerta del estudio de arte, pero nadie abrió. No obstante, había gente trabajando dentro. Unos segundos más tarde, les permitieron entrar en una enorme sala que tenía el techo bajo, donde vieron a un hombre de unos cuarenta años inclinado sobre un lienzo digital. Tenía el pelo oscuro recogido en una coleta y llevaba una camiseta y unos vaqueros grises. De repente, miró sorprendido a los dos policías.

—Hola, somos agentes de la comisaría de Visby —se presentó Karin, que normalmente tomaba las riendas cuando estaba con Wittberg—. Soy la subcomisaria Karin Jacobsson y este es mi compañero, Thomas Wittberg. Nos gustaría hacerle algunas preguntas relacionadas con el asesinato de Henrik Dahlman. ¿Le importa que nos sentemos y hablemos con calma?

—Uf, de acuerdo —dijo mientras negaba con la cabeza—. Qué barbaridad lo que ha ocurrido. Aún estamos todos en *shock*—. El hombre se pasó la mano por el pelo y entornó los ojos—. Bueno, me llamo Steve Mitchell. Henrik y yo trabajábamos juntos desde que llegué a Suecia hace tres años. Tal vez se hayan dado cuenta. Soy estadounidense, el amor fue lo que me trajo hasta aquí. ¿Les apetece un café?

Sorprendentemente, Steve Mitchell había aprendido muy bien el idioma, o eso le pareció a Karin, aunque tuviera un acento inglés bastante marcado.

Sirvió las tazas de café en una cocina minúscula situada en un rincón y los tres se acomodaron junto a un escritorio que había en el centro del estudio.

—Qué horror lo que ha pasado —señaló de nuevo Steve mientras sujetaba su taza en la mano.

—Pues sí… —asintió Wittberg—. ¿A qué se dedica?

—Soy diseñador gráfico. En estos momentos estoy trabajando en el diseño de una nueva imagen para el restaurante Strand.

Karin había oído hablar de aquel restaurante, muy conocido en la isla, que, además, tenía unas vistas espectaculares al mar. Por lo visto lo iban a reformar entero.

—¿Quién más trabaja aquí además de usted?

—Anna Sundberg, que es ceramista, y Linus Ganstorp. Él es pintor. Realiza cuadros inspirados en Visby con un toque cubista, tienen mucho éxito. La verdad es que su obra se vende muy bien, igual que las esculturas de hormigón de Henrik Dahlman, un concepto muy atractivo, por cierto. Ah, bueno, también tenemos a Monique R. con nosotros. Ella diseña joyas, aunque viene muy de vez en cuando. De todos modos, ahora solo estoy yo, los otros suelen llegar después de comer.

Steve le dio un sorbo al café durante unos segundos, removió la leche con la cuchara y después alcanzó una bolsita de *snus* que había en la mesa.

—¿Y en la tienda quién trabaja?

—Eleonor. Es una chica nueva que ha empezado hace poco. Antes solíamos encargarnos nosotros mismos de las ventas, pero se nos empezó a acumular el trabajo.

Karin tomó nota.

—Y cuéntenos, ¿cómo fue el último día que Henrik Dahlman vino a trabajar? ¿Cuándo fue?

—El viernes pasado.

—Díganos exactamente todo lo que recuerde. Intente visualizarlo poco a poco, tómese su tiempo.

El hombre permaneció en silencio unos instantes. Parecía que estuviera recapitulando en su memoria todos los momentos que había vivido ese día. Entonces se dirigió a la ventana para asomarse al jardín.

—Esto... —empezó la frase—. Llegué aquí sobre las ocho. Siempre suelo venir a esa hora. Me gusta trabajar sin que nadie me moleste, por lo que prefiero empezar temprano, cuando hay más tranquilidad. Henrik y yo solemos llegar antes que el resto porque a él también le gusta comenzar a trabajar por la mañana. Nos tomamos un café y nos ponemos al día de todo. Hablamos de cualquier cosa, ya me entienden.

—¿Vio algún comportamiento extraño en Henrik?

—Mmm, quizá estaba un poco estresado.

—¿En qué sentido?

—Eh..., pues que estaba más bien... ¿Tenso?

Wittberg le clavó la mirada.

—¿A qué se refiere con «tenso»?

Steve hizo una mueca.

—Vale, esa palabra quizá no sea la correcta.

—Cuéntenos cualquier detalle relevante —interrumpió Karin—. Continúe e intente explicarnos por qué le dio esa impresión.

—Por cómo actuaba, parecía estar angustiado por algo. Seguramente se había metido en algún lío otra vez.

—¿Cómo que en algún lío?

—Había una mujer con la que había quedado varias veces. Sinceramente, no creo que hubiera pasado nada entre ellos, pero lo cierto es que él sí que estaba interesado en ella.

—¿Le habló alguna vez de esa mujer? ¿Le dijo su nombre o si era de Gotland? ¿No le mostró ninguna foto de ella?

—No, nada. Henrik guardaba bien sus secretos. Pero, bueno, él era así. Le encantaba coquetear, aunque solo fuera por el hecho de querer reafirmar su ego. Lo sabíamos todos, excepto su mujer.

—¿Cuántas veces ha visto a Amanda Dahlman? —se interesó Wittberg.

—Han sido muchas. A veces se pasaba por el estudio y los dos iban a comer juntos. La última vez que la vi fue hace un par de semanas. Salieron al patio a charlar un rato y oí que le alzó la voz a Henrik, pero no sé por qué discutían... Lo cierto es que solía venir cuando estaba trabajando y a Henrik le cambiaba la cara el resto del día. Aunque no sé, tal vez esa discusión no significara nada. Al fin y al cabo, todos tenemos nuestros más y nuestros menos.

—Volvamos al viernes pasado entonces —continuó Wittberg—. Tomaron café y ¿qué pasó después?

—Cada uno se puso a trabajar en su proyecto. Henrik estuvo ocupándose de la escultura que le habían encargado para la biblioteca, puesto que debía tenerla terminada para la semana de novela negra. Y yo dibujaba algunos bocetos.

Steve hizo una breve pausa para pensar más detenidamente.

—Ah, ya me acuerdo. Se marchó más temprano ese día. Dijo que tenía unos asuntos pendientes, aunque recuerdo que se pasó un buen rato encerrado en el baño y que, cuando salió, olía a colonia.

—¿Ah, sí?

Karin dejó de escribir.

—¿Y no le dijo adónde iba?

—Supongo que habría quedado con alguna mujer. Quizá con la misma con la que lo había hecho en ocasiones anteriores.

Steve se encogió de hombros.

—Henrik tenía una necesidad de reafirmarse constantemente. Estaba más claro que el agua. Solo había que verle la cara cuando se asomaban algunas mujeres a la tienda. Las invitaba a pasar y las engatusaba. Y Amanda no tenía ni idea de nada. Bueno, ahora sí lo sabe... —añadió Steve con un tono de tristeza en la voz.

—¿Quiere decir con eso que le fue infiel a Amanda?

—Tal vez sí. O tal vez no —dijo haciendo un gesto como si sus labios estuvieran sellados. A juzgar por sus palabras, parecía que lo que hacía Henrik le afectara personalmente.

Karin tenía la impresión de que a Steve le molestaba que ligara con otras mujeres y, mientras analizaba el rostro del artista, se preguntaba por qué. Sin duda, era un hombre atractivo, incluso más que Henrik Dahlman. Pero Karin sabía de sobra que a su edad el físico no importaba demasiado después de todo. Quizá Henrik y Steve habían sido rivales, o amantes...

Después de la conversación, Karin y Wittberg pidieron a Steve que les mostrara el taller de Henrik. Ambos lo siguieron por el edificio hasta llegar a las estanterías en las que se encontraban las piezas hechas por el artista fallecido. Todas eran de hormigón y presentaban diferentes tonos de gris. Otras estaban pintadas con colores extravagantes. Había figuras e imágenes abstractas que formaban una especie de *collage*, y otros objetos como candelabros, sujetalibros, campanas y jarrones. Miraron alrededor y observaron que allí dentro reinaba la paz, sin que el ruido del exterior se filtrara a través de las ventanas. Un lugar apartado del mundo, esa era la sensación que se respiraba. Karin se estremeció al ver una escultura a medio hacer, y se imaginó las manos de Henrik esculpiendo y dando forma al hormigón tal y como lo hacía antes de que desapareciera de la faz de la tierra. Dirigió la mirada al resto de los moldes y herramientas y observó que su trabajo requería mucha concentración. En un rincón, sobre un pedestal, vio que había una escultura femenina voluminosa e incompleta que representaba la justicia, una de las cuatro virtudes cardinales de la filosofía clásica, y que reposaba sobre uno de los *raukas* de Gotland. Karin cogió un papel que encontró en una banqueta que había justo al lado.

—La obra estaba prevista para el festival que se celebra en agosto. La idea era combinar el símbolo de la justicia con el paisaje de Gotland y la figura de un hombre leyendo una novela policíaca —aclaró Steve—. No me pregunte cómo lo hacía, pero Henrik poseía una capacidad increíble para visualizar el arte. Ahora nadie sabe qué pasará con la escultura. Solo él sabía exactamente cómo iba a ser.

Los dos policías continuaron echando un vistazo al resto de los espacios del estudio. En ese momento, les pareció ver a Eleonor en la tienda, detrás de una anticuada caja registradora color burdeos con una manivela metálica y un asa de baquelita. Por su aspecto, rondaría los treinta y tenía el pelo lleno de trenzas finas. «Qué extraño», pensó Karin. Las trenzas no se veían tan a menudo hoy en día, sobre todo en mujeres adultas. Llevaba unos pendientes largos de plumas y vestía un top negro y un chaleco de gamuza.

—¿Trabaja aquí todos los días? —preguntó Karin después de pedirle los datos personales.

—Sí —respondió la chica—. De once a seis. También trabajo los sábados, pero termino a las tres.

Su voz era grave y su acento sonaba un tanto peculiar.

—¿Es de aquí? —quiso saber Karin por curiosidad.

—Sí, aunque he vivido muchos años en Estocolmo —señaló Eleonor con una sonrisa tímida que mostraba inseguridad.

—¿Vio a Henrik Dahlman el viernes pasado? —preguntó Wittberg.

—No. Bueno… Sí, pero de pasada. No estaba trabajando, pero me pasé por aquí de todas formas.

En ese momento, Eleonor se fue hacia la entrada principal de la tienda.

—Discúlpenme, pero tengo que abrir ya.

Fuera había dos clientes esperando para entrar.

—De acuerdo, volveremos a mediodía—le anunció Karin—. Tenemos que interrogar a todas las personas que trabajaban con Henrik Dahlman. Solo una pregunta rápida. ¿Cómo era su relación con él?

—No llevo mucho tiempo trabajando aquí y él estaba siempre muy ocupado.

—Aunque los viernes salíamos a tomar cervezas después del trabajo —señaló Steve—. Ahí sí solíais hablar un poco más.

—Ya, bueno, sí... —asintió Eleonor y se ruborizó enseguida—. Pero Henrik siempre iba con prisas de un lado a otro. Si no estaba trabajando, se iba con su familia o quedaba con Urban.

Los dos agentes se miraron.

—¿Quién es Urban?

—Urban Ek. Trabaja en la biblioteca Almedal —aclaró Steve—. Es director de proyectos y el que le encargó la obra a Henrik.

—¿Eran buenos amigos? —se interesó Wittberg.

—Se llevaban fenomenal. Siempre salían juntos a tomar algo —respondió la chica, que apretó los labios como si tuviera envidia. O eso pensó Karin.

De repente, se oyó el sonido de un objeto rebotando contra el suelo. Eleonor había tirado unas tijeras del mostrador que estaban al lado de la caja registradora y las recogió rápidamente.

—A menudo almorzaban juntos y después del trabajo solían quedar para tomar algo —agregó Steve—. También jugaban al *squash* una vez a la semana.

Karin echó un vistazo al reloj. Con un poco de suerte, llegarían a la biblioteca antes de la hora del almuerzo y podrían tener una breve conversación con Urban Ek. Sin duda, tenía curiosidad por conocerlo. No era descabellado pensar que estuviera metido también en el asunto cuando le había encargado precisamente realizar una escultura que gozaría de gran prestigio. Los amiguismos también podían darse en Gotland, tal y como pasaba en el resto del mundo.

—Muchas gracias por atendernos —se despidió Wittberg—. Por favor, contacten con nosotros si se acuerdan de algún otro dato relevante. Si no, ya nos lo contarán cuando nos pasemos por aquí de nuevo.

Los policías ya se alejaban cuando, de pronto, Karin se dio la vuelta y vio que Steve los estaba mirando a través de la ventana. Su pelo oscuro parecía una sombra alrededor de la cabeza.

En el pasado

Soñaba con volver a casa. Los sonidos de la ciudad y los estímulos externos la agotaban hasta el punto de provocarle náuseas. Se sentía abrumada por los autobuses abarrotados y el estrés de la gente que caminaba de un lado a otro sin parar. Todo el mundo iba con prisa y miraba al frente con decisión aferrado a sus bolsos y maletines. Cecilia y Anki habían estado en el H&M de la plaza de Sergel, y aprovecharon que estaban cerca del enorme centro comercial Åhléns para entrar a echar un vistazo. Era imposible pasarlo por alto. Le dolían las piernas, tenía sed y ganas de ir al baño. Pasaron por la zona de perfumes, donde deslumbraban las sonrisas de las dependientas vestidas con batas blancas. Los maniquíes llevaban ropa de verano y en el área de calzado había cientos de modelos de sandalias rebajados. A Cecilia se le quitaron las ganas de comprar, repudiaba el consumismo excesivo.

—¿Te apetece que nos sentemos a tomar algo? —le sugirió Anki.

Cecilia asintió con mucho gusto. Salir del bullicio de aquellos grandes almacenes supondría un enorme alivio.

Cuando llegaron a una cafetería cercana, pidieron un café y un par de pasteles de crema. Cecilia probó el merengue y, a pesar de que tenía un sabor dulce, le resultó vomitivo. Ninguna persona a su alrededor se fijaba en ella, todos parecían demasiado ocupados y ensimismados. Allí nadie la conocía y todo el mundo pasaba desapercibido. Era una sensación entre agradable y extraña, en Gotland todo el mundo se conocía y estaba pendiente de lo que hacía la gente, por muy insignificante que fuera. Se comentaba cualquier detalle por el mero hecho de entablar una conversación. Se acordó de la pequeña tienda a la que solía ir a comprar leche. Siempre había alguien con quien hablar y eso la reconfortaba.

—Estás muy pensativa —le hizo saber Anki mientras rebañaba lo que quedaba de nata en el plato.

Cecilia se encogió de hombros.

—Me encanta que podamos disfrutar de un día juntas —continuó Anki y esbozó una sonrisa que Cecilia trató de corresponder, aunque le resultara un gesto forzado.

—Cuéntame, ¿qué tal el instituto?

Anki le lanzó una mirada de interés.

—Todo bien —respondió Cecilia sin saber muy bien qué más podía decir.

—¿Te gusta tu clase?

A decir verdad, nunca se había parado a pensar en eso. ¿Por qué le hacía tantas preguntas?

—Sí, está bien —continuó con una respuesta corta—. ¿Podemos irnos ya a casa?

CECILIA QUERÍA QUE Anki la dejara en paz, pero, incluso al llegar a casa, insistía en seguir socializando con ella y la invitó a sentarse un rato en el sofá. Por suerte, su padre estaría pronto de vuelta e irían a Gamla Stan, donde habían quedado para cenar solos los dos. Mientras tanto, Anki parloteaba de todo un poco sin parar. Le habló de sus padres y de sus años adolescentes, aunque Cecilia la escuchaba a medias. Se preguntaba si realmente aquella mujer había ocupado el lugar de su madre y por un momento dudó de quién era su padre, al no lograr entender por qué se había enamorado de Anki. A pesar de que era una mujer simpática y risueña a la que le encantaba pasarse las horas charlando, no dejaba de ser una persona aburrida.

Al cabo de un rato, Cecilia echó un vistazo a su alrededor y observó las numerosas plantas que había en el alféizar de la ventana. Seguro que había sido idea de Anki, porque en Gotland su padre nunca había mostrado interés por los geranios de su madre, ni tampoco se ocupaba del jardín. Luego se fijó en los muebles, en los cojines del sofá y en la alfombra de aspecto suave del salón. Sin duda, ese no era el gusto decorativo de su padre.

En ese momento, algo interrumpió sus pensamientos. De pronto, oyó que llamaban a la puerta y notó el sobresalto de Anki, que, cómo no, acompañó de su risa de siempre.

—¡Por fin! —exclamó y se levantó enseguida para abrir la puerta.

Cecilia prestó atención desde el sofá y entonces supo que algo iba mal. En lugar de escuchar la voz familiar de su padre, un silencio ensordecedor se adueñó del pasillo, seguido de un leve murmullo. Parecía que varias personas participaban en la conversación. Cecilia se puso a contar los segundos que pasaban. No entendía por qué susurraban.

Cuando cerraron la puerta principal, Anki apareció en el salón con el rostro completamente pálido. Detrás, la acompañaban dos policías uniformados. Una mujer rubia y atractiva, y, a su lado, un hombre de baja estatura casi calvo y de complexión musculosa. Cecilia les clavó la mirada. Ambos llevaban puestas unas botas negras de cordones.

Anki señaló el sofá y, por su mirada, parecía estar muy desconcertada.

Se sentó junto a Cecilia y le agarró la mano. No le gustó la idea de que la tocara, pero lo cierto es que era incapaz de soltarse. Sentía que el cuerpo le pesaba mucho y que el pánico le estaba invadiendo el pecho. ¿A qué habían venido esos policías? ¿Qué hacían en el salón de su padre? Lentamente, posó la mirada en las paredes pálidas y en el televisor que estaba encima del mueble. Observó las macetas blancas del balcón con sus hojas exuberantes. Se le estaba clavando un cojín en la espalda, pero ni se inmutó.

Los segundos se ralentizaron.

Después de lo que pareció una eternidad, la agente tomó la palabra. Mostraba cara de circunstancias cuando se dirigió a Cecilia con una mirada que reflejaba tristeza y frialdad al mismo tiempo. Era su trabajo. Su cometido era salir a buscar a una persona en cuestión para darle una noticia que no deseaba escuchar.

Al principio, Cecilia no logró entender lo que le decía, aunque se esforzó por comprender las palabras.

Un accidente.

En paracaídas.

El paracaídas no se abrió.

Su padre había muerto.

Se había estrellado contra el suelo. Brutalmente. Murió al instante.

Entonces le pareció oír que Anki lloraba.

Cecilia pestañeaba sin parar, aunque tenía los ojos secos.

—Pueden solicitar ayuda psicológica —continuó diciendo otra voz—. Si necesitan hablar con alguien…

Dejaron una tarjeta de visita sobre la mesa del salón.

Un papel.

Y unos documentos.

Continuaron la conversación, pero Cecilia desconectó. Por mucho que lo intentara, no era capaz de comprender lo que decían. Habían identificado el cuerpo, que ya estaba de camino al Instituto de Medicina Legal de Solna. El piloto del avión y el resto de paracaidistas se encontraban en estado de *shock*. Alguien lo había acompañado al hospital. No supo quién, no entendía. De pronto sintió un zumbido en los oídos, como si una ráfaga de aire helado la estuviera azotando.

Cuando uno se muere, ya no tiene que ir al médico. ¿Sería un sueño y nada más?

Las plantas seguían en el mismo lugar, mostraban sus hojas e ignoraban por completo la conversación. Anki tenía los ojos rojos y la máscara de pestañas se le había corrido por el rostro. Entre sollozos, se limpiaba la nariz.

Cecilia cerró los ojos que aún notaba secos.

«¿Quién había muerto?»

Con un gesto de cortesía, los policías se levantaron. Cuando trabajas para la autoridad, no hace falta que te quites los zapatos al entrar en casas ajenas. Ni tampoco ponértelos al salir.

Luego Anki se derrumbó, se tiró en el sofá y se puso a llorar desconsolada. Le temblaban los hombros debajo del suéter rosa que llevaba puesto.

—Eh...

Cecilia se acercó para acariciarle la espalda con la mano.

—Ay, Dios mío —decía entre lágrimas—. ¡Dios mío! Tu padre, Cecilia. Ha sido tu padre. Mi Krille... Ay, santo cielo. No me lo puedo creer. Si habíais quedado los dos para cenar juntos en Gamla Stan esta noche. Tengo que llamar para cancelar la reserva. Dios mío...

Las palabras confusas de Anki resultaban incoherentes, como si no fuera consciente de lo que estaba diciendo en realidad.

Cecilia permaneció en la misma postura mientras le daba unas palmaditas en el brazo.

Quedaba claro quién se estaba comportando como un adulto.

La biblioteca Almedal se encontraba a unos minutos a pie del estudio de arte, y tanto a Karin como a Wittberg les pareció buena idea caminar hasta allí para estirar un poco las piernas. Mientras habían estado interrogando al compañero de trabajo de Henrik Dahlman, Steve Mitchell, la ciudad de Visby había cobrado vida y ahora las calles estaban repletas de turistas. Pronto la ciudad rebosaría de energía, ya que la Semana de Almedal y la Semana de Estocolmo estaban a la vuelta de la esquina. No obstante, junio seguía siendo un mes relativamente tranquilo, aunque después del solsticio de verano no cabría ni un alfiler en el casco antiguo de la ciudad.

—¿Me lo ha parecido solo a mí o tú también has visto que ese tal Steve tenía una forma extraña de comportarse? —preguntó Karin mientras bajaban por una calle que daba al puerto.

—Titubeaba un poco al hablar —admitió Wittberg—. Aunque, por otra parte, ¿quién no actuaría con nerviosismo después de que hayan asesinado a un compañero? Desde luego, yo me comportaría así. A mi parecer, es porque se trata de un artista con una personalidad muy diferente a la del típico sueco.

—Sí, quizá sea eso. Habrá que interrogar al resto de los compañeros y ver su reacción. La galería es preciosa, ¿verdad? Y qué maravilla trabajar así, con tanta flexibilidad horaria. Imagina ir y venir al trabajo con total libertad.

—Ya ves, tal vez nos hayamos equivocado de profesión —bromeó Wittberg.

El sol se había ocultado detrás de las nubes y comenzaba a hacer más frío. A Karin le pareció notar una gota de lluvia en la nariz. Se arrepintió de no haberse traído el paraguas. El tiempo en la isla podía cambiar de un momento a otro, aunque a ella le gustaba su carácter caprichoso. Siempre le había encantado que el clima de Gotland fuera como un ser indomable cuyas acciones eran imposibles de predecir.

La subcomisaria sentía fascinación por la biblioteca Almedal y pasaba muchas horas allí en sus ratos libres. Siempre leía libros, aunque con el paso de los años lo hacía con menos frecuencia. El edificio era un solemne complejo con ventanales que ofrecían vistas panorámicas del precioso parque de Almedal, donde se encontraban una famosa fuente y un estanque poblado por patos y cisnes.

Al llegar al mostrador de información de la biblioteca, preguntaron por Urban Ek, pero para decepción de los policías, el director de proyectos no estaba allí. La razón de su ausencia era que se encontraba de baja por enfermedad desde hacía unos días debido a un fuerte resfriado. La recepcionista les remitió a su asistente, Agnes Molin, una chica pálida de unos treinta años que hablaba en voz baja y que daba la impresión de ser una persona un tanto huraña.

—¿Cada cuánto venía Henrik Dahlman por aquí? —preguntó Wittberg.

—Al menos una vez a la semana. Normalmente hacemos una reunión todos los lunes y ha habido varias desde que empezó el proyecto. Además, al tratarse de una obra de arte de prestigio, acuden un gran número de personas, desde el equipo técnico hasta los relaciones públicas y otros medios de comunicación.

Mientras conversaban, visitaron las instalaciones de la enorme biblioteca. A Karin le entraron ganas de sacar en préstamo un puñado de libros, pero desistió. Había perdido la costumbre de leer antes de dormir y culpaba a los dichosos teléfonos móviles. Ahora siempre andaba navegando con su iPhone por las redes sociales en lugar de leer un buen clásico. Se preguntó si las bibliotecas llegarían a desaparecer teniendo en cuenta el ritmo al que avanzaba la tecnología.

—Teníamos previsto que Henrik entregara la obra antes de que comenzara la Semana de Novela Negra —afirmó Agnes entristecida mientras señalaba la superficie reservada para la escultura—. El presidente de la delegación regional iba a tener el honor de descubrirla en la ceremonia de apertura del festival, pero ahora no sé qué van a hacer. Será mejor que hablen con Urban cuando vuelva.

—¿Qué opina de Henrik Dahlman? —se interesó Karin.

—Bueno, era un hombre amable... —respondió con cierta inseguridad—. Tampoco tenía un contacto directo con él, Urban era quien más...

—Entiendo. ¿Y notó algún comportamiento inusual cuando estuvo aquí? ¿Quizá se comportó de manera diferente o estaba algo más nervioso de lo normal? Sobre todo, durante los últimos días.

—No, no sabría decirles. Yo solo acudía a las reuniones. Con Urban sí que tenía más relación.

—¿Y tampoco lo conocía de antes?

Agnes Molin negó con la cabeza.

—No, no nos movemos en los mismos círculos.

—¿Sabe si alguien más de la biblioteca salía a tomar algo con él o lo conocía mejor?

—No tengo ni idea. Urban y él a veces salían a almorzar juntos. La verdad es que solían quedar bastante en sus ratos libres.

Karin y Wittberg se miraron.

—De acuerdo, habrá que esperar a que vuelva el director de proyectos. Gracias por atendernos de todas formas.

Ambos se despidieron y se marcharon de la biblioteca.

—Madre mía, qué persona tan poco expresiva —le comentó Wittberg a Karin cuando salieron por la puerta del edificio.

—Aparte de inexpresiva, tampoco es que tuviera mucho que decir —afirmó Karin con un tono áspero—. Oye, tenemos que darnos prisa o llegaremos tarde a la comida, y le prometí que llevaría un pastel salado.

—¡Es verdad!, que viene tu amigo del alma, Martin Kihlgård —bromeó Wittberg entornando los ojos—. Los dos sois como Astérix y Obélix, vais juntos a todas partes. Si no fuera porque es gay, estaría convencido de que hay algo entre vosotros.

—¡Anda ya! —Karin se echó a reír—. Martin y yo somos almas gemelas, solo eso. Bueno, ¿y tú qué tal en el amor?

—Pues bien, no me quejo —dijo Wittberg escuetamente, aunque Karin se percató de que se le encendían un poco las mejillas.

—Te he notado algo tenso estos últimos días, ¿puede ser? —le preguntó Karin con tacto.

—El amor es complicado. A veces echo de menos la vida de soltero que tenía antes. Al fin y al cabo, todos nos conocían a ti y a mí por eso, ¿no es cierto? —le insinuó mientras le pasaba su brazo musculoso a Karin por el hombro—. ¿Es que ya lo has olvidado? Éramos los solteros de oro. ¿No añoras esa libertad?

—No —respondió Karin de forma rotunda y sincera mientras visualizaba el rostro de Anders y se daba cuenta de cuánto lo echaba de menos—. La verdad es que no me apetece volver a estar soltera. En absoluto.

EL TERCER DÍA después del asesinato de Henrik Dahlman, el equipo se reunió en la comisaría a media mañana. Todavía no había ningún detenido y Knutas había solicitado ayuda a la policía de Estocolmo. Para satisfacción de todos, el inspector Martin Kihlgård iba de camino en el taxi que había tomado en el aeropuerto. Había colaborado con la policía de Visby en otras ocasiones y era toda una eminencia en el Departamento de Investigación Criminal. Karin y Wittberg se pasaron por la pastelería para comprar un pastel salado y darle la bienvenida que se merecía.

Cuando el imponente Kihlgård apareció por la puerta de la sala de reuniones, todos lo recibieron con fuertes aplausos, unas palmaditas en la espalda y algún que otro abrazo. Martin Kihlgård rondaba los cincuenta, era alto y corpulento, aunque no tenía sobrepeso. En su rostro brillaban unos ojos enormes y un poco saltones, y casi siempre los tenía muy abiertos. A Knutas a veces le recordaba al actor sueco que salía en un anuncio de cerveza Pilsner llamado Thor Modéen. Siempre hablaba a gritos, se reía a carcajadas y bromeaba constantemente. Kihlgård tenía fijación por todo lo francés y su novio lo era.

—No sabéis cuánto me alegra volver a estar aquí —dijo con tono de felicidad. Acto seguido se acomodó junto a la mesa y los ojos se le fueron al pastel—. Sabía que tanto Knutte como el resto del equipo necesitaríais mi ayuda después de la que se ha liado.

Kihlgård le lanzó una mirada de complicidad al comisario Knutas, que le devolvió una sonrisa tímida. Sin duda, detestaba que lo llamase Knutte.

Karin le señaló el pastel y Kihlgård no dudó en hacerse con un buen pedazo, algo que en cualquier otro contexto podría haberse interpretado como un gesto grosero por su parte. Pero así era Kihlgård.

—Supongo que ya os habréis percatado de que los medios de comunicación han insinuado hoy quién es la víctima —comenzó a decir Martin—. Y saben de sobra el interés público que generará la noticia al tratarse de un famoso. Henrik Dahlman es conocido incluso fuera de Gotland, así que tarde o temprano revelarán su identidad.

Los presentes asintieron.

—¿Y cómo habría que actuar? —preguntó el responsable de prensa, Lars Norrby—. ¿Deberíamos confirmar su identidad cuanto antes? Resultaría sospechoso si no corroboramos que, en efecto, se trata de Henrik Dahlman. Al fin y al cabo, ya lo sabe toda la isla, y a lo mejor así la gente se anima a proporcionarnos más datos.

—Bueno, la esperanza es lo último que debemos perder —murmuró Kihlgård con la boca llena de pastel.

Knutas hizo una breve recapitulación de los últimos datos que tenían y después concluyó:

—Por ahora estamos investigando las inclinaciones sexuales de la víctima. Su ordenador y su iPad muestran que visitó páginas web con contenido sexual y que, al parecer, le interesaba sobre todo el *bondage*. Hemos averiguado también que pertenecía a un club exclusivo de este tipo de prácticas sexuales llamado Amour, por lo que indagaremos más al respecto. Por otro lado, hemos hablado con su exmujer, Regina Mörner, a la que vamos a interrogar en comisaría esta tarde. La forense nos comunicó que la víctima podría haber practicado sexo anal, sin

embargo, Amanda Dahlman nos ha confirmado que Henrik tenía graves problemas de estreñimiento desde hacía muchos
años, lo cual explicaría las lesiones superficiales que se han hallado.

—Yo no he podido hablar con la hijastra —interrumpió
Kihlgård—. Se fue de viaje al extranjero y no he podido contactar con ella, pero volverá esta noche. Me parece que su avión
aterriza sobre las nueve. Tenía previsto llamar a un compañero
de Estocolmo para pedirle que la interrogue cuanto antes. ¿O
alguien quiere ir allí para hablar con ella?

—Yo puedo ir —se ofreció Karin sin dudar ni un segundo—.
Mañana mismo.

De esa manera, la subcomisaria tendría la posibilidad de visitar a su hija, Hanna, porque, si no, a este paso tendría que esperar a que resolvieran el caso para verla.

—Estupendo —apremió Knutas—. Es mucho mejor que alguien de nosotros interrogue a Beata Mörner.

El comisario miró a sus compañeros y advirtió que Kihlgård
le daba otro bocado al pastel. Por último, les comunicó que la
médica forense no descartaba que Henrik Dahlman pudiera
haberse quitado la vida accidentalmente.

—Dios mío —se sorprendió Wittberg—. ¿Uno puede morir así?

—No es muy convincente —admitió Knutas—, pero tampoco
imposible.

—Ahora que lo dices, me viene a la memoria algo que ocurrió
hace unos años —continuó Wittberg—. ¿Habéis oído hablar del
caso de aquel ingeniero de Gotemburgo? Era un hombre de mediana edad, un padre de familia ya asentado que tenía su propia
empresa y trabajaba desde casa. Pues bien, resulta que su mujer
era inválida y un día, mientras estaba en rehabilitación, la hija
regresó a casa del colegio más temprano de lo habitual y encontró al padre en el cuarto de baño con una peluca y maquillado.
Llevaba unas botas de cuero altas y un conjunto de lencería de

encaje. Estaba sentado en la silla de ruedas de su mujer y tenía una soga alrededor del cuello que llegaba hasta el techo. Estaba sin vida. Al parecer se había provocado la muerte buscando placer sexual.

—Pobre niña —murmuró Norrby.

—Lo dicho, entonces no podemos descartar esa posibilidad —agregó Knutas e inmediatamente miró a Karin para hacerle una pregunta.

—¿Has recopilado información del nuevo testigo?

Karin hizo un resumen de la visita a la cabaña de Ljugarn.

—La casita pertenece al matrimonio Israelsson, que vive en Escania. La última vez que estuvieron aquí fue el verano pasado, por lo que lleva un tiempo vacía. Hemos hallado restos de maquillaje en el suelo, en el sofá y en la mesa de la cocina, y también hemos encontrado varios mechones de pelo negro sintético, idénticos a los que aparecieron en el lugar de los hechos. Además, hemos descubierto unas huellas de zapatos que casualmente son las mismas que había en el jardín de la casa de la víctima. Por lo tanto, no hay duda de que el presunto culpable estuvo primero allí antes de cometer el asesinato.

—¿Hay huellas dactilares? —se interesó Kihlgård.

—Ni una. Las borraron todas.

—¿Y algún otro testigo que viera algo?

—Tampoco podemos descartar esa opción —agregó Knutas—. Por ahora están interrogando a los vecinos casa por casa. Pero aún no hemos dado con ningún testimonio relevante, así que supongo que habrá que esperar.

—¿Y de la casita tenemos más datos? —preguntó Wittberg, que en ese momento se apartaba un mechón de pelo rubio de la frente. A Knutas le daba la impresión de que Wittberg estaba cansado. ¿Tal vez fuera porque su nueva novia lo había dejado? Al fin y al cabo, se rumoreaba por los pasillos que discutían bastante.

—Al parecer, el presunto autor del crimen estuvo bebiendo vino tinto antes de pasar a la acción —añadió Sohlman—. En la mesa de la cocina hay marcas de una botella y algunas manchas de vino. Aunque las pistas más asombrosas no estaban en la casita, sino en el dormitorio donde asesinaron a Henrik Dahlman.

—¿Ah, sí? ¿Y cuáles son? —preguntó Knutas con entusiasmo.

Entonces, Sohlman agarró una bolsa de plástico y se la enseñó a sus compañeros. Dentro había un frasco de vidrio oscuro con una tapa de plástico negro y una etiqueta amarillenta en la que ponía Rush en mayúsculas.

—Esto se conoce como *popper*. Es un líquido que se inhala antes de tener relaciones sexuales y que hace que el esfínter se relaje. También puede favorecer la erección, hace que dure más tiempo y retrasa la eyaculación. Y, además, el orgasmo se intensifica. El nombre científico es nitrito de amilo y normalmente lo usan hombres homosexuales.

En ese momento se hizo el silencio y la sala se quedó en suspense.

—¿Y qué hay de los restos de...?

—Ya tenemos los resultados de ADN de las sábanas. El equipo del Instituto de Medicina Legal se ha dado muchísima prisa para poder enviárnoslos.

Sohlman hizo una breve pausa y miró a todos los compañeros de la sala.

—Efectivamente, hay restos de semen —aclaró el agente—. Pero no provienen de Henrik Dahlman, sino de otro hombre.

La exmujer de Henrik Dahlman, Regina Mörner, vivía casi al final del límite municipal de Ygne, una aldea situada a las afueras de Visby y junto a la Reserva Natural de Högklint. La zona era conocida por sus altas montañas, sus cuevas y sus playas de guijarros. El camino que llevaba hasta la casa estaba repleto de matorrales y flores y, aunque esta no fuera tan grande como para poder considerarse una mansión, la vivienda se encontraba en un entorno idílico inmejorable. Era roja con ventanas blancas, estaba edificada sobre un acantilado y contaba con una terraza cubierta que ofrecía vistas al mar. A su alrededor crecía el césped, y en el mismo terreno había otras edificaciones más pequeñas que Johan supuso que albergarían una casa de huéspedes o algún tipo de trastero. Él y Pia aparcaron el coche en una zona verde junto a los setos que delimitaban la parcela.

—Dios mío, menudo lugar —dijo esta última, entusiasmada al ver el mar azul. Luego, abrió el maletero para sacar su equipo.

—Es mágico —asintió Johan tras dirigir la mirada a los acantilados que se precipitaban a unos treinta y cinco metros de altura bajo sus pies.

La inmensa playa de guijarros se extendía hacia Visby, cuyo puerto se vislumbraba a lo lejos. El sol rojizo del atardecer ya estaba a punto de hundirse en el horizonte.

Al acercarse, percibieron una música oriental que provenía de la casa y observaron que dentro había una mujer alta y de cabello oscuro que llevaba unas mallas negras y una túnica colorida. La vieron moverse por la terraza haciendo movimientos amplios y suaves con el cuerpo. Doblaba las piernas y extendía los brazos como si quisiera abrazar al mundo entero. Mientras tanto, tenía los ojos cerrados y, por el movimiento de sus labios, era evidente que murmuraba algunas palabras, aunque no alcanzaban a oírlas.

Johan y Pia intercambiaron miradas. Aquella escena coincidía a la perfección con las fotos de Regina Mörner que habían visto en su página de Facebook. Decidieron entrar y esperarla en la terraza exterior para no molestar a la mujer, que parecía absorta en su danza. Su rostro, de rasgos muy marcados, estaba serio y transmitía calidez.

De repente, se dio la vuelta, abrió los ojos y, al ver que se trataba del equipo de la televisión, se quedó sorprendida, aunque a Johan le pareció que fingía. Llegó a pensar que había planeado la danza para ponerse a bailar justo en el momento en que ellos llegaran. Tal vez pensó que Pia la grabaría. Johan se dio cuenta de que se había puesto ropa elegante y que llevaba joyas de gran tamaño en el cuello, las muñecas y las orejas.

—Hola, bienvenidos —los recibió con una sonrisa y un apretón de manos. Fue corriendo al salón a apagar la música.

—Es que estaba un poco ocupada con una coreografía que he montado —se disculpó al volver a la terraza—. De hecho, expresa una parte de mí. Si van a hacerme un reportaje, ¿os importaría grabarme un poco mientras bailo en la terraza? Las vistas son fabulosas —explicó gesticulando con los brazos— y hoy hace un tiempo espectacular, así que sería perfecto para captar la atención desde el principio del vídeo —sugirió con una sonrisa peculiar, como si estuviera dándole consejos al equipo sobre cómo rodar de la mejor forma.

Se colocó bien la túnica y se pasó la mano por el pelo.

—¿Entonces pongo la música otra vez? —preguntó a Johan de forma audaz dando por hecho que se iba a incluir la danza oriental de cosecha propia a modo de presentación para el reportaje.

—Claro, por supuesto —respondió con indiferencia. Al fin y al cabo, tal vez no fuera una idea descabellada, aunque no se tratara de un documental sobre su vida personal.

Entusiasmada con la idea, Regina fue a toda prisa al salón y volvió a encender la música, aunque esta vez subió el volumen para darle un toque más profesional. Regresó satisfecha, con una sonrisa de oreja a oreja, como si fuera una niña pequeña que se había salido con la suya. A decir verdad, había una expresión desalentadora en el rostro de Regina Mörner, pero Johan no sabía exactamente por qué le daba esa impresión. Unos segundos más tarde, se puso a aletear de manera eufórica en la terraza al son de la música mientras Pia la grababa como podía con la cámara. De vez en cuando se acercaba a Johan moviendo las caderas y bailando casi pegada a él, como si se le estuviera insinuando. Es más, de vez en cuando le lanzaba miradas lascivas que podían interpretarse como una provocación. Johan se quedó observando a la mujer y le extrañó que no estuviera triste o afligida por la muerte de su exmarido. A pesar de que se hubieran divorciado, Henrik seguía siendo el padre de sus hijas. En ese momento, Pia lo bajó de las nubes dándole un golpe en el hombro.

—Ya es suficiente —le dijo al oído—. El tiempo pasa, tenemos que dar paso a la entrevista.

—Sí, sí.

Johan se levantó de la silla y fue hacia Regina, que estaba absorta en su danza y ni siquiera se había dado cuenta de que ya no estaba en el ángulo de la cámara. Por su parte, Pia se había dado la vuelta y filmaba el paisaje. El periodista la interrumpió con unos toquecitos en el hombro.

—Gracias, es suficiente —la avisó en voz alta para hacerse oír por encima de la música que retumbaba a todo volumen por los altavoces.

Regina Mörner se detuvo en ese momento y abrió los ojos.

—Ah, sí, de acuerdo.

Se pasó la mano por la media melena y se quitó el sudor de la frente.

—¿Le importaría apagar la música, por favor? —le pidió Johan.

Regina asintió y desapareció de la terraza. Unos segundos más tarde se hizo por fin el silencio y Johan observó, por el movimiento de la espalda de Pia, que resoplaba con alivio.

—¿Qué tal si nos sentamos? —sugirió Johan.

—Sí, claro. ¿Quieren tomar algo? Uf, yo tengo la boca superseca después de todo lo que he bailado.

A Regina Mörner le salió una carcajada que sonó un tanto coqueta y luego le lanzó una mirada interrogadora a Johan. El reportero ya había notado de sobra que la exmujer de la víctima solo se dirigía a él y que ignoraba a Pia, algo que le extrañaba porque su compañera siempre solía llamar la atención allá donde fuera.

—Sí, gracias. Un poco de agua, quizá.

—¿No quieren una cerveza? —insistió mientras seguía riéndose y balanceaba las caderas.

«Dios santo, ¿está intentando ligar conmigo? Esta mujer no se corta un pelo», pensó Johan.

—No, gracias. Tomaremos solo agua.

Los tres se sentaron a la mesa y se pusieron a charlar un poco antes de empezar con la entrevista, que en breve se retransmitiría por televisión. Un reportaje de esas características solía durar pocos minutos, por lo que no había tiempo para andarse por las ramas. A Johan le gustaba ensayar con la persona entrevistada antes de grabar. Regina Mörner ya estaba acomodada en el sofá de la terraza y Johan optó por sentarse en un sillón que había enfrente para apartarse un poco de ella sin que fuera muy evidente.

—¿Cuál fue su reacción al enterarte de la muerte de Henrik? —Johan lanzó la primera pregunta.

Se llevó la mano al pecho antes de responder.

—Fue un *shock* enorme, cómo no. Era el padre de mis dos hijas pequeñas —Regina negó con la cabeza mientras tomaba el vaso de agua de la mesa.

—¿Y ellas? ¿Cómo se encuentran?

—La mayor fue fruto de otro matrimonio, pero prácticamente se crio con Henrik. Las otras dos se quedaban con su padre dos semanas al mes. Teníamos custodia compartida. Ahora están en casa de sus abuelos y al menos se tienen la una a la otra.

—¿Y usted, cómo se siente?

Regina se puso rígida y tomó un buen trago del vaso antes de responder a la pregunta.

—Uf, qué sed entra después de bailar. Y cuánto se suda.

Agarró el bajo de la túnica y empezó a sacudirlo con fuerza. A Johan sin duda no le transmitía buenas vibraciones, y, por su comportamiento, se mostraba nerviosa y evasiva. Además, estaba ansiosa por llamar su atención.

—¿Qué opina sobre la muerte de Henrik y la manera en que fue asesinado?

Regina Mörner sacó un paquete de cigarrillos de un cajón de la mesa y se encendió uno. Le dio un par de caladas antes de continuar respondiendo mientras cavilaba unos segundos sobre lo que iba a decir.

—No hay duda de que ha sido una tragedia. Una desgracia inconcebible.

La mujer volvió a darle otra calada al cigarrillo y bajó la mirada hasta posarla sobre la mesa.

—¿Cuándo fue la última vez que habló con él?

—El mismo día que murió. Cuando me trajo a las niñas y desapareció para siempre.

—¿Se veían a menudo?

—No, rara vez, a excepción de cuando venía a buscar y a traer a nuestras hijas. La muñeca Barbie que tenía por esposa no lo habría visto con buenos ojos, en cualquier caso.

—¿Ah, no? ¿Y por qué motivo? —se interesó Johan por curiosidad, aunque ya sabía que aquella pregunta sobrepasaba los límites de su profesionalidad como periodista.

—No soportaba que Henrik y yo nos lleváramos bien. Tenía celos.

Regina Mörner entornó los ojos.

—Perdone que se lo pregunte de forma muy directa, pero no parece muy afectada por la muerte de su exmarido, ¿me equivoco?

—El primer día lloré hasta quedarme sin lágrimas y siempre será un dolor con el que tendré que convivir. Aunque la relación entre Henrik y yo había terminado hace mucho tiempo, estuvimos siempre en contacto y hablábamos de vez en cuando.

—Como sabe la prensa ha revelado algunos detalles comprometedores, como que se encontraba atado y desnudo, y que llevaba una correa de perro... ¿Le ha sorprendido el hecho de que todo apunte a un asesinato con violación?

—Bueno, Henrik tenía una mente abierta para el sexo, le gustaba jugar con los límites, pero jamás me habría imaginado que fuera a morir en esas circunstancias.

—¿Cuál fue la razón de su divorcio?

—Que conoció a Amanda. Y eso que me lo negó siempre. Quiero decir, que ese fue el motivo por el que nos separamos. Pero bueno, a estas alturas quién sabe.

De repente Regina Mörner adoptó un tono de decepción y dio otra calada al cigarrillo.

Johan no se sentía del todo convencido con la entrevista, y en el fondo dudaba de que fuera una buena idea hacer ese reportaje.

Entonces le hizo un gesto a Pia.

—Vale, ya estamos listos. ¿Dónde quiere que nos pongamos?

Johan se levantó del sillón, se bebió el vaso de agua e intentó que la entrevista durara lo menos posible.

LE SILBO A mi propia imagen en el espejo, a lo que mis labios responden con una sonrisa deslumbrante. Me he vuelto una auténtica experta en maquillaje. El nuevo perfilador rojo brillante los acentúa de maravilla y realza aún más mi boca, haciéndola más seductora. Además, combina a la perfección con mis ojos negros y mi cabello largo y oscuro. Poco a poco he ido transformándome y convirtiéndome en la mujer con la que todos los hombres sueñan. He de reconocer que normalmente no me gusta mirarme en el espejo, porque no me gustan mis rasgos faciales tan inexpresivos, ni mi pelo fino descolorido, ni mi piel pálida. Sin embargo, esto es algo completamente diferente. Me siento una persona nueva, distinta.

Ahora bien, ¿quién es esa mujer que me devuelve la mirada con sus pestañas postizas y ojos impenetrables? No es fácil encasillarla. Gesticulo, poso de mil maneras y me pongo a fantasear conmigo misma como si fuera la reencarnación de una *femme fatale* que podría ser francesa o italiana, una ciudadana del mundo sin rumbo, una mujer con clase y estilo. Nada de ser una pobre insignificante que vive en un pueblecito de una isla en mitad del mar, lejos de todo y de la sociedad. De eso nada, la mujer del espejo debe tener el mundo entero a sus pies. Habla varios idiomas con fluidez, acude a los mejores salones de belleza y a las grandes salas de conferencias, donde se reúnen las empresas más importantes. Ya sé que es fácil soñar, y aún más ahora que la tengo plantada delante de mí.

Llevar una mini falda negra ajustada no deja de ser una sensación extraña y emocionante al mismo tiempo, al igual que verme con una blusa brillante. Incluso me he desabrochado algunos botones para dejar entrever sutilmente lo que se esconde debajo.

Me asomo a la puerta y cuando veo que no hay nadie fuera, me escapo de allí. Sé que los baños de la primera planta, donde se encuentra la sala de congresos, suelen estar muy concurridos, pero, por suerte, esta tarde han estado bastante vacíos y estoy casi segura de que podré escabullirme por la puerta principal sin que nadie me vea. Además, llevo unas gafas de sol enormes que me hacen sentir invisible, imposible de reconocer. Oigo cómo mis tacones altos resuenan con fuerza contra el suelo de mármol. A decir verdad, he estado practicando durante mucho tiempo para poder acostumbrarme a caminar con ellos. Al salir, me dirijo hacia la zona del puerto, allí podré pasar desapercibida a pesar de mi atuendo entre los turistas que están de visita en Visby.

Cuando entro en el bar del puerto y me mezclo con la multitud, entre las botellas de cerveza y las copas de vino de la gente que ya ha empezado a beber para irse de fiesta, me doy cuenta de algo. Me siento orgullosa al notar que los hombres interrumpen sus conversaciones en cuanto me ven pasar. Parece que tengo el poder de dejarlos sin habla. Sin duda, es una sensación tan agradable que me sube la autoestima y me recorre el cuerpo como la miel, hasta me hace enderezar aún más la espalda y que se me realcen los senos. Me echo el pelo hacia atrás y me humedezco los labios. Juego con un mechón, bajo un poco la barbilla y me muerdo ligeramente el labio inferior. He estado practicando esta táctica con esmero delante del espejo. Camino por el bar con la cabeza bien alta y finjo que no me importa si me miran o no, pero, al mismo tiempo, analizo el ambiente. Nadie puede ver hacia dónde estoy mirando porque mis ojos se ocultan tras las gafas de sol. Observo los rostros de diferentes hombres sin que se den cuenta. Los hay de todas clases, hombres jóvenes y de mediana edad. Después de mi inspección, elijo a unos cuantos candidatos. En ese momento, se me aceleran el pulso y la respiración. Las imágenes de Henrik Dahlman luchando contra la muerte vuelven a aparecer en mi cabeza. Recuerdo cómo me sentí tras haber sido capaz de seducirlo y emborracharlo. Sin duda, me apetece revivir esa experiencia, la idea de pasar el resto de mi vida sin volver a sentir la dulce sensación de dominar a alguien me pone enferma. Es algo parecido a cuando se ama con locura y ese amor desaparece de repente. El síndrome de abstinencia que se sufre al no poder estar cerca de la persona amada es brutal. Así es exactamente como me siento cuando pienso que lo que viví aquella noche podría haber sucedido por primera y última vez.

—¿Qué vas a tomar?

De pronto, se plantó delante de mí un joven camarero de pelo oscuro que llevaba una barba a la moda y secaba los platos de forma mecánica mientras me miraba directamente a los ojos.

—Una pinta de cerveza.

Tengo tantas ganas de beberme una cerveza fría que me vuelvo loca solo de pensarlo. Unos segundos después, veo que el joven sigue sin apartar la mirada.

—No eres de Gotland, ¿verdad? —me pregunta mientras me sirve la cerveza en la barra.

—No, vivo en Copenhague —es lo primero que me sale decir—. Bueno, en realidad soy de Estocolmo, pero llevo muchos años viviendo en Dinamarca.

—Ah, ¡qué interesante! ¿Y qué te trae a Visby?

—He venido a la boda de unos amigos —comienzo a decir, y automáticamente me arrepiento de haber soltado tal cosa. Ahora corro el riesgo de que me pregunte quiénes son los que van a casarse y tal vez los conozca. Debería haber planeado mejor mi mentira. Pero, para mi alivio, llega más gente al bar, por lo que el camarero se ve obligado a atenderlos y se disculpa por tener que retirarse.

Aprovecho para retocarme el maquillaje. Dejo el importe de la cerveza en la barra y me adentro entre la multitud del bar para que no me vea el camarero. Me doy cuenta de que me busca entre la gente con la mirada. Aunque a simple vista parece más joven que yo, he debido de causarle buena impresión.

Pasados unos segundos, me detengo en seco al ver que un hombre de unos cuarenta y cinco años se me planta delante y me saluda. Camisa de verano rosa, pelo rubio dorado, piel bronceada y un brillo juvenil en los ojos. Le miro las manos rápidamente. Bingo. Lleva un anillo de oro en el dedo anular de la mano izquierda, así que no puedo evitar sonreír de forma repentina.

—¿Me permites que me presente? —me pregunta el desconocido.

—¿Por qué no?

—Me llamo Per y trabajo en una inmobiliaria en Linköping. Estoy aquí para firmar un acuerdo comercial, pero mi acompañante me ha dejado plantado. ¿Tu nombre es...?

—Céline —respondo y me bebo el último trago de cerveza.

—¿Puedo invitarte a tomar algo? —pregunta con un gesto de cortesía—. ¿Qué te apetece? ¿Te pido otra cerveza?

—Sí, gracias.

—Así que Céline... —repite el hombre cuando vuelve con dos cervezas—. Qué nombre tan bonito. Es francés, ¿no?

—Sí, mi madre es francesa.

—*Oh là là!* —exclama.

A la gente le encanta sentir que es más lista que los demás, sobre todo a los hombres. Disfrutan demostrando lo inteligentes que son. Y yo sé que se me da bien reafirmarlos con la reacción que están deseando obtener. Dejo que me mire el sujetador de encaje negro y el pecho. Cuando veo sus ojos clavados en mi canalillo, se me acelera el pulso. El corazón me late más rápido, percibo el olor desagradable de la lucha, del miedo, de la sangre... Me pongo tensa y me concentro al máximo mientras su mirada lasciva me recorre en cuestión de segundos de la cabeza a los pies. El cuerpo se hace a la idea de lo que vendrá a continuación. Es necesario que la adrenalina se dispare para que pueda matarlo. «Tranquila —susurra una voz dentro de mí—, todavía te queda mucho por hacer.»

«Pero tendré que empezar por algo», la contradice otra voz.

—Ah, *oui* —respondo para alegrarle la noche a Per *l'agent immobilier*—. Por desgracia, he olvidado casi todo el francés que aprendí en la infancia. Mi madre murió cuando yo tenía ocho años.

¿De dónde me estoy sacando todas esas historias inventadas? Desde luego, cuando abro las compuertas, salen todas como chorros, como si hubieran estado amontonándose dentro de mí durante años esperando a ser contadas un día.

—Vaya, qué tragedia.

Me lanza una mirada sincera y compasiva.

—Fue hace mucho tiempo.

Gesticulo con la mano de una manera exagerada para dejar a un lado mi terrible pasado y enseguida nos ponemos a charlar. Sin duda, Per es un tipo con el que la conversación fluye sin problemas. Está claro que, gracias a mi vestuario, doy otra impresión, resulto más atractiva y aparento ser más asertiva. Parece que tenga una confianza arrolladora en mí misma. Cuando el hombre me invita a sentarme con él a una mesa, acepto la invitación sin dudar. Creo que ya lo tengo en el bote. Se levanta para pedir otras dos cervezas. Tengo que empezar a controlar el alcohol que tomo a partir de este momento, noto que me está subiendo. Le doy unos traguitos a la bebida con disimulo mientras suelto alguna que otra carcajada y le sonrío a Per, *l'agent immobilier* de Linköping, que no cierra el pico ni un segundo. Qué feliz se le ve… Si supiera lo que le espera.

Pasados unos minutos, me excuso para ir al baño y, cuando me levanto de la silla, me doy cuenta de que me recorre el cuerpo con la mirada. Entro en el baño de mujeres para vaciar la vejiga. Al salir del aseo, me lavo las manos y me fijo en que hay una mujer rubia de pelo corto a mi lado. En el espejo, veo que me está analizando.

Se inclina un poco hacia adelante para hacer el amago de iniciar una conversación.

—Perdona que te lo pregunte, pero es que te he oído hablar antes y lo cierto es que me resultas familiar, ¿nos conocemos?

—No, no lo creo —respondo tajantemente con un tono de voz que yo misma percibo como poco amable.

La mujer sigue en sus trece contemplándome sin moverse del lavabo. No deja de insistir.

—Que sí —se empeña en contradecirme—. Reconozco tu dialecto, es único y singular. ¿Seguro que no nos hemos visto antes? ¿Vives aquí en Visby?

Está empezando a irritarme de verdad. Quiero largarme de aquí.

—No, me habrás confundido con otra persona. No soy de Visby.

—Es que hablas con un acento de Gotland mezclado con otro distinto y no sé cuál exactamente —continúa empecinada—. ¿De dónde eres?

Desde luego no piensa rendirse.

—Perdona, pero no sé de qué me estás hablando. No, no nos conocemos de antes. De hecho, no te he visto en mi vida. He venido aquí de visita. Solo estoy de paso.

Niego con la cabeza y salgo del baño a toda prisa.

No me ha salido bien la jugada. No he sabido fingir el acento correctamente. Me siento abatida. He fracasado y a cada segundo que pasa me siento peor. Me brotan las lágrimas y los chorretones de la máscara de pestañas me manchan el rostro. Menudo fiasco. Me fijo en que los mechones de mi pelo real sobresalen por debajo de la peluca. Me noto las axilas sudadas y observo que tengo dos manchas oscuras enormes en la blusa. Voy hecha una chapuza. Vaya fracaso de noche. Sin dudarlo, me dirijo a la puerta para salir del bar.

—Céline —grita Per l'*agent immobilier* con su estúpido acento de Linköping—. ¡Vuelve! ¡Si lo estábamos pasando fenomenal!

Sin tan siquiera darme la vuelta, continúo caminando entre los efluvios de cerveza y la multitud que sigue de fiesta. Me doy prisa por salir a la calle y huir del bullicio del bar. Me avergüenzo de mí misma. Me siento como si estuviera desnuda delante de todos los que me rodean, que ahora pueden ver la persona insignificante que soy en lugar de la mujer despampanante, divertida y cosmopolita que he intentado mostrar. El pánico se apodera de mí y empieza a faltarme el aire. Noto que todo el mundo me señala con el dedo por la calle. «Mirad, por ahí va la tonta esa. Qué patética. ¿Quién se cree que es?»

De repente, el tacón se me queda atrapado entre dos adoquines de la acera. Trato de sacarlo y, cuando lo consigo, echo a correr.

Ojalá esta fuera la noche más oscura sin estrellas.

KNUTAS SE HABÍA ido a comprar al Coop, y mientras buscaba los productos para la cena, pensaba en los nuevos datos que habían revelado en la reunión. No cabía duda de que habían encontrado unas manchas de semen en las sábanas del dormitorio de la casa de verano de los Dahlman que hasta entonces todos habían dado por hecho que serían de Henrik. Sin embargo, el semen era de otro hombre. Si Henrik Dahlman no había tenido relaciones con alguien de su mismo sexo, las manchas ya estaban allí anteriormente. En ese caso, habría que interrogar a todos los hombres que la víctima conocía para ir eliminando candidatos. No había que descartar al vecino de Ljugarn, Claes Holm, ni al compañero de trabajo, ni al director de proyectos artísticos de la biblioteca, Urban Ek, que en esos momentos se encontraba enfermo y con el que Henrik solía quedar para tomar algo. Tal vez fuera conveniente presentarse en su casa cuanto antes para interrogarlo, suponiendo que no hubiera sido Amanda Dahlman la que había cometido una infidelidad.

Un testigo había visto salir de una casita de madera cercana a una mujer alta y morena con el pelo largo y vestida con ropa elegante alrededor de las nueve de la noche, y lo cierto es que los mechones de pelo que se habían hallado en la casa de Henrik Dahlman se correspondían con los que Karin había recogido de dicha casa de madera. Por lo tanto, todo apuntaba a que el testigo se había topado con el autor o autora del crimen.

La identidad de la víctima se había dado a conocer públicamente, lo cual provocaría que parte de la población se implicara
más. En el mejor de los casos, podrían aportar otros datos rele-
vantes o algún testimonio relacionado con el artista fallecido.
Knutas pensó en los conocidos de Henrik y en sus hijas. Los
medios no se cortaron un pelo a la hora dar los detalles más es-
cabrosos sobre su muerte, pues sin duda aquella historia era con
lo que se deleitaría la prensa el resto del verano.

Se detuvo en la sección de frutas y verduras y eligió algunos
tomates. Sabía exactamente cuáles le gustaban a Line, tenían que
estar duros y con la piel brillante, a punto de ponerse maduros.
Años atrás solía regañarlo si traía a casa tomates de color rojo
oscuro y demasiado blandos. En cuanto a Karin, ni siquiera sabía
cómo los prefería, no estaba seguro. Soltó un suspiro. El caso de
Henrik Dahlman no era lo único que le provocaba dolor de cabeza, también tenía que lidiar con sus problemas personales.
A duras penas, trataba de ordenar los pensamientos y sentimientos en su cabeza, sentía que estaba en medio de una tormenta
que no paraba de zarandearlo de un lado a otro. Sin duda alguna, el reencuentro con Line había sido desconcertante, puesto
que había terminado de una forma que jamás habría imaginado
y eso le estaba afectando más de la cuenta.

Knutas metió las verduras en la cesta y continuó hacia la sección de carne y embutidos.

Lo cierto era que Karin y él no se habían visto a solas desde
hacía unos días, y sabía que estaría algo decepcionada porque él
había estado un poco distante. La visita de Line se había inter-
puesto entre ambos, y ahora su exmujer le había puesto el
mundo patas arriba. Aunque Karin y él iban a cenar juntos, una
idea que lo entusiasmaba, la situación lo hacía sentirse un poco
incómodo.

Finalmente, metió en la cesta dos chuletas que tenían buena
pinta.

No sabía si decirle a Karin que estaba confuso o dejarlo todo tal y como estaba, pero no se decidía. No saber qué hacer era cuando menos estresante.

Ya en casa, colocó la comida y encendió la radio de la cocina. Oyó una conversación que hablaba de cómo lidiar con la familia en vacaciones y por un momento logró evadirse de los pensamientos que lo atosigaban. Mientras tanto, enjuagaba las verduras y preparaba una ensalada. «Tengo que dejar de pensar todo el tiempo en tonterías», pensó mientras pelaba un pepino. De todos modos, por mucho que tratara de decirse eso a sí mismo, siempre acababa volviendo a las preocupaciones que lo atormentaban.

—Qué BIEN TE ha quedado.

En ese momento, apareció Karin por detrás y le acarició la mejilla con una sonrisa en el rostro.

Su cuerpo era tan diferente a la silueta sinuosa de su exmujer. Sin duda, Karin era una mujer fantástica, pero no era Line. Probablemente siempre había sido consciente de ello en lo más profundo de su ser, aunque había tratado de ocultárselo todo ese tiempo. Sin embargo, esa noche parecía ser la definitiva para soltarlo de una vez por todas. «Toc, toc. ¿Anders? —le gritaba una voz en su interior—. ¿Se puede ser más cabezota?»

«Pero si Karin me gusta muchísimo —respondía otra voz dentro de él—. Ella no es Line, y precisamente eso la hace más única. Al fin y al cabo, fueron muchos los motivos por los que Line y yo acabamos divorciados.»

«Sí, os separasteis porque fue ella la que te dejó», contradijo la voz que había iniciado la conversación.

Knutas tan solo quería callar las voces que lo atormentaban. ¿Tan difícil era?

—¿En qué piensas? —le preguntó Karin mientras lo ayudaba a servir los platos.

—Estaba pensando en Amanda Dahlman —dijo soltando la primera mentira que se le vino a la cabeza que parecía de todo menos creíble.

Por un momento, dudó si debía decirle la verdad sobre lo que le estaba pasando. Confesarle que estaba confuso con respecto a sus sentimientos y que, en realidad, ya no sabía qué decir ni qué pensar. Sin embargo, si era sincero acabaría hiriendo a Karin, y no soportaba la idea de tan solo imaginárselo. Sin duda, era más fácil hablar de las relaciones ajenas que ponerse a indagar en las de uno mismo.

—¿Y qué pensabas en concreto?

Ambos se sentaron a la mesa y Knutas le pasó el plato de carne. Karin pinchó una chuleta y se la sirvió.

—Pues me preguntaba si sabía de antemano lo que estaba tramando su marido —respondió él.

—Sí, pobre mujer. Además, las manchas de semen apuntan a que pudo mantener relaciones sexuales con otro hombre.

Karin se sirvió la ensalada y miró al inspector, pensativa.

—Aunque, si a tu pareja le gustaran las personas de su mismo sexo, ¿ no te darías cuenta? —se preguntó Knutas.

—Quizá. Aunque tampoco es ninguna novedad que hay gente que lleva una doble vida y tiene más de un secreto bien guardado.

Knutas bajó la mirada y buscó el salero en la mesa. Por más que lo intentaba, últimamente no lograba sazonar la comida como antes.

—Tal vez vivía en su propio mundo de fantasías, aunque en el fondo supiera que las cosas eran muy diferentes —continuó Knutas—. O le convenía no querer ver más allá. Desde luego, no sería la primera vez en la historia que alguien prefiere mentirse a sí mismo, ¿no crees?

De pronto se sintió identificado justo cuando terminó de pronunciar aquellas palabras, tal vez demasiado.

—Tenían una hija pequeña —dijo Karin.

—Ya.

Knutas titubeó por un momento.

—Bueno, supongo que las cosas siempre se complican… —dijo vacilante.

—Sí. Así es —sentenció Karin.

Knutas observó en silencio el dulce rostro de Karin al otro lado de la mesa. No era Line, pero su presencia lo reconfortaba. Pasar tiempo con ella era sinónimo de diversión y bienestar. Pero la relación que tenían era diferente a la que tuvo con su exmujer. De alguna forma, debía decirle que había quedado con ella, que se sentía confuso. Tenía que confesarle que no estaba seguro de sus sentimientos.

—Oye… —comenzó a decir Knutas—. Hay algo que quiero decirte.

Karin se puso rígida.

Se apreciaba cierta preocupación en su mirada.

Entonces dejó el cubierto en la mesa.

Knutas notó que se le aceleraba el pulso. Lo que estaba a punto de decir le haría mucho daño. No debía olvidar que Karin podía llegar a ser impulsiva, y pensó en si perdería los nervios o se pondría a gritar mientras tiraba los cubiertos al suelo. Aunque lo cierto era que no habían tenido muchos enfrentamientos, porque su relación siempre había ido como la seda y ambos habían encontrado en el otro la calma y el bienestar emocional que buscaban. Aun así, no sabía cuál sería su reacción, pero intuía que tal vez le mostrara una parte de ella que hasta ahora desconocía.

—¿Ha ocurrido algo? —le preguntó con voz suave.

En el rostro de Karin se esbozaba el miedo a tener que oír una terrible desgracia.

Knutas le agarró la mano.

—Quiero pedirte perdón por haber estado distante. Creo que últimamente no he sabido prestarte la atención que mereces.

Al decir la frase, vio que las facciones de Karin se relajaban de manera automática. Sus hombros comenzaron a destensarse y su expresión de preocupación se convirtió en alivio.

—Pero, por Dios, no tienes por qué sentirte así.

—No es justo que no haya sido más atento contigo.

Karin se inclinó hacia adelante y le plantó un beso en la mejilla.

—Eres tan bueno. Te he echado de menos, sí. Pero tampoco es para tanto, de verdad.

Knutas le devolvió una sonrisa, aunque al mismo tiempo solo quería que se lo tragara la tierra. Había intentado ser sincero con todas sus fuerzas, y en cambio, ahora se había metido en un agujero del que no podía salir. Las ganas de decir la verdad se habían esfumado. Tenía que admitirlo, no tenía las agallas suficientes para contárselo. Tenía miedo, simplemente. Miedo al conflicto, aunque ser cobarde empeoraba aún más las cosas.

Además, Karin seguro que notó que titubeaba.

—Por favor, olvídalo. En serio —insistió Karin.

Knutas soltó un suspiro.

—Te quedas esta noche a dormir, ¿no? —le preguntó, aunque en realidad prefería que se fuera a su casa.

—Pues claro —respondió Karin.

Se prometió a sí mismo que dejaría de pensar en Line. Lo último que quería era lastimar a Karin, que tantas veces lo había salvado, tanto en sentido literal como figurado. De no haberla tenido a su lado, a saber cómo habría superado la ruptura con Line. Tal vez habría caído en una depresión, tal y como les pasaba a muchos hombres de su edad cuando se veían en la misma situación.

En cualquier caso, ¿sabía él cómo se sentía Line? Era una persona apasionada, por lo que tal vez solo había sido un capricho. O quizá no había significado nada en absoluto.

No obstante, por más que intentaba convencerse de lo que sabía que era correcto, no lograba dejar de sentir que cada vez se hundía más en un pozo.

En el pasado

Los golpes en la puerta hicieron que Cecilia se quedara paralizada. Trató de ignorarlos y hundió el rostro en la almohada, pero el ruido no cesaba. Finalmente, la puerta se abrió y Anki entró en el dormitorio. Tenía la cara pálida, sin maquillar, y los ojos enrojecidos e hinchados por las lágrimas, aunque esta vez su rostro mostraba otra expresión. La amabilidad se había transformado en una especie de frialdad que parecía cargada de odio. Miraba fijamente al frente de una manera intensa, como si le costara ver con claridad y tuviera que abrir los ojos como platos.

Entonces se acercó a la cama.

—Levántate ya —le ordenó con voz apagada.

—¿Por qué?

—Ha venido la policía.

—¿Cómo que la policía?

Anki no respondió y automáticamente fue hacia la ventana para subir la persiana, que levantó de un tirón. Estaba nublado y no brillaba ni un solo rayo de sol. Parecía que el cielo estuviera conteniendo la respiración.

—Haz lo que te digo.

Anki se giró, salió del dormitorio y cerró la puerta.

Cecilia cerró los ojos con fuerza con la esperanza de poder volver a quedarse dormida, pero justo entonces volvieron las imágenes de la noche anterior. El timbre sonando y la alegría momentánea de Anki que después acabó transformándose en

177

un estado de *shock*. Los dos policías de rostro inexpresivo. La noticia que les habían comunicado en el sofá del salón. Papá había muerto haciendo paracaidismo. Los agentes trataron de ser cautos y objetivos en cuanto empezaron a informarlas de lo que había ocurrido, pero al mismo tiempo lo contaron con todo detalle, para no dar lugar a malinterpretaciones. Cuando se marcharon, solo quedó el llanto de Anki, sus gritos y la negación de la realidad. Su vida había cambiado de repente y a partir de ese instante tendría que empezar de nuevo.

Cecilia se puso a presionar los dedos de los pies contra la alfombra, tal vez su tacto suave y sedoso haría desaparecer esa horrible sensación.

Su padre había muerto. El paracaídas no se abrió en el aire tal y como debía. Se había estrellado contra el suelo y había fallecido en el acto. Fue trasladado al hospital, pero no hubo nada que hacer. Era más que evidente que su cuerpo había dejado de funcionar. No respiraba y tenía las piernas destrozadas. El cráneo se hizo añicos contra una roca. Nunca más volvería a pasear junto al mar, ni a reír, ni a acariciarle el pelo. Cecilia trató de visualizarlo unos instantes, pero no lograba enfocar la imagen de su padre con claridad. Se desvanecía delante de sus ojos y, por más que lo intentaba, tan solo veía una bruma plomiza que le impedía apreciar su rostro.

Llamó a su madre para contárselo, sin embargo, apenas le salían las palabras. En cierto modo, no podía creer lo que estaba diciendo porque lo que había ocurrido era inconcebible para cualquiera. Cecilia tan solo deseaba poder regresar a casa, pero la policía se lo impidió porque iban a interrogarla al día siguiente. Así que su madre viajó a la capital desde Gotland para despedirse de su exmarido y acompañar a su hija a prestar declaración.

Pasados unos minutos, volvieron a llamar a la puerta.

—¿Ya estás lista?

No había sido una broma.

—Venga.

Cecilia hizo la cama y se sentó en el borde. Bajó la mirada al suelo, se sentía muy aturdida. No había pegado ojo en toda la noche, se había quedado tumbada mirando a la nada en medio de la oscuridad.

—Date prisa.

La voz de Anki se oía detrás de la puerta. Hablaba con otras personas. Eran varias. Pronto descubriría quiénes eran.

Comenzó a notar un ardor en el estómago. En cuestión de segundos se quitó la camiseta que se había puesto para dormir y se vistió con una blanca de tirantes, la sudadera del instituto y unos pantalones cortos. Volver a hacer la maleta le producía una agradable sensación, pues pronto volvería a Gotland y estaría en casa, aunque aún no sabía con certeza cuándo podría regresar. El avión saldría a las seis, pero, entonces ¿quién la llevaría al aeropuerto de Bromma? ¿Tenía Anki carné de conducir? Metió sus pertenencias, que eran pocas, en una bolsa. En el baño se quedaron el cepillo de dientes y el neceser, junto con otras muchas cosas que decidió no llevarse. Luego sacudió las almohadas y extendió el edredón sobre la cama con la colcha de rayas encima. Tampoco había que esforzarse demasiado por hacer que la habitación se viera ordenada.

LA SENSACIÓN DE irrealidad la azotó cuando se bajó del coche delante del enorme edificio gris que albergaba la comisaría de policía. Cecilia miró hacia arriba y, mientras contemplaba todas aquellas ventanas, se preguntó qué iba a suceder. Se sentía muy pequeña entre los dos agentes. Entraron por la puerta principal acristalada y se detuvieron en el mostrador. En la sala de espera se apreciaba una luz sombría. Observó que algunas personas la analizaban desde los asientos, sus ojos se deslizaban por su cuerpo como si trataran de infiltrarse dentro de ella. Era obvio que en sus rostros se dibujaba la misma pregunta. Cecilia quería gritarles si tenía monos en la cara, pero, indudablemente, eso no estaba permitido. A decir verdad, ni siquiera estaba segura de si podría hablar.

Cruzaron otra puerta y los agentes la escoltaron por un pasillo que parecía interminable. De repente, todos los sonidos cesaron, nadie pronunciaba ni una sola palabra. Pasados unos segundos se detuvieron ante una compuerta gris en la que había una placa que ponía «Sala de interrogatorios». Uno de los agentes de policía empujó la palanca hacia abajo y esta se abrió.

Cecilia miró a su alrededor. La habitación cuadrada carecía de ventanas y las paredes eran completamente lisas. No había nada más que una mesa y unas cuantas sillas dispuestas en el centro. El ambiente se percibía muy cargado a pesar de que había un ventilador encendido en una esquina.

Una agente se presentó bajo el nombre de Susanne y anunció que era especialista en interrogar a niños y jóvenes. En la misma habitación tomó asiento la madre de Cecilia y una mujer mayor llamada Ingela que decía ser abogada. La agente le ordenó a Cecilia que se sentara al lado de su madre y la chica obedeció automáticamente sin levantar la mirada. La madre le apretó la mano con fuerza.

Sobre la mesa había una grabadora que empezó a registrar el interrogatorio. Susanne comenzó diciendo la fecha y algo más. Cecilia escuchó la palabra *interrogar* y a continuación, su nombre.

Entonces, Susanne se dirigió a ella.

—Me gustaría que empezaras por contarme qué tal ha ido la visita a casa de tu padre —inició la conversación—. Viniste de Gotland el viernes, ¿no?

Cecilia asintió a la pregunta de la agente.

—Por favor, procura responder sí o no en voz alta.

—Sí.

El ventilador giraba una y otra vez y emitía un zumbido como el de un insecto que tratara de escapar de su prisión.

—Cuéntame lo que hiciste cuando llegaste a casa de tu padre el viernes por la noche.

No sabía qué decir. El sonido del ventilador la adormecía. Se puso a mirar la mesa y observó que estaba un poco sucia. Se fijó en que había una mancha pegajosa cubierta de una capa de polvo y se preguntó quién limpiaría ese tipo de habitaciones. Cecilia siguió callada y en tensión mientras se contemplaba los dedos raquíticos y ajados de las manos.

Todas esperaban oír su respuesta.

Notó que el ambiente estaba cada vez estaba más cargado, así que tragó un poco de saliva.

—¿Me pueden dar un vaso de agua? —consiguió pronunciar.

Susanne se levantó y se dirigió hacia la puerta. Al abrirla, dijo algo en voz alta y, al cabo de unos segundos, entró otro agente para dejarle un vaso de plástico delante.

Cecilia se bebió el agua de un trago. Aunque no había desayunado nada, no tenía hambre, tan solo sed.

—¿Nos cuentas lo que pasó? —insistió la agente de nuevo en un tono suave.

Las palabras se habían quedado atrapadas dentro de ella. Cecilia no hacía otra cosa que observarse las manos. No quería levantar la vista, ni siquiera para mirar a su madre, que estaba a su lado y le acariciaba la mano con suavidad. Los minutos transcurrían y el sonido de las manillas del reloj de la pared retumbaban en la habitación.

De pronto su madre le apretó la mano.

—Cariño, haz lo que te pide la policía, por favor —le dijo de forma rotunda—. No pasa nada, solo tienes que decirles lo que ha pasado estos días en los que has estado en casa de tu padre. Cecilia se aclaró la garganta, pero aun así le fue imposible pronunciar una sola palabra y continuó en silencio.

—Bueno —empezó a hablar la agente de policía que se llamaba Susanne—. Si no quieres hablar, entonces lo haré yo. Resulta que hemos encontrado tus huellas dactilares en el paracaídas de tu padre, y también en las tijeras que estaban en el apartamento, que suponemos que han sido las mismas con las que se dañó su equipo de paracaidismo. Según Anki, él había dejado preparado el equipamiento y había verificado que todo estuviera en orden el viernes por la mañana antes de ir al aeropuerto a buscarte. La mochila del paracaídas se quedó en el pasillo y nadie la volvió a tocar. Las únicas huellas dactilares que hemos hallado en él son las tuyas y las de tu padre. Por lo tanto, eso nos lleva a sospechar que fuiste tú quien cortó las cuerdas del paracaídas. ¿Tienes algo que decir al respecto?

«Fuiste tú quien mató a tu padre. Le has quitado la vida. Tú cortaste las cuerdas, lo hiciste tú sola. La misma que agarró las tijeras. La misma que salió de la cocina. ¿Es que acaso no entiendes lo que has hecho? ¿No eres capaz de comprenderlo? ¿O pensabas que todo era un juego sin más?»

Cecilia continuó mirándose las manos. No podía apartar la vista de ellas. Los dedos le parecían tan delgados y tan frágiles. Se le había roto una uña y sabía cuánto podían llegar a escocer esa clase de heridas por muy pequeñas que fueran. Cuando se sentía estresada, se mordía las cutículas y se las arrancaba hasta que le sangraba la piel. Nunca dejaba de hacerlo y siempre continuaba mordiéndoselas hasta que percibía el sabor de la sangre en la boca.

Permaneció en silencio.

Mientras tanto, las tres mujeres de la habitación la miraban y esperaban que respondiera.

El ventilador seguía emitiendo el mismo zumbido.

Los ojos de su padre se desdibujaban poco a poco, hasta que todo quedó sumido en una oscuridad profunda e impenetrable.

«Oye, ven a verme y así desayunas conmigo en la habitación —le sugirió Line en un mensaje de texto—. Voy a pedir un buen desayuno para dos.» Aún le quedaban algunas cosas que hacer en Visby antes de marcharse y regresar a Copenhague por la tarde, por lo que el único momento para despedirse era por la mañana.

Knutas recibió el mensaje el miércoles por la noche, así que tuvo que mirar el teléfono a escondidas de Karin. Los pensamientos fluían por su mente. Incluso se le secó la boca. Primero visualizó el rostro de Karin y después el de Line. Se sentía una especie de casanova teniendo a dos mujeres hermosas que lo reclamaban a la vez. «Pero cálmate, hombre —le ordenó una voz en su interior—. Solo se trata de tu exmujer, que quiere despedirse de ti, nada más.»

Jamás en su vida las mujeres habían hecho cola por él, aunque lo cierto era que más de una le había echado el ojo. Sin embargo, esta vez era distinto, se veía en una situación nueva en la que él era el protagonista, algo a lo que no estaba acostumbrado. Ahora tenía la obligación de elegir entre reencontrarse con el amor de su vida o continuar con su nueva relación, y aquello no resultaba tarea fácil. Por un lado, lo atraía enormemente la idea de pasar la mañana con Line en la habitación del hotel, pero, por otra parte, no dejaba de ser algo que removía el pasado cuando la relación había quedado bien atrás y ya habían transcurrido varios años desde su divorcio. Karin era la mujer de su presente y alguien con quien podía construir un nuevo futuro. Tal vez lo echara a cara o cruz para decidir qué hacer, aunque si salía ir a ver a Line, acabaría decepcionando a Karin, que, de hecho, había tenido que levantarse temprano para ir a Estocolmo a interrogar a la hijastra de Henrik Dahlman. Pensándolo bien, tampoco tenía por qué enterarse.

Además, Karin era la que vivía en Gotland y Line se iría a Dinamarca. Y Dios sabe cuándo volvería a verla después de aquel encuentro. Así pues, ese pensamiento definitivo lo llevó a tomar la decisión.

«¿A qué hora voy?», respondió. Line le devolvió otro al instante.

«En cuanto te despiertes. Supongo que luego tendrás que ir a trabajar, así que pásate sobre las ocho, que tú eres muy madrugador. Como yo. Ven a despertarme.»

El mensaje acababa con dos corazoncitos.

Dios santo, ¿qué querían decir aquellos *emojis*?

Ni siquiera sabía cómo se usaban esos... simbolitos. De pronto se sintió viejo y se acordó de que Karin también le enviaba a menudo mensajes con muñequitos que se besaban y algún que otro corazón, aunque él siempre respondía de manera escueta. Alguna vez lograba poner alguna cara utilizando dos puntos, un guion y un paréntesis, pero lo cierto era que le apetecía corresponderle a Line con otro corazón rojo. No tenía ni idea de cómo se hacía y, si se lo preguntaba, ella acabaría riéndose de él.

POR LA MAÑANA temprano llevó a Karin al aeropuerto y al despedirse de ella, la abrazó, no sin sentirse culpable, pues era totalmente consciente de que había planeado lo que vendría a continuación. De camino a la ciudad, informó a sus compañeros que llegaría más tarde al trabajo y que, por lo tanto, había que aplazar la reunión matinal.

El pintoresco hotel Gute se encontraba en pleno centro de Visby y aquella mañana de verano, las calles se veían un tanto desiertas, a excepción de algunos aficionados al *running* con los que se cruzó. Aquello le hizo pensar que debía empezar a hacer ejercicio de una vez por todas, sobre todo después del buen festín que se había dado con Karin la noche anterior. Hacía tan solo unas horas, se había acostado con Karin, y ahora iba de camino a ver a Line. Pero ¿en qué diantres pensaba? ¿Estaba perdiendo la cabeza? Knutas optó por ignorar la voz de su conciencia y unos minutos más tarde aparcó el coche.

En la recepción del hotel, lo saludó una chica morena con un peinado que le recordó a Karin, y Knutas se preguntó si aquella visita temprana se convertiría en objeto de cotilleo. No es que todos los habitantes de Visby lo reconocieran nada más verlo, pero la ciudad era tan pequeña que los rumores podían llegar a extenderse con rapidez. Además, era lo suficientemente conocido como para no poder pasar por un extraño. Line, por su parte, tampoco es que pasara desapercibida, y ambos habían sido pareja durante muchos años. Así que, si la recepcionista era un poco avispada, tal vez se diera cuenta y acabara relacionándolos. Si eso sucedía, el rumor se dispararía y llegaría a oídos de Karin. Desde luego, aquella idea no le resultaba muy atractiva.

El inspector le devolvió el saludo, se dio la vuelta y se dirigió a las escaleras que llevaban a las habitaciones. Tal vez se lo estuviera imaginando, pero por un instante le pareció que la recepcionista lo observaba fijamente.

No se atrevió a darse la vuelta porque eso solo provocaría más sospechas, así que, en lugar de girarse, irguió la espalda mientras continuaba escaleras arriba, indignado. ¿Es que no tenía derecho a despedirse de su exmujer sin que media isla fuera a especular sobre la razón de ese reencuentro? Al fin y al cabo, sabía que los cotilleos siempre nacían de la ambigüedad.

Al llegar a la habitación, Line abrió la puerta y lo recibió con un camisón fino de color blanco. Knutas se percató de los enormes senos que se columpiaban detrás de la tela que los ocultaban.

—Hola —lo saludó Line con una mirada penetrante.

—Buenos días —le respondió con timidez.

Line soltó un bostezo, dio media vuelta, se metió en la habitación y se tiró en la cama. Knutas miró disimuladamente los contornos de las nalgas que marcaba el camisón. Sabía que siempre dormía sin ropa interior.

La habitación parecía sacada de una novela erótica de los años cuarenta. Las paredes de aire romántico estaban revestidas de un papel pintado color crema a rayas. Encima de la cama de matrimonio había un precioso cabecero de madera y un enorme cuadro con un paisaje idílico. Del techo colgaba una lámpara de araña de cristal.

Las cortinas gruesas de terciopelo se veían desgastadas por el paso del tiempo y la habitación se había impregnado del olor de Line. De pronto, los pensamientos de Knutas se desvanecieron en el mismo instante en que Line lo agarró de la mano.

—Te he echado de menos —le susurró y le tiró del brazo para invitarlo a la cama.

Su boca supo al instante lo que estaba buscando, así que empezaron a besarse apasionadamente mientras Line le desabrochaba la camisa. Cuánto había anhelado ese momento. Se lo había imaginado tantas veces en sueños... Estaba deseándolo, aunque al mismo tiempo lo aterrorizaba. Sin lugar a dudas, aquello superaba todas sus expectativas. Line era dulce y maravillosa. En ese momento, Knutas cerró los ojos y se entregó al éxtasis que le producía esa felicidad.

Después se quedaron abrazados. Los cuerpos que tanto habían compartido se habían reunido de nuevo. Mientras los rayos de la mañana trataban de entrar a través de las cortinas, él posó los dedos sobre su mejilla.

—Hola —le dijo como siempre solía hacer después de hacer el amor.

—Buenos días —le correspondió ella con una sonrisa.

Un golpe de tristeza le azotó el cuerpo e hizo que le ardieran los ojos al pensar en todos los recuerdos que compartía con Line. Ese pasado ya había quedado atrás.

Los sueños se habían hecho realidad para luego volverse añicos. La vida en común, el día a día en casa, el primer cumpleaños de los niños, verlos crecer. Todos los proyectos y planes, las tardes de conversación, las noches, las peleas y los viajes. Hasta *Elsa* había muerto, ni eso les quedaba de su vida pasada. Ni siquiera tenían a aquel viejo animal cariñoso. Recordó lo triste que se puso Line cuando la llamó para contárselo.

—Bueno, ¿qué hacemos ahora? —se preguntó Knutas esperando una respuesta.

—Tengo que volver a Copenhague —respondió Line.

—¿Y?

—No lo sé —dijo sin más.

Line se soltó de su abrazo y se levantó de la cama. Se dirigió a la ventana que daba a un patio trasero y abrió las cortinas. Los rayos de luz inundaron la habitación al instante.

—Uf, ¡qué hambre tengo!

Line se dio media vuelta y lo miró con una sonrisa que brillaba más que el sol.

—¿Desayunamos?

Qué fácil le resultaba todo.

Envidiaba la actitud de ella ante la vida y que no se tomara las cosas demasiado a pecho. Tampoco es que todo le fuera de maravilla, eso lo sabía de sobra, pero era capaz de no estresarse ni de tenerle miedo a la incertidumbre, al contrario que Knutas.

—Vale —asintió Knutas y se levantó también de la cama.

Line le dio un beso en la frente.

—Vamos, pues.

Y él obedeció sus palabras, como siempre.

Wittberg estaba en su despacho atendiendo las llamadas de todos aquellos que deseaban aportar información sobre el caso después de que el día anterior la identidad de la víctima se hubiera dado a conocer. Los teléfonos no paraban de sonar a pesar de que era muy temprano. Al parecer, todo el mundo había visto algo sospechoso, aunque la mayoría de los testimonios resultaban irrelevantes y se descartaban de inmediato. Sin embargo, había que escuchar todas y cada una de las llamadas. De repente, apareció la guinda del pastel: justo cuando estaba a punto de tirar la toalla, la cabeza de Martin Kihlgård asomó por la puerta.

—¿Tienes un minuto?

—Sí, claro. Pasa.

Kihlgård se sentó en la silla para invitados del despacho de Wittberg, que cruzó las piernas. Siempre iba vestido con traje y camisa, y se movía con elegancia a pesar de su gran altura y corpulencia. Kihlgård dejó un folleto en el escritorio delante de Wittberg, que se puso a analizarlo. Era de un color rojo intenso y mostraba a un hombre desnudo con las manos esposadas a la espalda y a una mujer con el pecho descubierto que llevaba un látigo en la mano. «Para dominantes y sumisos» aparecía escrito en letras brillantes.

—¿Qué es esto? —preguntó Wittberg desconcertado mientras le daba la vuelta al folleto.

189

—Un club de *bondage*. Ya sabes, un local de esos donde la gente va a pillar cacho —aclaró Kihlgård mientras se reclinaba en la silla.

—¿Y qué?

Wittberg le lanzó una mirada de extrañeza.

—Henrik Dahlman era miembro de este club. Se llama Amour.

—Ajá.

—He hablado con los compañeros de Estocolmo y les he pedido que investiguen. Al parecer, Henrik estuvo allí una semana antes de que lo asesinaran.

—¿Te refieres a que habría estado en ese lugar con la persona que le quitó la vida?

—Sí, ¿no crees? Es decir, es más que probable, ya que murió mientras hacía *bondage*.

—Pero ese club está en la península, ¿no? Porque no existen sitios así en Gotland. Al menos, no abiertos al público.

—¿Ah, no? ¿No tenéis nada de eso aquí? —se sorprendió Kihlgård.

Wittberg mostró una mirada maliciosa y una sonrisa pícara.

—Lo cierto es que recuerdo una vez que estuve en un bar llamado Munken, no iba muy sobrio que digamos. Allí conocí a una chica que quería que la acompañase a un antro en Follingbo donde supuestamente había gente a la que le iba lo duro. Pero aparte de eso, no sé de nada parecido. Por lo que tengo entendido, hay algunos lugares clandestinos en la isla donde la gente va a hacer ese tipo de cosas, pero no se dan a conocer públicamente. Y mejor que sea así, de lo contrario uno iría y acabaría encontrándose al vecino, al amigo de no sé quién o a gente del trabajo.

—Este local está situado en Södermalm, en Estocolmo. Conozco a los dueños. Son pareja y se llaman George y Stephanie.

Wittberg le lanzó una mirada inquisitiva.

—¿Has estado allí?

Kihlgård se echó a reír a pleno pulmón.

—No, hombre. Los homosexuales tenemos nuestros clubs aparte —dijo mientras le guiñaba el ojo a su compañero, que era más joven.

—Bueno —continuó Wittberg—, entonces Henrik Dahlman estuvo allí.

—Viajaba mucho a la capital, tenía buenos compradores allí.

—Su hijastra también vive en Estocolmo —añadió Wittberg—, así que es muy probable que quedara con el asesino en la ciudad. Quién sabe, tal vez mantenía una relación en secreto —insinuó.

—Seguro —asintió Kihlgård—. Todo es posible.

—¿Se han confirmado las sospechas de que Henrik era bisexual o si le iban los transexuales?

—No, aún están analizando los datos de su ordenador. Es cierto que han encontrado material con contenido sexual, pero nada que tenga que ver con transexuales o que indique que le interesaban los clubs de ambiente. También puede que le picara la curiosidad desde hacía poco —añadió Kihlgård—. A veces hay gente así, sin ningún tipo de escrúpulos y sin límites que los detenga cuando están buscando emociones nuevas porque nada les satisface.

De pronto, en su rostro se dibujó una mirada perdida que al mismo tiempo reflejaba una seriedad absoluta. Parecía que el Kihlgård alegre y bromista de siempre se hubiera desnudado y estuviera mostrando otra faceta completamente diferente.

—Vaya, tengo la impresión de que has pasado por una situación personal similar —soltó Wittberg con cautela.

—Sí, efectivamente —admitió y lo miró fijamente. Wittberg vio que se le humedecían los ojos mientras le contestaba—. Aunque prefiero no hablar de ello.

—De acuerdo —asintió dando una palmada—. ¿Sabes qué? Tan solo son las nueve y media y la reunión se ha aplazado. ¿Has probado el desayuno que sirven en la cafetería de abajo? Es fabuloso. Supongo que aún no has comido nada, ¿verdad?

—Pues no —respondió con una sonrisa—. La verdad es que me vendría bien llevarme algo al estómago y salir a tomar el aire un poco.

Wittberg alcanzó la chaqueta.

—Tenemos que contarle a Knutas lo del club de *bondage*.

—Sí, lo he llamado varias veces —afirmó Kihlgård—. Pero no sé dónde se habrá metido este Knutte.

—Dijo que vendría más tarde, pero no sé por qué motivo —aclaró Wittberg.

—¿Un encuentro sexual a escondidas, tal vez? —bromeó Kihlgård.

KARIN NOTABA QUE la ilusión brotaba en su interior cada vez que se aproximaba a la calle Wollmar Yxkullsgatan, situada en el corazón de Södermalm. Era la calle donde vivía su hija, Hanna. De camino a su casa, se detuvo a comprar algunos panecillos para desayunar en la pequeña pastelería de la esquina. Acababa de llegar del vuelo de Visby y aún era relativamente temprano. Hanna le había dicho que iría al trabajo para rematar algunas cosas y no tardaría en volver. El solsticio de verano se celebraría ese día y la mayoría ya había bajado el ritmo de trabajo antes de que llegara el fin de semana. Los padres adoptivos de Hanna la habían invitado a ella y a su novia, Gabriella, a la fiesta que celebraban en su mansión de verano de Dalarö. De todos modos, esperaría a Karin en casa para que pudiera dejar la maleta y desayunar con ella.

Karin cruzó el parque Mariatorget, pasando al lado de su magnífica fuente y del conjunto escultórico que representaba a Thor pescando. Continuó por la calle Swedenborgsgatan, que destacaba por su hermoso bulevar. Mientras avanzaba, dejó atrás algunas tiendas de moda y de diseño de interiores y un famoso restaurante. Le encantaba pasear por esos barrios llenos de encanto que, sin lugar a dudas, le recordaban a Visby.

En la zona de Södermalm, había cafeterías, pequeñas tiendas y un mercado de alimentos ecológicos. En sus calles se mezclaban todo tipo de personas, tanto turistas como residentes jóvenes que preferían quedarse en la ciudad para celebrar la tan esperada noche del solsticio de verano en lugar de irse al campo, para así disfrutar del buen tiempo y de la belleza más genuina que ofrecía Estocolmo en esas fechas.

Hanna vivía en la última planta del edificio y llevaba años compartiendo el apartamento con su novia. Karin recuperó el contacto con su hija cuando ya era adulta y, a decir verdad, a pesar de que no se veían muy a menudo, la confianza entre las dos crecía con cada reencuentro. Siempre sentía un profundo anhelo por Hanna que nunca cesaba.

Karin se montó en el ascensor y se examinó el rostro en el espejo enmarcado en estaño. Hanna era la única hija que había tenido. Nunca había experimentado la sensación de tener a un bebé en el regazo, aunque fuera un instante. Tampoco sabía lo que era sentir los bracitos de un niño que la llamara mamá. Karin había decidido invertir el tiempo en su carrera profesional para llegar a ser policía y dedicar su vida a resolver casos criminales enrevesados. Sus años fértiles habían quedado atrás y probablemente nunca volvería a tener la oportunidad de ser madre. Por otro lado, tampoco visualizaba a quien podría haber sido el padre, pues el único hombre que se imaginaba era Anders, y era doce años mayor que ella. Ya había criado a sus dos hijos mellizos, que ahora eran adultos, y la idea de volver a procrear no se le habría pasado por la cabeza.

El ascensor se detuvo en seco al llegar a la última planta. Karin se apoyó contra la pared, y por un momento la azotó una pesadumbre. A veces se sentía así cuando estaba a punto de ver a Hanna de nuevo. Le parecía que los años se hubieran concentrado en una especie de gota amarga que debía tragar primero para poder seguir avanzando hacia adelante. Irremediablemente, ese era su destino y tendría que aceptarlo.

Cuando se recompuso, lanzó una última mirada al espejo, agarró el asa de la maleta y se colocó el bolso debajo del brazo.

No servía de nada profundizar en un dolor que no tenía solución. Al fin y al cabo, su vida iba sobre ruedas y debía sentirse agradecida por el hecho de que a su hija le iba tan bien como a ella.

Unos segundos después, Hanna abrió la puerta con una cálida bienvenida y la invitó a pasar dentro.

—¿Ha ido bien el viaje? —preguntó después de abrazar a su madre biológica y de colgar su chaqueta en una percha. Sin esperar la respuesta, se ocupó de la maleta de Karin y la llevó a la habitación de invitados donde solía quedarse a dormir cuando estaba de visita. La pena era que esta vez solo sería una noche, pero mejor eso que nada. Además, Karin tendría que trabajar durante todo el día y habían decidido que cenarían juntas por la noche, así que esperaba ansiosa que llegara la hora de que madre e hija pudieran hablar largo y tendido.

El lujoso apartamento alcanzaba casi los tres metros de altura y contrastaba sin duda con el cuchitril de Karin situado en la calle Mellangatan de Visby. Siempre le había fascinado el entorno tan hermoso en que vivía su hija. El ático de cuatro habitaciones construido a finales del siglo XIX había sido reformado hasta el último detalle con amplios rodapiés, techos revestidos de estuco y varias chimeneas francesas que estaban decoradas con azulejos. Tanto Hanna como Gabriella tenían trabajos bien remunerados y no tenían hijos que mantener. Gabriella se dedicaba a la política y Hanna era arquitecta, por lo que tenía un buen puesto de trabajo. Además de eso, los Schwerin, su familia adoptiva, pertenecían a la clase alta y se habían ocupado de que su hija adoptiva nunca pasara ninguna dificultad económica. Así que ahora residía en el apartamento que había heredado de un pariente rico, y su padre se había encargado de que la reforma se llevara a cabo en las mejores condiciones. A Karin le encantaban los suelos y las paredes revestidas con motivos artísticos, pero al mismo tiempo estar en ese entorno la hacía sentirse como una persona de campo.

A pesar de que tanto Hanna como Gabriella eran simpatizantes de las políticas de izquierda, cualquiera hubiera creído que eran dos burguesas de la alta sociedad con solo poner un pie en aquel lugar. El suelo de madera lacada estaba cubierto de alfombras con estampados originales, los muebles elegantes eran un diseño exclusivo y una de las paredes del salón estaba totalmente cubierta por una enorme estantería en la que había un sinfín de objetos. La habitación de invitados donde Karin dormía estaba pintada de gris, la cama estaba cubierta por un edredón precioso y, junto a la ventana, había un sillón estilo Le Corbusier de cuero negro. Quedarse en una habitación así era como estar en un hotel exclusivo de lujo.

—He preparado un desayuno de escándalo, ¿tienes hambre? —le preguntó Hanna.

—Sí, la verdad es que estoy hambrienta. Acabo de llegar de Visby y aún no he tenido tiempo de pararme a comer algo. Aunque había traído unos panecillos…

—No hacía falta, mamá —dijo Hanna en un tono amable—. He preparado el desayuno. Además, también me muero de hambre. He estado casi toda la noche despierta trabajando en un proyecto.

Aquella palabra le inundó el corazón de ternura. Hanna la había llamado «mamá» y eso no sucedía a menudo, aunque lo cierto era que a Karin casi se le saltaban las lágrimas cada vez que la oía decirlo. Aun así, trató de disimularlo y se fue al fregadero para llenarse un vaso con agua del grifo y ocultar su rostro. No quería montar una escena nada más llegar.

Los rayos de sol iluminaban toda la cocina, Hanna ya había dejado preparado un batido de col rizada y aguacate junto con a plato de brócoli y un pudin de chía. Hanna y Gabriella eran veganas y ambas cuidaban al máximo su dieta. En cambio, Karin no toleraba demasiado esa clase de alimentación, puesto que siempre le preocupaba cómo le sentaría en el estómago la mezcla de mantequilla de almendras, sirope de agave y todas las clases de alubias extrañas que su hija le ofrecía cuando iba a visitarla. Pero Karin lo probaba todo sin refunfuñar. En el peor de los casos, se vería en la situación de tener que vomitar la comida y comprarse una *baguette* más tarde, pensaba mientras masticaba el brócoli al vapor.

—¿Qué tal todo? —se interesó Hanna.

—Todo bien—respondió Karin—. ¿Por dónde empiezo? ¿Te hablo del trabajo o de lo personal?

—De ambas cosas —rio Hanna mientras se untaba crema de avellana en un trozo de brócoli—. Otra vez hay un asesino suelto por Visby, ¿no?

—Así es.

—He leído que la víctima es Henrik Dahlman. Pobre... —continuó Hanna—. Aunque luego la gente cree que ese tipo de hombres son perfectos.

—¿A qué te refieres? —quiso saber Karin.

—A que son todos iguales. Según los periódicos, todo apunta a un asesinato con violación. Dicen que tenía tres hijas y que era un padre ideal, pero conocería a algún degenerado o degenerada que acabó quitándole la vida. Parecía que fueran la familia perfecta, pero después, en la cama de matrimonio, se encuentran juguetes sexuales poco convencionales. Maldita sea, cómo me alegro de no tener que estar con un hombre. Es que por muchas vueltas que le dé, al final todos están locos de atar. Y, encima, se creen que son los dueños del mundo y que pueden comportarse como les plazca y salirse siempre con la suya.

Karin pensaba que a veces Hanna tenía una visión de los hombres algo exagerada. En ese momento se le presentó la imagen de Anders. No, él no era uno de esos. Tal vez pertenecía a otra clase de hombres completamente diferente, la categoría donde encajaban los más respetuosos y llenos de bondad y que al mismo tiempo eran muy masculinos y afectuosos.

Sin darse cuenta, Karin se había ruborizado al pensar en la mano de Anders acariciando su piel.

—La verdad es que hay muchos engreídos —asintió Karin.

—¿Y con tu chico, qué tal? ¿Todo bien?

A Karin le resultaba gracioso que llamara «chico» a Anders. Quizá fuera un poco infantil, pero ya no era un chaval precisamente. Entonces ladeó la cabeza.

—La verdad es que lo aprecio un montón —empezó a decir—, pero es complicado. Es mayor que yo y tampoco es que hayamos avanzado demasiado en nuestra relación, a pesar de que llevamos mucho tiempo juntos. A veces tengo la sensación de que me toma el pelo, aunque quizá lo haga de manera inconsciente... Él dice que yo le gusto muchísimo, sin embargo, no tiene intención de venirse a vivir conmigo.

—¿Y tú quieres eso?

—Sí, me parece que sí.

Le extrañaba lo fácil que era hablar con Hanna. A decir verdad, Karin no tenía muchas amigas, y no solo la consideraba como a una hija, sino que también había logrado mantener una buena amistad con ella. Con Hanna, se sentía libre para tratar cualquier tema de conversación que no se atrevía a entablar con los demás.

—Qué bueno estaba, por cierto —la felicitó por el desayuno.

—Me alegro de que te haya gustado —se alegró Hanna con una sonrisa que mostraba el diastema.

—Bueno, ya dejo de hablar de mí —continuó Karin mientras finalizaba la comida con agua de limón, que Hanna había dejado preparada en un recipiente de vidrio de color azul—. ¿Qué tal os va a Gabriella y a ti?

—En general bien, sí —respondió la hija—. Aunque las dos estamos muy ocupadas y apenas tenemos tiempo de vernos. Además, pronto me iré a Mozambique y me quedaré seis semanas allí, así que no podremos estar juntas. Pero quizá sea mejor así, también es bueno que estemos separadas un tiempo de vez en cuando, de ese modo nunca nos acabamos cansando la una de la otra…

A Karin le daba la impresión de que Hanna no estaba siendo del todo sincera.

—Es que a veces me pongo un poco nerviosa —soltó Hanna de repente.

Karin se detuvo a analizar el rostro de su hija y esperó a que continuara hablando.

Sin embargo, parecía haberse arrepentido de lo que acababa de decir y negó con la cabeza como si tratara de autoconvencerse de algo.

—Bueno, ir a África va a ser, en cualquier caso, una experiencia fantástica —dijo para cambiar de tema—. Lo estoy deseando. Tenemos previsto construir un centro para mujeres que han sido víctimas de maltrato y violación. Es obvio que hace mucha falta y estoy muy contenta de poder llevar a cabo un proyecto así.

Hanna sonrió y en ese momento Karin le acarició la mano.

—Estoy tan orgullosa de ti —le hizo saber con una voz llena de ternura.

—Gracias, mamá —volvió a decir Hanna. Karin no pudo contenerse y rompió a llorar a lágrima viva.

Hanna se levantó enseguida de la silla y se acercó a Karin para darle un abrazo.

—Ya está, ya está —trató de consolarla mientras le acariciaba el pelo.

—Perdona —se disculpó Karin mientras se secaba las lágrimas con voz temblorosa y trataba de recomponerse—. Es que he tenido unos días muy estresantes en el trabajo. Me siento muy confusa y agitada.

—Pero ¿en qué sentido? ¿Ha pasado algo con Anders?

—Últimamente se comporta de una forma muy extraña. Está un tanto distante conmigo, tengo la sensación de que me oculta algo.

—Seguro que no es nada —dijo Hanna para restarle importancia—. Piensa que los últimos años han supuesto un cambio drástico para él. Se tuvo que divorciar, después los hijos se mudaron de la isla. Además, aquel accidente en Gran Canaria por el que en parte se sentía culpable lo marcó hasta el punto de intentar suicidarse. Han sido muchas cosas, es normal que aún no esté al cien por cien para darlo todo en una nueva relación.

Karin se secó las lágrimas y miró a su hija. Le extrañaba que lo viera desde esa perspectiva a pesar de que, por lo general, no le gustaban los hombres.

—Tal vez tengas razón y esté exagerando. Seré la única que se lo imagina. A veces esas ideas rondan mi cabeza y tiendo a sacar las cosas de contexto y a malinterpretarlas.

—Ya, pero tampoco te preocupes demasiado. Simplemente tienes que dejar que las cosas fluyan. Darle tiempo y no presionarlo. Si no, conseguirás el efecto contrario. Dale un respiro y ya verás.

En ese momento, Hanna echó un vistazo al reloj.

—Bueno, tengo que prepararme para ir al trabajo. Nos vemos esta noche, ¿no? He reservado mesa en un restaurante que ha abierto hace poco. Está cerca de aquí. ¡Y solo tienen comida vegana! Fantástico, ¿verdad?

Karin asintió y empezó a encontrarse mejor después de haberse sincerado, aunque la idea de cenar juntas por la noche no fuera el consuelo que en realidad buscaba.

UNA VEZ MÁS, veo cómo Gotland desaparece debajo de mí en medio de un hermoso día de verano. Parece que la isla quisiera despedirse mostrándome los campos verdes y las casas de piedra caliza blanca con tejados rojos que componen Visby y la entrada del puerto que, sin duda, conozco muy bien. El mar se ve espléndido y, desde esta altura, los veleros parecen puntitos blancos en un manto azul. Apoyo la cabeza contra la ventanilla del avión y trago un poco de saliva, así compenso la presión que tapona mis oídos. Es bueno irse un tiempo de Gotland, aunque sea una semana, sobre todo ahora que la investigación del asesinato se ha puesto en marcha. Me temo que llegará el día en que sospechen de mí, cuando la policía encuentre alguna pista y siga el rastro. Pero, por ahora, me siento liberada marchándome y manteniéndome alejada de esa persecución. Con el cielo bajo mis pies, observo los cirros que auguran buen tiempo. Dentro del avión hace calor y ya he comenzado a sudar un poco. Me siento pegajosa a pesar de que me he duchado esta mañana.

Por suerte, acaba de pasar la azafata con un vaso de agua que me bebo de un trago.

Estocolmo es tan caótico como lo recuerdo. Subo al autobús del aeropuerto en dirección a la ciudad y por el camino paso por diversos centros comerciales y zonas industriales. El tráfico aquí es estresante y la carretera se encuentra repleta de coches que van a toda velocidad. Supongo que los conductores prefieren cambiar de carril constantemente para así ganar algo más de tiempo. Desde la estación central, tomo el tren de cercanías hacia la zona sur. Mi amigo me ha explicado cómo ir hasta su casa.

No he tenido problemas para encontrarla y eso que es la primera vez que voy a su nuevo apartamento. Echo un vistazo a la zona residencial. A mi alrededor, hay coches aparcados, carreteras asfaltadas y un parque infantil lleno de niños y padres ruidosos que pasean a sus bebés en carrito. Me cruzo con un adolescente que está apoyado contra la pared del edificio. A pesar de que el día es caluroso, lleva pantalones vaqueros y una sudadera. Mientras se fuma un cigarrillo, me examina con la mirada, como si fuera una intrusa. Vaya, incluso a los chicos jóvenes les gusta marcar su territorio.

Después de subir las escaleras, llamo a la puerta e inmediatamente oigo los pasos que provienen del apartamento. Supongo que no tardará en abrirme.

—¡Hola! ¡Qué alegría verte por aquí! Por fin nos reencontramos.

Nos saludamos con un abrazo y unas palmaditas efusivas.

—Ya ves, y que lo digas —asiento—. ¿Cuánto hace que no nos vemos?

—¿Tres? ¿Cuatro años? Ni idea.

Entramos al apartamento en mitad de la conversación y mi amigo me hace un pequeño *tour* por la casa. El salón tiene grandes ventanales y un balcón desde el que proviene un aroma a flores. En el centro, un amplio sofá beige con cojines multicolores y una mesa esmaltada en color blanco sobre la que abundan todo tipo de revistas y portavelas de cristal. El suelo está cubierto por una gruesa alfombra de tonos grises y las paredes están decoradas con carteles enmarcados, la mayoría en blanco y negro.

—Vaya, qué bonito es tu salón —digo asombrada.

—Gracias

202

Dormiré en el despacho. Es una habitación estrecha en la que solo hay un escritorio con un ordenador y unas pocas estanterías, aparte del sofá cama.

—Espero que no te importe todo el desorden que tengo aquí.

—No te preocupes —respondo—. Sea como sea, dormiré como un bebé.

POR LA TARDE, me quedo sola en el apartamento. Mi amigo trabaja en un hospital y lo han llamado hace un momento para que haga una guardia. Acaba de marcharse, así que perfecto. En cierto modo, me viene bien estar a mi aire por unas horas. A veces me supone un esfuerzo pasar tiempo con otras personas. Es como si tuviera que fingir todo el rato. Nada es auténtico.

Al principio, pensaba que pasaría la tarde delante del televisor, pero la inquietud se ha apoderado de mí y no me deja estar sin hacer nada. Será mejor que salga. Los últimos días han sido una vorágine para mí y cada vez me resulta más difícil procesarlo. Las imágenes no me abandonan, se dibujan solas y se niegan a desaparecer de la retina. Las veo a cada minuto, entran en mí como el oxígeno y no consigo deshacerme de ellas por mucho que lo intente. Incluso los detalles se vuelven más claros y consiguen hipnotizarme. Aunque vuelva a la realidad, soy capaz de revivir cada segundo, lo llevo grabado todo en mí para siempre. Pero no es suficiente. Necesito más. ¿Se ha convertido en algo adictivo? Sea como sea, es una sensación que engancha porque solo yo puedo controlarla. Cuando llega el momento en que por fin tengo la oportunidad, siento que todas las piezas encajan en el lugar que les corresponde. Y ebria de triunfo me bebo esa dulzura y esa maravillosa felicidad que me sacia por dentro.

A decir verdad, mi propia fuerza me sorprende. Ni siquiera creo que la tenga. Me enorgullece la determinación que poseo, nunca me echo atrás. Aunque puede que no sea yo, sino que dentro de mí haya otra persona que no puede ser reprimida ni aniquilada. Una figura poderosa cuya fuerza aumenta por momentos y que es capaz de mover montañas, de juzgar ante la vida y la muerte.

Saco el contenido de la bolsa. Con la punta de los dedos acaricio la superficie lisa del cuero y noto la frialdad del acero. Qué objetos tan hermosos e idóneos para la ocasión. Con solo mirarlos se puede saber cuál llevará el amo y cuál, el esclavo.

Me gusta.

Knutas se había apresurado para llegar al trabajo después del encuentro con Line. Desayunar café, tostadas y un zumo de naranja junto a ella en la cama le pareció como estar en un sueño rodeado de lujo, y le resultó familiar al mismo tiempo. Quizá el destino había decidido que los dos terminaran acostándose y lo que había ocurrido era inevitable.

La reunión del grupo de investigación tuvo que ser aplazada. Al fin y al cabo, muchos tenían prisa por salir del trabajo lo antes posible para poder prepararse de cara al fin de semana en el que se celebraba el solsticio de verano. La médica forense llamó para confirmar que la autopsia de Henrik Dahlman se había realizado y que en los resultados figuraban un hueso del cuello fracturado y restos de sangre en la garganta, lo que evidenciaba que la víctima había sufrido un ataque violento y no había muerto accidentalmente. La cuestión era averiguar si se trataba de asesinato u homicidio involuntario. Se había esclarecido que Dahlman era miembro de un club de *bondage*, que había visitado recientemente. Knutas le iba a pedir a Karin que se acercara al local, puesto que aún se encontraba en la capital. Intentó localizarla varias veces sin respuesta. Por un momento, Knutas pensó que quizá lo estaba ignorando porque había descubierto lo que había hecho esa mañana, pero enseguida se deshizo de aquel pensamiento. En realidad, sabía que estaría ocupada con su hija durante el día, así que decidió dejarla tranquila y esperar a que le devolviera la llamada más tarde.

Se metió en su despacho después de la reunión y cerró la puerta. El reloj marcaba las once y cuarto y pronto tendría que volver a marcharse, pues le había prometido a Line que la llevaría al aeropuerto. En ese momento, buscó una fotografía suya que tenía escondida en un cajón de la oficina en la que Line salía sonriendo. Las pecas de su rostro se apreciaban con todo detalle y llevaba un vestido veraniego de flores. Siempre solía llevar ropa ancha con estampados coloridos, al contrario que Karin. Eran muy diferentes en todos los sentidos.

Últimamente, Line se colaba en su mente cada vez con más frecuencia. El hecho de que se marchase de Gotland lo llenaba de alivio y de preocupación al mismo tiempo. En cierto modo, era mejor que desapareciera de su vista. Esperaba que, después de todo, su ausencia le permitiera concentrarse en el trabajo y en su relación actual. Además, Karin podía estar oliéndose algo. Al despedirse en el aeropuerto por la mañana, estaba más cariñosa de lo habitual, a pesar de que solo se iba por un día porque habían planeado pasar el fin de semana del solsticio de verano en la casa de Lickershamn. Karin le dijo que lo echaría de menos con voz tierna, sin embargo, Knutas no pudo responderle tan afectuosamente como habría deseado. Tal vez estaría más tranquilo cuando Line se fuera, aunque al mismo tiempo lo inundaba la tristeza de tan solo imaginar el momento en que la viera montarse en el avión que la llevaría de vuelta a Copenhague. De repente, le pareció que Gotland perdería algo importante. Al igual que él. Notó un profundo vacío en el corazón al pensar que quizá nunca dejaría de echarla de menos mientras estuviera vivo, y que tal vez ese sentimiento jamás lo abandonaría.

El vuelo de Line salía al mediodía, así que quedaron en que Knutas la pasaría a buscar al hotel alrededor de las doce para tomarse un último café en la terminal antes de que llegara la hora del embarque. Era evidente que podría haber ido en taxi, pero a Knutas lo reconfortaba la idea de llevarla en coche.

Line decidió esperarlo en la entrada del hotel junto a su maleta negra. El pelo le ondeaba al viento como una bandera que siempre se mecía delante de sus ojos. Saludó a Knutas con entusiasmo en cuanto vio su coche.

—Qué bien que hayas venido con tiempo —exclamó de felicidad después de meter sus cosas en el maletero.

Y le dio un beso espontáneo a Knutas en la mejilla seguido de una sonrisa.

—Ya te dije que pensaba llevarte —le dijo con voz tímida. De golpe, le entraron ganas de acariciar aquellos labios que acababan de posarse en su rostro.

Aquel beso le provocó un impulso ardiente que se apoderó de todo su cuerpo e hizo que se le acelerara el corazón.

El coche traqueteaba sobre los adoquines de la carretera y los peatones trataban de esquivarlo lo mejor que podían. De hecho, el tráfico estaba prohibido en los callejones del centro de Visby, pero Knutas lo cruzaba con el coche en ciertas ocasiones. Sabía que violaba las normas de circulación de la ciudad, a pesar de que como policía debía dar buen ejemplo. Solo tenía que conducir con cautela esquivando los obstáculos. De pronto, un señor mayor lo miró enfadado mientras señalaba el paso de peatones.

—Ya, ya —murmuró Knutas en voz baja—. Ya sé que está prohibido pasar por aquí.

—Sí, pero lo estás haciendo por mí —le hizo saber Line satisfecha en un gesto coqueto.

—Sabes que me encanta conducir por el centro. La ciudad de repente adquiere otra perspectiva.

Cuando por fin salieron de los callejones sinuosos, cruzaron Norderport y tomaron la salida hacia el aeropuerto. La segunda vez para Knutas ese día. Line bajó la ventanilla y se recostó en el asiento para notar algo de aire fresco. De pronto, vio caer una gota de lluvia y Knutas no tardó en percibir el olor a asfalto mojado.

—¿Seguro que nos dará tiempo a tomar un café? —preguntó Line—. Como solíamos hacer antes.

—Pues claro que sí —aseguró Knutas.

Al cabo de diez minutos, llegaron al aeropuerto. Knutas aparcó el coche en la zona más próxima a la terminal de salidas y se ofreció a llevarle el equipaje. Después de facturar, fueron a la cafetería. Line se pidió un café con leche y Knutas prefirió uno solo. Ella colocó dos pasteles en la bandeja y por un momento Knutas pensó en rechazar la invitación. Sentía el estómago algo revuelto, pero aun así optó por no decirle nada. Si a Line la hacía feliz que se comiera un pastel, sin duda lo haría por ella. Tampoco era un sacrificio enorme.

En cuanto tomaron asiento, Line comenzó a devorar la masa crujiente del dulce. Knutas vio que se le había quedado un trocito en la comisura del labio y no dudó en quitársela suavemente con el dedo.

—Cómo me cuidas. Bueno, siempre lo has hecho —le dijo Line mientras las migas del pastel iban a parar a la blusa que llevaba puesta. Knutas sintió el impulso de sacudir también las que se le habían posado en el pecho, pero se contuvo.

—Es la costumbre, supongo —respondió Knutas al comentario mientras removía el café con la cuchara.

Line se quedó mirándolo fijamente.

De repente, el silencio se volvió tenso, se instaló cierta seriedad entre ambos y el comisario empezó a sentirse incómodo. No sabía muy bien cómo interpretar las palabras que acababa de decir y deseó que Line no siguiera por ese camino. A pesar de que hubieran vuelto a verse esos días, solo era un paréntesis. Uno de esos momentos fugaces llenos de romanticismo, nada más. Al fin y al cabo, Line volvería a su vida de siempre y él regresaría con Karin. Tarde o temprano dejaría de soñar con su exmujer.

—Te echo de menos —continuó diciéndole sin apartar la mirada—. Creo que nunca podré llegar a sentirme completa sin ti, Anders. A pesar de que nos hayamos divorciado y ahora tengamos vidas completamente distintas, te llevo siempre conmigo, ¿sabes? Siempre estás presente, vaya donde vaya. Incluso a veces me imagino hablando contigo cuando estoy sola, y me pregunto qué pensarías tú sobre cosas que se me ocurren. Te pido consejo y es como si viera el mundo a través de tus ojos. Eres como un hombre invisible que nunca me abandona. Y las fiestas sin ti no son lo mismo. Mañana es el solsticio de verano, ¿cuántas veces lo habremos celebrado juntos? Nunca será igual si no estás tú conmigo.

Line enmudeció de repente.

Mientras tanto, Knutas se bebía el café a grandes tragos y casi no se atrevía a soltar la taza. ¿Qué quería que respondiera? ¿Que esos sentimientos eran recíprocos? A decir verdad, Knutas sentía lo mismo, no podía dejar de pensar en ella ni un minuto del día. Por un tiempo, trató de negárselo a sí mismo, pero al final acabó acostumbrándose y ya no le molestaba vivir con ello. Tal vez no quedaba otra que aceptar las cosas tal y como eran.

—Bueno, tú sabes que nunca dejaré de sentir algo especial por ti —comenzó a decir Knutas midiendo sus palabras.

Line soltó un suspiro y continuó.

—Entiendo que ahora no te lances a mi cuello. Tampoco estoy pidiendo eso. Pero, no sé, es que últimamente creo que tal vez no deberíamos poner trabas al destino. Ya basta de que tratemos de evitar lo inevitable.

—¿A qué te refieres?

Knutas posó la mirada en un avión que estaba en la pista y pensó en cómo sería subirse a bordo junto a Line y terminar pasando el solsticio de verano con ella tal y como había sucedido tantas veces en el pasado. Pensó en cómo sería dejar la isla para no volver nunca más.

—Sé que nos divorciamos porque fui yo la que tomó la decisión. Y tú intentaste detenerme, pero entonces yo no me sentía capaz de seguir con nuestro matrimonio. Ahora, con el paso de los años, me doy cuenta de que, en realidad, nunca tuvimos ninguna discusión fuerte y de que todo ha sido simplemente un paréntesis en nuestra relación. Por ese motivo creo que deberíamos volver a intentarlo.

Knutas trató de asimilar lo que Line le acababa de decir. Sin lugar a dudas, era un halago escuchar aquellas palabras. Siempre había soñado con que llegara ese momento. Se había imaginado tantas veces el día en que por fin se decidiera a darle otra oportunidad. Sin embargo, nunca pensó que eso fuera a suceder realmente. Había llegado el día y ahora la tenía delante diciéndole todo lo que llevaba esperando oír desde hacía tanto tiempo. Pero, para su asombro, lo que acababa de suceder no se correspondía en absoluto con sus sueños.

Knutas intentó recomponerse y, justo en el momento en que iba dar un último sorbo al café, descubrió que la taza estaba vacía.

—Entenderás que todo esto que me estás diciendo me ha pillado por sorpresa —trató de explicar Knutas.

Line soltó una carcajada.

—Anda ya. No creo que te haya sorprendido tanto después de lo que ha pasado en el hotel esta mañana.

—Bueno, pero el hecho de que haya pasado… no quiere decir que…

No sabía cómo expresarse, pues no quería que sonase demasiado grosero ni cortante. De lo contrario Line, se sentiría utilizada.

—Lo sé —comprendió Line—. Pero cualquiera diría que no te ha…

Una parte de él quería confirmárselo a gritos.

Pero también había otra persona dentro de él que tenía los pies sobre la tierra y que le advertía de los problemas emocionales y las situaciones que no le convenían. Y lo cierto era que había logrado rehacer su vida con Karin después del divorcio. Por otro lado, Line también podía arrepentirse con el paso del tiempo, y tal vez reconquistara su corazón para acabar rompiéndoselo de nuevo, algo que Knutas no lograría superar.

Él estaba a punto de decirle algo, pero Line de pronto miró el reloj.

—¡Dios mío! —exclamó—. ¡Que pierdo el avión! Y yo aquí sentada de cháchara.

Se levantó de repente.

—Bueno, entiendo que no te lo esperabas —dijo Line mientras agarraba el bolso—. Ven.

Salió corriendo sin esperar respuesta.

Y Knutas la siguió.

Llegaron a la puerta de embarque en el último minuto, cuando ya estaba a punto de cerrarse.

Line le dio un abrazo fugaz y, de repente, en medio del aeropuerto, sus labios se encontraron antes de que alcanzaran a pronunciar una palabra. Esta vez a Knutas no le importaron las miradas de los demás.

—Piensa en lo que te he dicho —le susurró al oído—. ¿Me lo prometes?

—Te lo prometo.

Y entonces se marchó.

Beata Mörner tenía el pelo largo y oscuro y llevaba flequillo. Las cejas dibujaban dos arcos frondosos perfectamente perfilados en el rostro, que a Karin le recordó el de Frida Kahlo. Al saludarla, la joven le dio un fuerte apretón de manos. Habían acordado reunirse en el restaurante Under Kastanjen de Gamla Stan, un lugar acogedor ubicado junto a una pequeña y pintoresca plaza cerca de la calle Kindstugatan, una de las más diminutas de Estocolmo y uno de los pocos espacios abiertos que había en el barrio más emblemático de la capital. Era uno de esos sitios que venían como anillo al dedo a la hora de tomar un respiro de las bulliciosas calles empedradas.

El nombre del restaurante se debía a un enorme castaño que lucía flores blancas y envolvía la plaza con sus ramas. Karin optó por sentarse a una mesa al aire libre, pidió una sidra Ramlösa y se encendió un cigarrillo mientras esperaba a la hijastra de Henrik Dahlman. No solía fumar a menudo, pero, en cierto modo, sus emociones siempre estaban a flor de piel después de cada encuentro con Hanna, así que necesitaba calmar los nervios.

Como tenía el resto de la tarde libre, pensó en hacer algo tan aventurado como irse de compras antes de cenar con su hija.

Beata Mörner era alta y llevaba puesto un sencillo vestido negro de algodón. Al sentarse en la silla, le lanzó una mirada inquisitiva a través de la cortina de pelo. Karin se presentó y después pidieron algo de comer.

—¿Cuándo viste a tu padrastro por última vez? —empezó Karin con la primera pregunta.

—Hace un año o así.

—¿Qué clase de relación teníais?

—Puf, pues no sé. Apenas nos veíamos y, cuando quedábamos, nunca estábamos solos él y yo. Es más, cuando ocurría era en algún que otro evento y cosas así.

—¿Y eso?

Beata soltó un suspiro y se apartó el flequillo de los ojos.

—Antes teníamos una relación maravillosa, prácticamente desde que era pequeña. Siempre creí que había mucha confianza entre nosotros, que estábamos muy unidos. La verdad es que nunca llegué a conocer a mi padre biológico, por lo que Henrik para mí fue como uno de verdad. Me apoyaba en todo e incluso tenía una relación más estrecha con él que con mi propia madre. ¿Puedo fumarme uno? —preguntó a Karin señalando el paquete de tabaco.

—Sí, claro —le ofreció Karin y le pasó el cenicero.

Mientras se encendía el cigarrillo y le daba una calada, Karin la analizó con la mirada.

—Cuando se divorciaron, yo me quedé a vivir con mi madre. Desde entonces nunca volvió a ser lo mismo con Henrik. Se echó otra novia y tuvo otro hijo con ella. Vamos, que se deshizo de nosotras y se buscó otra familia.

Beata se quedó en silencio unos segundos y Karin tuvo la impresión de que algo le había tocado la fibra sensible. De hecho, era evidente, ya que la mirada de Beata hablaba por sí sola.

—¿Y qué pasó con Henrik? ¿Seguisteis en contacto? —se interesó Karin con prudencia.

—La relación murió. A partir de ahí, ya nunca tenía tiempo de verme y tampoco movía un dedo por quedar conmigo. Supongo que lo único que le importaba eran sus hijas biológicas, ¿para qué se iba a interesar por mí teniendo otras?

—Y tu madre entonces... ¿cómo vivió el divorcio?

—Bueno, si supiera... Al principio, antes de que se separaran, estaba obsesionada con el orden y con que todo tenía que ser así y asá. Teníamos unas normas muy estrictas en casa con respecto a lo que podíamos hacer y lo que no. Pero después de que Henrik la dejara, de repente cambió. Bebía vino todos los días e incluso había días en los que no atendía a mis hermanas pequeñas y me asignaba toda la responsabilidad a mí. Cuando eso sucedía, yo tenía que encargarme de hacer la compra, cocinar y leerles un cuento. Desde luego, todos sabían que Henrik la había dejado por Amanda, a pesar de que siempre lo hubiera negado. La ruptura le afectó mucho a mi madre, y desde entonces digamos que vive con esa necesidad de aprobación constante.

Cuando llegó la comida a la mesa, dejaron de hablar para almorzar. Durante ese rato, Karin reflexionó sobre lo que Beata le acababa de contar. Al parecer, estaba muy dolida y afligida por cómo había actuado Henrik. Tal vez esa nueva información fuera relevante para el caso, ya que todo lo que estuviera relacionado con la vida de la víctima podía servirles. Además, Karin sentía mucha curiosidad por saber cómo había ido el testimonio de la madre de Beata, Regina Mörner, así que llamaría a Anders en cuanto terminara el encuentro.

La chica sentada al otro lado de la mesa masticaba la ensalada con desgana y parecía estar inmersa en sus pensamientos.

—¿Cómo te ha afectado a ti en lo personal? —Karin se lanzó con la siguiente pregunta—. Quiero decir, el divorcio y todo lo que pasó después.

—Me cansé de todo y al final acabé mudándome aquí. Ya no soportaba a mi madre ni tampoco podía lidiar con todo lo que se me vino encima. Ahora puedo centrarme en mi vida y en mí. Ya no me importa mi madre en absoluto, y lo único que me preocupa son mis hermanas. Pero bueno, de todos modos, ellas tienen a mis abuelos.

—¿Y la muerte de Henrik? ¿Cómo te sientes al respecto?

—Creo que aún no lo he procesado. Siento rabia y tristeza a la vez. De todas formas, ya no podré preguntarle nada. Nunca obtendré una respuesta a por qué empezó a ignorarme de repente.

Beata Mörner se quedó un buen rato mirando a Karin en silencio.

El edificio estaba ubicado en medio de la plaza Stora Torget, en el corazón de Visby. El director de proyectos de la biblioteca Almedal vivía en una última planta sin ascensor. Entre resoplidos, Knutas subió las estrechas escaleras de caracol del inmueble, que databa de la Edad Media. Solo había una vivienda en el ático y, en la puerta, un pequeño letrero de latón mostraba el nombre de Urban Ek. Tenía cuarenta y cuatro años, vivía solo y no tenía hijos. Según el testimonio de los trabajadores de la biblioteca y de los compañeros de Henrik Dahlman, Urban Ek era una persona abierta y social, pero, en cambio, prefería no hablar de su vida personal para mantener su privacidad. Su página de Facebook no mostraba su estado civil ni ningún aspecto relevante sobre él y únicamente había publicaciones con fotos de paisajes hermosos, de comida o de cualquier evento al que hubiera asistido, pero ninguna que revelara parte su vida privada.

Knutas lo llamó con antelación para avisarle de que iría, pero el hombre le hizo saber que estaba muy resfriado y que no quería contagiarlo. Aun así, Knutas insistió en que acudiría a su casa para que prestara declaración y de ese modo le ahorraría tener que salir a la calle.

Cuando por fin llegó a la puerta del domicilio, el inspector trató de recuperar el aliento unos segundos antes de llamar al timbre. Después de tres intentos, Urban Ek abrió la puerta. En el umbral apareció un hombre alto y delgado que llevaba el pelo peinado hacia atrás y mostraba una cara de circunstancias. Olía ligeramente a humo de cigarrillo, iba vestido con unos pantalones marrones y una camiseta negra, y llevaba calcetines de colores.

Le tendió la mano para saludarlo.

—Buenos días, pase.

—Gracias.

Knutas colgó la chaqueta en el pasillo, se sentía acalorado después del esfuerzo de tener que subir hasta la casa. Urban Ek lo guio al salón, en el que había dos sofás negros, uno enfrente del otro y, en el centro, una mesa de vidrio ahumado. La vivienda tenía los techos bajos y recubiertos de vigas gruesas, las paredes estaban revestidas de argamasa y unos enormes ventanales ofrecían vistas a la calle principal del centro de la ciudad. El salón estaba repleto de máscaras africanas y de algunas fotografías en blanco y negro que mostraban un paisaje de la sabana con leones, cebras y elefantes. En una de las pareces había una enorme espada. Junto a las ventanas se veían todo tipo de adornos extravagantes, como figuras de Buda enormes, obeliscos de diversos tamaños tallados en mármol negro y esculturas que representaban diferentes cuerpos de mujeres.

Cada uno tomó asiento en un sofá y Knutas observó que sobre la mesa había una preciosa jarra de agua, dos vasos, una cafetera de aluminio y dos bonitas tacitas de café de la marca Lavazza.

—Siento molestarle viniendo a su casa, aunque esté resfriado. Pero no me ha quedado más remedio que hacerlo —se disculpó Knutas, a pesar de que le parecía que aquel hombre no tenía aspecto de estar enfermo en absoluto.

—No pasa nada, ya me siento mejor. Mañana me reincorporaré al trabajo. ¿Le apetece un café?

Urban Ek le señaló la cafetera.

—Sí, gracias —aceptó Knutas y enseguida encendió la grabadora—. ¿Podría contarme un poco cómo era la relación entre Henrik Dahlman y usted?

—Nos conocimos por un tema de trabajo. Es una tragedia lo que ha ocurrido.

Negó con la cabeza mientras le servía el café y un vaso de agua.

—¿Por eso está en casa? ¿Por la muerte de Henrik?

Knutas lanzó la pregunta de forma espontánea sin pensárselo dos veces y Urban se sobresaltó de repente.

—Es evidente que ha supuesto un *shock* para mí, al igual que para el resto. Pero el motivo de mi ausencia se debe al resfriado —aclaró indignado.

Urban dejó la taza de café en la mesa y Knutas observó que le temblaba un poco la mano al ir a alcanzar un pañuelo de papel de un servilletero de hormigón para así reafirmar su estado de salud. Al verlo, el inspector supuso que era obra de Henrik Dahlman. A continuación, el hombre soltó un profundo suspiro. Sin lugar a dudas, la pregunta había provocado cierta tensión en el ambiente, pero a Knutas eso no lo incomodaba en absoluto.

—¿Cada cuánto se veían?

—Nos veíamos a menudo, puesto que ambos trabajábamos en la obra que Henrik estaba realizando para la biblioteca —explicó Urban acentuando sus palabras—. Solíamos quedar para almorzar y a veces íbamos al gimnasio juntos.

—¿A cuál?

—Al gimnasio Visby, está en avenida Söder. Como abre las veinticuatro horas, nos venía bien, ya que ninguno de los dos tiene un horario de trabajo fijo.

—¿Notó algún comportamiento extraño en Henrik? ¿Sabe por casualidad si había conocido a alguien hacía poco?

—No, eso lo desconozco. No vi nada en él que me hiciera pensar eso.

—¿Nada diferente en su forma de actuar? ¿Tal vez lo vio nervioso en alguna ocasión?

—No, era el mismo de siempre.

Urban Ek parecía estar seguro de sus palabras y volvió a mostrar cierta indignación. Se inclinó hacia delante y le dio un sorbo a la taza de café. Después miró a su alrededor como si estuviera buscando alguna forma de escapar de aquella habitación. Knutas optó por cambiar de tema.

—¿Vive solo?

—Sí.

—¿Tiene pareja?

—No, estoy soltero y sin compromiso, como se suele decir —levantó una ceja y recalcó la frase con un tono de ironía—. Y no, tampoco tengo hijos, y nunca he estado casado.

—¿Y eso?

—Pero, por favor, ¿y esa pregunta qué tiene que ver con todo esto? ¿O tal vez sospechan de mí por la muerte de Henrik?

—No siga por ahí —le advirtió Knutas—. No me refería a eso. Simplemente, tengo la obligación de hacerle las mismas preguntas que al resto debido a la forma en que Henrik Dahlman fue asesinado. ¿Es homosexual?

—Pero ¿qué narices tiene que ver mi orientación sexual? No, no lo soy. Me gustan las mujeres, puede comprobarlo usted mismo con solo echar un vistazo al salón. ¿Por qué motivo si no tendría todo el piso repleto de bustos femeninos?

Urban Ek señaló molesto con el dedo el torso de una mujer que relucía junto a la ventana e hizo el amago de levantarse del sofá mientras alzaba el tono de voz. Knutas levantó la mano para detenerlo.

—Vale, vale. No importa. Tampoco tenemos que meternos en temas personales. Como comprenderá, cualquiera podría ser sospechoso, y aún no hemos atrapado al asesino.

Urban Ek se calmó un poco, volvió a sentarse en el sofá y lanzó una mirada inquisitiva a Knutas sin decir una palabra.

—¿Cuándo vio a Henrik por última vez?

—Creo que el viernes por la tarde.

—¿Cree?

—Sí, sí. Fue el viernes. Recuerdo que nos vimos para tomar una cerveza en el Bageriet y estuvimos comentando cómo quedaría la escultura.

—¿Cómo se comportó aquel día?

—Pues como siempre. Aunque tal vez lo vi algo estresado, pero porque iba mal de tiempo con el proyecto y sabía que le tocaría estar liado con la obra todo el verano.

—¿Hablaron de otros asuntos?

Urban Ek levantó una ceja casi de forma inconsciente en cuanto oyó la pregunta.

—No que yo recuerde.

De repente, se escuchó el ruido de un traqueteo. Al parecer, provenía de una de las habitaciones que tenía la puerta cerrada. En ese momento, Knutas miró a Urban.

—¿Tiene un gato?

Justo antes de que pudiera responderle, se abrió la puerta del dormitorio y apareció un joven despeinado en calzoncillos.

—Perdona, Ubbe, es que no aguanto más. Tengo que ir al baño.

El joven cruzó corriendo el salón por delante de ambos y Knutas miró a Urban con cara de confusión.

Karin se despidió de Beata Mörner y decidió llamar a Anders mientras callejeaba por los rincones de Gamla Stan. Volver a oír su dulce voz la reconfortó. En pocas frases, le resumió la conversación que había mantenido con la hijastra de Henrik Dahlman durante el almuerzo.

—Estupendo —se alegró Knutas—. Nosotros hemos interrogado también a su madre, pero lo cierto es que no ha sido como para tirar cohetes, no ha querido decirnos mucho.

—Ahora me cuadra la descripción que Beata ha hecho de su madre —afirmó Karin—. Por cierto, no te imaginas el buen tiempo que hace en Estocolmo. Acabo de salir de Gamla Stan y ahora me dirijo a Söder. ¿Te acuerdas de cuando estuvimos aquí la última vez?

—Claro que lo recuerdo —Knutas soltó una carcajada—. Por aquel entonces éramos unos tortolitos.

—Y aún lo somos, ¿verdad? —bromeó Karin en un tono de voz que denotaba cierta inseguridad—. O, por lo menos, seguimos enamorados.

Salió a Skeppsbron, la avenida principal del casco histórico de donde los catamaranes zarpaban al mar y desde donde partían los ferris que cubrían el trayecto entre Djurgården y Slussen. Desde allí se avistaban las colinas de Söder y la majestuosa iglesia de Santa Catalina. Mientras volvía caminando a casa de Hanna,

Karin decidió que se pasaría por algunas tiendas antes de ir al restaurante vegano.

—Otra cosa —continuó Knutas—. Hemos descubierto que Henrik Dahlman era miembro de un club de *bondage* que se encuentra en el barrio de Södermalm. Al parecer, lo visitó una semana antes del asesinato, así que es muy probable que hubiera conocido allí al presunto autor.

—¿Cómo se llama el local?

—Amour, está en la calle Sankt Paulsgatan. Hemos pensado que, ya que estás allí, podrías acercarte para hablar con los dueños e intentar averiguar algo más. Aunque los compañeros de Estocolmo no tendrían ningún problema en ir hasta allí para echarnos una mano, quería preguntártelo primero por si quieres ir tú.

Karin llegó al mercado de frutas y verduras de Ryssgården, que se encontraba frente al museo de la capital, y se detuvo en cuanto vio la hilera de cestas repletas de fresas recién cogidas. La temporada acababa de empezar y Karin sintió la tentación de hacerse con alguna. El joven del puesto, que parecía haberle leído el pensamiento, enseguida le entregó una caja de cartón y, con un gesto, la invitó a probarlas. Karin no dudó ni un segundo y se echó una a la boca. La saboreó durante unos segundos y le pareció que estaba deliciosa. Sabía que las fresas suecas eran las más dulces del mundo.

—¿Y cómo crees que debería ir vestida? —preguntó Karin con la boca llena sin parar de reír—. ¿Me compro un *négligé* para ponérmelo encima y un collar de perro?

El joven del puesto levantó una ceja y le lanzó una mirada interrogante. Karin se giró avergonzada mientras continuaba con el teléfono pegado a la oreja.

—Nada, olvídate del collar de perro. Pero, eso sí, prométeme que traerás el *négligé* y así me lo enseñas cuando te lo pongas —bromeó Knutas—. Ahora en serio, el local está abierto desde las nueve de la noche y Kihlgård ya ha avisado a los propietarios de que los llamarás antes de ir. Se llaman Stephanie y George. Aunque solo podrán atenderte a partir de las once.

—Dios santo, ¿voy a tener que quedarme despierta hasta tarde? —se preguntó Karin remarcando la frase con un tono exagerado. Se había despertado a las cinco de la mañana para tomar el primer avión a Estocolmo—. Y, para colmo, mañana es el solsticio de verano. Quedamos en que iríamos a Lickershamn, ¿verdad?

—Claro. Estaría bien que vinieras en algún vuelo al mediodía.

—Es que tengo que pasar por casa a por algo de ropa antes de que nos vayamos —aclaró Karin—. Y darle de comer a *Vincent*.

—Te dará tiempo. Ya tengo ganas de saber qué tal ha ido la visita al club. Llámame en cuanto salgas de allí sea la hora que sea.

—Vale, te llamaré. Descuida.

—Mañana nos vemos.

De repente, la voz de Karin adquirió un tono más relajado y cercano, algo que siempre sucedía cuando cambiaban de tema y pasaban al plano íntimo.

—¿Y tú, qué tal todo? —quiso saber Karin.

—Bien, bueno… —titubeó Knutas—. No me quejo.

—¿Me echas de menos?

—Claro.

—Ay… Me muero de ganas de celebrar el solsticio contigo. Intentaré irme en un avión que salga temprano. Pero lo dicho, primero tengo que ir a buscar mi ropa y dejarle comida a *Vincent*. Tomaré un taxi en el aeropuerto, así que mejor ven a buscarme a casa después. ¿Te iría bien recogerme sobre las doce?

—Eso está hecho.

—Nos quedaremos en tu casa de verano todo el fin de semana, ¿cierto?

—Sí, ya te lo he dicho antes.

Karin se dio cuenta enseguida de que Knutas parecía estar un poco estresado. Se lo notó en la voz.

—¿No quieres celebrar el solsticio conmigo?

—¡Pues claro que sí!

Siguió un breve silencio. Su voz denotaba ahora cierta irritación.

—Ya tengo ganas de que me cuentes qué tal te ha ido —le dijo en un tono más suave—. ¿No te lo estás pasando bien con Hanna?

—Sí, la verdad es que sí. Tiene muchos planes en mente, como siempre. Esta noche cenaremos juntas con Gabriella. Y después de eso me pasaré por el club.

Al terminar la conversación, Karin notó que se le habían humedecido los ojos. Deseaba de todo corazón que las cosas fueran bien. Sin pensar hacia dónde se dirigía, continuó caminando en dirección a las calles empinadas de Söder mientras sentía un vacío interior. A duras penas consiguió esquivar a la multitud que se concentraba en la calle Hornsgatan, y pasó de largo las fachadas de color pastel y los semáforos que siempre parecían ponerse en rojo. Karin observó a los peatones que caminaban a paso ligero y decidido hacia su destino. A su alrededor, los autobuses luchaban por abrirse paso entre coches, bicicletas y transeúntes estresados que recorrían calles y tiendas repletas de letreros luminosos. Sin duda, la vida en la metrópolis era incesante. En ese momento, le vino a la mente la voz de Anders, que siempre le parecía cercana y sincera. Sin embargo, últimamente sonaba diferente y más distante de lo habitual. Karin no dejaba de preguntarse qué le rondaría por la cabeza y la ansiedad empezó a brotarle en el pecho. Era obvio que estaba tratando de ocultarle algo, aunque seguro que no era nada malo.

En el pasado

—¡Suéltame!

Hasta entonces había logrado mantener la calma, pero la fuerte presión que empezó a notar en el brazo hizo que el pánico se le propagara rápidamente por todo el cuerpo. El suelo gris oscuro, la moqueta beige, las puertas azuladas, el olor a detergente, el calor sofocante, todos los detalles le provocaban náuseas y tan solo deseaba poder escapar de aquel lugar. Sin embargo, la mujer uniformada la tenía retenida contra su voluntad. Tal vez con más fuerza de la debida.

Trató por todos los medios de quitarse la mano de encima, pero fue en vano.

—Tienes que calmarte ahora mismo.

—No —protestaba—. Me voy a Gotland en avión.

La mujer negó con la cabeza.

—Hoy no te vas a Gotland —le aseguró.

Intentó escabullirse otra vez y lo único que consiguió fue que apareciera otro policía y que hubiera dos personas agarrándola. Sentía que le faltaba el aliento mientras oponía resistencia con todas sus fuerzas. Tenía un deseo impetuoso de liberarse, pero los agentes eran más fuertes que ella.

—Si sigues comportándote de esta manera solo empeorarás las cosas —le advirtió el otro policía—. Será mejor que te relajes y hagas lo que te pedimos.

Se la llevaron por los pasillos hasta un vehículo que los esperaba en el exterior. Era una furgoneta azul oscuro con puertas correderas. Uno de los policías se montó primero sin soltarla del brazo. Una ventanilla tintada y una rejilla hacían de barrera entre el conductor y las personas sentadas en el asiento trasero. Subió al vehículo acompañada del otro agente, de modo que ahora tenía un policía a cada lado. Pasados unos segundos, el motor se puso en marcha.

Al salir del aparcamiento, observó la ciudad a través de la ventanilla de la furgoneta.

—¿Adónde vamos?

—Ingresarás en un centro de menores tutelado hasta nuevo aviso —explicó uno de los agentes—. Aunque de momento te vas a quedar unas semanas en un centro temporal hasta que se decida a cuál irás.

Después de eso no volvió a hacer ninguna otra pregunta ni se atrevió a mirar por la ventanilla. Se reclinó en el asiento y cerró los ojos mientras pensaba en cuándo la dejarían volver a casa. Trató de respirar e imaginar algo que la reconfortara, pero la única imagen que esbozó su mente fue el rostro desfigurado de Anki y su mirada de odio.

Debió de quedarse dormida, porque de pronto la furgoneta se detuvo y la puerta corredera se abrió. Los policías la ayudaron a bajar y por fin pisó el suelo de grava. Ante sus ojos se alzaba un edificio de poca altura revestido de ladrillos amarillos y rodeado de setos. Observó que alrededor había otras edificaciones dispersas, y a varios metros de distancia vio que dos chicas, que podían ser de su misma edad, dejaban de conversar por la curiosidad de saber quién era la recién llegada. Una de ellas estaba fumando. Se dio cuenta también de que había un Volvo aparcado delante del edificio y de que un jardinero con un uniforme azul estaba haciendo un agujero en el suelo y cargaba con todas sus fuerzas la pala antes de llenar con tierra una carretilla. A lo lejos vio la valla de acero que rodeaba el área en la que se ubicaban los diferentes edificios. Sin duda, aquello le recordaba a algún tipo de campus universitario u hospital.

Una mujer mayor se les acercó para darles la bienvenida e intercambió algunas palabras con los agentes de policía. Llevaba una sudadera gris, tenía la cara arrugada y el cabello oscuro con canas.

—Bienvenidos —los saludó con una expresión seria que se correspondía con su tono de voz formal y les mostró el camino que llevaba a las instalaciones.

Una escalera amplia conducía a la entrada. La mujer se presentó como la directora y su nombre era Marita Gunnebo. Accedieron a un vestíbulo que contaba con algunos muebles austeros. Las paredes estaban cubiertas de un papel tapiz grisáceo y en una de ellas colgaba un perchero junto a un espejo cuadrado. En el suelo había una esterilla de linóleo de color verde oscuro. Al lado de una puerta se veía un letrero que indicaba el lavabo y un cartel enmarcado que hacía referencia a una película de los años cuarenta que mostraba un cielo estrellado. En primer plano, aparecía la figura de un hombre con sombrero que sostenía en sus brazos a una mujer con los ojos cerrados. Al fondo del vestíbulo estaba la cocina. Se percibía un cierto olor a fritura, señal de que pronto se serviría el almuerzo. Desde el baño se oía a dos mujeres hablando, hasta que de repente una de ellas empezó a reírse a carcajadas.

—Te llevaré a tu habitación —le dijo Marita—. Es por aquí, a la izquierda.

Y la siguió sin más.

Se detuvieron delante de una puerta de madera y Marita sacó un voluminoso juego de llaves del bolsillo. Mientras buscaba la correcta, el pánico volvió a azotar a Cecilia. No había sido del todo consciente de que a partir de ese momento su libertad se vería muy limitada. Además, supo que estaba en lo cierto en cuanto Marita introdujo la llave en la puerta y se fijó en que esta solo podía cerrarse desde fuera, lo cual significaba que no podría salir por su propia voluntad.

—Te quedarás aquí de momento.

La única ventana de aquella habitación alargada era pequeña. Una cama de madera de pino, un escritorio sencillo, una estantería con algunas revistas semanales y un armario estrecho eran todos los muebles con los que contaba. El suelo estaba cubierto por una alfombra desgastada. De pronto se dio cuenta de que había un nombre escrito encima de la lámpara de la mesita de noche. Estaba algo difuminado y parecía que alguien lo hubiese intentado borrar, pero sin éxito.

Cecilia se preguntó cuánto tiempo tendría que permanecer en aquel lugar.

—El almuerzo se sirve a las doce y la cena es a las seis. También se puede tomar un tentempié después de las ocho. Hay té y bocadillos a partir de esa hora para todo aquel que lo desee.

—¿Y mi maleta? —fue lo primero que quiso saber.

—Primero tenemos que revisar tus cosas. Después, ya veremos cuándo te la entregaremos —explicó la directora mientras le daba unas palmaditas en el hombro.

—Ahora te dejaremos sola un rato. Hay un botón de alarma aquí por si necesitas algo, aunque solo debe usarse en caso de emergencia. Y hoy comerás en la habitación. Las que sirven la comida se llaman Tina y Kicki.

La puerta se cerró y, cuando Cecilia oyó que la llave giraba en la cerradura, se metió en aquella cama estrecha y dura. Echó a un lado el edredón azul de tela gruesa y observó que solo había una almohada plana y poco confortable. Aunque las sábanas blancas estaban lavadas, no olían precisamente bien. Se tumbó de espaldas y clavó la mirada en la pantalla de la lámpara que había sobre la mesilla de noche. «Que te den, Marita», ponía al lado de la bombilla con tinta negra. «Marita es una auténtica zorra», descubrió en otra parte del interior de la lámpara. A continuación, leyó también un número de teléfono grabado junto a otras palabras obscenas y se preguntó quién habría vivido allí antes que ella.

Su madre ya iba de camino.

Ese pensamiento la reconfortaba, pero al mismo tiempo le parecía de lo más detestable.

Continuó mirando los garabatos.

Y el tiempo dejó de existir.

Hacía una tarde tibia y el ocaso empezaba a extenderse por el cielo de Estocolmo. Los restaurantes y bares al aire libre ya estaban repletos de gente que esperaba disfrutar de la noche de verano. El barrio de Södermalm respiraba vida. De camino al restaurante, Karin iba siguiendo el GPS con la dirección que llevaba escrita en la mano para así ahorrarse tener que preguntar a algún desconocido. Unos segundos más tarde, dobló la esquina y se metió en un callejón que estaba vacío. Después de deambular unos minutos, encontró el lugar que estaba buscando.

A primera vista, pensó que se había equivocado, pues aquel edificio que databa de principios de siglo no parecía albergar lo que realmente escondía en su interior. Después de echar un vistazo a su alrededor, llegó a la conclusión de que aquel portón negro de acero tenía que ser la entrada del local. A la derecha encontró un timbre sencillo. No tenía escrito ningún nombre, pero sí había una placa cuadrada de estaño con un símbolo en forma de corazón atravesado por una flecha.

Karin llamó al timbre.

Al cabo de un instante, la puerta se abrió y un hombre de mediana edad apareció en el umbral con una camiseta negra ajustada que le marcaba los bíceps. A su pesar, Karin reparó unos segundos más de la cuenta en los músculos que se notaban bajo la piel morena. La miró inexpresivo.

—Hola —Karin saludó primero.

—Hola —respondió el hombre—. Tarjeta de socio y carné de identidad, por favor.

—Soy policía, tengo una cita concertada con los propietarios —aclaró Karin.

El hombre levantó una ceja y sacó el teléfono móvil del bolsillo del vaquero.

—¿Tu nombre es...?

Karin se presentó y el portero enseguida volvió a guardar el teléfono. Al parecer, la había encontrado en la agenda.

—De todas formas, necesito verificar su identidad.

Karin se puso a buscar en el bolso y sacó su identificación policial. Se la dio al portero, que comprobó varias veces que era ella. Finalmente se dio por satisfecho.

—Bienvenida —le dijo y la dejó entrar.

La puerta volvió a cerrarse detrás de ella y de repente le pareció entrar en otro mundo. Las luces eran tenues y variaban entre tonos rojos y morados. Por los altavoces invisibles sonaba a bajo volumen uno de los éxitos del momento, y la gruesa alfombra roja engullía el sonido de sus pasos. El local estaba revestido de terciopelo rojo, del techo colgaban lámparas de araña de cristal con prismas negros y en las paredes había hileras de candelabros que sostenían velas de cera encendidas.

Detrás del mostrador lacado en negro del vestíbulo había una mujer de mediana edad que llevaba un corsé muy ajustado, guantes de raso hasta el codo y un pequeño sombrero con un velo que le tapaba el rostro. Iba muy maquillada, con los ojos perfilados y pestañas postizas. El cabello rubio platino perfectamente teñido y cubierto de laca le enmarcaba la cara de tal forma que parecía una estrella de cine, aunque con una expresión un tanto ajada. A diferencia del portero, la mujer la recibió sonriendo con unos labios pintados de rojo.

—Buenas noches —le dijo en un tono simpático— ¡Bienvenida a Amour! ¿Es tu primera vez? Creo que no te he visto antes por aquí.

—Así es —afirmó Karin.

—¿Sabes cómo funciona el club? ¿Le has echado un vistazo a nuestra web? ¿Conoces las normas?

El club Amour también tenía un código de vestimenta muy estricto para sus socios. Se podía ir con ropa de cuero, látex, fetiche, ropa interior o simplemente desnudo. Al acceder al local, debían dejar sus prendas habituales en el guardarropa, y tanto las cámaras de fotos como los teléfonos móviles estaban terminantemente prohibidos. A pesar de que nunca lo reconocería, sentía más curiosidad que miedo. ¿Cómo iba Karin a estar interesada en un club de ocio sexual donde la gente iba a practicar fantasías sexuales de otro nivel? Nunca le había llamado la atención ese tipo de prácticas. Al contrario, ella era más bien recatada en ese aspecto.

—Te pongo el teléfono móvil en una bolsa —le dijo la recepcionista—. Tienes que dejarme el bolso también, por favor. Aquí te entrego la ficha y la llave de la taquilla. Dentro está la toalla que hay que depositar en la cesta del vestuario antes de salir.

La mujer le guiñó un ojo a Karin y, antes de que pudiera explicar el motivo de la visita, continuó mencionando las normas de las instalaciones:

—Quizá te apetezca tomar una ducha después. Si vas a usar el *jacuzzi*, tendrás que ducharte antes. En total, son quinientas coronas y te entra todo, también la barra libre de comida y bebida. Puedes elegir entre vino, cerveza o refresco. Si tienes alguna otra pregunta, estaré por aquí. Cualquier cosa, ven a buscarme.

Cuando Karin por fin consiguió hablar, le explicó nerviosa por qué estaba allí. La mujer del corsé la miró defraudada y le pidió que tomara asiento junto a la barra que se encontraba al fondo del local mientras esperaba a los propietarios. De pronto vio pasar a una pareja agarrada de la mano. El hombre iba desnudo de cintura para arriba, llevaba *piercings* en los pezones y una especie de tanga. La mujer iba vestida con ropa interior transparente que dejaba entrever perfectamente sus encantos y calzaba unas botas altas con plataforma que le llegaban a la rodilla.

Karin decidió echar un vistazo. Seguramente, los propietarios tardarían en atenderla, así que podía dedicar el tiempo de espera a empaparse del ambiente.

Fue de lo más extraño abrir una puerta forrada de terciopelo y entrar en una sala que más bien le recordaba a los vestuarios del colegio: filas de taquillas pegadas unas a otras, espejos, un secador colgado de la pared y varias duchas con paredes alicatadas y cabezales móviles.

Karin continuó inspeccionando el local, que ya había empezado a llenarse. Varias parejas hacían cola en el mostrador de la entrada. Al parecer, los jueves por la noche había fiesta temática para los amantes del sexo *kink*, y, cuanto más raras fueran las preferencias de los asistentes, más le convenía al club. Según la página web, disponían de barra y sofás en la planta baja, y de lo que llamaban «zona sensual» en la primera planta. En el centro de la pista, había una barra de *striptease* y, a pocos metros, los clientes se agolpaban para pedir la bebida. La mayoría de ellos iban vestidos con ropa de piel y látex, cadenas, *piercings* y collares de cuero con remaches. Había corsés de charol con cremalleras, medias de rejilla, ligueros, antifaces, y algunos clientes llevaban una especie de body que consistía en un trozo de tela pegada al cuerpo desde la entrepierna hasta los hombros. Una mujer llevaba unos guantes rojos de látex hasta el codo y una media de cuerpo entero con unos orificios a la altura del pubis. Karin trataba de no quedarse mirando con descaro, pero justo en ese momento pasó junto a ella un hombre completamente desnudo que llevaba tan solo un par de botas de piel y un casco a juego. A juzgar por su apariencia, era un señor que con toda seguridad rondaba los setenta. Karin intentó no fijarse para no verle el miembro que danzaba descaradamente a sus anchas.

Algunos clientes empezaron a bailar. Una mujer comenzó a enroscarse en la barra de *striptease*. Había hombres y mujeres de todas las edades y con todo tipo de cuerpos. Karin paseó la mirada por los arcos que enmarcaban la pista de baile y por los espejos de las paredes para no ver el balanceo de los pechos, el temblor de las nalgas y los sexos rasurados. ¿Cómo iba a ser capaz de subir a la primera planta?

—¿Bailamos? —le preguntó el hombre del casco y las botas de piel, que apareció a su lado con una sonrisa seductora.

Karin se llevó un sobresalto.

—No, gracias —balbuceó.

Él hombre asintió y se dio media vuelta sin insistir.

«Madre mía». Pero ¿qué estaba haciendo ella allí? La sola idea de bailar con aquel jubilado desnudo le daba ganas de salir corriendo.

Las escaleras que conducían al primer piso estaban decoradas con luces parpadeantes. En la pared, colgaban varias fotografías de personas desnudas que estaban enjauladas o atadas de diferentes maneras y que portaban látigos y esposas. Unos corazones de neón rojo y una flecha rosa fucsia iluminaban el camino. La palabra «Amour», también en neón, relucía en medio de la oscuridad. Justo en ese momento se le vino a la mente el túnel del amor, una atracción clásica del parque de atracciones de Gröna Lund. Sin duda, aquel era el único y verdadero túnel del amor, ya que subiendo esa escalera podía pasar cualquier cosa.

Soltó un suspiro de alivio cuando vio que Stephanie y George se aproximaban a la barra. No le costó reconocerlos gracias a las fotografías de la página web. La belleza de Stephanie era indudable, parecía una estrella de *burlesque*. Llevaba un vestido supercorto de cuero que a duras penas cubría la exuberancia de su cuerpo y unos zapatos de tacón alto con tiras. George tenía todo el cuerpo tatuado, llevaba una frondosa barba negra y la cabeza rapada. Tenía las manos fuertes y llenas de anillos de gran tamaño y un parche en el ojo. Karin dudaba si realmente había perdido la vista o si en realidad se trataba de algún truco para hacerse el interesante.

Ambos se acercaron a saludarla y Stephanie sugirió que los tres fueran a hablar a su despacho, que se encontraba al lado del vestuario. Karin siguió a la propietaria del local mientras su marido intercambiaba con ella unas palabras de cortesía y le preguntaba si le gustaba el club Amour.

—Pues la verdad es que nunca había estado en un club de este tipo —reconoció Karin—. Así que ha sido una experiencia diferente.

—Siempre es alentador que los miembros de la autoridad se atrevan a salir de su zona de confort —le dijo Stephanie.

El despacho consistía en una pequeña habitación con un escritorio, un sofá Manchester raído y una estantería en la que se amontonaban todo tipo de libros y periódicos. Cuando entraron, George cerró la puerta y se acomodaron junto a una mesa bastante desordenada. Stephanie se encendió un cigarrillo y le dio una buena calada con verdadera satisfacción.

—Como ya saben, he venido para hablar sobre Henrik Dahlman —empezó Karin—. ¿Cada cuánto venía por aquí?

—Henrik Dahlman, sí… —respondió George—. Tal vez una vez al mes o así.

—¿Solo o acompañado? —preguntó Karin.

—La mayoría de las veces venía solo, que yo recuerde.

—Entonces vino con alguien en alguna ocasión, ¿no?

George encendió el ordenador.

—Me parece que se hizo socio del club con una amiga llamada Melinda Monsun.

—Qué nombre más llamativo —señaló Karin—. ¿Saben algo de ella? ¿Quién es? ¿Su dirección o su teléfono?

—No, la subscripción está solo a nombre de Henrik, por lo que únicamente tenemos sus datos.

—¿Tenía Henrik algún tipo de inclinación bisexual?

Stephanie y George intercambiaron una mirada.

—No sabría decirle —titubeó Stephanie—. No nos fijamos en lo que hacen nuestros clientes, más bien los dejamos a su aire, por decirlo de alguna manera. Nosotros solo nos ocupamos del negocio.

—¿Cuándo fue la última vez que estuvo aquí? —preguntó Karin.

George echó un vistazo a la pantalla y tardó un par de minutos en encontrar la información.

—El siete de junio —afirmó—. Nada menos que el día de la fiesta nacional.

«Concuerda con lo que me dijo Anders», pensó Karin. Poco más de una semana antes del asesinato.

—¿Y vino acompañado ese día? —preguntó de nuevo.

George se mesó la barba como si tratara de hacer memoria.

—No lo sé, no hay ningún registro de acompañante, aunque creo recordar que sí vino con alguien. Bueno, tal vez la conoció aquí…

A Karin se le aceleró el pulso.

—¿Qué aspecto tenía esa persona?

George se rascó la barbilla.

—Alta y con melena morena larga —afirmó George—. Los labios pintados de rojo y los ojos con sombra negra.

—¿Está seguro? —le preguntó Karin.

George asintió.

—Al cien por cien.

Norsta Auren se encontraba en el extremo más septentrional de la isla de Fårö. Era una inmensa playa solitaria de arena que se extendía varios kilómetros desde la punta de Skär, donde las aves marinas llegaban en bandadas y se posaban junto al faro que se alzaba en el otro extremo. La arena de aquel paraje era fina y de color claro, el mar azul yacía como un manto extendido en el que brillaban los rayos del sol y sobre el que el horizonte dibujaba un arco infinito. No se divisaba ni un solo barco, y tampoco se veían edificaciones, a excepción de una caseta que se encontraba al principio de la playa. Ningún visitante paseaba por allí aquella hermosa mañana de verano. Johan y Emma tenían la playa para ellos solos. De no ser por los matorrales y pinos costeros que conformaban los límites del bosque, cualquiera podría haber imaginado que estaban en Bali o en alguna isla de la Polinesia.

Ambos se habían propuesto empezar el día con una caminata matutina a lo largo de la orilla mientras los niños se quedaban en casa de los abuelos, a pocos metros de la entrada de la playa. Les encantaba disfrutar de aquel lugar y aprovecharon la ocasión para hacerse unas coronas de flores que llevarían puestas esa noche, durante la celebración del solsticio de verano. Johan y Emma se sentían agradecidos de poder estar a solas por unas horas, y de caminar bajo el sol mientras gozaban de las vistas del inmenso mar azul y de la tranquilidad antes de que diera comienzo la fiesta más importante del verano.

—¿Te acuerdas de cuando vimos una foca aquí? —le recordó Emma.

—Claro que lo recuerdo, ¿cómo iba a olvidarlo? Fue increíble, estaba sola, tirada en la orilla. Y en pleno verano. Al principio pensábamos que era una roca enorme.

—Hasta que empezó a moverse —dijo Emma entre carcajadas.

Emma le dio un beso a Johan y este notó que un mechón de pelo cubierto de arena le rozaba la mejilla. La miró y vio sus ojos oscuros, que lo miraban fijamente. Emma llevaba una falda de algodón hasta la rodilla, una camisa de tirantes y una rebeca fina de lana. Aquella mañana hacía un poco de frío. Todavía no había llegado el calor del verano, a pesar de que los rayos de sol brillaban en el cielo y apenas se apreciaba una nube. Con un poco de suerte, los habitantes de la isla no verían la lluvia aquella noche estival. La celebración empezaría por la tarde en Ekeviken con el mayo, la música, las danzas y otras actividades tradicionales al aire libre. No sería un auténtico festival sin el baile tradicional de las ranas. «No hay otra fiesta nacional del folclore sueco que esté tan arraigada —pensó Johan—. Bueno, si la hubiera, sería la Nochebuena». A decir verdad, no podía evitar sentirse un poco nervioso antes de la fiesta. No le entusiasmaban demasiado las celebraciones en las que uno tenía que actuar siempre de cierta forma y hacer lo mismo cada año según marcaba la tradición, porque, de no atenerse a las convenciones, daría la nota. En la mesa servirían la comida de siempre que debía probarse siguiendo un orden establecido. Luego llegaría la ronda de chupitos de aguardiente a mansalva como pretexto para cantar las canciones tradicionales que se compusieron en su día para la ocasión. Una canción para cada brindis, cuya letra, al fin y al cabo, nadie recordaba. Así que siempre tenían que imprimir los textos para que todos los leyeran cabizbajos y sin mirarse los unos a los otros. Johan se preguntó qué pensarían sobre los suecos las personas de otras culturas cuando presenciaban

238

este tipo de celebraciones. «Desde luego creerán que estamos locos», pensó mientras agarraba con fuerza la mano de Emma.

Pero, en cierto modo, tenía que admitir que le parecía una buena oportunidad para reunirse con amigos y familiares y pasar tiempo juntos, para beber más de lo habitual y pensar en cualquier cosa que no fuera el trabajo. Tanto Pia como Johan se habían esforzado mucho en el último caso de asesinato que estaba resultando ser más complejo de lo normal y, a pesar de que ya habían logrado engranar algunas piezas, el rompecabezas no formaba una imagen lógica de lo sucedido. Aun así, sabía que resolver el caso no estaba dentro de sus obligaciones, aunque como periodista que informaba sobre la investigación, siempre acababa involucrado.

Mientras paseaban por la playa, que continuaba ensanchándose a medida que avanzaban, Johan pensó en un caso de asesinato que cubrió por primera vez como nuevo reportero en la redacción de noticias de Gotland. Ocurrió un verano en el que un asesino en serie les arrebató la vida a varias mujeres. Se resolvió gracias a que Emma había sido compañera de clase del autor del crimen y de las víctimas que estaban en su punto de mira. Fue justo en esa misma playa donde los agentes terminaron arrestándolo.

—Me estoy acordando ahora del caso en el que tus excompañeros de clase se vieron involucrados —mencionó Johan.

—Uf, sí. Siempre me viene a la mente cuando paseamos por esta playa, aunque sea por un segundo.

Johan se detuvo y la rodeó con los brazos. Le acariciaba el pelo mientras la abrazaba y la besaba.

—Aquello podría haber sido una tragedia —susurró en voz baja—. Gracias a Dios que llegué a tiempo.

—Y que lo digas —asintió Emma mientras lo abrazaba aún más fuerte.

—Y ahora vuelve a haber un asesino suelto —añadió Johan soltando un suspiro.

—No pienses en eso ahora —le sugirió Emma—. Hoy toca celebrar el solsticio, pero primero… ¡A bañarnos!

—¿Estás loca? —le dijo Johan.

Antes de que pudiera decir otra palabra, Emma se soltó de sus brazos y se dirigió a toda prisa hacia la orilla mientras se quitaba la rebeca, la camiseta y la falda. Johan se quedó pasmado cuando se desabrochó el sujetador y se bajó la ropa interior mientras gritaba de emoción. Unos segundos más tarde, Emma echó a correr eufórica hacia el mar.

—¡Ven! —Emma lo invitó a meterse en el agua—. ¡Está buenísima!

En ese momento, Johan se dio cuenta de que ya no había vuelta atrás y se desvistió en un santiamén. Tiró la ropa en la arena y siguió los pasos de su mujer. Entonces la agarró de la mano y, mirando en dirección al sol y al horizonte, se zambulleron en el mar helado cuyas aguas cristalinas adormecían las piernas y casi paralizaban el corazón.

EL PARQUE DE Hågelby, ubicado en el barrio de Tumba, ya concentra a un buen número de personas que celebran el solsticio de verano por todo lo alto. Han empezado a tocar los artistas invitados y los altavoces gigantes retumban bajo la carpa que han instalado en el recinto por si cae un chaparrón.

Está repleto de gente que luce su ropa de verano, muchas mujeres llevan una corona de flores en el pelo y la alegría se palpa en el ambiente. Algunos han bebido en exceso a pesar de que el reloj apenas marca las ocho de la tarde. Hay grupos de adolescentes por todas partes, rodeados de latas de cerveza y bolsas de plástico que ocultan botellas de alcohol y sustancias de dudosa legalidad, aunque no se aprecian a simple vista. De vez en cuando, pasa alguna pareja de la mano, y algunos hombres solitarios persiguen con la mirada a mujeres de mediana edad que danzan con sus faltas al viento y una copa de vino en la mano. El parque está en plena floración, y desde allí se avista un hermoso castillo al otro lado de la avenida que le da un toque romántico a la escena. A unos metros se encuentra el lago Aspen, rodeado de robles gigantescos y frondosos, y detrás se ubica la autovía E4 con un tráfico apabullante, aunque nadie lo perciba.

Es la fiesta más importante del año y, sin embargo, estoy sola. Mi amigo tenía que trabajar de nuevo esta noche, así que mucho mejor para mí. A decir verdad, es fantástico estar fuera de Gotland. Además, según los periódicos, la policía aún no ha dado con ninguna pista. El hecho de estar aquí hace que me sienta segura. He conseguido apartarme de la investigación criminal y es difícil que puedan encontrarme en la capital. No obstante, me persigue cierta preocupación, una especie de deseo de volver a actuar.

Gracias a que mi amigo se marchó de casa temprano por la mañana, me ha dado tiempo de arreglarme como Dios manda. Es prácticamente improbable que alguien me reconozca aquí, y quizá no llame tanto la atención como en Gotland.

De modo que me dirijo a la pista de baile y observo al primer candidato que se me cruza por delante. Es un hombre alto de unos cuarenta años con algunas canas, barba oscura y ojos marrones normales y corrientes. Lleva una camisa blanca desabrochada y me fijo en que le sobresale el vello del pecho. Por un instante, siento el impulso de abalanzarme a sus brazos, me recuerda a alguien de quien estuve enamorada una vez. Pero ese arrebato es breve, tan solo es un atisbo del pasado. No hay tiempo para flaquezas. La nostalgia me repugna. Prefiero no bailar con ese hombre que, sin ser demasiado carismático, me atrae irremediablemente.

Rechazo su invitación para bailar y me mezclo entre la multitud. Voy sin rumbo fijo y empiezo a sentirme nerviosa. Me pica el cuerpo y siento escalofríos. Entonces veo que hay un quiosco a lo lejos que tiene una barra de madera y está iluminado con luces de colores. Observo que detrás de los camareros hay un sinfín de estanterías repletas de botellas. Perfecto. Así me pido una copa y, mientras tanto, pienso en qué hacer a continuación. Quizá esta no sea mi noche, hay demasiada gente.

—Hola.

De repente, aparece un hombre de la nada que me saluda y esboza una sonrisa amable. Apenas me saca unos centímetros de altura. Lleva una camisa celeste y unos vaqueros recién planchados. Tiene el pelo rubio con algunas entradas, pero luce una piel morena y parece que se encuentra en buena forma física.

—Hola —le correspondo con otro saludo.

—¿Me dejas que te invite a una copa?

Veo que lleva una alianza en el dedo anular. Además, tiene un brillo peculiar. Parece que fuera nueva.

Sin duda, agradezco que alguien se haya acercado y me haya sacado de mi estado de negatividad. Qué alivio.

—Vale, gracias.

Me pido una copa de vino tinto, mientras que él prefiere tomar cerveza. En cuanto se guarda el cambio, me mira y levanta la jarra para hacer un brindis.

—Bueno, aún no me he presentado. Soy Magnus.

En ese momento nos damos la mano.

—¿Eres de por aquí? —me pregunta.

—Sí, soy de Skogås.

Asiente con una sonrisa.

—Yo soy de Farsta. Me encanta este parque, ¿sueles venir por aquí?

—La verdad es que es la primera vez.

Seguimos conversando durante un rato y noto que está borracho. El hombre insiste en bailar conmigo y empezamos a dar algunos giros. Para mi asombro, se mueve con una agilidad impresionante, hasta el punto de que me cuesta seguirle los pasos. Supongo que será por los tacones. Mientras baila al son de la música, oigo que me dice algún piropo, o al menos eso me parece, así que hago como si entendiera lo que me dice, aunque en realidad tenga la mente en otro sitio. Analizo su cuello y observo la piel tostada por el sol y algo arrugada. La emoción va creciendo dentro de mí. Siento su presencia, su calor corporal. Entonces, poso la mirada en el rincón del bar donde el camarero había sido tan amable de guardar mi bolso. Probablemente haya llegado la hora de pedírselo.

Los meteorólogos habían advertido de la borrasca y de la probabilidad de lluvia. Sin embargo, aquella mañana de verano, cuando Knutas se despertó, un sol brillante lucía en el cielo despejado, en el que sería el día más importante para los suecos. A simple vista, hacía un tiempo fabuloso para sentarse a comer fuera.

Después de tomar un desayuno en la terraza a base de fresas con leche, café y tarta de queso, preparó algunas bolsas de comida, buscó a la gata y dejó el coche listo para ir a recoger a Karin, que había aterrizado procedente de Estocolmo esa misma mañana.

Lo primero que hizo Knutas después de recoger a Karin y traerla con él de vuelta a Lickershamn fue darse una ducha. Después se detuvo delante del espejo y se roció unas gotas de colonia. Sin duda, se alegraba de poder celebrar el solsticio de verano y tener otra cosa en la mente que no fuera el asesinato de Henrik Dahlman. A pesar de que había transcurrido una semana, aún no habían logrado arrestar a ningún sospechoso. La policía había recibido todo tipo de testimonios, informes técnicos, valoraciones, pistas e indicios, pero la verdad es que cada información apuntaba en una dirección totalmente diferente y eso solo le estaba causando una gran confusión, tanto a él como al resto del grupo de investigación. Incluso empezaba a dudar si realmente se trataba de un asesinato, pues cabía la posibilidad de que la víctima tuviera interés por los juegos sexuales degenerados y que todo hubiera sido un accidente tras el que el amante de Henrik habría huido de allí presa del pánico. Aun así, no comprendía que aquella persona hubiera irrumpido en una cabaña de los alrededores antes de ir a casa de la víctima. Esa cuestión era una de las muchas incógnitas que habían quedado sin resolver en la reunión del grupo de investigación y que el inspector no lograba eliminar de su mente. A pesar de toda la vorágine de pensamientos, aquel día había decidido dejar de lado el trabajo para disfrutar de la víspera del solsticio de verano en paz y tranquilidad, y no pensar más en huellas digitales, ni en preguntas de interrogatorio o posibles resoluciones.

Cuando Knutas salió del baño, Karin se había puesto su vestido celeste y lo esperaba en el porche sentada bajo el sol. Se detuvo un momento y la observó a través de la ventana. No estaba acostumbrado a verla con esa ropa, casi siempre se ponía vaqueros y una sudadera. Además, se había puesto un poco de pintalabios rojo, y el pelo, que normalmente llevaba liso, tenía unos preciosos rizos que le caían por el rostro.

¿Se habría arreglado para él? Knutas se emocionó al pensarlo. La mirada fiel de Karin lo hizo sentirse avergonzado. Aún no le había contado que había acabado en la cama con Line.

Knutas sentía que había perdido la cabeza. ¿Cómo era posible que entre Line y él no se hubiera apagado la llama y que aún siguiera viva después de tantos años y de haberse divorciado? Notó que se le sonrojaban las mejillas al revivir la imagen del día anterior, Line desnuda en la cama del hotel y su rostro cuando alcanzó el orgasmo. A decir verdad, Knutas no se sentía bien. Por una parte, se había ido a su casa de verano para celebrar el solsticio con Karin y, por otro lado, no podía dejar de pensar en Line. Tarde o temprano tendría que admitirlo y decírselo a Karin, pero eso le provocaba un malestar que se le extendía por todo el cuerpo. Sabía que debía hablar con ella, pero decidió que ese momento llegaría después de la celebración. Así que trató de apartar esos pensamientos y salió al porche. Abrazó a Karin con más intensidad de la habitual y la agarró de la mano para compensar los remordimientos.

De camino al recinto de la fiesta, que se encontraba en el centro de Lickershamn, se pararon a contemplar la estampa idílica de aquel precioso pueblo de pescadores. Al fondo se veía el mar eterno y de colores cambiantes cuyas olas se mecían hasta romper en la playa de guijarros. Allí se alzaba el *rauk* más grande de Gotland, conocido por el nombre de Jungfrun, junto con otras formaciones rocosas de tonos grisáceos. En el paisaje se apreciaban los contrastes que exhibía la naturaleza, entre la vegetación y las flores que acababan de brotar y el terreno árido compuesto por rocas y piedras de diferentes tamaños. Al llegar al lugar, la fiesta ya había empezado. Los barcos estaban amarrados a la espera de poner rumbo a alta mar. Había varias filas de casetas de pescadores de estructura simple pintadas de color rojo y, a pesar de que cada una albergaba su propia historia, todas habían sido testigo de las tormentas otoñales, del gélido invierno y de los cambios de tiempo que acaecían durante la estación más cálida del año.

En el césped, el mayo ya había comenzado a elevarse. Knutas y Karin saludaron a todos los asistentes. Muchos aprovecharon la oportunidad para comentar con ellos el terrible asesinato de Henrik Dahlman. Lo cierto es que ambos estaban acostumbrados a que la gente les hablara sobre temas de trabajo. Al fin y al cabo, un comisario de policía era como un médico, y Knutas sabía que su profesión podía acabar siendo un tema de conversación con cualquiera. Y cómo no, aquella noche de verano no iba a ser una excepción.

La gente los invitó a una cerveza fría, y mientras se la tomaban oían todo tipo de especulaciones sobre la vida privada de la víctima. Al parecer, corría el rumor de que Henrik tenía enemigos con mucho poder. Algunos lo describían como un tipo con malas pulgas que se escondía bajo una apariencia amable y que, a la primera de cambio, se comportaba de forma agresiva con las personas de su entorno. Knutas optó por dejarlos hablar y prefirió no opinar. No podía implicarse demasiado, pues, de lo contrario, sus palabras podrían malinterpretarse y eso solo empeoraría las cosas.

Paseó la mirada por todo el recinto y observó a algunos niños rubios que correteaban y jugaban eufóricos al pillapilla. Las risas y los gritos de alegría le recordaron a Petra y a Nils, e irremediablemente le vinieron a la memoria las noches de verano cuando sus hijos aún eran pequeños. Ahora sí que comprendía el gran tesoro que era tener a los niños cerca y disfrutar como padres de esa etapa de su vida. En el pasado, a Line y a él les molestaba que los mellizos fueran demasiado revoltosos. Aunque era lo normal entre hermanos y por lo general se llevaban bien, a veces se peleaban. Cuando eso ocurría, Anders y Line se miraban con disimulo y entornaban los ojos a la vez. Incluso se les escapaba alguna que otra risa cuando uno de ellos fanfarroneaba demasiado sin ningún motivo. A decir verdad, se apoyaban mutuamente sin necesidad de recurrir a las palabras para lidiar con las dificultades que conllevaba ser padres.

Knutas notó cómo la nostalgia lo azotaba de repente y sintió una necesidad imperiosa de estar a solas con sus pensamientos. Entonces se disculpó para ir al baño, le dio un beso fugaz a Karin en la mejilla y se puso a caminar en dirección al mar. Lo cierto era que esa mañana no se había despertado melancólico, pero el ambiente de la fiesta le estaba calando muy hondo.

Al llegar a la orilla, empezó a dar patadas a una de las piedras y observó las olas que retrocedían. El mar estaba en calma y estas se mecían suavemente como si fueran incapaces de llegar a romperse. Orinó mirando al sol y en ese momento pasó por delante un barco pesquero blanco. Knutas se preguntó hacia dónde navegaría. Desde que perdió a su familia, que era el eje central de su vida, se sentía como un navío a la deriva y sin timón. Se agachó para recoger una piedra lisa que imaginaba que habría estado sumergida durante mucho tiempo. Acarició la superficie con el dedo índice y, al lanzarla contra el mar, oyó el suave chasquido que hizo al rebotar en el agua.

—¡Anders!

Oyó que alguien lo llamó en voz alta e interrumpió sus pensamientos. Era Karin que también se había alejado del bullicio.

Knutas la esperó sin moverse de la posición en la que estaba.

—Te estaba buscando —dijo Karin con una sonrisa al volver a verlo—. ¿Dónde te habías metido?

—Ay…

Knutas hizo un gesto con la mano como si esa fuera la única respuesta que podía darle. ¿Qué iba a decir si no? ¿Que echaba de menos su vida de antes? ¿Que añoraba la infancia de sus hijos y se lamentaba de no haberlos cuidado mejor aquellos años? ¿Que se sentía incompleto por no tener a Line a su lado y que jamás podría olvidarse de su mujer de cabello pelirrojo a pesar de que estuvieran divorciados? Ni pensarlo, jamás podría compartir esas reflexiones con Karin. Por nada del mundo.

Karin le agarró la mano, qué feliz se la veía. De pronto, Knutas se dio cuenta de que Karin no llevaba la corona de flores típica que las mujeres se ponían en el pelo para la ocasión y, una vez más, le vino a la mente la imagen de Line. A ella sí que le encantaban las flores, siempre se hacía su propia corona y se le daba de maravilla. Recordó que los niños solían ir con ella a recoger siete tipos de flores diferentes y después las guardaban debajo de una almohada para crear unas coronas únicas. Aquel recuerdo, sin duda, le partía el corazón. Knutas tan solo deseaba que existiera un botón que presionar para apagar todos esos sentimientos y hacerlos desaparecer al instante. Sin embargo, por más que intentaba borrarlas, las imágenes no se iban de su cabeza.

—¿Cómo estás? Dime —le preguntó Karin preocupada.

—Bueno, ya sabes que no me gustan demasiado las fiestas —murmuró al responder mientras apretaba los dedos de la mano de Karin con fuerza—. Necesitaba un poco de aire fresco y me vine aquí a ver el mar.

—¿Quieres que me vaya y te deje un rato a solas?

Knutas negó con la cabeza.

—No importa. Quédate.

Intentó esbozar una sonrisa.

—Venga, vamos —dijo él.

Karin asintió aliviada.

Regresaron a la fiesta donde la gente ya había empezado a bailar alrededor del mayo. Tanto niños como mayores cantaban a pleno pulmón agarrados de la mano la canción popular que inauguraba el festival.

—¿Vamos? —le sugirió Karin señalando con la cabeza el círculo que habían formado para bailar. Su voz denotaba cierta inseguridad y Knutas se sentía culpable. Sabía que Karin no tenía nada que ver en el hecho de que él se sintiera confuso y hubiera acabado acostándose con su exmujer. Karin no tenía la culpa de lo que había sucedido. Es más, siempre lo había apoyado como ninguna otra persona y había estado ahí, demostrándole su amor cuando lo necesitaba. Y él era un ingrato, nada más.

—¿O pensándolo mejor, por qué no nos tomamos algo? —le propuso con amabilidad mientras le pasaba el brazo por el hombro.

Le apetecía como nunca una cerveza bien fría.

—Pero yo quiero bailar… Es lo que toca en estas fiestas, ¿no?

Karin le dio un pequeño achuchón para tratar de convencerlo, seguido de un beso en la mejilla.

—Ya sabes que me duele un poco la espalda —le susurró—. Yo ya estoy viejo para el baile de las ranas. Ve tú a bailar.

Karin se encogió de hombros y decidió unirse al resto. Inmediatamente se puso a cantar con los demás otra de las canciones típicas que sonaba en ese momento con la melena danzándole por la cara.

«Ahora sí que está bien acompañada», pensó Knutas mientras se dirigía a la mesa alargada en la que había un sinfín de latas de cerveza.

—Buenas, jefe —lo saludó un vecino—. ¿Le apetece tomar un chupito antes de empezar con el arenque?

No había nada más propicio que beber aguardiente en el solsticio.

Knutas asintió.

Sin duda, era la bebida perfecta para aquella ocasión. Como muchas otras cosas que también podían serlo.

No se encontraba bien, había bebido demasiado. Recordó que había bailado con una chica alta y morena con la que después se había sentado junto a una mesa algo apartada para tomarse unas cuantas bebidas más mientras charlaban de todo y nada. De pronto, empezó a sentirse incómodo y se excusó para ir al baño.

—¿Vienes ahora? —le preguntó la chica de pelo negro con una sonrisa de oreja a oreja.

—Sí, claro —dijo mientras se alejaba y trataba de no dar demasiados tumbos.

Cuando vació la vejiga, sintió una repentina aversión por aquella muchacha. En realidad, no quería volver a verla. A pesar de que estaba borracho como una cuba, no se encontraba cómodo con ella. Le parecía que era una mujer fría y calculadora, y, además, tenía una mirada que no transmitía confianza. Tal vez se había pasado con la bebida y habían charlado un rato, pero ya tenía que ponerle punto final a la noche. No quería hacerle daño a Anna. Su matrimonio gozaba de estabilidad y no tenía intención de ponerlo en peligro, no había necesidad de tener sexo esporádico. En esos momentos, se arrepentía de no haberse quedado en casa. Tendría que haber aceptado la invitación del vecino para cenar con su familia en la terraza. Menudo idiota había sido. Podría haber pasado un buen rato con ellos, en lugar de haber ido a aquel lugar. La madre de su mujer vivía en la región de Österlen, en Escania, y ese día cumplía setenta y cinco años. Anna no podía faltar a la fiesta y había ido con los niños. Y él también habría ido encantado si no hubiera tenido que quedarse de guardia hasta las seis de la tarde.

En lugar de volver a la mesa donde lo esperaba aquella extraña, se puso a caminar hacia el lago. Necesitaba estar en paz y sobrio antes de tomar un taxi a casa. Le vendría bien sentarse un poco y tomar aire fresco. Entonces divisó un banco a lo lejos y decidió ir hasta allí por un camino poco transitado. La música del parque se oía de fondo, aunque cada vez más lejos. A excepción de eso, reinaba la calma a su alrededor. Ya comenzaba a atardecer, aunque apenas oscurecía por completo en esa época del año. La superficie del lago se mostraba brillante por el reflejo de la luna. Poco a poco, una bruma blanquecina que provenía del bosque empezó a deslizarse a ras del agua y a avanzar hacia él. A pesar de su estado de embriaguez, podía apreciar la belleza del paisaje de película que aquel momento le brindaba. Cuanto más se alejaba del recinto, más apabullante se volvía el silencio, incluso se escuchaban sus pasos en la hierba y el canto de una lechuza desde la distancia. En el lago flotaban algunos cisnes que escondían la cabeza entre las plumas, y una focha nadaba entre las cañas de la orilla. Se dio cuenta de que el banco donde quería sentarse estaba más lejos de lo que pensaba. Era el mismo en el que Anna y él se habían sentado tantas veces, su rincón de amor al que se escapaban cuando había alguna fiesta en el parque. Les encantaba bailar y solían ir a eventos todos los martes. En ese momento la echaba de menos y deseaba que estuviera allí, a su lado, para que ambos volvieran juntos a casa, se metieran en la cama y ella se acurrucase junto a él con la cabeza apoyada en su hombro hasta quedarse dormida.

Se sintió aliviado por alejarse del bullicio y poder disfrutar del aire fresco de la noche, impregnada de los aromas veraniegos. Avanzaba a paso lento, pero sin frenar el ritmo y tratando de no perder el equilibrio porque podría caerse en cualquier momento dado el estado físico en que se encontraba. Eso era lo último que deseaba, pues no estaba seguro de poder levantarse si ocurría.

De repente, le pareció oír algo. Era un sonido lejano que se asemejaba a una tos angustiosa. En ese instante, dio media vuelta y observó que el sendero de tierra seguía igual de vacío. Se fijó en que había una curva cerrada a unos metros, pero no alcanzaba a ver más allá del tramo. Tal vez se lo había imaginado. Unos segundos más tarde, vio que el banco quedaba más cerca. Al fin podría descansar un poco. En ese momento, habría hecho lo posible por tener una bebida a mano, ya fuera agua, Coca-Cola o cualquier otra cosa que no tuviera alcohol. El manto brumoso continuaba adentrándose en el bosque y le daba un aspecto fantasmagórico. Un halo de misterio envolvía aquel instante lleno de paz, hasta que volvió a oír un ruido, pero esta vez fue por culpa de una ramita que crujió debajo de sus pies. El miedo lo invadió unos segundos, su intuición le decía que un peligro lo acechaba, así que automáticamente apretó el paso. Sabía que no estaba solo. Mientras tanto, la música de la fiesta continuaba oyéndose en un segundo plano. Decidió que lo mejor sería apoyarse en un árbol y esperar un poco. Estaba demasiado mareado para continuar. En silencio, posó la mirada en el banco y enseguida supo que no sería capaz de llegar hasta allí. El cuerpo le pesaba por la borrachera y, por más que lo intentara, no lograba controlar sus movimientos. «Dios, que se me pase ya —pensó—. Voy demasiado ebrio como para salir de aquí.» Con cuidado se sentó en el suelo ayudándose del tronco del árbol. Luego, apoyó la cabeza y cerró los ojos. Cuando ya estaba casi dormido, oyó que un chasquido metálico rompía el silencio acompañado de una voz suave y entonces notó una mano en el brazo.

—Anda, amiguito, pero si estás aquí. Qué lugar tan bonito has elegido.

Un cuervo huyó de la copa del árbol mientras daba graznidos en dirección al lago.

AL DÍA SIGUIENTE después de la noche del solsticio, los niños se despertaron a las seis de la mañana, como siempre, y a las nueve ya estaban que se subían por las paredes. A Jenny Karlsson le habría gustado quedarse un rato más en la cama y tomarse un respiro, era sábado y no tenía que ir a trabajar. Aunque se habían ido temprano de la fiesta, tenía un poco de resaca por culpa del vino que había bebido. Aquel día era el último que estaría con sus hijos porque el domingo les tocaba irse con su padre. El fin de semana siguiente podría dormir toda la mañana.

Miró por la ventana de la cocina y vio que hacía un sol maravilloso, por lo que supuso que haría buen tiempo el resto del día. El apartamento olía a cerrado y los niños habían empezado a pelearse. Al parecer, Oliver le había tirado un camión de juguete a Markus, que se había puesto a llorar porque le había dado en el hombro.

—Venga, relajaos los dos —les pidió—. Si me dais un momento, voy a por el bolso y bajamos al lago.

Los hermanos dejaron de gritar y la miraron a la vez con ojos expectantes.

—¡Yo quiero bañarme! —exclamó Markus.

—¡Y yo! Porfi, mami, ¿me puedo llevar el flotador?

—Pero si el agua aún estará fría. Bueno, os podéis remojar los pies —les dijo la madre, aliviada porque los niños ya no se estuvieran peleando.

EL PARQUE DE Hågelby amaneció con claros signos de la fiesta salvaje que había tenido lugar la noche anterior. Jenny solía ir allí también cuando era más joven, mucho antes de tener a sus hijos. Fue allí mismo donde se emborrachó por primera vez de adolescente. Recordó que una noche se dio el lote con un chico detrás de un arbusto y acabó peleándose con su mejor amiga por eso. Antes de que tuviera a su primer bebé, siempre celebraba el solsticio de verano hasta las tantas de la madrugada. En general le encantaba bailar, beber y coquetear con los chicos, y los recuerdos le vinieron a la mente en cuanto vio el caos que había dejado la gran celebración. Había vasos de plástico vacíos, servilletas y latas de cerveza esparcidos por todas partes. Incluso parte del césped estaba destrozado. Junto a la pista de baile, vio un zapato abandonado y polvoriento que probablemente alguien habría perdido.

Markus recogió del suelo un recipiente vacío para mascotas e inmediatamente su madre le gritó que lo soltara.

—No toques eso. Con la basura no se juega —le advirtió.

Habían bajado el mayo y muchas coronas de flores que yacían en el suelo ya estaban algo marchitas y secas. La bandera nacional se había aflojado y se mecía con desgana al compás de la brisa. Sin duda, el recinto de la fiesta se asemejaba a un campo de batalla abandonado.

Enseguida los niños comenzaron a correr en dirección al lago, que se encontraba a pocos metros de allí. Por esa zona no pasaban coches. Tan solo había algunas mujeres en bicicleta, y una pareja de ancianos paseando a su cocker spaniel que la saludaron con una sonrisa amable cuando Jenny pasó por al lado.

Mientras caminaba, observó que los hermanos daban brincos por la hierba y no paraban de correr.

—¡Esperadme! —exclamó preocupada porque los dos se zambulleran en el agua antes de que ella llegara.

Sin embargo, ninguno hizo caso y ambos se fueron trotando a toda prisa hacia la orilla como si fueran dos potros salvajes.

Aceleró el paso cuando vio que Markus tiraba al suelo la camiseta después de habérsela quitado.

—Solo los pies —les advirtió—. ¡Todavía está fría!

Oliver se quitó las sandalias.

—¡Pues yo quiero mojarme la cabeza también!

Jenny extendió la manta en el césped y sacó los cochecitos de juguete.

—Bueno, bueno, cálmate. Poco a poco —dijo entre risas.

Como hacía un calor agradable, los niños enseguida se pusieron a chapotear en el lago. Mientras tanto, se puso a leer un periódico semanal y, de vez en cuando, observaba feliz a los niños, que jugaban juntos tranquilamente.

Pero la calma duró poco tiempo.

—Voy a construir un barco —dijo Oliver de pronto—. ¿Puedo ir al bosque a por unos palos?

Cómo no, Markus se unió al plan.

—¡Sí, vamos a hacer uno enorme!

Sin esperar respuesta por parte de su madre, ambos se adentraron en el bosque que había junto al lago. Por un momento, pensó en acompañarlos, pero optó por esperar. También era bueno dejar a los niños un poco a su aire, no podía estar todo el rato pegada a ellos como una lapa.

Pasados unos minutos, los dos pequeños volvieron corriendo hacia su madre.

Markus la agarró de la mano.

Oliver tenía los ojos muy abiertos y en ellos se reflejaba el miedo.

—Ven, mamá. Ven, ven. Tienes que verlo.

Jenny se levantó.

—¿Qué pasa?

—En el bosque —continuó Oliver.

—Tiene el cuerpo totalmente destrozado —le salió decir a Markus.

Jenny no entendía muy bien a qué se refería.

—¿Quién tiene el cuerpo destrozado?

Miró hacia el bosque y vio que no se movía ni una rama. De pronto, la embargó una sensación de preocupación. Todo parecía tranquilo. Además, aún era relativamente temprano y solo estaban allí los tres. Volvió a echar un vistazo a su alrededor para cerciorarse, pero no vio a ninguna otra persona.

—A ver, ¿de qué estáis hablando?

Oliver se negaba a soltarle la mano y tiraba de su madre para que los acompañara al bosque. Se palpó el bolsillo y notó que no llevaba el teléfono. Al ver que sus hijos estaban muy asustados, decidió acompañarlos hasta allí para que le enseñaran lo que habían encontrado.

—Yo solo quería recoger algunas ramas y...

En ese preciso instante, la madre vio el cuerpo de un hombre. Se detuvo en seco y, mientras lo examinaba, descubrió que estaba desnudo y tenía los brazos atados al tronco de un árbol. El abdomen estaba repleto de heridas ensangrentadas y, en el pecho, observó que tenía algunas contusiones causadas por golpes. Tenía los ojos completamente abiertos y, a simple vista, parecía que lo hubieran fustigado.

Una soga le rodeaba el cuello junto a una correa negra de cuero y la boca se le veía deformada, como si quisiera soltar un grito. Tenía las piernas extendidas y completamente pálidas. No parecían humanas.

A su lado, en el césped, estaban tiradas una camisa y una chaqueta..

Jenny agarró de la mano a sus hijos con la intención de protegerlos ante aquella escena macabra. Se giró y echó un vistazo alrededor en busca de ayuda, pero no vio a nadie que pasara por allí. El lago seguía en plena quietud. Nerviosa, se palpó por todos lados para tratar de encontrar su teléfono, pero fue en vano. Se lo había dejado en casa. Unos segundos después, se dirigió a sus dos hijos.

—Chicos, volvamos a casa cuanto antes —les ordenó con voz temblorosa—. Tenemos que llamar a la policía.

EL CLARO DEL bosque situado a las afueras del parque de Hågelby era un lugar increíblemente hermoso. Los rayos del sol penetraban entre las hojas de los árboles y se reflejaban en la superficie del lago Aspen, donde reinaba la calma absoluta. En aquel paraje, se respiraba la frescura veraniega de todas las flores y del césped, y se oía el gorjeo de algunos pajaritos que revoloteaban entre las ramas. Sin embargo, la muerte había deshecho esa estampa idílica. De pronto, a Knutas le vinieron a la memoria algunas imágenes del dormitorio de Henrik Dahlman. El cuerpo desnudo atado a la cama, las manos esposadas. Esta vez, los brazos de la nueva víctima se encontraban amarrados a una cuerda gruesa que había sido enrollada alrededor de un tronco. El hombre que yacía sin vida rondaba los cincuenta, tenía una musculatura considerable, el pelo fino y unos ojos azules que miraban fijamente al cielo. Estaba tumbado en el suelo y, a simple vista, el cuerpo había sufrido los mismos signos de abuso que el de Henrik Dahlman. Los latigazos se veían más ensangrentados en este caso, lo cual podía deberse a que el asesino había actuado con mayor violencia. De igual modo, la víctima tenía alrededor del cuello una correa negra de cuero con remaches y una cuerda.

Knutas y Karin habían viajado en un helicóptero de la policía que casualmente se encontraba en Tingstäde, al norte de Gotland, tras haber tenido que extinguir un grave incendio la noche anterior. Tuvieron que pedir que llevaran un perro de la unidad canina contra incendios que tuvo que ser transportado desde Estocolmo, puesto que no disponían de esos recursos en la isla. Knutas pensó que el viaje a la capital valdría la pena porque, sorprendentemente, el cadáver había sido hallado en circunstancias similares al de Henrik Dahlman y el helicóptero estaba a tan solo unos kilómetros de su casa de verano de Lickershamn. Y Karin, cómo no, quiso acompañarlo a pesar de que había regresado de allí hacía tan solo veinticuatro horas. No tardaron en llegar a la escena del crimen en Tumba. A decir verdad, Knutas se encontraba algo cansado y tenía un poco de resaca, y ver a aquel hombre desnudo y ensangrentado tampoco lo ayudó a sentirse mejor. Aun así, contuvo las ganas de vomitar.

—No cabe duda de que se trata del mismo asesino —afirmó Knutas.

—O de un imitador —añadió la forense Maj-Britt Ingdahl, que había podido acompañarlos gracias a que la noche anterior había estado en casa de su hija celebrando el solsticio y no quedaba muy lejos del lugar—. Prácticamente se han dado a conocer todos los detalles en los medios de comunicación, así que tampoco es una idea descabellada.

—La única diferencia es que esta vez los pies no están atados.

—Tienes razón —dijo la forense—. A saber por qué motivo...

—¿Se conoce la identidad? —preguntó Knutas interesado.

—Sí. Magnus Lundberg, de cincuenta y tres años. Llevaba la cartera en el bolsillo. Los de la científica ya la han requisado para analizarla.

La forense señaló a un grupo de agentes que llevaban guantes de plástico y recogían muestras del suelo.

—¿Cuánto tiempo lleva muerto? —preguntó Karin, que ya tenía el rostro completamente pálido.

—Diría que entre ocho y diez horas —le contestó Ingdahl—. Ya se aprecia el estado de rigidez en el cuerpo, pero aún no ha alcanzado el máximo.

Karin se estremeció al oír la respuesta y comenzó a notar un sudor frío que probablemente se debía a haber trasnochado. Eso sumado a que empezaba a encontrarse mal por culpa de aquella escena.

—¿Crees que la causa de la muerte ha sido el estrangulamiento?

Knutas asintió mientras examinaba la correa que la víctima tenía alrededor del cuello.

—Eso parece. Es lo primero que he pensado en cuanto he visto la soga y las petequias en los ojos, que se producen por la falta de oxígeno. Pero mejor esperar a la autopsia para asegurarnos.

Knutas examinó el cadáver con la mirada. El cuerpo de la víctima presentaba signos de violencia y cortes ensangrentados de gran tamaño como los de Henrik Dahlman. El inspector echó un vistazo a su alrededor. ¿Qué habría estado haciendo la noche anterior? ¿Qué le habría traído a esa zona algo apartada y por qué motivo terminó en esa posición? Knutas sabía que muchas personas, al igual que Magnus Lundberg, habían celebrado el solsticio de verano en aquel parque y, de ser así, la fiesta claramente había tenido un final fatídico para la víctima.

Mientras los de la científica rastreaban el lugar con guantes de plástico en busca de huellas, Knutas comprobó que la cartera y el iPhone de la víctima habían sido incautados. Además, supo que se habían hallado unos mechones de pelo negro que parecían sintéticos. Karin y él optaron por apartarse unos metros de la escena del crimen para valorar los hechos y, unos segundos más tarde, oyeron un grito que automáticamente los hizo detenerse.

—Venid aquí todos. He encontrado algo.

Karin y Knutas volvieron a toda prisa. La voz de Maj-Britt Ingdahl, que sonaba tan perfectamente neutra, de pronto había soltado una especie de falsete. Se puso en cuclillas al lado de la víctima y miró a los dos policías mientras agarraba la muñeca de la víctima y les indicaba que se agacharan para obtener una mejor perspectiva.

—Fijaos en lo que tiene en la mano— les dijo ya más tranquila.

En el pasado

EL DESAYUNO, COMO siempre, se servía en la mesa cuadrada que quedaba junto a la pared mugrienta. Allí colocaban una cesta con biscotes y otra con pan blanco. También panecillos de estilo francés, leche, zumo, cereales y yogur, además de paté, margarina, queso y mermelada de naranja. Y no podían faltar el café y el té. Lo mismo cada mañana.

Después de unos días, se cansó del desayuno y al cabo de unas semanas ya le repudiaba el mismo olor de siempre. Pasados unos meses, ya casi no tenía hambre por las mañanas. Aun así, cada mañana introducía las rebanadas en el tostador y esperaba a que saltaran.

En cierto modo, las comidas suponían una pausa y un alivio a la monotonía en el centro de menores, ya que los días seguían un horario preestablecido. Lo primero era despertarse y levantarse de la cama para ir a desayunar, y luego había que esperar a que pasaran las horas hasta el almuerzo. Después venía la cena, el tentempié y, por último, la hora de acostarse. Aunque también había algunas pausas para fumar durante el día. Todas las mañanas tenía la obligación de ir a clase, pero se aburría como una ostra y las horas se le hacían interminables. Lo único que la motivaba era fumar y quedarse tirada en el sofá delante de la televisión, enganchada a algún programa de televenta en el que no había nada más que un anuncio detrás de otro. Todos estaban encerrados y privados de su libertad, vigilados y controlados.

Incluso se formaban diferentes bandos y aumentaba la envidia y el complot entre los internos.

Levantó suavemente el pan tostado, con cuidado para no quemarse las yemas de los dedos. Luego untó la margarina, cortó unas láminas de queso y puso un poco de mermelada por encima. Se sirvió el café en una taza. Se hizo con una bandeja e inmediatamente buscó con la mirada algún hueco para sentarse.

El comedor era pequeño y estaba lleno de mesas, pero esa mañana la única que había libre estaba al lado de Linnea, una chica ruidosa que era un año mayor que ella y a quien detestaba desde el primer día.

Cecilia dudó unos segundos mientras sostenía la bandeja. Pensó que tal vez podía esperar un rato hasta que otra mesa se quedara vacía, pero, en ese momento, la supervisora, Sussie, que vigilaba los desayunos, la caló. La mujer era muy estricta y no aceptaba que se incumplieran las normas ni que se desestabilizara la organización.

—Puedes sentarte ahí —dijo mientras señalaba el asiento que había al lado de Linnea.

Como era de esperar, Linnea no hizo el menor esfuerzo para mover su bandeja y hacerle hueco. Por el contrario, soltó un suspiro de enfado en cuanto se sentó y separó aún más los codos en la mesa para hacerla sentir incómoda. Cecilia notó que Linnea le hacía un gesto con la mirada a la chica que tenía delante.

«Tú no abras la boca», se decía Cecilia a sí misma a la vez que le daba un bocado a la tostada que ya se había enfriado y puesto un poco dura. Linnea, en cambio, no tenía la mínima intención de mantener la boca cerrada.

—Qué mal huele aquí, ¿no? —soltó en voz alta mientras inspiraba aire por la nariz—. ¿Alguien se ha cagado?

Todos los que estaban en la mesa se echaron a reír en cuanto oyeron aquel comentario.

Cecilia se quedó allí sin decir ni una palabra, pero, de repente, Linnea hizo un movimiento inesperado con la mano, derramó la taza que tenía delante y el café acabó en la rodilla de Cecilia. Como estaba ardiendo, se quemó los muslos e inmediatamente se levantó de la silla soltando un grito. En ese momento, notó que se le habían empapado los vaqueros y, al bajar la mirada, observó que tenía unos manchones marrones en la entrepierna.

Automáticamente, dejó su asiento libre y salió a toda prisa para meterse en su habitación mientras oía las risas de fondo. Permaneció tumbada en la cama durante un buen rato esperando a que se le secaran los pantalones mojados de café.

«La odio —pensó Cecilia—. La odio y quiero que desaparezca para siempre.»

Hacía una hermosa tarde de sol en Estocolmo. Karin esperaba a Knutas delante del hotel Sheraton y, mientras tanto, observaba los coches que pasaban por el cruce de Tegelbacken y contemplaba Gamla Stan, que se dibujaba al fondo junto con la bahía Riddarfjärden y las casas que se apiñaban en la colina de Skinnarviksberget. Deseaba poder sentarse un rato y tener una buena conversación con él mientras tomaban algo o simplemente pasaban un rato juntos, pues el día ya había empezado de forma suficientemente dramática con otra víctima de asesinato. Aquel pobre hombre seguro que había sufrido una auténtica pesadilla durante los últimos minutos de su vida. Karin se detuvo un instante a disfrutar de los rayos de sol de aquel día caluroso de junio, y de pronto le vino a la mente la enorme similitud que había entre aquel asesinato y la forma en que Henrik Dahlman había muerto. Sin duda, no importaba cuántos cadáveres hubiera visto en su vida, Karin nunca llegaría a soportar ver un cuerpo rígido, ensangrentado y lleno de heridas. Odiaba la muerte, sobre todo las causadas por asesinos que arrebataban vidas de forma violenta.

En ese momento, se sobresaltó cuando el comisario se acercó por detrás y le puso las manos en los hombros.

—Ay, Dios —exclamó Karin—. Qué susto me has dado.

—No era mi intención —dijo Knutas, que justo después le dio un beso en la mejilla—. ¿Nos vamos?

Ambos decidieron caminar hacia el restaurante Mäster Anders, que se encontraba en la calle Pipersgatan, en el barrio de Kungsholmen. Martin Kihlgård les había recomendado aquella taberna encantadora cuya especialidad era la cocina casera francesa y que, sin duda, era el lugar perfecto para cualquier pareja de enamorados que quisiera deleitarse con una velada romántica. Según sus palabras, el ambiente era muy acogedor y la comida estaba deliciosa, sobre todo para los amantes de la carne asada y de las salsas bien condimentadas, así que Knutas siguió su consejo y llamó para reservar una mesa para cenar.

Primero cruzaron Tegelbacken, donde el tráfico no daba tregua, y después siguieron caminando junto al lago en dirección al ayuntamiento. Delante de aquel majestuoso edificio de ladrillo había estacionadas un par de limusinas negras y, al pasar, Karin vio a una pareja de recién casados que acababa de salir por la puerta y era recibida por una multitud de familiares y amigos. La novia irradiaba alegría y llevaba un hermoso vestido blanco con un velo que le cubría la melena pelirroja. A su lado, el novio, que iba vestido con un esmoquin, le brindó una mirada de amor y un beso romántico. En ese momento, Karin miró a Knutas de reojo, pero él parecía no haber reparado en aquella escena. Se imaginó por unos segundos qué se sentiría al estar en una situación así. ¿Cómo sería casarse con Anders? Pero ese pensamiento se desvaneció de repente. Le parecía algo muy lejano a la realidad.

Automáticamente, Karin lo borró de su mente y empezó a hablar del asesinato del parque de Hågelby. Sabía que ese era un tema de conversación seguro que no daría lugar a discusiones ni a reacciones inesperadas.

—¿Qué opinas de los mechones rubios que había en la mano de la víctima? —le preguntó Karin mientras levantaba la cabeza para mirar al comisario. Por su estatura, le llegaba a la altura del pecho.

—Resulta interesante… —respondió Knutas—. Según los de la científica tenían un tono ceniza y eran reales. También me han comentado que en algunos se apreciaba parte de la raíz del pelo, por lo que podrán analizar el ADN. Ya estoy deseando saber cuáles serán los resultados para ver si coincide con el de las manchas de semen de las sábanas de Henrik Dahlman.

—¿Y si se tratase de un imitador? —refutó Karin.

—Es posible. Los medios de comunicación han revelado un buen número de detalles sobre la muerte del artista, así que no me extrañaría que alguien hubiera actuado de forma similar. De hecho, este asesinato se ha producido en un lugar completamente distinto.

Karin agarró a Knutas del brazo. Le encantaba cuando ambos se ponían a conversar sobre temas de trabajo, así sentía que estaban juntos y aún más unidos ante un escenario complejo.

Continuaron por la calle Hantverkagatan y, mientras tanto, se pusieron a debatir sobre qué armas y elementos similares compartían ambos casos. Desde luego, podían estar hablando de lo mismo durante horas.

—¿Lograste identificar a la mujer que era miembro del club de *bondage* al que solía ir Dahlman? —preguntó Knutas interesado—. ¿Cómo se llamaba?

—Melinda Monsun. No, todavía no. Al parecer, es un nombre inventado, así que no lo he encontrado ninguna dirección, ni ningún lugar de trabajo. Tampoco aparece en el registro.

—Ya, la verdad es que si yo me hiciera miembro de un club de ese tipo, también daría un nombre falso —afirmó.

Pasaron por el antiguo hospital, que se encontraba en aquella misma calle, y después subieron la cuesta que llevaba a la plaza de Kungsholmstorg. Unos segundos más tarde, supieron que habían llegado a su destino cuando vieron el nombre del restaurante en letras fluorescentes junto a un edificio de color ocre. Knutas sujetó la puerta para que Karin entrase primero.

—Gracias, señor Anders —bromeó Karin—. ¿A que no te esperabas que hubiera una taberna en Estocolmo con tu mismo nombre? Además, está a un tiro de piedra de la comisaría y todo.

Karin trató de utilizar un tono de voz que la hiciera sonar coqueta, tal y como hacía antes, cuando solían hablarse con dulzura y ambos estaban felices, enamorados y despreocupados. Sin embargo, las cosas se habían complicado recientemente.

—Ya ves —respondió de forma escueta.

Enseguida vino un camarero a darles la bienvenida y los invitó a sentarse a una mesa junto a la ventana. Sin duda, Karin podía confirmar que Kihlgård tenía buen gusto. Se sentía como en casa en aquel restaurante enorme de paredes color vainilla con espejos, azulejos y suelo de piedra en blanco y negro. Las lámparas eran redondas y de gran tamaño, y resaltaban las vistas a la gran ciudad. Desde aquel rincón, incluso se podía ver la cocina donde los chefs trabajaban a ritmo frenético y sin escatimar un detalle a la hora de preparar la comida. Sin embargo, el repentino cambio de humor de Anders le había aguado un poco la fiesta. Tal vez llevaba distante desde que salieron del hotel, pero lo cierto es que ella no se había dado cuenta hasta que llegaron al restaurante. Aquella actitud la desconcertaba, así que se quedó unos segundos mirándolo con ojos interrogantes.

—Si no les importa, ¿les parece bien que vaya tomando nota de la bebida mientras piensan en lo que van a comer? —sugirió el camarero, que se había acercado a la mesa con dos vasos y una jarra de agua.

—Sí, para mí una copa de vino, por favor —dijo Karin.

—Que sean dos —añadió Knutas.

Karin había advertido cierta incomodidad entre los dos. Era más que evidente. Entonces se fijó en las manos de Anders, que jugaban con la servilleta mientras esperaba a que llegara el vino. ¿Qué le estaría provocando ese nerviosismo? Sabía que tenía que preguntárselo, pero no se atrevía a formular la pregunta.

Por suerte, el camarero no tardó en volver con la botella y enseguida brindaron cuando este se alejó de la mesa. Justo después, Karin consultó la carta.

—Uy, caracoles —dijo ella—. Creo que no los he probado nunca.

—Están muy buenos, aunque suelen llevan bastante ajo.

Knutas se decantó por un filete de buey y Karin pidió trucha. Cuando les tomaron la comanda, se miraron a los ojos.

—Casi parece que estemos en una especie de minivacaciones —dijo Karin con una sonrisa.

—Pues sí.

De nuevo Knutas se comportaba de manera ausente. Karin no daba crédito. ¿Por qué simplemente no podían disfrutar de aquel momento, del buen vino y de la comida con la que estaban a punto de deleitarse? De pronto, sintió dolor de estómago por culpa de la incertidumbre. Era obvio que a Anders le ocurría algo, se comportaba de una forma extraña y eso la hacía estar incómoda. Parecía que su mente estuviera muy lejos de allí. De repente, le entraron ganas de fumar y no supo muy bien qué decir. A decir verdad, la conversación estaba fluyendo gracias a ella. En el momento en que dejaba de hacer algún comentario, todo se reducía al silencio absoluto. Era como si las palabras se marchitaran y cayeran al suelo en forma de hojas secas.

El camarero regresó a la mesa con una cesta de pan y un cuenco con mantequilla.

—Qué callado estás —recalcó Karin. Se le ocurrió que lo mejor era agarrar el toro por los cuernos, así que allá iba—. ¿Hay algo que te esté rondando la cabeza? —soltó con la esperanza de que no respondiera algo que fuera a decepcionarla.

Knutas empezó a gesticular con la mano.

—Sinceramente, me pasa que estoy muy cansado —le dijo—. Me gusta que salgamos a tomar algo de vez en cuando, pero la verdad es que habría preferido quedarme en la habitación viendo la tele y haber pedido comida para llevar.

Knutas terminó la frase y Karin trató de reprimir un impulso. ¿Qué quería decir con eso? ¿Que había salido a comer con ella en contra de su voluntad?

—Pero, bueno, ya que estamos aquí, disfrutemos del momento —dijo Knutas en un tono conciliador—. Gracias por sacarme de paseo por la ciudad. Tampoco es que vengamos a Estocolmo todos los días.

Le acarició la mano para hacerle creer que todo iba bien.

La comida estaba deliciosa y Karin intentó concentrarse en la trucha ahumada que tenía en el plato. Probó un trozo del filete de Anders, que también tenía un sabor exquisito. Aun así, no conseguía relajarse. Aceptó que Anders pidiera otra botella de vino, aunque al mismo tiempo parecía que una voz de alarma en su interior le estuviera gritando para advertirle que no lo hiciera. Con la botella de más, Anders volvió a ser el mismo de siempre y el silencio se esfumó de la mesa.

Aún no había oscurecido cuando salieron del restaurante y decidieron volver por el camino que habían tomado para llegar allí. Después de cruzar la plaza Kungsholmstorg, tomaron un desvío hacia el muelle de Norr Mälarstrand. Agarrados del brazo continuaron paseando mientras pasaban por diversas terrazas donde la gente seguía sentada a pesar de que ya era tarde.

Sin duda, la vida era hermosa. Karin pensaba que tal vez había exagerado un poco las cosas. Probablemente se había imaginado lo peor y esa reacción se debía al hecho de que había visto un cadáver ese mismo día. Era consciente de que a veces podía reaccionar de la manera más inesperada ante una situación así.

—Me encantas —le susurró a Anders mientras le apretaba el brazo con fuerza.

Al fin y al cabo, Karin tan solo deseaba que todo fuera bien. El cielo que envolvía la bahía Riddarfjärden presentaba una tonalidad azul marino que resultaba mágica. El puente de Västerbron, que conectaba las dos islas más grandes de la ciudad, se extendía como un tentáculo desde Södermalm hasta Kungsholmen. Al fondo, Långholmen, un parque enorme en mitad de la ciudad que mostraba la naturaleza en todo su esplendor con árboles frondosos, arbustos, prados y flores. A aquella isla también se la conocía como la Isla Verde. En ella se alzaban numerosos acantilados y se podía acceder a una pequeña playa de arena. El agua estaba tan limpia que uno podía bañarse, algunos afirmaban que incluso era potable. Estocolmo era una ciudad de mar por excelencia. Karin leyó una vez que había sido construida sobre catorce islas.

Mientras contemplaba la belleza de aquel lugar, comenzó a sentir que una preocupación la desgarraba por dentro, como si tuviera un dragón que estuviera dormitando, pero que, a su pesar, despertaría de nuevo.

Después del asesinato en el parque de Hågelby, Johan se vio obligado a dejar a su familia en Fårö para volver a la redacción de Visby. Pia Lilja estaba en la península en un festival de música y ya iba de regreso a la isla. Se sirvió el primer café de la mañana antes de tener una reunión por Skype con el director, Max Grenfors, y con su compañera, Madeleine Haga, que iba a encargarse de supervisar el caso de Estocolmo. Debido a que había cierta similitud entre ambos asesinatos, los periodistas de la isla y los de la capital tendrían que trabajar de manera conjunta.

Johan se sentó frente al escritorio y accedió a Skype. Sintió una nostalgia tremenda en cuanto vio aparecer el viejo sofá que se encontraba en la redacción de Estocolmo. La diferencia con el cuchitril que tenían en Visby era abismal. Sin duda, la sede de televisión de Estocolmo lo había dejado muy impresionado. Atravesar aquellas puertas de cristal era como entrar en un mundo mágico, con las celebridades de la televisión que andaban de un lado a otro y los platós donde se grababan los programas. Todo estaba lleno de talento y esfuerzo, por no hablar de la redacción de noticias y su importante labor.

Detrás de aquel sofá en el que pronto se acomodarían Max Grenfors y Madeleine Haga, había unos paneles de vidrio que separaban la oficina y el impresionante pasillo de la planta baja, donde se grababan los programas de televisión más conocidos

de toda Suecia. Johan recordaba el día en que vio a Ingmar Bergman deambulando por allí durante el rodaje de *Saraband*, un
epílogo de la serie de televisión *Secretos de un matrimonio*, que lo
dio a conocer en todo el mundo y cuyos protagonistas eran Liv
Ullmann y Erland Josephson. Sentía cosquillas en el estómago
de tan solo pensar que el programa presentado por Lennart
Hyland, un clásico de la televisión sueca, se había grabado allí
mismo. Le encantaba aquel entorno y, a decir verdad, sentía una
profunda nostalgia al pensar que él estaba en Gotland, mientras
que sus compañeros se encontraban en la sede principal.

Madeleine fue la primera que apareció en la pantalla. Iba
vestida con una falda y una chaqueta vaquera. Llevaba los labios
pintados de rojo y el cabello suelto. Estaba perfecta y radiante
como siempre.

—Hola, Johan.

Su voz se oía algo ronca y cansada, pero a Johan le parecía
hermosa de todas formas.

Durante unos segundos recordó la relación fugaz que tuvieron unos años atrás. A pesar de que había pasado mucho tiempo,
Madeleine aún era capaz de hipnotizarlo con sus encantos incluso a través de la pantalla del ordenador.

—Al parecer, vamos a trabajar juntos —empezó diciendo
Madeleine.

Justo en el momento en que Johan iba a responder, Max Grenfors apareció con dos tazas de café en la mano y se sentó en el
sofá junto a Madeleine.

—Eh, Johan —lo saludó entusiasmado—. ¿Qué tal te va?

—Bien, gracias, aquí estoy. ¿Y tú cómo estás?

—De maravilla, ya sabes. La verdad es que ahora la cosa se
ha puesto interesante en Estocolmo, así que no me puedo que-
jar— le dijo mientras esbozaba una sonrisa y le daba un sorbo al
café.

Max Grenfors era un hombre elegante que rondaba los sesenta. Sin duda, no aparentaba la edad que tenía. Era de piel morena y llevaba el pelo teñido para ocultar las canas. Mantenía el cuerpo en forma acudiendo regularmente al gimnasio de la compañía. Siempre prefería almorzar mijo y requesón delante del ordenador a tomar comidas copiosas en el comedor junto al resto de compañeros de la redacción, que charlaban sin parar. Llevaba una barba frondosa y unas gafas cuadradas de cristales tintados de Giorgio Armani. Además, para rematar su buen gusto, solía ponerse un polo a conjunto con unos pantalones pitillo.

—Como ya sabéis, se ha cometido un asesinato en el parque de Hågelby, que está situado en la zona de Tumba —aclaró Grenfors—. Por lo visto, existen muchas similitudes con el asesinato de Gotland. Ya se han filtrado algunos detalles, muchos de los cuáles hemos conseguido obtener gracias a nuestros contactos. Dicho esto, me gustaría que, de ahora en adelante, vosotros dos fuerais los principales responsables de este caso. Dejo que os organicéis como queráis, siempre y cuando dediquéis vuestro tiempo única y exclusivamente a ello. Es más, yo no voy a entrometerme; aunque eso sí, mantenedme informado de todo. Madeleine, un fotógrafo llamado Emil Skarp estará completamente a tu disposición, y, en cuanto a ti, Johan, colaborarás con Pia Lilja. Hoy enviaré a un equipo a Gotland para que el resto de las noticias y retransmisiones queden cubiertas sin problema. Insisto, quiero que tú y Pia os centréis de lleno en este nuevo asesinato. La única condición es que informéis cada día acerca de esta noticia durante al menos dos minutos. Con eso será suficiente si la mantenemos en cabecera. ¿Ha quedado claro?

—Descuida —afirmó Johan, al mismo tiempo satisfecho y asombrado de que su jefe le hubiera brindado esa oportunidad. Sin duda, no se arrepentiría de haberles encargado esa misión a él y a Pia.

—Pues lo dicho, trabajaréis juntos en esto —continuó el director de la redacción de noticias—. Hay mucho trabajo que os podéis repartir, así que conviene que estéis siempre en contacto. Ayudaos mutuamente con las entrevistas y compartid todo el material que tengáis disponible para que pueda servirle también al otro, ¿de acuerdo?

Ambos reporteros se intercambiaron miradas y asintieron a la vez a lo que había sugerido Max Grenfors. Trabajar con esa libertad era una oportunidad que no se les presentaba todos los días.

—Que quede claro que esto durará hasta que se resuelva el caso y hayan detenido al autor del crimen.

—De acuerdo —dijo Johan y sacó su agenda—. ¿Qué datos tenemos por ahora?

—Nos consta que el hombre se llama Magnus Lundberg. Tenía cincuenta y tres años y era vecino de Farsta. El cuerpo fue hallado desnudo junto al lago del parque, concretamente en un bosque colindante que se encuentra a unos cien metros de allí. Se sabe que también tenía las manos esposadas, al igual que la víctima anterior. Al parecer, lo habían atado con una cuerda al tronco de un árbol y tenía señales de latigazos y signos de haber sido torturado. La diferencia con respecto al asesinato de Henrik Dahlman es que esta vez la víctima no es una persona conocida. Era electricista, estaba casado y tenía tres hijos pequeños. La mujer y los niños se habían ido a Escania a celebrar el solsticio de verano con los abuelos.

—¿Quién encontró el cadáver? —preguntó Johan.

—Una mujer que vive cerca de allí. Estaba de paseo esa mañana con sus hijos —explicó Max Grenfors mientras se acariciaba el pelo y hojeaba los documentos que tenía delante—. ¿Cómo diantres se llamaba? Ah, sí. Jenny. Jenny Karlsson.

—Genial —intervino Madeleine—. Intentaré localizarla.

—Yo tengo una entrevista pendiente con el vecino que encontró a Henrik Dahlman, un tal Claes Holm —les comentó Johan—. Tal vez ya sea un poco tarde, pero el hombre no ha querido que lo entrevistáramos antes, así que lo veré hoy al mediodía.

—Podría ser interesante contrastar los testimonios de ambos testigos —le dijo Madeleine—. Y si pudiéramos hablar con los dos a la vez, sería fantástico. Por cierto, ¿qué opina la policía?

—De momento no han dicho mucho —soltó Genfors con un suspiro—. Como siempre, te saltan con eso de que «por ahora» no pueden confirmar nada.

Entornó los ojos al terminar la frase.

—Vale, yo me encargo de contactar con la policía —afirmó Madeleine—. Me llevo muy bien con una agente de la comisaría de Södertörn, así que puedo intentar hablar con ella. ¿Sabemos con certeza que ambos casos están relacionados?

—Diría que es bastante probable que lo estén. Claro que siempre puede tratarse de un imitador. Pero no es habitual que ocurra.

KNUTAS SE SENTÍA completamente exhausto después del viaje a Estocolmo. Acababa de tirarse en el sofá con una pizza y una cerveza fría. Encendió la televisión para ver las noticias y de pronto su móvil empezó a vibrar. Una felicidad inmensa le recorrió el cuerpo en cuanto vio el nombre de Line en la pantalla.

—¡Hola! —exclamó contenta—. ¿Qué tal estás?

—Todo bien, gracias —respondió mientras le bajaba el volumen al televisor—. He estado en Estocolmo este fin de semana. Al parecer, ha habido otro asesinato similar al que tuvo lugar aquí.

—Ay, sí —dijo Line—. Lo he visto en las noticias. Y justo la noche del solsticio. ¿Ha sido el mismo asesino?

—Todavía no lo sabemos, pero hay bastantes similitudes, aunque también puede que se trate de un imitador. Desde luego, los medios han revelado más detalles de la cuenta. Menuda faena.

—Ya, qué fastidio. Bueno, ya sabes, tú no hagas sobreesfuerzos, ¿eh? —le dijo con voz amable.

A Knutas le encantaba que se preocupara por su salud.

—Bueno, ya estuve de baja hace tiempo —aclaró Knutas—. Pero ahora me alegro de haber vuelto al trabajo, ¿sabes?

A Line también le apasionaba su trabajo de matrona. Siempre hacía horas extra y no le importaba que la tuviera ocupada.

—Ya, ya. Aunque tú y yo somos distintos —le contestó Line—. Los hombres sois unos debiluchos.

Durante un rato estuvieron bromeando sobre si era el hombre o la mujer quien tenía más capacidad para lidiar con el estrés cotidiano, hasta que Line interrumpió la conversación para ponerse seria. Al cabo de unos minutos, Knutas percibió que su tono de voz había adquirido de nuevo cierta dulzura y que ya no se estaba haciendo la dura.

—A veces pienso en los años que han pasado desde que me fui de Gotland —empezó a decir Line—. Me encantó aquel momento que tuvimos en el aeropuerto, y la verdad es que he estado pensando en ti.

—Y yo en ti.

Knutas notó que la voz se le quebraba un poco. De inmediato se aclaró la garganta y se levantó del sofá. A veces era mejor moverse cuando estaba al teléfono. Así parecía que los pensamientos fluían más libremente. No sabía muy bien cómo iba a terminar esa conversación, y el cambio repentino de tono de Line lo había confundido un poco. De todos modos, no se sentía extraño por estar hablando con ella. Hablaba sueco con acento danés y pronunciaba una erre gutural. Es más, después de tantos años juntos, a veces le costaba entender lo que decía. Pero, sin duda, le encantaba su voz grave y alegre. Casi siempre le parecía que fuera a soltar una carcajada.

—¿Qué tal va todo con Karin? —le preguntó Line.

Lo cierto es que no solían hablar de su relación y, de pronto, Knutas se sintió bloqueado. No quería que su exmujer supiera demasiados detalles, pero, al mismo tiempo deseaba poder sincerarse con ella. Sabía que, si lo hacía, le estaría siendo desleal a Karin.

—Si te digo la verdad, no demasiado bien… —continuó Knutas a pesar del cargo de conciencia.

—¿Y eso?

—Me haces preguntas muy complicadas…

—Pues dilo sin rodeos. ¿No sois los suecos así?

—No es fácil, aunque lo parezca. Si te soy sincero, a veces no sé si hago las cosas bien o mal.

—Puedes contar conmigo.

—Ya, lo sé. Pero…

Knutas dejó la frase sin terminar. Sentía que estaba al borde de perderse en un laberinto de emociones del que, por más que intentara escapar, nunca podría salir. Así que se puso a caminar de un lado a otro, desde la cocina hasta el salón. Le entró mucha sed y abrió el frigorífico para sacar una botella de vino que casi estaba vacía. Tomó un vaso del armario y vertió las últimas gotas. Después la dejó en el suelo junto al fregadero y regresó al salón.

—Yo he estado pensando estos días —siguió Line—, y se me ha ocurrido que podríamos hacer un viaje juntos. Solos, tú y yo. Nada de Copenhague, ni Visby. Lejos de todo lo de siempre, lejos del deber y de nuestro entorno, de los hijos y los amigos. Tal vez deberíamos darles una nueva oportunidad a nuestros sentimientos y ver cómo fluyen, ¿no crees? Echo de menos los abrazos que me diste en el hotel.

Al oír las palabras de Line, Knutas revivió aquel momento y se imaginó su cuerpo esbelto delante de él.

—¿Te refieres a un viaje al extranjero?

Line soltó una carcajada.

—Eso, al extranjero. Muy lejos de aquí. Por ejemplo, podríamos viajar a Gran Canaria. ¿Te acuerdas del Puerto de Mogán? Fue allí donde me quedé embarazada. Esas fueron las mejores vacaciones de mi vida.

Por supuesto que recordaba Mogán. No solo porque Line y él hubieran estado allí en los noventa, sino porque había tenido la «suerte» de visitar aquel pintoresco pueblo pesquero con la excusa de atrapar a Vera Petrov, una asesina por partida doble que había estado en búsqueda y captura durante muchos años. Sin embargo, todo terminó en una terrible desgracia por culpa de una persecución policial fallida que llevó a Vera Petrov a perder el control de su vehículo y a despeñarse por un barranco. En el accidente murieron ella y sus hijos pequeños. Milagrosamente, solo sobrevivió su marido. A Knutas le costó mucho tiempo superar aquello, si es que podía decirse que lo había superado. Lo cierto era que nunca llegaría a borrar por completo de su mente aquel suceso. De todas formas, ahora no era el momento de ponerse a pensar en ello, así que decidió no decir más sobre aquel viaje.

Mientras tanto, Line continuaba con su monólogo.

—Recuerdo aquel puertecito. Era precioso. ¿Y la casa que tenía la fachada llena de peces de cerámica? La pareja que vivía allí nos dejó entrar para enseñarnos las vistas. No te imaginas cómo me encantaría envejecer en un lugar así. Me acuerdo de que una vez empezaste a reírte de mí cuando me quedé mirando con cara de envidia a unos abuelitos vestidos de negro que estaban sentados en una plaza viendo cómo jugaban sus nietos. ¿Eres consciente de que allí siempre hace sol y un tiempo fabuloso? Yo paso de jubilarme en Escandinavia y quedarme aquí congelada. Aunque, por ahora, podemos tomárnoslo como un viaje fugaz sin más. Luego, quién sabe, quizá acabemos disfrutando los dos juntos de nuestra jubilación en algún lugar bonito y caluroso. A mí me vendría bien ir en agosto. Ya tengo dinero ahorrado para las vacaciones y todo. ¿Qué me dices? ¿Hago la reserva?

Resultaba difícil decir que no a su propuesta, aunque, por otro lado, tenía que pensar en Karin. De repente, Knutas visualizó su rostro con aquellos ojos enormes y le vino a la mente el momento de la cena en Estocolmo. Karin lo había mirado tan preocupada aquella noche. Seguramente se entristeció al darse cuenta de que Knutas estaba ausente.

—Espera un momento —la interrumpió para que no siguiera dando rienda suelta a sus fantasías—. Todo esto me pilla muy desprevenido.

Knutas ya se había bebido lo que quedaba de vino y ahora le apetecía tomarse un whisky.

Aunque más bien lo que deseaba era una noche en la que el insomnio no le impidiera dormir.

—Déjame que lo piense —le contestó.

Finalizó la llamada. La conversación que habían mantenido se había convertido en un motivo de inquietud para Knutas. ¿Por qué no podían dejar simplemente que todo fluyera? Sabía que eso era casi imposible, Line no era ese tipo de mujer. Nunca lo había sido.

Ahora se enfrentaba a una elección difícil, y alguien acabaría sufriendo, independientemente de lo que decidiera.

En el pasado

SE LE VEÍA tan hermoso y tranquilo mientras dormía. Como aún seguía despierta, se puso a contemplar el rostro de Stefan en la oscuridad, y con la cabeza apoyada junto a la suya en la almohada, escuchó el ritmo de su respiración. Sintió el impulso de acariciarle la mejilla y tocarle la barba para notar el tacto del vello en la yema de los dedos. Sin embargo, no se atrevió a hacerlo. Tenía que levantarse temprano y no quería ser la culpable de perturbar su profundo sueño sin ningún motivo.

Tan solo llevaban unos días viviendo juntos y prácticamente estaba flotando en una nube desde que su chico había escrito su nombre en la puerta debajo del suyo. Casi no podía creer que aquel piso pequeño se hubiera convertido en su hogar. Stefan se había mudado allí con todas sus cosas apenas un mes después de haberse conocido. Tal vez había sido algo precipitado, pero era lo que siempre sucedía cuando se trataba de amor verdadero. Ninguno dudó de su decisión. Se habían vuelto inseparables desde el momento en que ella se cayó de la bicicleta y él la ayudó a levantarse.

Le encantaba recordar cómo se conocieron. Lo rememoraba todos los días. Parecía que estuviera en una película de Hollywood que narraba una historia de amor, una de esas que hacen que el público llore y acabe sacando el pañuelo. Una historia casi tan irreal que a veces incluso se pellizcaba en el brazo para comprobar que no estaba soñando. Su vida había cambiado de una manera inesperada y apenas era consciente de cómo había llegado a suceder.

Fue un miércoles cualquiera. El día amaneció algo nublado y ella no estaba de muy buen humor. Quizá ese era el motivo por el que iba algo despistada en la bicicleta. Lo cierto es que pasó por encima de una piedra y perdió el equilibrio, cayó al suelo y se raspó una rodilla. En ese momento, apareció un chico joven que corrió a socorrerla, apartó a un lado la bicicleta y le tendió la mano.

Ese chico era Stefan.

Había alquilado un apartamento no muy lejos del puerto y la invitó a ir para ponerle una venda. Después de eso, continuaron en contacto hasta que llegó la noche en que terminaron cenando juntos. Él cocinó un sencillo plato de pasta con salsa de tomate, pero a ella le pareció lo mejor que había probado nunca. Decidió quedarse a dormir y fue entonces cuando quedó hechizada. Parecía como si todos los aromas y colores se intensificaran cada segundo que pasaba a su lado. Sentía que nadie la había tocado como él. Nunca había creído en el amor y odiaba tener que cruzarse con alguna pareja de tortolitos que no se cortaba lo más mínimo en hacer ver lo enamorados que estaban. Pero esta vez lo veía desde otra perspectiva.

Era como si se hubiera ido a la cama siendo una persona y se hubiera despertado al día siguiente siendo alguien completamente diferente. Revivir aquel recuerdo hizo que se le dibujara una sonrisa.

Stefan cambió de postura. Trató de agarrarle la mano suavemente para no despertarlo y él la correspondió medio dormido apretando la suya. Intentó volver a conciliar el sueño, pero, por más que lo intentaba, no conseguía dormirse. Las imágenes del pasado volvían a su mente una y otra vez. Visualizaba a su padre, la única persona a quien había querido en su vida, al igual que ahora quería a Stefan. Aunque con su novio era diferente.

En realidad, a él lo quería aún más. Siempre había confiado plenamente en su padre y estaba convencida de que nunca podría hacerle daño. A pesar de que dejó a su madre y se mudó a Estocolmo, siguió creyendo que sería la persona más importante en su vida, pues, al fin y al cabo, solo tenía una hija. No cabía duda de que ella ocupaba un lugar especial. Pero sintió el duro golpe de la decepción cuando un maldito día entendió que no era más que un segundo plato. Terminó dándose cuenta de que su padre no era la persona que ella creía. De repente, su hija dejó de importarle. O quizá lo que sucedió fue que dejó de quererla cuando las abandonó a su madre y a ella por su nueva novia, Anki. Desde entonces, esa mujer se convirtió en su máxima prioridad. Parecía que todo lo que habían vivido juntos de pronto se hubiera reducido a la nada.

Por suerte, el calor corporal de Stefan la reconfortaba. Después de sentirse traicionada por su padre, vivió los años de la adolescencia sumida en la oscuridad. Tan solo la acompañaron la soledad y la ansiedad. Al terminar los estudios, conoció a un chico, pero no fue una experiencia muy agradable. La manipulaba emocionalmente y por su culpa se volvió más insegura. Le daba esperanzas para tener sexo con ella hasta que acabó arrojándola como si fuera una bolsa de basura. Cuando puso fin a aquel tormento e intentó superarlo, tuvo algunas relaciones sexuales esporádicas, aunque su comportamiento era meramente autodestructivo y se acostaba con hombres que apenas le resultaban atractivos. Aquella etapa duró poco y gracias al sexo consiguió combatir el dolor y la soledad. Sentía un deseo constante de obtener la aprobación de los demás. Tal vez, en el fondo tan solo buscaba que alguien viera la persona que era en realidad.

Así pasaban los años y continuaba estando sola. Hasta que llegó el día en que se encontraron en el paseo marítimo. Se imaginaba qué habría sido de ella si aquel día no hubiera salido a pasear en bicicleta o si Stefan hubiese ido a casa por otro camino.

A veces le preocupaba que le arrebataran esa felicidad y que se esfumara tan rápidamente como había llegado. En ocasiones podía ser cruel con Stefan y lo acusaba de no haber respondido a mensajes suyos cuando sí lo había hecho. Cuando eso sucedía, borraba los mensajes de su teléfono y se lo enseñaba después para demostrarle que no le había escrito y que la había ignorado. Todo para disfrutar del momento en que él le pedía perdón y le afirmaba una y otra vez que la amaba. Nada era mejor que la dulzura de la reconciliación acompañada de un beso apasionado. Estaba tan enamorada de él que incluso llegaba a dolerle. Nunca se había sentido tan bien, y estaba totalmente convencida de haber dejado atrás los años llenos de angustia.

No pudo resistirse. Se pegó a él y lo rodeó con el brazo. Empezó a besarle el cuello mientras disfrutaba de su olor corporal. Una profunda oscuridad envolvía el dormitorio, pero no era la misma que había envuelto su vida en el pasado. Con Stefan lo tenía todo. Se casarían y serían padres. Se mudarían al campo y quizá tendrían mascotas. Incluso se imaginaba que montarían una pequeña granja. Mientras lo pensaba, veía la imagen de él con un hermoso niño en brazos y ella a su lado embarazada de otro bebé. Envejecerían juntos, y un día cada uno estaría en su butaca con una manta sobre las piernas mientras recordaban la vida tan larga y maravillosa que habían compartido. Juntos en lo bueno y en lo malo, en la riqueza y en la pobreza, en la salud y en la enfermedad. Se le saltaban las lágrimas de tan solo pensarlo.

Stefan comenzó a retorcerse en la cama como si estuviera sofocado de calor.

Entonces lo abrazó con todas sus fuerzas.

Estaba destinada a estar con él.

El amor por fin había llegado a su vida y jamás lo dejaría escapar.

EL CAMINO A casa de Karin desde la calle Bokströmsgatan era un paseo que Knutas solía disfrutar mucho. Sin embargo, esa noche estaba siendo uno de los más abrumadores de su vida. A cada adoquín que pisaba, se le entristecía aún más el corazón. La situación que se le presentaba era de todo menos agradable y, en cierto modo, tenía ganas de darse la vuelta, ir a casa y taparse con una manta hasta la cabeza, pero reprimió ese impulso contra su voluntad. La mente se le inundaba con todo tipo de posibles situaciones a medida que pasaba por delante de las casas de siempre, que se apiñaban en la zona de Södertorg, junto a la muralla de la ciudad. Normalmente lo reconfortaba caminar por esas calles, sin embargo, esa vez le parecía que los edificios se habían transformado en figuras fantasmagóricas que conspiraban bajo el ocaso. En ese momento, una urraca alzó el vuelo desde una farola y le pasó por encima de la cabeza emitiendo graznidos inquietantes, como si quisiera alertarlo de algún peligro. Temía la reacción de Karin cuando le dijera lo que debía saber. Detestaba hacerles daño a otras personas con sus actos y que eso acabara en un conflicto. Siempre procuraba no ser grosero con la gente y sabía que no había nada peor que discutir con la pareja. Con el paso de los años, lo había comprobado con Line. Su exmujer tenía un carácter irascible y se comportaba de forma irracional cuando Knutas evitaba discutir si no se ponían de acuerdo en algo.

Después de la conversación con Line, llamó a Karin para preguntarle si se podía pasar por su casa un momento. A ella le sorprendió porque habían pasado todo el fin de semana juntos. Presentía que Knutas iba a darle malas noticias. Mientras cruzaba Södertorg, trataba de convencerse de que Karin se lo tomaría bien. Al fin y al cabo, tampoco estaba muy seguro de lo que ella sentía. Aun así, cuanto más se acercaba a su apartamento, situado en la calle Mellangatan, más consciente era de que aquellos pensamientos positivos solo mostraban el estado de negación en el que se encontraba. Tal vez lo mejor sería mentirle. No había otra posibilidad. Su intención no era destrozarle la vida a Karin, ni quería hacerle sufrir. Ella no tenía por qué verse involucrada en el lío amoroso que se había creado entre Line y él.

Aunque todavía no había subido las escaleras de la entrada, ya le ardía la garganta y se le había secado la boca. Se detuvo delante del apartamento y contempló unos segundos la placa que llevaba su nombre. Karin no podía ni imaginarse lo que estaba a punto de suceder.

Entonces pulsó el timbre.

Karin abrió de inmediato y, al ver que era Knutas, se le dibujó una sonrisa. Parecía que estuviera aliviada después de comprobar que era él quien había llegado.

Knutas tragó un poco de saliva.

—Hola —le dijo y le tendió los brazos.

—Hola —respondió él sin estar muy convencido del tono de voz con el que había respondido al saludo.

Ambos se abrazaron, pero Knutas se apartó enseguida para que no terminaran dándose un beso. Se descalzó y siguió a Karin por el pasillo. *Vincent*, la cacatúa, lo miró con la cabeza inclinada desde el palo donde le gustaba posarse. Caminaba de un lado a otro mientras se picoteaba las plumas y graznaba de una forma que Knutas percibió como sospechosa. Se decía que los animales tenían mucha intuición, así que tal vez fuera capaz de notar que estaba en medio de una lucha interna.

—Hoy ha estado un poco gruñón —dijo Karin y señaló a *Vincent*, puesto que, al parecer, había notado la reacción de Knutas.

—Ah, ¿sí? Pero ¿ha ocurrido algo? —preguntó con interés al tiempo que se sentía aliviado de que el estado de ánimo de la cacatúa no tuviera nada que ver con él.

—Bueno, ya sabes. Está haciéndose mayor, el pobre —aclaró Karin con una risa forzada.

—Ah, claro. Normal entonces… Eso nos pasa a todos —dijo en broma Knutas.

Karin le dio unas palmaditas suaves en la mejilla.

—Pero a algunos les sienta bien envejecer —insinuó Karin mientras le rozaba la piel con sus labios.

Knutas no quería ir más allá. Empezó a notarla cada vez más cerca. Sabía que en cualquier instante la abrazaría y que después acabarían besándose. Una vez más, su corazón se estaba comportando de una forma extraña y el nudo que tenía en el estómago crecía por momentos.

—Te noto raro —le dijo Karin y se apartó de su lado.

A partir de entonces, ya no había vuelta atrás. Estaba debajo de la guillotina y no podía escapar.

—¿Te importa que nos sentemos? —le sugirió Knutas.

Inmediatamente fue consciente de la reacción de Karin, que se quedó un poco atónita con la propuesta. Mientras se acomodaban en el sofá, Knutas se puso a cavilar sobre cómo empezar aquella conversación para que no pareciera el fin del mundo. Durante un instante, dudó si estaba notando unas gotas de sudor por la frente o simplemente se lo estaba imaginando.

—Karin, tenemos que hablar —dijo como pudo mientras fruncía el ceño.

Sin decir nada, ella lo miró fijamente con los ojos bien abiertos y expectantes.

El ambiente se volvió más denso.

—Lo cierto es que llevas un tiempo preguntándome si me ocurre algo —empezó a decir mientras se contemplaba los pies—. Y, bueno, me pasa lo siguiente…

A Knutas se le quebró la voz. «Maldita sea.»

—Lo que pasa es que… Creo que deberíamos dejarlo por un tiempo.

Levantó la cabeza y se percató de que Karin se había puesto pálida y tenía los ojos abiertos como platos.

—¿Deberíamos? ¿Quién? Mejor habla por ti —respondió con voz apagada—. Eso lo querrás tú.

—Pero ¿a ti te parece que estamos bien? Apenas nos vemos y siempre estoy estresado. No me parece que sea justo para ti. Tengo la sensación de que no tengo fuerzas para dedicarme en cuerpo y alma a nuestra relación, que es como debería ser. Sé que suena horrible, pero es así como me siento. Y me culpabilizo por ello cada día que pasa.

Al menos la última frase era cierta. A decir verdad, siempre se sentía culpable, aunque no fuera precisamente por la misma razón que le había dicho a Karin.

En una relación, a veces ocurren estas cosas —interrumpió Karin—. Y hay que apoyarse mutuamente, tanto en lo bueno como en lo malo. Tampoco te he pedido nunca que lo des todo al cien por cien, así que no entiendo tu reacción. ¿Por qué te exiges tanto?

Karin no tenía ni una pizca de tonta y ese era uno de los motivos por los que se había enamorado de ella. Como policía que era, sabía identificar a la perfección cuando alguien trataba de manipularla, por muy pequeño que fuera el chantaje. ¿Quién se había creído que era él para intentar engañarla?

—Me estás ocultando algo, Anders. Está más claro que el agua.

Obviamente, Karin no se iba a conformar con excusas baratas, sabía que debía haber una razón de peso.

—Estoy confuso —dijo él sin dar más rodeos.

—¿Y?

Acto seguido se puso a hacer aspavientos.

—¡No lo sé! Siento que no tengo mi vida bajo control. Necesito tiempo para pensar en lo que quiero y no me parece justo para ti. No quiero hacerte daño.

En ese momento, una lágrima asomó lentamente por el ojo de Karin.

—¿Me estás dejando? —preguntó Karin como pudo.

Knutas no soportaba verla así y se levantó rápidamente del sofá.

—Bueno, no te pongas así —dijo para restarle importancia—. Solo quiero que nos tomemos un tiempo. Lo necesito.

—¿Y no nos volveremos a ver? A solas, me refiero.

Knutas hizo de tripas corazón. Apenas podía mantener la compostura y secarse las lágrimas de las mejillas al mismo tiempo.

Se giró hacia la ventana. Saber que Karin estaba llorando por su culpa le provocaba un sentimiento similar al pánico.

—Pues claro que podemos vernos —murmuró y al mismo tiempo se arrepintió de haberle dicho eso—. Pero, aun así, creo que debemos seguir cada uno con nuestra vida y reflexionar durante un tiempo.

—*Tú* tendrás que reflexionar. Yo desde luego no tengo nada que replantearme.

Karin no parecía querer rendirse.

—Vale —le dijo—. Yo soy el que tiene que pensarse las cosas. Pero que sepas que lo último que quiero es hacerte sufrir.

De repente, *Vincent* alzó las alas y Knutas tuvo la sensación de que el pájaro volaría hacia su cabeza de un momento a otro para atacarlo con sus garras.

—Será mejor que te vayas —murmuró Karin y con un gesto lo invitó a marcharse.

De camino al aeropuerto, veo los titulares de las noticias antes de tomar el vuelo de vuelta a Gotland. Resulta difícil no prestarles atención, me persiguen a gritos las enormes letras negras que formulan frases alarmistas. Por primera vez en Estocolmo, el asesinato más importante del verano no lo protagoniza una pobre chica rubia asesinada a manos de algún hombre en un bosque solitario. La víctima de la temporada ha sido un hombre de cincuenta y tres años, electricista y padre de tres hijos.

Decido comprar dos periódicos en un quiosco del aeropuerto y, en ese mismo momento, siento cómo la adrenalina empieza a recorrer mi cuerpo. Qué maravillosa es la sensación de estar viva. No se puede comparar con nada. Me cruzo con otros viajeros y observo sus miradas. A la mayoría se les ve relajados, tal vez sea porque es domingo. Entre la gente, hay jóvenes con mochilas, parejas que acaban de pasar un fin de semana romántico en la capital y alguna que otra familia con hijos.

En el fondo, no le intereso a nadie. Yo misma me fundo con el mundo y fluyo con todas las personas que vienen y van, viajeros que se dirigen a su destino. Los aeropuertos representan el oasis perfecto para desaparecer entre la multitud. Mi propio yo se disuelve y dejo de ser relevante. Nadie podría ser capaz de adivinar lo que sé o lo que han visto mis ojos.

Paso desapercibida por el control de seguridad. No llevo nada metálico encima que pueda hacer saltar el detector y no levanto sospechas innecesarias. Le sonrío a la vigilante de seguridad que está junto a la cinta transportadora y me devuelve la sonrisa. Su rostro es joven y hermoso. Durante unos segundos, la miro a los ojos, luego agarro mi maleta y camino hacia la puerta de embarque. Es en ese instante cuando siento una liberación inmensa.

Sé que lo que he hecho es irrevocable. Aunque por eso mismo también me parece que hay algo mágico en ello. En cuanto suba a bordo, me pondré a hojear los periódicos. Espero con ansias ese momento para poder leer en paz y tranquilidad.

ME ACOMODO EN mi asiento junto a la ventanilla y miro al exterior. En cuestión de unos minutos, volveré a huir de mi campo de batalla. Me río para mis adentros al pensar en lo interesante que se está poniendo jugar al ratón y al gato con la policía. Me muero de ganas de ver qué clase de teorías descabelladas habrán ideado los periódicos. De pronto, una señora fatigada interrumpe mis pensamientos. Debe de ser la última pasajera que se ha subido al avión, puesto que llevamos esperando al menos diez minutos para despegar. Cómo no, tenía que sentarse a mi lado.

—¿Puedo sentarme?

La mujer, de unos setenta años, lleva un precioso vestido veraniego y una americana. Tiene el cabello gris y bien peinado. Me mira con unos ojos azules llenos de amabilidad que se esconden detrás de unas gafas.

—Sí, claro —respondo esforzándome por no sonar molesta, pues en lo más profundo de mi ser, me fastidia. Solo espero que no sea de esas señoras que no se callan ni debajo del agua. Quiero que me dejen en paz y leer sin que nadie me incordie.

—Ah, estupendo.

La mujer se sienta a mi lado y, qué casualidad, también saca un periódico.

—Es lamentable hasta dónde puede llegar la voluntad de un ser humano —dice mientras señala la foto del hombre asesinado—. Pobre joven, se le ve buena persona.

La señora empieza a negar con la cabeza.

—Desde luego, la gente está loca. Toda la culpa la tiene la industria del porno. Hoy en día, cualquiera tiene acceso a ese tipo de películas. Y, encima, las ponen en la tele, aunque solo en esos canales de pago. Parece que el amor ya no es lo que era. No es suficiente. Y luego hay de todo, que si las orgías de no sé cuántos hombres con una sola chica... Las mujeres se consideran meros objetos sexuales. Las obligan a desnudarse y después las usan y las explotan solo para que los hombres obtengan su propia satisfacción sexual. Vamos, que esas películas se han convertido casi en el pan de cada día. Y luego a la gente le sorprende que violen a chicas jóvenes o que abusen de ellas en los festivales de música. ¿Es que no ven la relación que hay? No me extraña que pasen esas cosas, si a las mujeres se las ve de esa manera. La gente no puede ser más imbécil, o al menos no está bien de la cabeza. Claro, ahora que la víctima es un hombre, ya es otro cantar. Pues yo creo que era hora de que le tocara a uno. Parece que la sociedad despierta únicamente cuando es un hombre el que ha sido atacado.

La señora empezó a reírse de sus propias palabras. En realidad, no esperaba que yo continuara la conversación. Y prosiguió con su monólogo.

—Y todo esto va de mal en peor. Que si el sexo anal o qué sé yo... Hoy en día quieren probarlo todo por curiosidad. Incluso los hay que usan una correa. ¿Lo has leído?

Me acerca el periódico y yo suelto un profundo suspiro.

—Bueno, disculpa —dice la señora.

—No pasa nada —le contesto con un tono tranquilo y con la esperanza de que me deje tranquila de una vez. Pero, al parecer, no ha captado mi señal.

—Yo vengo de visitar a mis nietas, que viven en Spånga, ¿sabes? —continúa—. Son dos niñas que ya mismo cumplirán los trece. Que Dios las proteja. Espero que sean fuertes de cara a todo lo que les vendrá en unos años. Es terrible que el cuerpo de la mujer esté cada vez más cosificado. Uno se imagina que vamos encaminados hacia una sociedad igualitaria y no, al contrario. Es más, los adultos deberíamos ser un ejemplo. En fin, seguiré disfrutando de ser abuela mientras pueda. Incluso me he hecho amiga de ellas en Facebook.

Me reclino en el asiento. Llega el momento del despegue y mi único deseo es que cierre la boca. Necesito estar en paz con mis pensamientos.

—Era un hombre felizmente casado desde hace diecisiete años. Madre mía, pobre mujer. No me quiero ni imaginar lo que debe ser pasar por eso, que a tu marido le gusten esas cochinadas. Dios santo, menudas imágenes aparecen aquí.

La señora levanta el periódico para enseñármelas.

¿No se da cuenta de que no me interesa?

—Disculpe —me excuso—. Es que tengo una migraña que me está matando.

—¿Quieres una aspirina? Bueno, también llevo paracetamol. A veces volar provoca unos dolores de cabeza… A mí me ha pasado. El ibuprofeno también va bien para eso.

¿Por qué no cierra el pico de una vez?

—Gracias, muy amable. Creo que mejor voy a intentar dormir un poco.

Le doy la espalda con un gesto exagerado.

En realidad, no estoy cansada.

Aunque la adrenalina haya dejado de correr e intente cerrar los ojos, me siento muy despierta.

Los sentidos siguen agudizándose.

Soy más sensible a los olores, y los colores son más intensos.

Resulta evidente que es un trabajo pesado, no remunerado y sucio, pero igualmente alguien tiene que hacerlo. Y resulta que debo ser yo.

No me desagrada en absoluto, más bien al contrario. Nunca me he sentido tan útil y tan viva. Por fin he encontrado mi propósito en la vida.

Gracias a Dios que desperté a tiempo.

La alarma del teléfono sonó como cada lunes a las seis y media de la mañana, pero esta vez Karin seguía petrificada en la cama. Había sido una noche terrible sin que apenas hubiera podido pegar ojo. Al principio, le costó entender dónde estaba. Oía un despertador que era incapaz de identificar y en la habitación se palpaba un ambiente tenso. De pronto, los recuerdos volvieron a su mente y enseguida se acordó de la noche anterior y del momento en que Anders entró por la puerta. Recordó cómo se quitó los zapatos en el pasillo con una actitud distante que la hizo sentir incómoda. Esperaba que sus miedos fueran simplemente exagerados, pero al final confirmó aquello que más se temía. Ya no quería seguir con la relación por mucho que intentara maquillar sus palabras asegurándole que tan solo se trataba de una pausa y que sería algo temporal. Karin no era tan ingenua como para dejarse engañar. Pedirle un tiempo a la pareja era sinónimo de que la relación no iba bien y de que, irremediablemente, se había truncado en algún punto del camino. Pensar que existía la mínima posibilidad de que todo se terminara entre ellos, le provocaba una sensación de pánico. No soportaba la idea de perder a Anders y, sin duda, no podría superar una ruptura. Aquellas palabras habían destrozado sus sueños, habían arruinado todos sus planes y lo que esperaba en la vida. Una pausa solo podía ser el comienzo de un final definitivo.

En cuanto Knutas cerró la puerta, Karin se echó a llorar y, como de costumbre, se fue a la ventana a contemplar cómo su silueta se empequeñecía a medida que se alejaba por la calle. Verlo de espaldas le partió el corazón, y a duras penas logró llegar a la cama. Temblorosa, agarró la almohada para ahogar sus lágrimas. Un sentimiento de abandono la inundó por completo, y empezó a desgarrarla tanto que sentía dolor en todo el cuerpo.

No podía ir a trabajar en esas condiciones. Solo pensar en tener que salir de la cama, arreglarse para ir a la oficina y encontrarse cara a cara con sus compañeros, le provocaba una sensación de malestar.

Cuando por fin logró apagar la alarma, marcó el número de la comisaría. Dejó un mensaje en el contestador automático y apagó el teléfono. En lo más profundo de su ser, tenía la esperanza de que Anders le hubiera escrito un mensaje arrepintiéndose de sus palabras. Pero no había sido así. Obviamente, lo que le había dicho no era ninguna broma, de lo contrario, no habría tomado esa decisión.

Karin tenía sed y ganas de ir al baño, pero no tenía fuerzas para levantarse y mucho menos para ir a la cocina a por agua. La sensación de soledad se negaba a abandonarla y un cúmulo de emociones negativas aumentaba cada minuto que pensaba en lo sucedido. ¿Tendría aquella ruptura inesperada algo que ver con Line? Karin sabía que había estado en Visby recientemente, pero prefirió no preguntarle a Anders si se habían visto. Era evidente que Line tenía derecho a ir y venir de Gotland cuando quisiera, puesto que la isla había sido su hogar durante más de veinte años. Además, tenía muchos amigos allí. Sin embargo, la tranquilizaba saber que se encontraba feliz en Copenhague, su ciudad natal. De repente, Karin se notó algo más despierta y fue a buscar el portátil.

Se lo llevó a la cama y se lo colocó sobre las rodillas. Decidió entrar en Facebook y ver el perfil de Line. La página no tardó en cargarse y, al cabo de unos segundos, observó que su foto aparecía en primer plano. La verdad es que salía preciosa. Los mechones pelirrojos le envolvían la cara y sus ojos se clavaron en los de Karin. Continuó echando un vistazo a su perfil y de pronto vio una publicación de la semana anterior en la que Line aparecía junto a la majestuosa fachada del hotel Gute. Debajo de la imagen, había escrito lo siguiente: «Encantada de volver a estar en una de mis ciudades favoritas». Treinta y una personas le habían puesto un «Me gusta» a la foto, y una amiga le había dejado un comentario: «Quiero que me lo cuentes todo cuando llegues», a lo que Line había respondido con un emoticono que guiñaba el ojo.

Karin miró a la vez la imagen y el texto. ¿Qué querría decir con eso? Lo cierto era que el hotel Gute no quedaba muy lejos de su apartamento… ¿Cómo podía ser que Line hubiera estado tan cerca de ella hacía tan solo unos días? Se puso a cavilar y trató de relacionar lo ocurrido con el comportamiento de Anders en las últimas semanas. Era bastante obvio que su manera de actuar había cambiado, no había pasado un día en el que no lo hubiera visto tenso o estresado. Al principio, creyó que eran imaginaciones suyas, pero cuanto más ojeaba las últimas publicaciones de Line, más le costaba no perder la calma.

Apagó el portátil y las lágrimas volvieron a brotar y a inundarle las mejillas. Ya tenía los ojos hinchados, pero esta vez el llanto sonaba más fuerte. Era impensable que pudiera ir a trabajar en esas condiciones, aunque era consciente de que la necesitaban en la investigación. De repente, parecía que el doble asesinato hubiera pasado a un segundo plano y que se hubiera vuelto algo totalmente irrelevante en su vida.

Knutas, Kihlgård y Wittberg se reunieron en *petit comité* el lunes por la mañana en el despacho del comisario. Al parecer, todos los demás estaban ocupados con diferentes temas relacionados con la investigación. Knutas había pasado una noche terrible tras haber hablado con Karin, pero, de todas formas, trataba de actuar con normalidad. Cuando se enteró de que ella había llamado para decir que no iría a trabajar porque se encontraba mal, Knutas se sintió un poco aliviado. Al mismo tiempo, lo inundaba un sentimiento de culpa porque sabía que seguramente él era el motivo por el que Karin se quedaba en casa ese día. De modo que trató de no pensar demasiado en ello y optó por salir a pedir un café para llevar y comprar algunos dulces recién hechos para Kihlgård, que lo esperaba en el sofá de su despacho junto a Wittberg.

Kihlgård le echó el ojo al montón de pasteles recubiertos de coco e inmediatamente se lanzó a por el más grande.

—Qué maravilla, Knutte —dijo feliz—. ¿Los has comprado tú?

—Claro —respondió el comisario—. Todo con tal de verte de buen humor.

Enseguida le dio un sorbo al café y notó una desazón en el pecho al pensar en Karin.

—Bueno, ¿por dónde empezamos? ¿Se ha sacado algo en claro de la entrevista con los propietarios del club de *bondage*?

¿Habéis podido localizar a esa tal Melinda Monsun o comoquiera que se llame?

—Buena pregunta —comenzó a decir Kihlgård a la vez que se le escapaban algunas migas de pastel por la boca—. Pues resulta que el nombre es ficticio. No existe ninguna Melinda Monsun en la faz de la tierra. Henrik Dahlman era socio de ese club junto a otra persona... Adivina quién.

—Ni idea —contestó Knutas impaciente. Ese día no estaba para juegos de adivinanzas, ni para ver a su compañero comer tan vorazmente como siempre.

—Agárrate —anunció Kihlgård emocionado—. Esa persona es Regina Mörner, su exmujer.

Knutas comenzó a toser y casi se atragantó con el café.

—¿Lo dices en serio? ¿Su exmujer? Dios mío... ¿Cómo es posible? Pero ¿cuándo tuvieron la oportunidad de ir juntos? Si el club se encuentra en Estocolmo y ella vive en Gotland...

—Se apuntaron hace más de diez años. Fue mucho antes de que se divorciaran, claro —aclaró Kihlgård.

—¡Menudo notición! —exclamó el inspector sorprendido—. Tenemos que volver a interrogar a Regina Mörner.

Knutas se giró hacia Wittberg y continuó con la siguiente pregunta.

—Por cierto, ¿qué tal el perfil que se ha elaborado de Urban Ek?

—Bueno, no hay duda de que es homosexual, aunque no lo reconozca abiertamente —aclaró Wittberg—. A saber por qué. Tal vez sea por su familia, su padre ostenta un alto cargo militar y la madre proviene de una familia de renombre que pertenece a la nobleza. Al parecer, ambos son extremadamente conservadores. La hermana menor es una empresaria muy conocida. Está casada y tiene cuatro hijos. Vive en un casoplón en Djursholm y veranea también en otra mansión que tiene en Fårö. No sé, quizá siente que es la oveja negra de la familia. Además, me consta que tiene grandes deudas y el apartamento en el que vive ni siquiera es suyo, sino de sus padres. Por lo visto, tomaba drogas cuando era joven y por aquel entonces era muy díscolo. Tampoco posee estudios universitarios. En fin, lo que sí sabemos es que tiene coartada para el asesinato en el parque de Hågelby. Pero está claro que no debemos apartarlo del caso por eso. De hecho, considero que no deberíamos descartar nada. En definitiva, ahora que tenemos un buen número de testimonios que apuntan a la misma mujer, ¿no creéis que ha llegado el momento de dar a conocer públicamente sus características físicas?

—Estoy de acuerdo —contestó Knutas.

Por primera vez, parecía que comenzaban a avanzar en la investigación.

Folke Gabrielsson rebosaba de emoción cuando se miró en el espejo de la entrada con la camisa recién planchada. Mientras tanto, se peinaba con esmero los escasos mechones de pelo que le quedaban. Se giró un poco para contemplar su silueta de perfil y metió un poco la barriga. Irguió los hombros y estiró la espalda. Mientras contemplaba su cuerpo, se asombraba del resultado que había logrado. En realidad, nunca había creído ni por asomo que fuera atractivo, por mucho que a veces se intentara convencer de lo contrario. Tampoco le hacía falta machacarse, al fin y al cabo, ya tenía cuarenta y siete años. En ocasiones, pensaba en hacerse un trasplante capilar, pero seguramente había mejores opciones para volver a lucir una melena.

«Bueno, ya basta de quedarme aquí fantaseando sobre mi aspecto como una adolescente presumida», se dijo a sí mismo.

Entonces agarró la americana de verano del perchero, comprobó que llevaba la cartera en el bolsillo interior y finalmente se puso los zapatos. Cerró la puerta después de salir y colocó la llave debajo de una de las macetas que había en el porche. Tal y como siempre hacía su mujer, Agneta, con quien había vivido en aquella casa de piedra desde el día en que se casaron.

Las nubes habían empezado a acumularse en el cielo y había probabilidad de lluvia, pero eso no le importó, estaba más que ilusionado de poder volver a escuchar a los Smaklösa, el legendario grupo de música de Gotland al que llevaba años sin ver en directo. Los integrantes de la banda eran de su quinta y siempre había seguido con enorme interés los artículos que hablaban de su trayectoria musical en la isla. Además, conocía personalmente al batería, a quien le gustaba que lo llamaran Jaken y vivía en Burgsvik. Era la primera vez que tocarían en el caserío Grå Gåsen, donde también se había grabado un conocido programa de televisión local. Desde la primera emisión, el complejo se convirtió en una auténtica atracción turística y la gente venía en masa desde toda Suecia solo para visitarlo. Incluso las entradas para la mayoría de los eventos se agotaban nada más salir a la venta. Por ese motivo, no podía estar más satisfecho de haber conseguido una para el concierto de esa noche.

De camino al puerto, pasó por delante de la estación de tren, que estaba cerrada desde los años sesenta. Aquella parada era la última del sur de Gotland. En verano, el enorme edificio blanco estaba prácticamente vacío, a excepción de algunas oficinas pequeñas que quedaban en el interior. En cierto modo, los veraneantes que venían en julio compensaban la tranquilidad que se respiraba en todos los comercios el resto del año. El pueblo, en el que apenas vivían unas cien personas, duplicaba su número de habitantes de junio a agosto. Folke no tenía nada en contra de los ciudadanos de Estocolmo, que eran la mayoría de los turistas de la temporada alta. Sabía que muchos se trasladaban a sus casas de verano y poblaban las playas de la isla durante unos meses. Pero, aun así, le parecía fantástico ver caras nuevas en esa época del año.

El bullicio ya empezaba a notarse. Había mucha gente por la calle que, como él, se dirigía al concierto. Mientras caminaba, examinaba los rostros de las personas que pasaban por su lado. Había de todo, familias con hijos pequeños, parejas que paseaban abrazadas, ancianos y grupos de adolescentes que iban en bicicleta.

El caserío se encontraba en una ubicación excelente y el recinto estaba rodeado de una vegetación exuberante. Los jardines se extendían varios metros alrededor y colindaban con unos prados verdes. No muy lejos de allí se podía contemplar el mar. Incluso se llegaba a oír el rumor eterno de las olas que azotaban la orilla de la playa. En ese momento, se imaginó a Agneta caminando a su lado una de esas noches de verano y pensó en que el mar siempre le había traído consuelo, incluso en tiempos difíciles. Aunque su mujer nunca compartió su gusto por el rock, aceptaba que lo escuchara en casa. Tan solo le pedía que bajara el volumen cuando ponía la música demasiado alta. Esa noche, sin embargo, no dejaría que lo asaltaran pensamientos negativos. Había llegado la hora de divertirse, beber cerveza y disfrutar como nunca del concierto en directo.

En el momento en que se pidió la cerveza, una desconocida apareció por detrás y se detuvo a su lado. Llevaba un perfume dulzón, un aroma a especias mezclado con flores. De pronto, se sintió como si tuviera la nariz pegada a la hermosa celinda del jardín botánico. Inhaló el perfume de nuevo y sintió el calor de su cuerpo al notar que el hombro de ella estaba pegado al suyo. A primera vista, era una mujer que nunca llegaría a fijarse en él. Parecía salida de un sueño, como una estrella de cine. Tenía una larga melena oscura y los labios carnosos pintados de carmín.

De repente, se puso nervioso y le dio un buen trago al vaso de cerveza. En el fondo, esperaba que la mujer no tardara en darse la vuelta, su mera presencia lo estaba agobiando. Sin embargo, la desconocida prefirió quedarse allí.

—Hola —lo saludó de pronto.

Folke se giró como si alguien lo hubiera llamado. Pero solo vio la espalda de un chico que llevaba camiseta y que además estaba completamente absorto en una conversación muy interesante.

—Oye, ¿es que no quieres saludarme?

La desconocida frunció el ceño y lo miró fijamente.

No cabía duda de que le estaba hablando a él y de que, efectivamente, no había saludado a otra persona.

—Ah, sí… —titubeó—. Pero…

—Pero ¿qué?

Se escuchaban risas dispersas de fondo, aún faltaba un rato para que el grupo empezara a tocar. Como el lugar estaba repleto de gente, alguien le dio un empujoncito sin querer y la desconocida acabó aún más cerca de él.

Folke se sonrojó y trató de apartarse unos centímetros.

—Perdona —se disculpó.

—No tienes por qué disculparte —le dijo amablemente.

Se fijó en que tenía una mirada penetrante y llevaba los ojos maquillados en diferentes tonos; eran preciosos. En cierto modo, había una especie de luz en ellos, algo extraño que no sabía identificar. ¿Estaba coqueteando con él?

—¿Me dejas que te invite a tomar algo? —le dijo a modo de excusa para seguir hablando con ella. Tenía la impresión de que aquella desconocida lo hipnotizaba de alguna forma. Ni siquiera se atrevía a mirar hacia el enorme escote que llevaba por miedo a su reacción. Sin duda, no se parecía en absoluto a Agneta. Las mujeres nunca solían fijarse en él y, a su juicio, había muchos hombres en aquel lugar que eran más atractivos, aunque la mayoría había asistido al concierto con sus familias, o al menos eso parecía a simple vista. ¿Por qué lo habría elegido a él precisamente? En ese momento, posó la mirada en su mano izquierda y, por una vez, se arrepintió de llevar puesta la alianza. A veces se la quitaba con la esperanza de poder llegar a conocer a alguien cuando salía. Ya había pasado mucho tiempo y le daba igual llevar o no el anillo, de todas formas, no ligaba mucho. Trató de esconder la mano para que la desconocida no lo viera.

—Vale, gracias —respondió—. Tomaré un vino tinto.

Folke asintió y le hizo un gesto al camarero.

—Me llamo Folke.

—Céline.

Se estrecharon la mano. Justo después, el camarero le sirvió la copa de vino y brindaron. Folke se sentía más relajado mientras bebía su cerveza, y, a cada minuto que pasaba, Céline empezaba a parecerle más simpática y terrenal. Se percató de que tenía unas arruguitas en las comisuras del párpado y de que una de sus paletas estaba algo torcida. Después de otro par de cervezas, empezó a sentirse más seguro de sí mismo, y se preguntó si tal vez lo que necesitaba era una mujer de esas características que trajera de nuevo la luz a su vida. «Lo siento, Agneta —pensó mientras se reía de un comentario que Céline había soltado—. Pero yo también merezco divertirme un poco. ¿O acaso está mal que lo haga?»

La banda empezó a tocar y los dos se acercaron al escenario. Se pegaron el uno al otro y Folke empezó a notar que ella lo rozaba con las caderas. Sintió el impulso de pasarle el brazo por el hombro, pues el alcohol hacía que se volviera más atrevido. Pero prefirió no hacerlo. Siempre podía dar lugar a que se malinterpretaran sus intenciones.

—Ven —le dijo Céline.

Cuando lo agarró de la mano para ir más cerca del escenario, a Folke le dio un vuelco el corazón. Sin lugar a dudas, aquella mujer era preciosa. Ambos se pusieron a bailar al compás de la música y se dejaron llevar por el momento. Tal vez estuviera un poco borracho, aun así, la noche prometía. El grupo de rock tenía un estilo peculiar y unas letras alternativas. Eran conocidos por su forma poco convencional de hacer música y no les gustaba componer canciones que sonaran tópicas. También utilizaban el humor y eso los hacía únicos. Si algo los definía, era su ingenio y capacidad de entretener al público. Y no solo eso, además se había fijado en él una mujer agradable que no se apartaba de su lado. Folke volvió a percibir el aroma seductor de su perfume, y luego cayó en la cuenta de que quizá fuera el champú que había usado. El deseo de abrazarla y de fundirse en su cuerpo se hacía cada vez más fuerte. Al igual que anhelaba esa sensación suave y húmeda… Hacía tanto tiempo desde la última vez que apenas lo recordaba.

Cuando acabó el concierto, Céline se dio la vuelta.

—Qué calor hace aquí, ¿salimos a tomar el aire?

Folke asintió sin pensárselo dos veces.

Salieron del caserío para disfrutar de la noche cálida. Las nubes se habían posado sobre aquel lugar y en el suelo se proyectaban las sombras de los árboles que se alzaban alrededor. De vez en cuando la gente salía a fumar un cigarrillo y se escuchaba todo tipo de conversaciones y risas de felicidad.

—¿Qué tal si caminamos un poco? —le sugirió Céline.

Le apetecía muchísimo y ya empezaba a notar la excitación por todo el cuerpo. Sin embargo, no podía deshacerse de pensamientos recurrentes y lo cierto era que le estaba costando dejarse llevar. No había sido ni una pizca intrépido con ella, era Céline quien llevaba las riendas y la que estaba tomando la iniciativa. Él tan solo le seguía la corriente. Se puso nervioso cuando se dio cuenta de que quizá debería haberle preguntado si quería acompañarlo a su casa, pero esa idea le pareció totalmente descabellada. De nuevo apareció el rostro de Agneta en su mente, aunque esta vez no lo miraba con ternura y afecto, sino que se la veía más enfadada de lo habitual.

—¿En qué piensas? —preguntó interesada Céline mientras ambos paseaban.

—Ah, no es nada en particular —respondió Folke y esperaba que no se diera cuenta de lo ensimismado que estaba.

Aquella noche no brillaban las estrellas y las nubes eran cada vez más densas. La luna tampoco asomaba y, gracias a eso, Folke supuso que Céline no vería que tenía arrugas.

Continuaron paseando en silencio y, de repente, Céline comenzó a andar más deprisa, como si supiera exactamente hacia dónde quería llevarlo. Cruzaron una arboleda y entonces se detuvo.

—Bésame —le susurró y se arrimó aún más a él.

Folke obedeció y se deleitó con aquel delicioso momento.

—Tócame —murmuró con dulzura mientras le acariciaba la mano que acto seguido guio hacia sus nalgas.

Céline empezó a besarlo de nuevo con pasión. Sus labios eran perfectos y dulces como la miel. Folke cerró los ojos y deseó que aquel momento fuera eterno. Mientras la acariciaba, hizo amago de posar la otra mano en su pecho, pero dudó. En realidad, no se atrevía del todo a dar ese paso. Céline, en cambio, se pegó a él como una invitación a que lo hiciera. Mientras tanto, sus lenguas continuaron tocándose. Folke se volvió loco de excitación. Se percató de que nunca había experimentado un beso así con Agneta, cuyo rostro volvió a aparecer para distraerlo. De pronto, Céline se detuvo y le clavó la mirada. Al parecer, se había dado cuenta de que Folke se mostraba algo reticente.

—Perdona… —se disculpó en voz baja avergonzado—. Es que no estoy acostumbrado a… Quiero decir, ha pasado mucho tiempo desde…

—No te preocupes —respondió Céline restándole importancia, y comenzó a morderle suavemente el lóbulo de la oreja mientras deslizaba la mano lentamente hacia su bragueta. Con los ojos clavados en él, Céline se puso a desabrocharle los pantalones a pesar de que Folke no deseaba continuar con aquel temido placer.

—Espera, verás… Es que no hace mucho que mi mujer… —continuó explicándole con la voz a punto de quebrársele mientras se pasaba la mano por la cabeza.

—Ajá, sí… Tu mujer… —le susurró entre gemidos. A continuación, palpó su miembro viril erecto y comenzó a bajar lentamente con la intención de llevárselo a la boca—. Háblame de tu mujer.

—Bueno, murió hace tres años y desde entonces no...

Céline, que estaba de rodillas entre sus piernas, se puso de pie enseguida y lo miró fijamente.

—¿Qué has dicho? ¿Tu mujer ha muerto?

—Sí, soy viudo. Murió de cáncer y todavía no lo he superado.

—Espera un momento —lo interrumpió. La voz de Céline dejó de sonar amable y de repente la ira empezó a brotarle de los ojos—. Pero ¿por qué llevas una alianza si no estás casado?

—Eh... es que no he podido quitármela —titubeó—. Quería mucho a mi mujer, nos amábamos con locura.

El rostro de Céline adquirió una expresión de asombro y absoluto desconcierto, y le soltó la mano rápidamente como si quemara.

—Pero ¿qué estás diciendo? —exclamó poseída por la cólera.

—Es la verdad —prosiguió Folke—. Jamás mentiría sobre algo así. Soy viudo y no me he quitado la alianza porque aún no he superado su ausencia en estos tres años.

Céline negó con la cabeza y por culpa de ese gesto la melena se le despeinó. La meneaba sin parar como si no pudiera creer ni una sola palabra de lo que aquel hombre decía.

Retrocedió unos pasos para no estar tan cerca de él.

—Eh, espera —le dijo Folke.

En la penumbra, pudo entrever que sus ojos se habían transformado. De pronto, aquella cara bonita se había vuelto fría y poco amigable. En cuestión de segundos, se había convertido en una persona completamente distinta, o al menos eso le pareció.

Folke le tendió la mano a modo de conciliación a pesar de que no comprendía muy bien por qué había reaccionado así. Tal vez todo era un malentendido y tarde o temprano se calmaría y le daría la mano de nuevo. Acabaría acercándose a él y volvería a ser la misma mujer dulce que había sido durante el concierto.

Sin embargo, no sucedió así.

Al contrario, Céline se colgó el bolso bajo el brazo y se puso a recoger las prendas que había tirado al suelo. Después, le dio la espalda y echó a correr por el sendero del bosque en dirección a Burgsvik. El vestido se mecía al compás de sus piernas y, mientras huía, Folke observó la oscura melena que le caía como si fuera la cola de un caballo salvaje que galopaba al viento.

—¡No te vayas! —volvió a llamarla en voz alta.

Pero fue en vano.

Tan solo quedó el leve aroma de su perfume en su chaqueta.

Atónito, Folke Gabrielsson permaneció en aquel lugar sin entender nada de lo que acababa de suceder.

En el pasado

LE HABÍA ENVIADO un mensaje de texto a Stefan para preguntarle cuándo volvería a casa, pero por alguna extraña razón no había respondido. Por más que lo llamaba, lo único que oía era su voz en el contestador. Se le ocurrió entonces que tal vez estuviera ocupado. Al fin y al cabo, aún no había salido del trabajo y no había razón para alarmarse porque no diera señales de vida. Aunque podría haberle ocurrido algo en el trabajo. Al cabo de unas horas, Stefan seguía sin responderle, y fue entonces cuando tuvo un mal presentimiento. Se excusó ante sus compañeros y les dijo que se marchaba a casa porque no se encontraba bien. Sentía una extraña inquietud y el deseo de ponerse a cocinar, así que, de camino a casa, se detuvo a comprar algo de comida. A Stefan le chiflaba el cerdo al curry y la comida picante. En cambio, a ella no, pero se había adaptado a sus gustos y ahora podía masticar guindillas desecadas sin que se le saltaran las lágrimas.

Después de ir de compras, se pasó por el Systembolaget a por una botella de vino tinto. Le daba igual que no fuera fin de semana, quería que esa noche fuera especial y se esmeraría para hacerle ver lo mucho que le importaba.

Mientras pedaleaba de vuelta a casa, silbaba de felicidad. Llevaba las bolsas colgadas del manillar y no pudo evitar rememorar el momento en que se conocieron. A decir verdad, la bicicleta siempre le recordaría a él y por ese motivo se había convertido en su objeto más preciado. Al llegar, procuró dejarla bien sujeta y después subió las escaleras que conducían al apartamento. Lo primero que hizo fue poner música y abrir las ventanas que daban a la calle para airear las habitaciones. Luego se puso a lavar los platos del desayuno sin parar de revisar su teléfono.

Pero Stefan seguía sin dar señales.

Le escribió otro mensaje pidiéndole que le dijera cuándo tenía pensado volver a casa junto al emoticono de un beso y de un corazón roto.

A pesar de todo, era feliz. En ese momento visualizó el rostro de Stefan, el cuerpo robusto, el pelo rubio y los ojos tiernos que la miraban. Continuó cortando la carne en tiras finas y las puso en la sartén. El siguiente paso consistía en cortar las verduras y elegir las especias. Cuando por fin todo estaba listo, colocó su olla preferida en el fuego e inspiró el delicioso aroma de la comida. La puso a baja temperatura y se fue al baño para arreglarse.

En ese mismo instante, oyó que Stefan abría la puerta con la llave, e inmediatamente tuvo el presentimiento de que algo iba mal. La mesa ya estaba puesta y la comida estaba casi lista para servirse. Su recién estrenado marido entró en la cocina sin apenas mirarla a los ojos.

—Hola —lo saludó con cara de preocupación.

—Esto… Tenemos que hablar —le dijo Stefan sin siquiera devolverle el saludo.

Tenía la intención de decirle lo que había preparado para él, pero, por el tono de su voz, prefirió callarse.

Se sentó enfrente de ella, apartó los platos a un lado de la mesa y la miró fijamente.

Vio que las flores del jarrón ya estaban algo marchitas y lamentó no haber comprado otro ramo.

«Tal vez Stefan esté enfadado por ese motivo», pensó.

—¿Por qué no me has respondido a los mensajes? —le preguntó y enseguida notó que se le quebraba la voz.

Stefan negó con la cabeza.

—Ya no puedo seguir con esto.

Al principio no comprendió aquellas seis palabras. Aun así, tenía la certeza de que aquel iba a ser el peor día de su vida.

Stefan continuó explicándoselo, sin embargo, ella no conseguía procesar del todo sus frases. Tan solo podía captar algunas.

En definitiva, le hizo saber que estaba harto y que ya no podía más. Quería el divorcio. Pero lo peor de todo era que había conocido a otra.

Ella no entendía nada.

Otra mujer.

Otro amor.

¿Cómo era posible? Si estaban a punto de sentarse a comer juntos. Si precisamente se había puesto el vestido que tanto le gustaba a Stefan. Incluso se había maquillado más de la cuenta y se había arreglado el pelo para la ocasión. Además, solo llevaban seis meses casados. ¿Pensaba dejarla así, sin más? Imposible.

—¿Me estás escuchando?

En lugar de darle una respuesta, parpadeó atónita unos segundos.

Entonces se acordó del vino. Enseguida se levantó de la silla para ir a buscarlo y casi tropezó con la alfombra de la cocina. Las lágrimas amenazaban con brotarle de un momento a otro, pero, a pesar de todo, las contuvo.

—¿Sabes? He comprado una botella de vino tinto —dijo de repente mientras buscaba un sacacorchos en el cajón—. El vino tiene que oxigenarse primero, ¿no?

—¿Quieres hacer el favor de volver a sentarte? —le dijo Stefan desesperado—. Ya he recogido todas mis cosas.

—¿Cómo? ¿Cuándo?

—Al mediodía. Me tomé más tiempo durante el descanso para almorzar y vine a casa. Lo siento de veras, pero es que ya no puedo más. Hay veces que incluso me das miedo. Eres demasiado celosa y controladora. Tu forma de actuar me hace pensar que estás obsesionada conmigo. No hay día que salga por la puerta sin que me preguntes inmediatamente adónde voy o a qué hora voy a volver. Ya he solicitado los papeles del divorcio. El trámite será rápido porque no tenemos hijos. Solo tendremos que firmar y en unas semanas todo estará listo.

¿Unas semanas? Pero ¿qué pasaba si el vino no se aireaba? ¿Afectaba al sabor? Sin obtener respuesta a la pregunta, agarró la botella y llenó las dos copas. Unos segundos después, se la bebió de un trago en lugar de esperar a que su marido lo probara primero.

En ese momento, Stefan se levantó de la silla y se fue de la cocina.

¿Se había quitado los zapatos al entrar?

—Dejo las llaves en el escritorio —le dijo.

—¿Adónde vas? —le preguntó con cara de sorpresa.

Stefan negó con la cabeza.

—¿Qué más da adónde vaya? Te repito que no puedo continuar con nuestra relación. No quiero seguir contigo. Lo siento con toda mi alma, pero tengo que irme ahora mismo.

—¿Cuándo vuelves? He preparado la cena para los dos. Es más, he hecho el delicioso estofado que tanto te gusta.

A continuación, la puerta se cerró y Stefan abandonó el apartamento.

Oyó el eco de sus pasos mientras bajaba las escaleras a toda prisa. Después, se hizo el silencio. Llenó la copa otra vez y volvió a bebérsela de un solo trago antes de arrojarla contra la pared en un ataque de ira. Se rompió en mil pedazos y los restos de vino mancharon el mantel blanco.

Unos segundos más tarde, agarró la botella y la alzó en el aire a modo de brindis. Siguió bebiendo hasta que una oscuridad inmensa la envolvió por completo.

Entonces llegaron las lágrimas y un llanto inconsolable se apoderó de ella sin que nadie pudiera oírlo.

Se respiraba un ambiente cargado en la pequeña sala de interrogatorios. A Folke Gabrielsson le caían los chorros de sudor por las entradas del pelo. Después de que la policía publicara la descripción física del supuesto autor del crimen, llegaron un montón de datos interesantes. La mayoría de las sospechas se descartaban al minuto, pero, esta vez, tenían a un hombre que había estado en un concierto en Burgsvik la noche anterior cuyo testimonio suscitó el interés de los agentes. Esta noticia llegó a oídos de Knutas, que deseó que Karin pudiera estar a su lado para presenciar el interrogatorio, pero todavía seguía en casa y tendría que arreglárselas sin ella.

—Antes de que comencemos, ¿le apetece tomar algo? —le ofreció Knutas mientras se acomodaba en su silla a un lado de la mesa—. ¿Un café? ¿Agua?

—Un poco de agua, sí. Gracias —respondió Folke.

Las gotas de sudor le recorrían la frente, pero no se inmutaba.

Knutas se preguntó si el hombre que tenía delante estaba nervioso o si sudaba a causa del calor. La sala de interrogatorios no tenía ventilación, incluso Knutas se sentía acalorado en aquella habitación cerrada. Llenó dos vasos de agua fría e inmediatamente encendió la grabadora y pronunció las frases protocolarias que incluían la fecha, hora, lugar, caso y nombre del interrogado. Al finalizar, volvió a mirar al hombre que estaba sentado al otro lado de la mesa.

Folke Gabrielsson aparentaba más de cincuenta años y vestía una camisa y una chaqueta elegantes.

—Dígame, ¿qué le trajo por Burgsvik la otra noche?

—Estuve en un concierto en el Grå Gåsen. Un grupo que me encanta tocaba allí y por eso fui.

Folke respondió de forma breve, como si en realidad quisiera que el interrogatorio terminara lo antes posible y no hubiera complicaciones. A simple vista y a juzgar por sus manos entrelazadas sobre la mesa, parecía más bien avergonzado de tener que estar allí.

—¿Fue acompañado?

—No, nadie podía venir conmigo esa noche. Al principio estuve solo, aunque no por mucho tiempo, al cabo de un rato, una extraña mujer apareció de la nada y se puso a mi lado. Por eso les he llamado. Dijo que se llamaba Céline.

Knutas levantó una ceja.

—¿Le mencionó su apellido?

—No, aunque yo tampoco le dije el mío. Se me acercó antes de que empezara el concierto y estuvimos hablando un poco.

—¿Y le sonaba de algo?

—No. Si la hubiera visto antes, seguro que me habría acordado.

—¿Qué vio en ella que le resultara extraño?

—Pues al principio no me di cuenta de nada. Es más, me pareció muy simpática. Era guapa también, y la rodeaba un halo de misterio…

—¿Cómo era su aspecto?

—Era esbelta y estaba en forma. Tenía las piernas largas y el pelo negro. La verdad es que iba muy maquillada para lo que se suele ver por aquí, en Gotland. Sobre todo, en ese pueblo. Las mujeres de la isla no se maquillan tanto ni se visten así para ninguna ocasión. Por esa razón, pensé que tal vez era de la península.

—¿Y no se lo preguntó?

—Claro que sí. Me dijo que era de Estocolmo. Y se notaba que era una chica de la gran ciudad porque se la veía muy segura de sí misma. Pero lo que me pareció raro fue que hablaba con acento de Gotland. Bueno, más bien era una mezcla de ambos acentos. Pero aun así me extrañó bastante.

—¿En qué sentido?

—Es difícil describirlo. Hablaba como alguien de Estocolmo, pero al mismo tiempo tenía un deje de Gotland que se le notaba en algunas frases.

—¿Y le preguntó la razón?

—Esto… No, porque tampoco surgió ocasión de hablar mucho más —aclaró Folke con las mejillas sonrojadas.

—¿Qué edad aparentaba?

—No sabría decirle, no era una chavalita ni tampoco una mujer de mediana edad. Supongo que entre los treinta y los treinta y cinco. Puede que suene algo estúpido, pero tenía un atractivo peculiar y sin duda destacaba entre la multitud.

Knutas alzó una ceja que denotaba interés.

—¿Y qué le llevó a pensar eso?

Folke se miró las manos antes de alzar la vista. Soltó un profundo suspiro y después miró a Knutas.

—Tal vez fuera el contraste. No creo que una mujer así pegara mucho en un concierto de una banda de rock en Burgsvik. Y la verdad es que estaba muy interesada en mí.

Una vez más, se sonrojó y continuó hablando con voz tímida.

—No he salido con nadie desde que mi mujer Agneta falleció hace tres años. Y era obvio que Céline estaba intentando ligar conmigo. Al principio, estuvimos muy pegados viendo el concierto juntos, y, cuando el grupo dejó de tocar, fuimos a dar un paseo…

Folke enmudeció de repente y Knutas lo miró atentamente esperando que continuara. Se comportaba como si en parte se sintiera avergonzado por haber interactuado con una mujer y haber traicionado a su esposa, que ni siquiera estaba viva. Empezó a ponerse nervioso y a morderse la uña del pulgar sin apartar la vista de la mesa.

—Así que se fueron a dar un paseo, ¿no? —repitió el comisario intentando animarlo a que continuara con el testimonio.

Folke agarró el vaso de agua y se lo bebió de un solo trago. Luego se aclaró la garganta y siguió.

—Sí, nos apartamos unos metros del bullicio y del local para… dar una vuelta.

Knutas suspiró disimuladamente. Solo faltaba que le contara lo que había pasado después, pero el hombre que tenía enfrente estaba demasiado avergonzado como para hablarle con claridad.

—¿Se besaron? ¿Hubo sexo? —le preguntó.

Folke dio un respingo en la silla y miró nervioso al comisario.

—Sí, nos besamos —afirmó con cargo de conciencia y también con cierto orgullo—. La cosa no fue más allá. Bueno, estuvimos a punto, pero lo cierto es que todo terminó de una forma bastante repentina.

—¿Qué fue lo que pasó?

En ese instante, Knutas rellenó el vaso de agua de Folke.

—Le conté que llevaba mucho tiempo sin conocer a nadie y que era viudo. De repente, reaccionó de forma muy brusca, como si le hubiera sentado mal que mi mujer estuviera muerta. Me preguntó por qué motivo seguía llevando la alianza si se suponía que ya no estaba casado. A juzgar por su tono de voz, estaba muy molesta. Además, actuaba como si la hubiera decepcionado. Justo después, se marchó corriendo. Y eso fue todo lo que ocurrió.

De pronto, aquel hombre tímido dejó que las palabras fluyeran y Knutas no dudó en escucharlo con toda su atención.

—Aquel comportamiento me resultó extraño y estuvo totalmente fuera de lugar, considerando que había sido ella la que se había interesado por mí primero. Se me acercó y empezó a darme conversación. Después me dijo que quería salir a dar un paseo conmigo y todo eso, y, al enterarse de que ya no estaba casado, se fue de allí y me dejó solo sin más explicación. Vamos, debería haber sido al revés ¿no? Si tanto interés tenía, lo normal habría sido que se hubiera alegrado al saber que no estaba saliendo con nadie. ¿No le parece raro?

Folke Gabrielsson negó con la cabeza según terminó de hablar.

Knutas le lanzó una mirada inquisitiva. ¿Qué podría significar todo eso?

—¿Le dio la impresión de que aquella mujer iba disfrazada? Es decir, ¿le pareció que fuera un hombre disfrazado de mujer?

El hombre se quedó atónito ante la pregunta del inspector.

—¿Cómo? ¿Está diciendo que podría ser un hombre?

De repente, se quedó en silencio y paralizado ante la idea de que hubiera existido esa posibilidad, por mínima que fuese.

—Se refiere a que puede que haya besado a un… ¿hombre?

Se había quedado totalmente estupefacto después de oír la insinuación de Knutas.

HACE UN MOMENTO este lugar rebosaba vida y ahora no queda un alma en el camerino. Tengo la impresión de que los objetos que me rodean no quieren apartar su mirada de mí. Es como si las pelucas, las boas de plumas y las camisas con pechera de encaje tuvieran preguntas dirigidas a mí que guardan en secreto. El espectáculo de hoy ha sido todo un éxito y, como siempre, no ha quedado ni un asiento libre. La gente aplaudía sin cesar al terminar la función. Pude verlo todo entre bastidores. Desde luego, la compañía de teatro no da abasto a pesar de que la temporada apenas ha arrancado.

De vez en cuando, durante la representación, me olvidaba de que estaba en mi puesto de trabajo y me convertía en un personaje más de la obra de Shakespeare. Incluso se me escapaba alguna risa o se me saltaban las lágrimas de la emoción.

Una hermosa luz azulada ilumina los muros robustos que forman parte de las magníficas ruinas medievales. Los arcos de piedra se alzan prominentes y en silencio hacia el cielo nocturno. Durante toda mi vida, el teatro de Roma siempre me ha dado cierta serenidad, y lo cierto es que trabajar aquí a tiempo parcial me ha ayudado a evadirme de mis preocupaciones cotidianas. Gracias a que esta noche estoy aquí, he podido olvidar por unas horas el estúpido error que he cometido.

Recojo una blusa blanca que está tirada en el suelo y procuro doblarla con esmero. En mi mente, aún visualizo a los actores que participan en las funciones de este verano y me los imagino moviéndose por el escenario con sus crinolinas onduladas y sus trajes dorados de terciopelo. Sin embargo, las imágenes no tardan en desvanecerse y vuelve la ansiedad.

Me siento delante de un tocador. Estoy cansada y noto que me flaquean las rodillas. Al mirar al frente, me encuentro con mi rostro.

El espejo rodeado de bombillas me muestra una tez singularmente pálida. A simple vista, se aprecian todas las imperfecciones, y, mientras los pensamientos me abruman, me acaricio el contorno de los ojos con la yema de los dedos. «Para de una vez», me ordeno a mí misma. Cuanto más trato de borrar de mi mente las últimas veinticuatro horas, más se reaviven los recuerdos. Mis ojos me devuelven la mirada como si trataran de fulminarme. Siento como si me azotara una vorágine de emociones que se mezclan en mi cabeza.

Me hacía tanta ilusión… Incluso me maquillé a conciencia y repasé mentalmente paso a paso todo lo que tenía que hacer. Fantaseaba demasiado al respecto. Si es que no tengo remedio. Cuando me imaginé a mí misma llevando a cabo mi plan, estaba segura de que todo saldría bien y de que acabaría saliendo victoriosa.

De repente, noto un picor en el nacimiento del pelo y me froto la sien.

Soy consciente de que me he llevado un auténtico chasco. Haber fracasado de esa manera hace que me hierva la sangre.

Tengo la impresión de que un tren me arrolla sin piedad una y otra vez. Empieza a dolerme la cabeza a causa de la intensa luz del espejo, pero no me importa. Yo sigo con la mirada clavada en él, observo el inmenso vacío que reflejan mis ojos hasta que la sensación de irrealidad llega a abrumarme. ¿Dónde estoy? Sé perfectamente que no es un sueño. Aunque resulte extraño, de pronto todo cobra mayor claridad y, al contemplarme en el espejo, percibo una personalidad firme, a una mujer valiente y fuerte. Es obvio que soy la elegida y, si estoy sola, se debe al hecho de que soy especial. A pesar de que me encanta disfrutar de mi propia compañía, esta noche es diferente a otras, pues la soledad hace que esté desanimada. Tal vez sea la obra de teatro, que me ha afectado. O quizá me siento así ahora que el escenario y los asientos están vacíos y la gente se ha ido a casa. La soledad siempre se manifiesta cuando las voces enmudecen y las risas mueren. Su peso es tan abrumador que siento que me asfixia. Como una criatura despiadada, la soledad se posa en mi pecho y me mira con desprecio. Incluso llego a percibir el hedor que desprende. Es como si estuviera burlándose de mí sin compasión y su risa malvada y desagradable no quisiera irse de mi cabeza. Me fijo en las cuencas de los ojos y me asusto de mi propio reflejo. El pulso aumenta, mi corazón late más fuerte y mi mente se queda en blanco.

Noto sudor y escalofríos. Estar en este camerino vacío entre las funestas ruinas del teatro hace que me sienta cada vez más desesperada. Podría pedir ayuda si quiero, pero, de todas formas, nadie me oiría. Mi voz se apagaría en el intento. Trato de imaginarme adentrándome en la playa con mi perfecto disfraz. Aunque sea pleno verano, me visualizo llevando unos vaqueros, un jersey y botas altas. Pero enseguida se me moja la ropa y se me cala el calzado. Mi ambición es desbordante y siento que abre un espacio infinito dentro de mí. Incluso llego a sentir el agua salada que se cuela en mi garganta a través de la boca, los oídos y los ojos. Mi cabello es lo último que flota en la superficie como una medusa muerta a la deriva que la corriente arrastrará consigo.

Es hora de que me levante. No puedo respirar. Tengo que salir de aquí, debo ir a otro lugar donde las paredes no se compriman y amenacen con devorarme.

Este sitio siempre me ayuda a calmarme, pero esta noche me llena de frustración y me oprime hasta el punto de que me falta el aire. Una voz en mi cabeza no deja de lamentarse, me cuestiona y me exige mucho más. La idea de haber fracasado vuelve una y otra vez como si mi mente tratara de mostrarme una comedia pésima en la que yo soy la protagonista. ¿Cómo puedo haber sido tan estúpida? Siento que la ansiedad brota dentro de mí junto con un sentimiento de humillación que provoca que el estrés se apodere de mí. Tengo que seguir adelante. Ahora no puedo detenerme.

Se ha esfumado el propósito que tanto me motivaba y que me hacía estar de buen humor la semana pasada. Tal vez merezco sentir esta angustia y este remordimiento como castigo.

Me levanto de la silla, abandono el camerino y salgo al escenario del teatro al aire libre para respirar un poco. Observo los contornos oscuros de las murallas medievales y las gradas, que están vacías. El atrezo sigue intacto. Oigo el rumor de las hojas que se mecen al compás de la brisa. La luna pálida se asoma detrás de una nube plomiza y veo que su silueta escuálida se asemeja a los pómulos hundidos que antes me mostraba el espejo.

De repente, siento una profunda ira. Tengo ganas de dar golpes y patadas. Me pica todo el cuerpo después de que haya dado rienda suelta a la rabia, pero nada consigue apaciguarme. Apoyada en el frío muro de piedra, trato de controlar la respiración. Sin embargo, en vez de tranquilizarme, sufro otra crisis de ansiedad. Siento como si estuviera atrapada en un estrecho ataúd que entierran poco a poco mientras mi cuerpo aún sigue con vida. Los insectos revolotean a mi alrededor. ¿Quién sabe lo que se esconde bajo tierra? Ni el peor castigo del mundo sería suficiente para mí.

El odio me está paralizando.

Justo cuando lo tenía en el bote… La verdad es que era un hombre digno de admiración. En sus ojos había una especie de ternura, como en los de un perro viejo. Pero a pesar de su mirada amable, pensé que no iba engañarme. Por muy buenas personas que parezcan algunos, también esconden malas intenciones, y este no era la excepción.

¿Tal vez tomé la decisión incorrecta? Quién sabe, quizá no debería haberme echado atrás. Echo de menos el olor que desprende el miedo, ver a un ser humano aterrorizado.

Detrás de mí, se encuentran los muros de piedra y a mi alrededor contemplo lo que queda de las ruinas medievales que cargan con su propia historia. A lo lejos, oigo ulular a un búho. El ave misteriosa de alas suaves que todo lo ve tiene unos ojos que penetran en la oscuridad. De pronto, se me nubla la mente, ha empezado a picarme tanto la cara que parece que tuviera miles de insectos correteándome por la piel desnuda. No puedo parar de rascarme por más que me escueza. Sé que hay algo que palpita en mi interior, algo vivo que necesita calmarse.

Aquel hombre estaba lleno de vida. Me sonrió e intentó besarme. Tuve que soportar el sabor a cerveza y el mal aliento. Tendría que haberle hecho daño. Un ciempiés peludo y alargado se oculta bajo la tierra y luego se mueve sorprendentemente deprisa por mis mejillas. Abro la boca para soltar un grito, pero lo único que me sale es un débil suspiro.

Soy un auténtico fracaso.

Tengo que admitirlo.

Nada me sale bien. Ni siquiera llorar esta noche.

No hay nada que pueda reconfortarme, tan solo queda un patio de butacas vacío e inútil.

Sea como sea, tendré que compensar este desacierto. Así que atacaré de nuevo, esta vez sin dudas y sin compasión.

El teléfono móvil vibró cuando llegó el mensaje. Karin sabía que no ganaba nada esperando a que Anders le escribiera, desde luego no era un hombre al que le gustara comunicarse a través del móvil, y mucho menos después de haberle dado esa noticia. A pesar de todo, no perdía la esperanza. Decidió que ese día se quedaría en la cama.

Miró el mensaje y vio que era Kihlgård quien le había escrito para preguntarle cómo le iba todo.

«Mal —respondió Karin—. Anders me ha dejado. No voy a ir a trabajar hoy.»

A decir verdad, con Kihlgård sobraban las fachadas y las máscaras. Ambos se habían vuelto íntimos amigos y Karin podía contárselo todo con total sinceridad.

La respuesta llegó de inmediato.

«Vaya, no me digas, ¿cómo estás? ¿Quieres que me pase?»

Karin le escribió que se sentía peor que nunca, a lo que Kihlgård contestó de inmediato para decirle que se pasaría a verla al mediodía. Llevaría comida para que almorzaran juntos.

«La puerta está abierta», respondió por último Karin. Kihlgård era de esas personas que pensaba que los problemas de la vida se resolvían llevándose algo al estómago. Pero Karin sabía que las penas se iban cuando uno comía algo sabroso en grandes cantidades, y, cuanto más grasiento fuera, mejor.

De repente, se despertó al notar que alguien le acariciaba el brazo. En ese momento, vio que Kihlgård estaba sentado en la cama. Al parecer, se había quedado dormida.

—Cariño, es hora de levantarse —le dijo en un tono de voz amable.

Le entraron ganas de llorar de nuevo al ver aquellos ojos enormes llenos de ternura.

—Te he traído pollo frito del restaurante chino —le dijo Kihlgård—. Comida de la buena. La fritanga hace maravillas, ya verás. Que sepas que aquí tienes un hombro donde llorar. Maldito Knutte, ¿cómo se atreve a hacerle eso a mi chica favorita?

Karin alcanzó un pañuelo de papel de la mesita de noche para sonarse la nariz mientras se reía entre lágrimas y trataba de recomponerse.

—Si no te importa, voy a abrir la ventana. Huele un poco a cerrado.

Kihlgård se sentía como en casa y adoptó el papel de buen samaritano. Ella le lanzó una mirada de agradecimiento. Se le hacía la boca agua con el olor de la comida y no era de extrañar porque llevaba sin comer desde el domingo por la noche. Para colmo, el postre de la última cena había sido llevarse una enorme decepción que acabó rompiéndole todos los esquemas de su vida.

A duras penas logró salir de la cama. Mientras se vestía, Kihlgård le resumió la reunión que había tenido lugar esa misma mañana y le comentó por encima la decisión que había tomado Wittberg. Según decían, este había vuelto a pelearse con su novia y había empezado a beber de nuevo. Sin duda, Kihlgård era bueno imitando a Wittberg, y siempre le sacaba una sonrisa a Karin. No obstante, volvió a ponerse serio unos segundos más tarde. Cuando se sentaron a la mesa de la cocina y sacaron el arroz y el pollo de los envases de plástico, Kihlgård le lanzó una mirada interrogante.

—Bueno, cuéntame.

Antes de responder, Karin alzó las cejas y se contuvo las lágrimas. En cierto modo, ni ella misma era del todo consciente del inmenso dolor que trataba de reprimir y que al mismo tiempo necesitaba expresar.

—Estuvo aquí... La verdad es que me hizo ilusión que viniera. Pero, no sé, últimamente ha estado muy raro y distante. Me da la impresión de que ha estado tramando algo y que ha intentado ocultármelo.

Al terminar la frase, Karin le dio un mordisco al pollo crujiente, que apenas sabía a nada.

—Me temo que quiere volver con Line —reconoció Karin.

Automáticamente, Kihlgård soltó el tenedor y la miró desconcertado.

—Pero ¿por qué demonios iba a hacer eso? Si se divorciaron hace años, ¿no?

—Por lo que sé, Line ha estado en Visby hace poco y mi intuición me dice que se han visto a escondidas. Además, tienen dos hijos y convivieron durante mucho tiempo. Sé que suena extraño, pero, a pesar de que llevamos saliendo un par de años, nunca he dejado de sentirme la sustituta de su exmujer.

Entre sollozos, Karin se ocultó el rostro con las manos y fue entonces cuando Kihlgård se levantó de la silla y se acercó para darle un abrazo fuerte.

—Mi niña, llora todo lo que necesites —le dijo a modo de consuelo.

Sin duda, el calor de su cuerpo la reconfortaba. Unos segundos después, Karin consiguió calmarse un poco y él volvió a sentarse.

—Siempre creí que envejeceríamos juntos —dijo Karin mientras vertía una pizca de salsa agridulce sobre el arroz—. A este paso, tendré que contentarme con *Vincent*. Desde luego, él nunca me fallará.

—Anda ya, no vas a quedarte sola con tu viejo loro —bromeó Kihlgård para tranquilizarla—. Si Knutte no sabe apreciarte como te mereces, ya habrá otro para ti. Te lo aseguro.

—Ah, ¿sí? ¿Quién?

Karin no se imaginaba en una relación con otro hombre que no fuera Anders. Por mucho que intentara hacerse a la idea, le parecía imposible que eso pudiera ocurrir. De repente, los trozos de comida se le hicieron una bola en la boca y empezó a tener náuseas.

—Discúlpame —se excusó y se marchó al baño a toda prisa.

Notaba que la tristeza se iba apoderando de cada parte de su cuerpo. Después de vomitar, se sintió algo aliviada. Se lavó los dientes en el lavabo y, mientras se enjuagaba la cara con agua fría, le pareció que el espejo del baño le mostraba a otra persona diferente.

—Ya no puedo comer más —dijo Karin.

—No te preocupes, yo me como el resto —respondió Kihlgård, que no tardó ni un segundo en abalanzarse sobre el plato de Karin.

Su amigo continuó devorando el resto del almuerzo.

Cuando Kihlgård lavó los platos, fueron al sofá y Karin se tumbó con la cabeza apoyada en la rodilla de él. Le encantaba tenerlo cerca, siempre lograba apaciguarla, como si fuera un calmante natural.

—Las primeras cuarenta y ocho horas son lo peor —afirmó Kihlgård mientras le daba una palmadita en la cabeza—. Recuerdo el día que Boris me dejó... Hace ya quince años, pero aún recuerdo el dolor tan desgarrador que sentí. Pensaba que iba a morirme.

Karin sabía perfectamente a lo que se refería. Si por ella fuera, preferiría pasarse las próximas semanas durmiendo para así no tener que lidiar con aquel tormento. Tan solo deseaba que el tiempo volara y que llegara el día en que dejase atrás el presente y esa horrible experiencia.

—¿Y cómo lo superaste? —preguntó Karin con voz débil.

—Pues a base de chocolate, whisky y cigarrillos —respondió Kihlgård—. Y mucha comida, por supuesto.

Karin entornó los ojos al oír la respuesta.

Soy CONSCIENTE DE que debe morir y eso me tranquiliza hasta el punto de dejarme semiparalizada. Sé que pronto mi sueño se hará realidad. No puedo soportarlo más, no deja de perseguirme. O gana él, o gano yo, no hay otra opción.

Cuando me tumbo en la cama me viene a la cabeza todo lo que ha pasado esta tarde. Trato de calmarme, pero mi yo interior aún sigue alterado. Para colmo, he hecho tanto esfuerzo cuando he vomitado que apenas puedo respirar.

Agarro el edredón con firmeza y abrazo la tela suave para no entrar en cólera. «Cálmate —me digo—. ¡Cálmate de una vez!» Y aunque repito las mismas palabras como si fueran un mantra, no consiguen hacerme ningún efecto.

Pero al menos no grito.

Cómo no, tenía que desestabilizarme justo hoy, ahora que empezaba a sentirme un poco mejor después del estúpido error que cometí en Burgsvik. Estaba siendo una mañana decente, y solo me había parado a pensar en él una vez. Traté de acordarme de otras cosas que sí me habían salido bien y de reflexionar sobre las acciones que me hacían sentir una mujer fuerte e invencible. Sé que soy capaz de alterar las vidas ajenas, en eso soy muy buena. Gracias a esos pensamientos, pude centrarme en otras cosas que no fueran él y poco a poco se desvaneció en mi memoria hasta hacerse pequeño e insignificante.

Cuando me sentí mejor, decidí salir a dar una vuelta por la ciudad. Pensé en hacer algunos recados y tal vez tomarme un café en el establecimiento que queda al final de la calle Hästgatan. Lo cierto es que últimamente me encontraba de buen humor y me notaba más relajada que antes.

Pero justo lo vi pasar a lo lejos cuando me detuve a mirar el escaparate de una librería. Al principio, no daba crédito a lo que veían mis ojos. Me quedé en *shock* y agaché la cabeza para que no me descubriera. No estaba solo, iba agarrado del brazo de una chica que parecía diez años más joven que yo. Tenía el pelo corto y oscuro, y una enorme boca sonriente que dejaba ver unos dientes blancos y relucientes. Pero eso no era lo peor de todo. Para colmo, encima de su camiseta negra, llevaba puesta la chaqueta vaquera que le regalé a mi ex. La reconocí de inmediato. Era la preciosa chaqueta azul claro que le compré por su cumpleaños. A partir de entonces, esa fue su prenda favorita. Ahora, en lugar de llevarla él, una extraña que caminaba a su lado se la había agenciado como eso si fuera lo más natural del mundo. La chica mostraba una risa inocente. Sin duda, se la veía feliz junto a él. En ese momento, me incliné hacia adelante con la esperanza de que la sombra del toldo ocultara mi silueta, e intenté fusionarme con la fachada mientras mis rodillas flaqueaban.

Por suerte, no tuve que preocuparme, siguieron adelante entre risas y sin apartar la mirada el uno del otro. No pude evitar seguirlos, aunque desde una distancia prudencial. Poco a poco, la ira se fue apoderando de mí, y lo único que quería era agarrar una piedra del suelo y lanzársela a la cabeza. En fin, todos los actos tienen sus consecuencias. Es más, si hubiera tenido una pistola, los habría matado a los dos. O incluso un cuchillo o… unas tijeras. Vamos, le habría destrozado la chaqueta sin pensarlo dos veces. Seguro que después de eso no te reirías tanto, ¿eh?

Los seguí sin quitarles ojo por la calle Adelsgatan. Caminaban felices y tranquilos entre los turistas. En cambio, yo notaba que estaba a punto de desplomarme. Tan solo quería darle su merecido.

«En el fondo me amas a mí y a nadie más. Y si no lo entiendes por las buenas, en ese caso, no mereces seguir viviendo», pienso mientras estoy tumbada entre las cuatro paredes de esta habitación sombría. Mientras deslizo los dedos por el teclado del teléfono, pienso en llamarlo para decirle algo que lo deje atónito y muerto de miedo. Quizá así se dé cuenta de que tiene los días contados. Finalmente, descarto la idea, aún no he terminado de trazar el plan. Lo que tenía en mente desde el principio no me parece suficiente. En realidad, no sería una buena idea. Además, volvería a ser libre pasado un tiempo. En cambio, si consigo poner punto y final a todo, no podrá traicionarme otra vez. Solo así mi alma descansará en paz.

Ya está decidido.

Cuando todo acabe, estaremos juntos eternamente.

Knutas cruzó el pasillo a toda velocidad en dirección a la sala en la que el equipo de investigación iba a reunirse esa misma mañana. Todo apuntaba a que pronto resolverían el caso. Gracias a que Folke Gabrielsson había prestado declaración, los agentes ahora tenían en sus manos una descripción más detallada de la sospechosa. Además, la policía ya había interrogado tanto a los vecinos de la zona cercana al lugar de celebración del concierto como a los integrantes de la banda y a los colaboradores que trabajaron esa noche. Incluso buscaron el nombre de Céline para empezar a atar cabos. A decir verdad, deseaban confirmar cuanto antes que, en efecto, el señor Gabrielsson había estado en contacto con la persona que había cometido un doble asesinato. Aunque la cuestión era averiguar si la presunta autora del crimen había fracasado en el último intento o había optado por no actuar.

Maj-Britt Ingdahl, la médica forense, llamó por teléfono al comisario para comunicarle algunas novedades interesantes. Últimamente, habían sacado algunas conclusiones relacionadas con el caso, pero lo cierto era que no habían averiguando nada definitivo, así que la investigación tenía que continuar.

Cuando pasó por delante del despacho de Karin, observó que la puerta estaba abierta y el asiento vacío, aunque había una taza de café en el escritorio. Knutas aún no había visto a Karin esa mañana. Se había encerrado en su despacho para hablar por teléfono con la forense nada más llegar a la comisaría y se preguntaba si habría vuelto al trabajo después de la conversación del domingo por la noche.

No tardó en averiguar la respuesta. Al abrir la puerta de la sala de reuniones, vio que Karin estaba allí. De pronto, le dio un vuelco el corazón y sintió que lo invadía un sentimiento de cariño. Qué guapa era. Ambos intercambiaron una mirada fugaz y automáticamente Karin agachó la cabeza. En ese instante, se apoderó de él un gran sentimiento de culpabilidad y se sintió cuando menos incómodo ante la situación. Pero le tocaba hacer de tripas corazón y esperar a que terminara la reunión para poder hablar con ella. De todas formas, se alegraba de que estuviera de vuelta en la oficina y de ver que no se encontraba tan mal después de lo ocurrido. En cuanto a Knutas, no había tenido tiempo de reflexionar acerca de sus sentimientos. Al fin y al cabo, lo mejor era no forzar nada. En realidad, no sabía qué hacer, decir o pensar, y tampoco estaba seguro de haberse sentido tan confundido como ahora en algún otro momento de su vida. Tal vez le había ocurrido algo similar en la adolescencia, pero entonces eso era lo más normal del mundo. Ahora tenía edad suficiente para saber lo que quería, o al menos eso se suponía.

Knutas continuó inmerso en sus pensamientos mientras miraba a Karin desde su asiento, hasta que finalmente Wittberg decidió lanzar la primera pregunta y el inspector volvió a la realidad.

—Bueno, ¿empezamos? —dijo este último para romper el silencio.

En ese momento, notó que se había sonrojado y, para desviar la atención, se sirvió una taza de café y les ofreció a los compañeros la cafetera para que circulara por la mesa. En la sala hacía mucho calor y Knutas ya estaba sudando a chorros, así que le pidió a Sohlman, que estaba sentado al lado de la pared, que abriera la ventana. De pronto, se percató de que

Wittberg llevaba una camiseta ajustada que le marcaba los músculos de los brazos. «Pero, por favor, ¿tanto le cuesta vestirse de manera decente para venir a trabajar? Ni que estuviéramos en la playa», pensó. El inspector sabía que un anticiclón que traía vientos cálidos de Rusia había llegado a Gotland y, por lo tanto, hacía un sol espléndido y las temperaturas rozaban los treinta grados. No obstante, consideraba que había que tener ciertos límites. Al parecer, Wittberg había captado la señal de desaprobación por parte de Knutas, porque de pronto agarró la chaqueta fina de algodón que estaba en el respaldo de la silla y se la puso. Luego miró a Knutas como si quisiera decirle: «¿Estás contento ahora?».

Knutas le dio dos sorbos a su taza de café, luego se hizo con un vaso de agua, se aclaró la garganta y finalmente inició la reunión.

—Buenos días a todos. Acabo de hablar con la forense Maj-Britt Ingdahl, del Instituto de Medicina Legal de Estocolmo, para que me confirmara los resultados del ADN de los mechones que había en la mano de Magnus Lundberg, la víctima que fue asesinada en el parque de Hågelby.

Knutas hizo una breve pausa y echó un vistazo a todos los asistentes. En ese instante, aumentó la tensión de la sala.

—Al parecer, los datos revelan que se trata del mismo ADN, es decir, que coincide con el de los restos de semen que se hallaron en las sábanas de Henrik Dahlman.

Todos los colaboradores soltaron un suspiro de asombro al unísono.

—O sea, que ya es una evidencia —dijo Kihlgård—. Se trata del mismo autor.

—¡Vaya, vaya…! —exclamó Wittberg—. ¿Y cómo deberíamos proceder?

—Bueno, aún no estamos seguros de que el presunto autor, ahora que sabemos que es un hombre, sea de Gotland. Es más, el segundo asesinato lo cometió en la península —continuó Knutas—. Por otro lado, tenemos al testigo de Burgsvik, cuyo testimonio resulta bastante fiable, ya que a juzgar por la descripción que hizo de la persona de la que sospechaba, las características físicas coinciden con las de la presunta asesina que buscábamos desde un principio. De hecho, también le llamó la atención cómo hablaba la sospechosa. Bueno, sospechoso en este caso... Se percató de que se expresaba de forma peculiar. Es decir, que tiene una especie de acento de Gotland mezclado con el de Estocolmo. La «mujer» decía llamarse Céline, y lo cierto es que el testigo se quedó bastante atónito cuando le pregunté si le pareció que era un hombre disfrazado.

—¿Eso significa que estamos ante una persona de Gotland que quiere ocultar su acento imitando el de Estocolmo? ¿O es al revés? ¿Podemos partir de la base de que el presunto autor vive en la isla y que nació aquí también? —preguntó Norrby.

—A ver, si no viviera en Gotland, ¿por qué habría ido a Burgsvik después de cometer un asesinato en Tumba? —lo contradijo Wittberg.

—Esa es una buena pregunta —contestó Knutas—. Dado que Henrik Dahlman ha sido asesinado aquí y que el presunto autor parece conocer bien la isla, además de tener ese acento peculiar, considero que deberíamos continuar con la investigación dando por hecho que reside en Gotland y no en la península.

—Espera... —interrumpió Karin—. Ahora que mencionas lo del acento, me suena haber oído uno así antes.

Knutas se sobresaltó en ese momento. Era la primera vez que Karin hablaba en la reunión. La miró con prudencia mientras ella trataba de acordarse.

—Pero si en realidad fuera un hombre... —prosiguió Wittberg—. ¿No se le notaría en la voz?

—Sí, puede ser —respondió Knutas—. Aunque, lo cierto es que hay hombres que tienen la voz aguda.

—Pues... —murmuró Karin—. Estoy segura de que había una persona que tenía esa forma tan particular de hablar. Creo que era alguien a quien interrogamos no hace mucho.

—¿Y quién es? —preguntó Knutas, que finalmente se atrevió a dirigirse a ella.

—No me acuerdo —le contestó encogiéndose de hombros—. Pero sé que hablaba con una mezcla de acentos. Tarde o temprano me vendrá a la mente.

El comisario la miró durante unos segundos que se hicieron eternos. En el fondo, quería decirle algo más, pero optó por continuar con la reunión.

—En cuanto al resto, os comento a continuación lo que la policía de Estocolmo me ha trasladado. Al parecer, la víctima del parque de Hågelby, Magnus Lundberg, era un trabajador normal y corriente, un padre de familia que no tenía ni un solo antecedente. Es más, sus datos no aparecen en el Registro Central de Penados, no tenía ni un solo impago, ni figura que haya tramitado ningún divorcio. Tampoco había ninguna denuncia contra él. Es decir, era un buen ciudadano. Nuestros colaboradores han interrogado a las personas de su entorno y todos dicen exactamente lo mismo de Magnus Lundberg, que era «un pedazo de pan». A diferencia de Henrik Dahlman, a la segunda víctima no le interesaba el *bondage*, ni ninguna práctica sexual no convencional, o al menos no hay pruebas de ello. Por desgracia, todo apunta a que el hombre simplemente estaba en el lugar y momento equivocados. Nuestros compañeros de Estocolmo siguen trabajando en ello y estarán en contacto con nosotros para informarnos al respecto. Bueno, esto es todo por ahora, ¿alguien más tiene algo que añadir?

Antes de terminar la frase, Knutas se percató de que algo le ocurría a Karin, su expresión facial pasó de ser neutral a pensativa y, unos segundos más tarde, se puso ansiosa de emoción. Incluso le habían salido unas manchas rojas en el cuello. Siempre le pasaba cuando se sentía molesta o estaba en una situación comprometida. Karin tomó la palabra en cuanto Knutas lanzó la pregunta.

—¡Ay, sí! ¡Ya me acuerdo de dónde he oído esa forma de hablar con acento de Gotland y Estocolmo! ¿Te acuerdas, Wittberg? —dijo Karin y se giró hacia su compañero—. La mujer que conocimos en la biblioteca Almedal. La asistente. ¿Cómo se llamaba?

Wittberg parecía confundido y en ese instante se pasó la mano por la melena rubia que le caía sobre los hombros y que siempre llevaba despeinada.

—Ah, ya, aquella mujer… Sí, la recuerdo. Su compañero, que era el director, no estaba en aquellos momentos y por eso hablamos con ella. Cierto, era la asistente de la biblioteca que también colaboraba en el proyecto de la escultura que iba a realizar Henrik Dahlman. Diantres, ¿cuál era su nombre? Se llamaba Agnes… ¿qué más?

—¡Agnes Molin! —exclamó Karin—. Como la fuente Molin de Estocolmo. Recuerdo que asocié su apellido con el monumento de la capital.

—Sería la última persona en toda la isla de la que yo sospecharía que hubiera cometido un asesinato —dijo Wittberg—. Qué mujer más sosa, ¿verdad?

—Y que lo digas, pero no estaría de más que averiguáramos un poco sobre ella —manifestó Karin y se levantó de la silla. Luego se dirigió hacia la puerta sin siquiera mirar a Knutas, que la observaba estupefacto mientras se marchaba.

En el pasado

Lo PRIMERO QUE vieron sus ojos al despertar fue la botella de vino vacía debajo de la cama. Aún seguía con el vestido amarillo puesto y se le había estropeado el maquillaje. Los rayos de sol iluminaban la habitación y, poco a poco, volvieron los recuerdos llenos de dolor del día anterior. Tenía muchas ganas de darle una sorpresa a Stefan y preparó una cena con todos los ingredientes que había comprado ese día. Incluso había limpiado toda la casa y se había esforzado por cocinar su plato favorito para que la velada fuera perfecta. No logró entender sus palabras. Había dejado la maleta lista por la mañana, había planeado el momento de dejarla.

La traición se le clavó en el corazón como un cuchillo afilado que le provocó el más intenso dolor que había experimentado nunca. Se abalanzó sobre la almohada de Stefan, hundió la nariz en ella y se acurrucó en su lado de la cama para tratar de aspirar el olor que quedaba de él. Sin duda, su vida había sido perfecta hasta la noche en que dejó de ser la esposa del mejor marido del mundo. Deslizó los dedos sobre la funda de la almohada de flores mientras las lágrimas le caían sin cesar. Stefan y ella se habían casado para envejecer juntos. Estaban destinados a estar el uno con el otro.

«¿Cómo has podido? —susurró para sus adentros—. ¿Cómo has podido hacerme esto?»

De repente, se estremeció y se sentó en el borde de la cama. Ahí seguían las manchas, aunque apenas visibles. Era la última prueba de que Stefan y ella habían estado juntos.

En cuestión de segundos, la tristeza se volvió ira y, en un arrebato, quitó las sábanas y las arrojó al suelo. Menudo cretino. ¿Cómo se había atrevido a aprovecharse de ella de esa manera? Todas las noches de placer que habían disfrutado juntos, las palabras románticas y excitantes que le había susurrado al oído para hacerla sentir alguien especial cuando, en realidad, ya estaba con otra. En medio de la confusión y la desesperación, agarró las sábanas de nuevo con la idea de deshacerse de todo lo que le recordara a él. La idea de pensar en sus manos acariciándole el cuerpo le provocaba unas náuseas terribles. En ese instante, lo único que quería era cortar las sábanas y hacerlas jirones para después quemar los restos. Fue a la cocina a toda prisa para hacerse con unas tijeras. Rebuscó en los cajones, entre sartenes y otros utensilios, mientras trataba de no mirar a la vitrocerámica donde estaba la olla intacta con la carne de la noche anterior. En la superficie, se había formado una capa amarillenta y la comida desprendía un olor desagradable debido a que ya habían pasado muchas horas. Con el estómago revuelto, apartó la mirada y trató de tomar aire. Las tijeras no estaban donde debían. Tal vez estuvieran en el pasillo.

Después de unos minutos buscándolas sin éxito, llegó al límite de su frustración. Tenía que encontrarlas.

Al entrar en el baño, fue directa al cesto de la ropa, levantó la tapa de mimbre y volcó la canasta. Encontró los calzoncillos negros de Stefan. Le entraron ganas de hacerlos pedazos, pero se detuvo. Cuando abrió el mueble del baño, vio el cepillo que solía usar y observó los mechones de pelo que había entre las púas. Sin duda, eran muchas las huellas que había dejado en su vida.

De pronto, una mujer con el pelo desaliñado que llevaba un vestido amarillo arrugado la miraba sin compasión desde el espejo. No era más que era una fracasada que con la que ningún hombre sobre la faz de la tierra desearía estar. ¿Habría escondido Stefan las tijeras? ¿O se las habría llevado también el muy desgraciado?

En pleno ataque de cólera, arrancó los pelos rubios del cepillo y se llevó el puñado en la mano. Después, agarró los calzoncillos, buscó una bolsa de plástico en la cocina y volvió al dormitorio. Pensó en borrar todo rastro que quedara de él y hacer como si nunca hubiera existido. Pero, paradójicamente, quería conservar algo que le perteneciera. La impotencia y el odio la hacían temblar de desesperación. De haberlo tenido delante mientras recogía todas sus cosas, le habría atizado un par de bofetadas y le habría arrancado esos mechones de la cabeza. Al meter las sábanas en la bolsa de plástico, se lo imaginó de rodillas suplicándole desconsoladamente y se vio a sí misma escupiéndole en la cara y burlándose de su llanto. «Quién es el que está triste ahora, ¿eh?»

Decidió guardar la bolsa de plástico en el fondo del armario y la escondió en la parte más recóndita, donde no pudiera verla. Sintió nostalgia al darse cuenta de que todo lo que quedaba de Stefan no eran más que unas sábanas, unos calzoncillos y unos cuantos mechones de pelo.

Tarde o temprano, llegaría el día en que se desharía de él junto con los recuerdos de su amor. Aunque por ahora, tal vez, la herida era demasiado reciente.

KNUTAS SE FUE a su despacho después de la reunión y, al entrar, cerró la puerta con un gesto poco amable. Quería estar a solas, habían surgido novedades en la investigación y tenía que ordenarlo todo en su cabeza. Los resultados de las pruebas confirmaban que el ADN de los mechones que la víctima del parque de Hågelby tenía en la mano coincidía con el de los restos de semen que había en las sábanas de Henrik Dahlman. Por lo tanto, la misma persona había cometido un doble asesinato en dos lugares diferentes. El primero en Gotland y el segundo en Estocolmo. Knutas abrió el primer cajón del escritorio para sacar la pipa y la bolsa de tabaco, y empezó a cargarla con cuidado mientras reflexionaba sobre los hechos.

¿Qué relación había entre ambos crímenes y qué tenían en común Henrik Dahlman y Magnus Lundberg? Tanto sus familiares como los compañeros de trabajo, parientes y amigos habían sido sinceros al prestar declaración. Además, la policía se había encargado de interrogar a los vecinos de ambas víctimas y, gracias a toda la información que habían recopilado, pudieron hacerse una idea más precisa y detallada de cómo eran sus vidas. A pesar de que los agentes habían registrado el domicilio de Magnus Lundberg y habían rastreado tanto su ordenador como su teléfono móvil, no consiguieron hallar ningún elemento que pudiera vincularlo con la muerte de Henrik Dahlman o esclarecer el motivo por el que había sido asesinado. Por otra parte, tampoco podía demostrarse que Magnus Lundberg se sintiera atraído por el sexo no convencional, puesto que no existían pruebas de ello. Después de haber examinado el entorno cotidiano de las víctimas, los agentes habían llegado a la conclusión de que no había ninguna relación entre ellas, a excepción de que los dos hombres estaban casados y rondaban la misma edad. Tal vez esa fuera la única conexión que existía por el momento.

Knutas se levantó con la pipa en la mano y abrió la ventana que daba al centro comercial de Östercentrum y al aparcamiento del supermercado Coops. Desde allí, se veía el parque de Nordergravar y parte de la muralla medieval que bordeaba la ciudad. Al encender la pipa, procuró que el humo no entrara dentro y, mientras tanto, se puso a pensar en qué habría llevado al asesino a actuar en Ljugarn y en Tumba. Por su parte, los compañeros que estaban en la comisaría seguían revisando los asesinatos con violación que se habían cometido en Suecia para tratar de hallar alguna pista.

De pronto, Knutas empezó a notarse algo nervioso, dio una última calada antes de apagar la pipa y se sentó ante el ordenador. Inmediatamente, se puso a buscar asesinatos ocurridos en el pasado que no fueran acompañados de una violación y que hubieran tenido lugar en Gotland y en la localidad de Tumba. Unos minutos más tarde, detuvo la búsqueda al ver un caso que le llamó la atención. Se trataba de un homicidio inusual del que hacía casi veinte años. Se había producido en una zona cercana a Tumba y la culpable resultó ser una adolescente. La chica de dieciséis años le había destrozado el paracaídas a su padre un día antes de que este fuera a hacer paracaidismo. El hombre acabó estrellándose al precipitarse desde una avioneta a tres mil metros de altura y murió en el acto. Al principio, la policía supuso que había sido un accidente, sin embargo, los de la científica no tardaron en corroborar que las cuerdas que componían los sistemas de seguridad del paracaídas estaban completamente destrozadas. Las habían cortado de tal forma que les llevó a concluir que aquel acto se había realizado a propósito. Knutas continuó leyendo la noticia sin apartar la vista de la pantalla. Al parecer, la hija sabía lo que estaba haciendo, puesto que conocía el funcionamiento de un paracaídas. Concretamente, el trágico suceso había tenido lugar el 4 de mayo de 1998 en Tungelsta, una zona conocida entre los paracaidistas. Además, ese día, el padre había decidido saltar con un viejo amigo para celebrar su reencuentro en Suecia.

En ese momento, Knutas se acordó de otro caso parecido que ocurrió en 2006 en Bélgica y buscó la noticia en internet para leerla con más detalle. El suceso describía la historia de dos mujeres que pertenecían a la misma asociación de paracaidismo. Ambas habían mantenido relaciones sexuales con un hombre que también era socio de dicha asociación. Aquel día, saltaron juntas del mismo avión, sin embargo, el paracaídas de una de ellas nunca llegó a abrirse y murió al estrellarse contra el suelo. Unas semanas después, descubrieron que la otra mujer había cortado las cuerdas del paracaídas principal y las del de reserva. El motivo, un ataque de celos. Fue sentenciada a treinta años de prisión por homicidio.

A continuación, Knutas volvió a abrir la página que describía el accidente de Tungelsta. Al parecer, la hija del hombre fallecido era de Gotland, aunque ingresó en un centro de menores ubicado a las afueras de Estocolmo. Sus padres se habían divorciado meses antes y el suceso tuvo lugar mientras la chica estaba de visita en la casa del padre y de su nueva novia. Como el padre había rehecho su vida sin ella, los celos y la profunda decepción la llevaron a actuar con alevosía.

Knutas intentó obtener más información y, unos minutos después, descubrió que la familia había vivido durante los años noventa en Hall, un pueblecito situado al norte de Gotland. Finalmente, encontró en el registro el nombre de la autora del crimen. Se llamaba Cecilia Molin. Para su sorpresa, recordó que hacía tan solo unos instantes, Karin había mencionado a una tal Agnes Molin, así que no perdió ni un segundo y se puso a buscar cuántas personas se apellidaban Molin en Gotland. Por suerte, no había muchas. En primer lugar, apareció el nombre de Annika Molin, nacida en 1957 y con domicilio en Hall, por lo que supuso que podía ser la madre. A continuación, observó que había otra mujer llamada Agnes Cecilia Molin en Visby que había nacido en 1982. En ese instante, el corazón empezó a latirle con fuerza. Sin lugar a dudas, el año encajaba a la perfección, ya que Cecilia Molin tenía justo dieciséis años el día en que aquel paracaidista perdió la vida a las afueras de Estocolmo.

«Agnes Molin, un acento peculiar...», pensó Knutas. Ansioso por la emoción, abrió la página de Facebook y escribió el nombre en el buscador. Cómo no, tenía un perfil y Knutas la reconoció de inmediato. Sabía que la había visto antes en alguna parte y, en efecto, trabajaba como asistente en la biblioteca Almedal. Echó un vistazo a los datos personales y vio que en su estado sentimental ponía «soltera». Al parecer, tampoco tenía hijos.

Knutas hizo el amago de dar unas caladas a la pipa que estaba apagada mientras trataba de recomponer en su mente todo lo que había recopilado en cuestión de media hora. A pesar de haber hallado una conexión entre Tumba y Gotland, seguía sin encontrarle sentido al hecho de que ambas víctimas hubieran sido asesinadas de una manera tan escalofriante. Tal vez había una razón desconocida detrás de todo. Tampoco entendía qué relación tenían los crímenes con Agnes Molin si los resultados de las pruebas de ADN habían confirmado que se trataba de un hombre.

Tras unos minutos de reflexión, Knutas volvió a observar la foto de perfil de aquella mujer que miraba al frente y mostraba un rostro inexpresivo. Se fijó en la imagen de fondo que tenía puesta. Era una foto panorámica del teatro de Roma.

ME ENCANTABA ENTRAR en Facebook y poner su nombre en el buscador. Lo hacía todos los días. Prácticamente, se había convertido en una rutina. Quería enterarme de todo lo que hacía, así que comprobaba si tenía alguna publicación nueva. También me fijaba en si le había dado «Me gusta» a alguna foto o si había agregado a algún amigo nuevo. A decir verdad, me tranquilizaría saber más de su vida ahora. En cierto modo, pienso que todavía me pertenece.

Para mi sorpresa, he comprobado que Stefan y yo ya no somos amigos. Ha sido él quien me ha eliminado. Hasta hace unos días, todavía podíamos saber el uno del otro por Facebook, pero, por desgracia, ya no. Ahora no puedo ver sus publicaciones, ni siquiera sé si ha agregado a una persona o si alguien lo ha etiquetado en alguna foto. La página me aparece en blanco y lo único que puedo ver es su foto de perfil a la izquierda con un botón debajo que sirve para enviarle una solicitud de amistad. Me aterroriza el hecho de que me bloquee por completo. En realidad, podría hacerlo si quisiera, pero si no lo ha hecho aún, será por algo. La esperanza es como el sol, siempre arroja todas las sombras detrás de nosotros. La llama de esperanza arde cada vez más fuerte y alimenta mi autoconvicción. Dudo que ya no sienta nada por mí. Es imposible. De lo contrario, no podría ver ni siquiera su perfil, por muy restringido que tenga el acceso. Tal vez me haya eliminado para evitar que su nueva novia se ponga celosa.

De modo que continúo navegando por Facebook con la esperanza de averiguar algo nuevo sobre él. Por suerte, sé quiénes son sus amigos y puedo meterme en sus perfiles sin problema. Como no todos son privados, puedo sacar bastante información, como, por ejemplo, las fotos donde sale y los eventos a los que está invitado. Unos minutos más tarde, descubro que uno de sus mejores amigos le ha dado «Asistiré» a una fiesta cumpleaños que se celebra esta noche en Där. Por lo visto, un amigo que tienen en común cumple cuarenta, y quien quiera podrá quedarse a dormir. La fiesta se hará en un recinto para eventos cerca del pueblo y, por ahora, van más de ochenta personas. Siento que el corazón me late con fuerza. Al hacer clic en el evento, compruebo quiénes son los invitados. Cuando veo el nombre de Stefan en la lista de las personas que han confirmado su asistencia, empiezo a notar un cosquilleo en el estómago y una felicidad inmensa se apodera de mí. Pobre, ¿de verdad cree que puede deshacerse de mí y rehacer su vida? Ahora sé cuáles son sus planes. Gracias, Facebook.

Por más que lo intente, no puedo controlarme y me veo obligada a actuar. Necesito escuchar su voz. Sin pensarlo, marco su número de teléfono con dedos temblorosos. Como he cambiado el mío hace poco, no podrá saber que soy yo la que lo está llamando. De lo contrario, no me contestaría. Y pensar que hasta hace tan solo unas semanas me enviaba mensajitos con corazones y flores. Desde luego, me entristece tanto que haya querido borrarme de su vida así como así… No tengo más remedio que ocultar mi identidad y llamarlo desde otro número de teléfono.

—¿Diga? —responde a la llamada enseguida—. Si eres quien creo, por favor, no vuelvas a llamarme nunca más. Deja de acosarme.

Me quedo callada. Escuchar su voz me produce una sensación extraña, me reconforta y me desagrada al mismo tiempo. Lo echo tanto de menos… Me duele en el alma y también siento que lo odio con todas mis fuerzas. ¿Cómo se atreve a romperme el corazón? A veces imagino que lo veo sufrir, incluso más que yo. Veo su cuerpo ensangrentado y sin vida después de haberle escuchado suplicar misericordia mientras lo estaba azotando hasta causarle heridas profundas. El mismo tipo de heridas que me laceran el corazón.

—¡¿Hola?! —pregunta de nuevo en un tono impaciente.

Contengo la respiración para no hacer ningún ruido. No es necesario decir nada. El silencio es elocuente, no hacen falta palabras. Representa todo el amor que ha existido entre nosotros. Mi decepción habla por sí sola y, por más que lo intento, no consigo entender cómo ha podido ser tan frío e inhumano conmigo.

Unos segundos después, Stefan cuelga y yo me quedo mirando el teléfono hasta que vuelvo a la realidad.

Será mejor que empiece a arreglarme. Tengo que vestirme y maquillarme para la gran fiesta.

Los dos coches de policía se detuvieron al llegar al edificio gris de la calle Siriusgatan que se encontraba al lado de un supermercado a las afueras de Visby. Agnes Molin, la tímida asistente de la biblioteca Almedal que trabajaba a tiempo parcial en el festival de novela negra y en el proyecto de la escultura de Henrik Dahlman, era la principal sospechosa de un doble asesinato. Resultaba difícil creer que hubiera engañado a las autoridades con tanta astucia. Agnes era soltera y no tenía hijos. Además, trabajaba durante el verano en el teatro de Roma desde hacía muchos años para ganarse un sueldo extra y, al parecer, era excelente caracterizando a los actores, pues sabía fabricar todo tipo de pelucas. Los agentes actuaron de manera rápida. Cuando revisaron la lista de pasajeros que habían embarcado en el ferri de Visby a Estocolmo con ocasión del solsticio, descubrieron que su nombre figuraba en ella. Hicieron lo mismo para averiguar si había tomado un vuelo de vuelta y, en efecto, confirmaron sus sospechas. La policía pudo corroborar que había ido a la capital a celebrar el solsticio de verano porque un amigo la había etiquetado en Facebook. El amigo les afirmó por teléfono que tuvo que irse a trabajar al hospital por la tarde y que Agnes Molin pasó la noche sola. Se conocieron durante un período de formación en la biblioteca de Borås, pero Agnes lo dejó al cabo de seis meses y su amigo también decidió irse después de un tiempo para estudiar enfermería. Según les dijo, no se habían visto en todos estos años.

Agnes Molin vivía en la segunda planta del edificio y, al ver que la reja estaba abierta, subieron las escaleras a toda prisa. Les llegó un leve olor a pescado frito y el sonido de una radio, que provenía del interior del apartamento. Knutas llamó a la puerta. A juzgar por el chirrido que emitió el timbre, supuso que llevaba sin usarse mucho tiempo. La tensión de los agentes aumentó mientras esperaban en el umbral. Pero nadie abrió la puerta. Knutas tocó el timbre de nuevo. No hubo respuesta. Tal vez no se encontrara en su domicilio. En ese instante, notó que el teléfono móvil le vibraba en el bolsillo. El motivo de la llamada era para hacerle saber que Agnes Molin tampoco estaba en la biblioteca. Tenía vacaciones justo esa semana. Sin esperar más, Knutas levantó la tapa del buzón de la puerta y gritó por la ranura.

—¡Policía! ¡Abra ahora mismo!

Pero tampoco hubo ninguna reacción. De nuevo, soltó otro grito y le hizo unas señas a un compañero más joven. El agente forzó la puerta y finalmente consiguieron entrar. Encontraron un pasillo luminoso, una cocina preciosa con un jarrón con flores sobre la mesa, un salón y un dormitorio. Todo parecía estar limpio y decorado hasta el más mínimo detalle, y, a simple vista, nadie hubiera dicho que en aquel apartamento vivía una persona que había cometido un doble asesinato. Los agentes se dividieron para buscar a fondo en las habitaciones y, al llegar al dormitorio, vieron que había un enorme cuadro apaisado sobre la cama. En la fotografía, aparecía una pareja joven que sonreía a la cámara delante de las ruinas de la iglesia de San Clemente, en Visby. Knutas reconoció o a Agnes Molin en cuanto la vio, pero ignoraba la identidad del hombre que posaba a su lado.

EN LA ORILLA de la playa de När, donde la fiesta de cumpleaños iba a celebrarse, siempre proliferaban algas que desprendían un olor desagradable. Por lo general, era un lugar tranquilo e idóneo para todo aquel que quisiera disfrutar de la naturaleza salvaje. El letrero azul y blanco en el que rezaba el nombre de När daba la bienvenida a aquella zona del sureste de la isla, que se distinguía por su luz singular y su famoso faro. Los turistas solían viajar a aquel enclave para hacer senderismo, montar a caballo o navegar en canoa por el río. Los prados rodeados de antiguos muros de piedra estaban poblados por todo tipo de orquídeas, que habían sido declaradas especie protegida. Cualquiera que quisiese ver lo más auténtico de Gotland, sin duda estaba en el sitio adecuado.

Pero no eran las flores ni el avistamiento de aves lo que ocupaba aquel miércoles de finales de junio. En el recinto, se ultimaban los preparativos para recibir a los invitados, que disponían de mesas alargadas para sentarse. El sistema de sonido ya estaba listo para la fiesta. Los primeros asistentes llegarían sobre las siete y, poco a poco, el lugar se llenaría de personas que continuarían la celebración hasta bien entrada la madrugada. En total, unas cien personas habían confirmado su asistencia al evento, que con seguridad sería una fiesta de cumpleaños inolvidable.

Horas más tarde, la celebración no tardó en alcanzar su punto álgido y el sitio ya estaba repleto de invitados. La gente

se abrazaba, se saludaba con un beso y con alguna que otra palmadita en la espalda. Algunos llevaban mucho tiempo sin verse.
El anfitrión pronto se vio abrumado por todo tipo de regalos que
los invitados iban dejando en una mesa. Había vino y cerveza
de sobra, así que dejarían de estar sobrios en poco tiempo.

Johan y Emma se bajaron del coche y fueron juntos de la
mano hacia la entrada del recinto. A ellos también los habían
invitado a la fiesta porque el anfitrión era un antiguo compañero
de clase de Emma. Johan la miró con una sonrisa cuando ella le
apretó la mano. Aquella noche prometía ser perfecta. Por una
vez, estarían solos y no tendrían que ocuparse de sus hijos. Además, la niñera los había llamado por teléfono para decirles que
todo estaba en orden y que no hacía falta que volvieran temprano a casa al día siguiente. Johan sentía una enorme satisfacción, sobre todo porque sabía que Emma echaba de menos esos
momentos a solas con él y últimamente no habían tenido la oportunidad de pasar tiempo juntos. Incluso se emocionaba al pensar
que ambos por fin despertarían por la mañana sin tener que oír
los gritos de los niños. Habían decidido quedarse a dormir después de la fiesta aprovechando que Rickard, el anfitrión, se había
encargado de proporcionar alojamiento a todo aquel que lo deseara. Todos los días no se cumplían cuarenta años y, por ese
motivo, había organizado una fiesta por todo lo alto en aquel
paraje idílico donde había vivido la mayor parte de su vida. A
pesar de que Rickard se había mudado a la península hacía unos
años y tenía su nuevo círculo de amigos en Estocolmo, quiso
volver al lugar que lo vio crecer para reencontrarse con su familia y amigos de siempre y celebrar así una ocasión tan especial.

—Hay mucha gente que no conozco —comentó Johan.

—Será divertido. Muchos de los que estamos invitados llevamos años sin vernos —dijo Emma, que en ese momento saludaba
a una pareja de conocidos que vivía en Visby.

El recinto era una antigua granja ubicada junto al pueblo pesquero de Kapelludden. Estaba decorado con bombillas de colores, guirnaldas y fotografías impresas a gran escala que mostraban las distintas etapas de la vida de Rickard. Algunos amigos suyos tocaban en un grupo de música conocido en Gotland y se ofrecieron para dar un concierto en la fiesta por un módico precio. Sin duda, a Rickard se le daba de maravilla organizar ese tipo de eventos y la gente estaba encantada de volver a escuchar en directo algunos éxitos de los noventa. Johan escuchó una canción que, de pronto, le trajo a la memoria, no sin cierta nostalgia, una noche en la que terminó en la cama con una mujer en la que ahora prefería no pensar.

Al cabo de unos minutos, la música se detuvo y un hombre calvo y regordete se subió al escenario.

—Me complace daros la bienvenida a todos los que habéis asistido a la fiesta de cumpleaños de nuestro querido Ricky. Como todos sabemos, el niño ya se nos ha hecho mayor... —empezó a decir después de que disminuyera el murmullo entre la gente—. Supongo que muchos de vosotros no me conocéis. Soy Micke, el gran aliado y mejor amigo de Rickard. No me enrollo más, solo quiero deciros que seré el maestro de ceremonias esta noche y que la fiesta, cómo no, durará hasta que el cuerpo aguante. Si alguno de vosotros quiere animarse a dar un discurso en el escenario, que me busque y le pasaré el micrófono encantado. Así que, ¡venga! ¡A disfrutar de la velada! Pero, primero, démosles un enorme aplauso a los músicos de la banda The Närsons, que han sido tan amables de aceptar la invitación y tocarán solo para nosotros en esta ocasión tan especial. ¡Vamos a darlo todo!

La risa y los aplausos estallaron en cuanto el hombre terminó el discurso. Las manos se alzaron para brindar en honor al anfitrión. Algunos emitían silbidos mientras otros lanzaban felicitaciones en voz alta. De repente, todos se pusieron de pie y le cantaron el cumpleaños feliz seguido de un «Porque es un chico excelente...». Emma sonreía de oreja a oreja y Johan se acercó a ella para rodearla con los brazos. Resultaba maravilloso poder disfrutar de una noche así con la mujer de su vida sin pararse a pensar en temas de trabajo o de familia. Johan se prometió que jamás volvería a dejar pasar tanto tiempo sin que hicieran algo juntos, ellos también tenían derecho a divertirse por su cuenta de vez en cuando. En cierto modo, sabía que las parejas solían distanciarse con facilidad durante los primeros años de paternidad. Y él no había sido lo que se dice muy atento con Emma cuando esta le pedía tener un poco más de intimidad. A decir verdad, ella no se sentía del todo satisfecha con la relación, a pesar de que nunca les había faltado pasión y siempre les había ido todo como la seda. A menudo, Johan sentía que no era lo suficientemente bueno para ella. Eso le provocaba más estrés y le hacía centrarse aún más en su vida profesional.

—¿Me concede este baile? —le preguntó Johan en un tono cortés en cuanto los gritos de euforia se disiparon y la música volvió a sonar.

—Cómo no —respondió Emma visiblemente halagada ante la propuesta.

Se mezclaron con el resto de invitados que bailaban. En ese momento y como por arte de magia, desaparecieron los pensamientos negativos. Después de un rato danzando al compás de la música, la banda tocó a una balada y poco a poco fueron formándose parejas en la pista de baile. Johan cerró los ojos e inspiró el dulce aroma que desprendía la melena de su mujer. El ocaso dio la bienvenida a la noche de verano y, de pronto, se encendieron las luces de colores. Sin duda, el olor a hierba y a flores recién cortadas sumado al ambiente alegre de la fiesta le proporcionaban una felicidad plena. Parecía que se hubiera parado el tiempo en aquel idílico lugar.

—¿Te apetece tomar algo, cariño? —preguntó Johan pasados unos minutos.

—Sí, ¿por qué no?

A duras penas podían moverse entre la muchedumbre. Rickard había invitado a más de cien personas y la barra estaba hasta los topes. Cuando Johan logró hacerse un hueco, observó el cartel que decía «Solo pago en efectivo. Importe justo, por favor», y automáticamente buscó algo de dinero en los bolsillos. Suerte, que llevaba algunos billetes arrugados, y como las bebidas eran baratas, pudo pagarlas sin problema. Después de entregarle el dinero al camarero, se fijó en una mujer alta y morena al otro lado de la barra que llevaba un top de terciopelo negro ajustado. Tras darle un sorbo a la bebida, le lanzó una mirada lasciva a Johan. A juzgar por su apariencia, no encajaba muy bien en aquel lugar y parecía más bien una intrusa. Johan se quedó petrificado y algo confuso, pues le daba la impresión de que la mujer estaba coqueteando con él. La envolvía un halo de misterio y, a decir verdad, sentía el impulso de devolverle la mirada.

Emma le dio un codazo.

—¿Has visto a alguna mujer atractiva o qué? Ya te has olvidado de tu mujer, ¿no? —le dijo con tono burlón a modo de reproche.

Con las bebidas en la mano, fueron a sentarse en el césped para alejarse del bullicio.

—Sabes de sobra que solo tengo ojos para ti —respondió y la besó con ternura.

Aun así, la imagen de aquella mujer se le había grabado en la retina. Por un momento, creyó haberla visto antes en otro lugar. Lo cierto era que le recordaba a alguien, pero no estaba seguro de quién podía ser.

Con el alboroto de la fiesta, no era tarea fácil reconocer a los invitados. Al fin y al cabo, ya eran las once de la noche y la mayoría se agolpaba en la pista de baile.

—¿Eres la nueva novia de Petter? —le preguntó una chica que llevaba un pañuelo en la cabeza y un vestido supercorto de batik.

Le respondió con cierta inseguridad y se alejó rápidamente de allí.

Cualquiera podía pasar desapercibido entre la multitud, y era obvio que la gente no se fijaba en nada cuando estaba borracha. Se detuvo a observar de cerca a un chico que estaba bailando y que resultó ser su ex. Se fijó en que se reía todo el rato y trataba de ligar con las mujeres que tenía a su alrededor. Mientras examinaba sus rostros y la forma en que iban vestidas, se preguntó qué tendrían aquellas mujeres que las hacía más atractivas que ella. Siempre había pensado que ella también lo era y, en el fondo, estaba convencida de que él todavía la amaba. Sin embargo, ella empezó a odiar su cara el día en que su ex desapareció de su vida. Detestaba la forma de su nariz y la expresión de sus ojos cuando se miraba en el espejo. Tal vez había dejado de desearla por culpa de su apariencia física, o quizá porque era demasiado aburrida. Quién sabe si por esa razón también había perdido el interés en ella. Fuera como fuera, se veía como una persona que no servía para nada, al contrario que aquellas mujeres despampanantes con sus vestidos de lentejuelas que brillaban como diamantes en bruto.

Mientras tonteaba con ellas, se fijó en sus manos. Eran las mismas que solían acariciarla con ternura y llevarla al orgasmo y que, sin embargo, ahora estaban reservadas para cualquier otro cuerpo que no fuera el suyo. Jamás volvería a sentirlas sobre su piel desnuda.

Sabía que pocos hombres sabían moverse como él. No cabía duda de que era el rey de la pista. Por un momento, pensó en cómo reaccionaría si la invitara a bailar y se diera cuenta de quién era en realidad. Esta vez todo tenía que ser perfecto, así que era mejor mantener cierta distancia y atraer su atención desde lejos para no levantar sospechas. Además, el hecho de que estuviera borracho jugaba a su favor. Pronto llegaría la hora de la venganza y le daría a ese cerdo su merecido. A pesar de que la ira no dejaba de borbotear, tenía que controlarse como pudiera y no perder la paciencia.

Cerró los ojos unos instantes y, al abrirlos, lo vio de nuevo, esta vez hablando con una mujer rubia que llevaba un vestido ajustado. Observó cómo coqueteaba con ella. Era una mala persona. No tenía ni una pizca de bondad, y, al igual que todos los hombres que engañan a sus parejas, él también merecía sufrir y pagar por lo que había hecho.

El odio estalló en su interior al ver aquella escena. Le entraron ganas de abalanzarse sobre él y arrancarle los ojos. Lo había amado como a nadie, pero él nunca había apreciado su amor.

Trató de calmarse y fue a pedir una copa de vino para apaciguar la ansiedad. En la barra, alguien se fijó en ella y le dijo algo al oído, a lo que ella respondió de forma cortante. No le interesaba hablar con nadie precisamente ahora. Empezaba a perder la paciencia cada minuto que pasaba y pensó en que tarde o temprano debía actuar.

De repente, su ex posó la mirada en ella. Por fin había conseguido atraer su atención. Lo supo en cuanto lo pilló examinándola de arriba abajo. Era obvio que no la había reconocido. Aunque eso fuera una buena señal, también la irritaba. ¿Cómo podía estar tan ciego? Él, que la había besado con tanta pasión, que le había acariciado el pelo mientras la estrechaba en sus brazos, ¿cómo no se daba cuenta?

Unos segundos después, se deshizo de aquel pensamiento.

Se preguntó si estando con ella solía salir solo y aprovechaba para seducir a otras cuando ella tenía que trabajar de noche en la biblioteca o en el teatro. Su furia se desató al pensar que la había estado engañando durante mucho tiempo y que luego volvía a casa como si nada. No podía creer que la relación no hubiera sido más que una sucia mentira en la que ella tan solo era parte de su juego. Sin embargo, sabía que tenía que guardar la compostura antes de que pudiera echarle el guante. Había que actuar con astucia y mantener la mente fría para no estropear el plan.

La parte positiva era que, por fin, se había fijado en ella.

En ese momento, respiró hondo y se dio la vuelta para mirarlo de nuevo, esta vez con descaro. En cuanto se dio cuenta de que lo estaba observando, le esquivó la mirada y se puso a hablar otra vez con la mujer rubia. Después bebió de la copa y le lanzó una sonrisa seductora sin apartar la vista. Él le devolvió otra mientras la miraba de reojo. A continuación, pasó su lengua suavemente por el borde de la copa de vino para llamar aún más su atención. Sin duda, aquel gesto premeditado había funcionado porque, en ese instante, apartó la mano de la cadera de la mujer rubia y la miró a ella con ojos voraces. Al parecer, había cambiado de víctima. Entonces, se bajó el top un poco para dejar ver parte de los pechos y empezó a enrollarse un mechón de pelo con el dedo. Le sonrió de nuevo, apartó la mirada unos segundos y enseguida volvió a posar los ojos sobre él. En ese preciso momento, la rubia ya no estaba y ahora era él quien la miraba con descaro.

Por fin había llegado la hora de pasar a la acción. Antes de dar el siguiente paso, cerró los ojos y bebió un último sorbo de vino. Decidida, se alejó de la barra caminando erguida y balanceando las caderas. Pasó por su lado para que así pudiera verla más de cerca y el pulso se le disparó. Ni siquiera era capaz de reconocerla. Era una completa desconocida, y pensar que lo había engañado le produjo un estremecimiento de satisfacción. Podría haberlo rozado con la mano, pero, en lugar de eso, prefirió pasar de largo. Giró la cabeza cuando estaba a unos metros de distancia para mirarlo una vez más y lanzarle otra sonrisa picarona. Como era obvio, él ya no tenía ojos para otra mujer y le devolvió el gesto mordiéndose el labio inferior. Justo después, él bajó la mirada y se alejó de la pista de baile. Ella siguió caminando hacia el frente, sin atreverse a darse la vuelta, con la esperanza de que siguiera sus pasos.

Cuando salieron al jardín, enseguida se dio cuenta de que lo tenía detrás. Le sorprendió lo fácil que había sido engatusarlo y continuó andando hasta la playa mientras el corazón le latía con fuerza. Antes de ir a la fiesta, había entrado en una caseta donde los pescadores solían guardar sus herramientas y había dejado todo a punto. Allí mismo se había vestido y maquillado para la ocasión. Además, se había cerciorado de dejar la puerta abierta para no perder el tiempo llegado el momento.

—¡Eh! —gritó él para llamar su atención—. ¡Espera!

Se detuvo en seco y decidió esperarlo. Al fin y al cabo, no faltaba mucho para llegar a la caseta. A lo lejos, se oía la música de la fiesta, que sonaba más fuerte que los rugidos de las olas, aunque aquella noche el mar estaba relativamente tranquilo.

Corrió para alcanzarla y, al lograrlo, alargó la mano para tocarla. El tiempo se detuvo y no pudo evitar sonreír cuando volvió a sentir su mano después de tantos meses. Notaba mariposas revoloteando por todo su cuerpo. Pasados unos segundos, se giró hacia él. Se preguntaba cuánto tiempo tardaría en reconocerla, pues tarde o temprano se fijaría en la forma de sus manos o en sus gestos. Era imposible ocultarlo todo.

—Vaya, sí que estás buena —balbuceó.

Al oír aquella frase, supo realmente lo ebrio que estaba, pero mejor así. De hecho, cuanto más lenta fuera su capacidad de reacción, más tiempo tardaría en identificarla, y eso, sin duda, era una ventaja.

El mar se extendía ante ellos y la luna se reflejaba en la superficie. Pensó que aquel podría haber sido un paseo romántico y, en parte, la idea la entristecía. Todo habría sido muy diferente si no la hubiera dejado. Pero ahora no podía dar marcha atrás, la venganza estaba servida en aquella caseta. Giró el pomo y la puerta se abrió con un chirrido desagradable.

—Qué chula la cabaña. ¿Es tuya? —le preguntó con cierta curiosidad.

—Me la han prestado.

Encendió una cerilla para prender la vela que había junto a la ventana y una llama iluminó enseguida las paredes de madera y las vigas del techo. Lo llevó a una cama grande que había en una esquina mientras lo besaba en el cuello. Nada en el mundo la haría detenerse.

En la mesita de noche, las esposas esperaban el momento adecuado. Mientras se besaban, ella intentaba alcanzarlas sin que él se diera cuenta. Disimulaba con una sonrisa burlona mientras le extendía los brazos sobre el colchón. Finalmente, después de acariciarle el pecho, sonó el clic de las esposas, dejándolo atado al cabecero de la cama. De ese modo, no podría defenderse ante lo que estaba a punto de ocurrirle.

A través de las paredes de madera se oía la música de la fiesta. Por suerte, había cerrado la puerta y ahora estaban solos. Por fin podría dominarlo a su antojo.

Sentarse a horcajadas sobre él le provocó una enorme satisfacción, al ser consciente de lo cerca que lo tenía. Estaba excitada, pero, al mismo tiempo, sentía la mente lo suficientemente fría como para poder dar el siguiente paso. Era una sensación paradójica y extraña que la empujaba a continuar con su venganza. De pronto, observó que su cara pasaba de una expresión de duda al más absoluto desconcierto. La miró perplejo y unos segundos después se puso examinar el cuello, los hombros, el pecho y las caderas de la mujer que lo había seducido. Le volvió a clavar los ojos sorprendido y muerto de miedo.

—¿Tú?

JOHAN SE DESPERTÓ con un dolor de cabeza punzante y un aliento que olía a perro muerto. Sentía tal malestar que tenía que obligarse a tragar saliva para no vomitar en medio de la pequeña cabaña donde Emma y él se habían quedado a dormir. Parpadeaba una y otra vez con los ojos hinchados mientras intentaba pensar en otra cosa que no le recordase el tequila. De hecho, fue lo último que había bebido antes de acostarse. Se lo tomó en un vaso grande que tenía sal, limón y champán. Todo de un solo trago. La idea de haber tomado esa mezcla de alcohol de aspecto aceitoso le revolvió el estómago.

Sería mejor que saliera de allí. Miró el reloj y se fijó en que solo había dormido una hora. Vio a Emma, que yacía a su lado y no dejaba de roncar. Se habían marchado de la fiesta relativamente temprano, Johan se había emborrachado tanto que prefirió no continuar con la velada. No solía beber a menudo, pero unos amigos de Emma lo animaron a probar el tequila, que fue de todo menos una buena idea. Antes de salir, Johan se detuvo unos instantes para tratar de orientarse un poco mejor en la oscuridad. Ni siquiera recordaba cómo habían llegado hasta la caseta ni dónde había puesto su ropa. Iba en calzoncillos.

De pronto, vio sus pantalones encima de otras prendas apiladas junto a la puerta. En ese momento, tropezó con la alfombra y maldijo en silencio para sus adentros. Aquel movimiento brusco acentuó aún más el dolor que sentía, así que tragó un poco de saliva para controlar los ácidos del estómago. Debía salir de allí cuanto antes para tomar un poco de aire fresco. De repente, Emma cambió de postura y, tras murmurar algo que no entendió, se ocultó bajo las sábanas.

No encontraba la camisa, así que agarró la sudadera gris que estaba en la silla y se la puso. Inmediatamente después, abrió la puerta de la entrada con cuidado para no despertar a Emma. Al salir, se dio cuenta de que la fiesta continuaba. La música retumbaba a lo lejos y se oían risas y gritos de felicidad al ritmo de la canción más famosa de la banda de rock Ebba Grön. Un clásico de todos los tiempos.

Se puso a caminar hacia la playa dando traspiés, pero antes se paró a orinar en la hierba. En realidad, no tenía ganas de volver a acostarse, así que decidió ir hasta el embarcadero para sentarse y descansar un rato. Desde allí se veían las casetas de los pescadores del pueblo y, a medida que se acercaba, le pareció oír unos gritos de dolor que provenían de una de ellas. Se detuvo en seco. «¿Qué ha sido eso?», se preguntó confuso, al mismo tiempo que sentía como si la cabeza le fuera a explotar. Siguió caminando y, unos segundos más tarde, oyó otro grito. Esta vez creyó que venía de la caseta más alejada. Al principio, supuso que eran dos personas en pleno acto sexual, pero no le parecía que aquellos gritos fueran de placer. Johan miró de nuevo a su alrededor para comprobar que no había nadie allí y, justo en ese momento, volvió a oír el mismo chillido de antes. «¿Pero ¿qué estarán haciendo en la caseta?», pensó. Al acercarse, observó que la ventana tenía las cortinas echadas, así que no pudo ver quién había en el interior.

Ni corto ni perezoso, se plantó delante de la puerta de madera y giró el pomo. Al abrirla, distinguió una cabellera de pelo largo y negro como el azabache. De repente, sintió un golpe en la cabeza que le hizo ver las estrellas y luego solo oscuridad.

Había amanecido hacía tan solo unos minutos, pero no cabía duda de que los invitados iban a seguir durmiendo hasta bien entrada la mañana. El anfitrión abrió los ojos y enseguida notó que no había descansado lo suficiente. Un par de horas antes se había acostado con una rubia cuyo nombre no recordaba y que todavía seguía a su lado. Mientras trataba de volver a conciliar el sueño, el teléfono móvil empezó a sonar una y otra vez. Rickard apartó los brazos tatuados de aquella mujer que llevaba un *piercing* en la nariz y esta gruñó levemente y se dio media vuelta. Buscó el teléfono a tientas sobre la mesita de noche hasta que por fin lo encontró.

—¿Diga? ¿Quién es? —murmuró medio dormido.

—No encuentro a Stefan. Llevo intentando localizarlo desde ayer por la tarde —respondió una voz femenina al otro lado del móvil—. No me responde a las llamadas y tampoco a los mensajes. ¿Sabes si le ha pasado algo?

—¿Cómo? Perdona, no te entiendo…

—Soy Elin, la novia de Stefan.

«Toma ya», pensó. Sabía que Stefan había conocido a una chica en la fiesta con la que acabó yéndose a pasar la noche.

—Me imagino que seguirá dormido todavía —dijo Rickard con voz rotunda.

—Qué raro. No es normal que no me conteste. Ya han pasado muchas horas —insistió Elin—. ¿Te importaría ir a buscarlo, por favor?

—Pues… Acabo de meterme en la cama. Como comprenderás, estas no son horas de llamar… —contestó Rickard con un tono seco para evitar seguir con la conversación.

Miró el reloj que llevaba en la muñeca y vio que solo eran las cuatro menos cuarto.

—Por favor, dime que luego irás a buscarlo si ahora no puedes —le suplicó Elin llorando—. Estoy muy preocupada.

Rickard se relajó un poco. No soportaba oír llorar a una mujer, siempre le provocaba cierto malestar.

—Bueno, voy a echar un vistazo para ver por dónde anda. Tranquila, no te preocupes. Seguro que no es nada. Te llamo más tarde.

—¿Quién era? —le preguntó con voz ronca la mujer que estaba a su lado entre las sábanas.

Rickard no recordaba con claridad lo que había sucedido durante la noche, ni tampoco sabía cómo había acabado en la cama con aquella rubia, pero, a juzgar por el hecho de que ambos estaban desnudos, supuso que había sido un encuentro placentero.

—¿Por qué no nos quedamos un ratito más aquí? —le sugirió la desconocida, que trató de detenerlo al ver que Rickard iba a levantarse de la cama.

«Stefan debe de haberse quedado a dormir aquí, pero a saber dónde», pensó mientras se ponía los pantalones cortos. Pasados unos minutos, salió de la cabaña y, al ver cómo había quedado la zona de la fiesta, supo enseguida que había sido una noche de auténtica locura. Las mesas estaban cubiertas de botellas vacías, y, junto a una de ellas, vio que un amigo estaba dormido boca abajo en el césped.

Rickard se le acercó y lo agarró del hombro.

—Putte, despierta. Despiértate, maldita sea —le dijo.

El hombre abrió los ojos a duras penas y se quedó mirándolo con cara de confusión.

—¿Qué pasa?

—¿Qué haces aquí tumbado? Anda, vete a la cama a dormir. Por cierto, ¿has visto a Stefan?

Putte negó con la cabeza y volvió a quedarse dormido.

Rickard lo dejó en paz al ver que estaba hecho polvo y marcó el número de Stefan antes de ir a buscarlo. El teléfono estaba encendido, pero nadie respondió. Le contestó la voz del contestador, que lo invitó a dejar un mensaje después de la señal. Tras varios intentos, optó por mandarle un mensaje para pedirle que lo llamara en cuanto estuviera disponible. «¿Le habrá puesto los cuernos a su novia?», pensó. Sin duda, tenía que haber alguna razón por la que no quisiera hablar con ella por teléfono.

Rickard recapituló y trató de recordar cuándo había visto a Stefan por última vez la noche anterior. Después del brindis, un amigo dio un discurso y, en aquel momento, Stefan estaba presente. Luego se acordó de que estuvo intentando ligar con una chica alta y atractiva a la que Rickard no había visto antes. Sabía que había invitado a muchísima gente a la fiesta y, a decir verdad, tampoco conocía a todos los acompañantes. Supuso que aquella chica habría ido con algún conocido de su entorno, y por alguna razón, no se la habían presentado. Los recuerdos cada vez eran más borrosos. Había sido una noche de desenfreno total y no se acordaba de casi nada. Por más que se esforzara en visualizar los hechos, no estaba seguro de haber visto a Stefan después de aquello.

En el recinto, había varias cabañas donde los invitados podían quedarse a dormir. Rickard fue llamando una por una para preguntar por Stefan, pero la búsqueda fue en vano. Nadie lo había visto. «Qué extraño. ¿Se habrá ido con alguien de vuelta a Visby? Desde luego, ni yo mismo habría podido conducir con todo lo que había bebido», pensó.

El teléfono de Rickard volvió a sonar. Era Elin otra vez.

—Lo estoy buscando, ¿vale? No tengo ni idea de dónde puede estar. Tal vez no haya dormido aquí —le explicó Rickard, que ya empezaba a ponerse nervioso. Le dolía la cabeza y tenía sed y ganas de orinar.

—Hombre, no creo que se haya ido de allí sin avisarme, ¿no? —dijo Elin a modo de pregunta retórica.

Rickard se rascó la espalda y soltó un suspiro.

—Mira, no lo sé. Pero, vamos, que ya es mayorcito para saber lo que hace.

—A los adultos también les pueden ocurrir cosas malas —respondió Elin tratando de no sonar muy arrogante.

Rickard notó la desesperación y la tristeza en su voz.

—De acuerdo, voy a seguir buscándolo —le prometió.

Rickard orinó en el trozo de césped que había delante del bar. Después se fue hasta la barra y descubrió que había un frigorífico debajo. Al abrirlo, vio una botella de agua y se la bebió de un trago. También quedaba una lata de Coca-Cola, así que se la llevó sin pensárselo dos veces. Mientras se relajaba un poco, volvió a pensar en Stefan y en dónde diantres se habría metido. Sin duda, debía de estar con la chica morena y sexy en alguna parte. «Pobre Elin —pensó—. Parece buena persona, aunque un *poquito* controladora.»

Rickard le dio unos cuantos sorbos a la Coca-Cola mientras miraba fijamente el mar. Le pareció que la fiesta de cumpleaños había sido todo un éxito, casi todos los invitados se habían quedado bailando hasta muy tarde. En ese momento, se dio cuenta de que acababa de cumplir una edad considerable y se puso a reflexionar sobre ello. Ya tenía cuarenta y no estaba casado ni tenía hijos. Ni siquiera una relación estable. Sin embargo, eso no lo hacía sentirse desdichado, y pensó que tal vez a él simplemente le tocaría madurar más tarde que al resto.

De repente, sintió un profundo cansancio. «Yo paso. Me piro a dormir», se dijo. Como buen anfitrión que había sido, se merecía descansar tanto como el resto. Le envió un mensaje de texto a Elin para decirle que había encontrado a Stefan durmiendo en una cabaña y que este la llamaría más tarde cuando se despertara. Inmediatamente después, apagó el teléfono, regresó a la cama con la rubia y cayó rendido.

JOHAN SUPO QUE estaba dentro de la caseta en cuanto recobró la consciencia y vio las paredes grises de madera que lo rodeaban. Entornó los ojos con cuidado mientras notaba que estaba sudando y que le dolían las cuencas de los ojos. En mitad de la oscuridad, descubrió la cara de una mujer con unas pestañas enormes y una mirada inexpresiva. Aquel rostro cada vez estaba más cerca.

No podía mover las manos y sentía un hormigueo debido a que algo le estaba cortando la circulación. Estaba tumbado en el suelo con los brazos y los pies atados a la espalda. Tampoco podía mover la cabeza y le costaba respirar. Trató de decir algo en voz alta, pero le habían tapado la boca con cinta adhesiva muy tirante. Le dio la impresión de que había alguien más en aquel lugar, pero no veía a nadie aparte de a la mujer que tenía delante. ¿Qué hacía ahí tirado?

Sintió que la oscuridad se cernía sobre él y creyó que había perdido la consciencia de nuevo.

Poco a poco, volvió en sí y logró aclarar sus pensamientos.

Notó que tenía la boca seca y la lengua pegada al paladar. El dolor en la nuca lo estaba matando. Al parecer, le había atizado un buen golpe con algo duro. Trató de recordar qué le había traído a aquella caseta, había despertado en mitad de un cuarto oscuro y no sabía por qué. Mientras hacía un esfuerzo por acordarse, se fijó en que entraba algo de claridad por la ventana. Oyó el gorjeo de los pájaros que provenía del bosque. Sin embargo, no lograba percibir ninguna voz humana. Johan, confuso, seguía preguntándose por qué motivo había acabado en el suelo. Por un momento, le pareció haberla oído hablar con otra persona allí dentro, pero tampoco estaba seguro. Su intuición le decía que no estaba solo en aquel extraño lugar. Unos minutos más tarde, la mujer salió por la puerta y Johan empezó a sentir escalofríos. Se le pasó por la cabeza la idea de que tal vez aquella fuera la asesina que la policía estaba buscando. La misma que había utilizado un collar de perro, una soga y un látigo para matar a sus víctimas. Fuera quien fuera, debía agradecerle que, al menos, no le hubiera quitado la ropa de momento. Debía soltarse cuanto antes para escapar de allí.

Estaba de lado con la espalda hacia la puerta y solo podía distinguir parte de la caseta de pescadores con la ayuda de un espejo que había junto a él.

A simple vista, estaba amueblada, incluso había una mesa de madera antigua con algunos taburetes junto a la ventana. También observó que había un banco pegado a la pared con una caja llena de utensilios de cocina. Johan clavó la mirada en aquel recipiente con la esperanza de encontrar alguna herramienta que le pudiera servir de ayuda para soltarse. Necesitaba un cuchillo, unos alicates o cualquier otro objeto que para desatarse las muñecas. Trató de sacudir un poco las manos, pero fue inútil. Hizo el mismo gesto con las piernas, pero los pies también habían quedado inmovilizados. «Pero ¿qué narices...?», dijo para sus adentros. Ahí estaba, inmóvil, tirado en el suelo áspero y enjaulado como un animal. Vio la cara de Emma en ese instante. Se preguntaba qué estaría haciendo, y lo primero que pensó fue si ella lo estaría echando de menos, pero después supuso que seguiría durmiendo plácidamente. No sabía a ciencia cierta la hora que era, pero recordó que se habían ido a la cama sobre las dos de la madrugada y que se había despertado una hora después.

Aún era de noche cuando salió de la cabaña de invitados, y el sol salía alrededor de las cuatro en esa época del año, por lo que habría llegado a la caseta sobre las tres. Ahora ya era de día, así que dudaba de cuánto tiempo había estado inconsciente. Se imaginó con Emma en la cama mientras ella lo acariciaba y hacía desaparecer el dolor. Seguro que dormía profundamente y ni siquiera se había dado cuenta de que Johan no estaba. Pasados unos segundos, volvió a la realidad. Tenía que escapar para contarle lo que le había sucedido y decirle que la quería como a nadie en el mundo.

De repente, oyó un susurro, pero no podía ver de quién se trataba. Era un murmullo suave e incesante y sonaba algo apagado, como si la persona que estuviera emitiéndolo también tuviera la boca tapada. Aquella psicópata podía volver de un momento a otro, así que debía escapar cuando antes. Sumido en la desesperación, intentó retorcer las muñecas y, al cabo de unos segundos, notó que la cuerda se había aflojado. Deprisa, continuó haciendo el mismo movimiento. Finalmente, liberó una mano y luego la otra.

Al darse la vuelta, Johan no dio crédito al ver a un hombre desnudo y ensangrentado que también estaba atado a una cama pegada a la pared. Se fijó en que llevaba algo en el cuello e inmediatamente supo que se trataba de un collar de cuero negro con remaches. Tenía la cabeza ladeada, aunque no parecía que estuviera muerto porque le pareció verlo respirar. Johan se deshizo de la cuerda que le ataba los pies y los tobillos y, finalmente, logró ponerse de pie. Luego se llevó la mano al bolsillo. «Ostras, qué suerte», pensó. En efecto, llevaba el iPhone encima. La mujer no se había molestado siquiera en vaciarle los bolsillos. Avanzó unos pasos y marcó el número de la policía. Dio la voz de alarma y, después de colgar, llamó a Pia Lilja.

—¿Diga? —preguntó mientras bostezaba.

—Pia, soy yo. Escucha con atención...

Johan le explicó la situación tratando de ser breve.

—¡Dios mío! —exclamó Pia Lilja—. Voy para allá enseguida. Te llamo en cuanto me suba al coche.

Johan se acercó al hombre para desatarlo y comprobó que ambos rondarían la misma edad. Sin embargo, no lo conocía. Le quitó la cinta adhesiva de la boca y este abrió los ojos.

—¿Qué ha ocurrido? —preguntó Johan—. ¿Cómo te llamas?

El hombre estaba visiblemente aturdido, así que Johan le repitió la pregunta.

—Stefan —balbuceó—. Me llamo Stefan Söderström.

—¿Quién te ha hecho esto? —se interesó Johan mientras le ponía la mano en el hombro.

—Agnes. Ha sido mi exmujer. Agnes Molin.

Los RAYOS DE sol que se filtraban por la ventana despertaron a Emma. Desde la cama oía el graznido de las gaviotas y el rumor de las olas que rompían en la playa. La cabaña en la que Johan y ella se habían alojado estaba relativamente cerca del mar y a pocos kilómetros del pintoresco pueblo conocido por sus casitas de pescadores. Con los brazos estirados, bostezó mientras miraba la luz matutina que iluminaba la habitación. Entonces notó el ardor de estómago causado por el vino acompañado de un fuerte dolor de cabeza. Aquel día no se libraría de la resaca.

Estiró el brazo para palpar el otro lado de la cama, que, para su sorpresa, estaba vacío. Miró el reloj. Eran las cinco y media de la mañana. Confusa, se preguntó qué hacía despierta tan temprano y por qué Johan no estaba a su lado si se habían acostado hacía un par de horas. «Quizá está en el baño», pensó. Asfixiada por el calor, apartó las sábanas de una patada. La cabaña era bastante pequeña y ni siquiera la ventana abierta ayudaba a bajar la temperatura. No había duda de que el anticiclón que había llegado a Gotland tenía intención de quedarse un tiempo.

Prefirió quedarse en la cama y dormir un poco más, aunque estaba segura de que no podría conciliar el sueño hasta que Johan volviera. Pasaron los minutos y, en lugar de intentar quedarse dormida, optó por mirar el techo y esperar a su marido. Al cabo de media hora, se levantó de la cama. Ya había esperado suficiente, tenía curiosidad por saber dónde se había metido y ver

374

si se encontraba bien. Lo cierto era que Johan había bebido demasiado en la fiesta y eso no era muy propio de él. La cabaña tenía dos habitaciones pequeñas y en una de ellas había una pareja durmiendo. Era evidente que Johan había salido.

Al cabo de unos segundos, Emma se calzó unos zuecos viejos que encontró en la estantería del pasillo y decidió salir a buscarlo. El sol brillaba con fuerza a pesar de que era muy temprano. A pocos metros de allí, estaba el sendero en el que se encontraba la letrina, pero decidió agacharse para orinar en el césped detrás de la cabaña. Mucho mejor así. Los pájaros y los abejorros ya revoloteaban en aquella mañana de verano con el espléndido mar de fondo. Se sentía mejor de la resaca, pero la verdad era que le apetecía beber algo.

Regresó a la cabaña en cuanto se acordó de que en la habitación había un frigorífico pequeño. Sacó una limonada de la marca Ramlösa que Johan había comprado el día anterior. Se alegraba de que su marido fuera precavido para ese tipo de cosas. Habían traído el desayuno y todo. Encima del frigorífico tenían una cafetera, un tarro de café y filtros. «Pero qué detallista ha sido Rickard son sus invitados», pensó Emma con gratitud. Contuvo las ganas que tenía de tomarse un café y decidió ir a buscar a Johan primero. Ya desayunarían juntos en algún sitio al sol cuando lo encontrara. Es más, qué mejor sitio había para desayunar que el embarcadero. Allí podrían remojar los pies.

Empezó a buscar a su marido en los alrededores de la cabaña, luego comprobó la letrina y después entró en el recinto donde se había celebrado la fiesta, pero ni rastro. Fuera había varias filas de mesas alargadas recubiertas de papel mojado y todo tipo de vasos de plástico vacíos, numerosas botellas de vino y latas de cerveza. Había tantas cosas en el suelo que este crujía mientras caminaba. Emma siguió echando un vistazo por la zona y se fijó en que la puerta de la terraza cubierta del bar estaba entreabierta. Al entrar, observó que en una esquina había un chico tirado en el suelo que dormía abrazado a una chica. Sintió un enorme alivio al comprobar que aquel tipo no era Johan.

Tras inspeccionar el bar y no ver rastro alguno de su marido, Emma empezó a desesperarse. Comprobó todos y cada uno de los rincones. A lo lejos observó que había un camino que llevaba a las casetas de pescadores de la playa. Lo llamó en voz alta varias veces, pero no hubo respuesta. Finalmente, tras unos minutos de búsqueda, decidió llamar a todas las puertas de las cabañas para asegurarse. Por su estado de embriaguez, Johan podría haberse confundido y haber acabado en otra por error.

Un chico que estaba medio dormido la reconoció enseguida y le abrió la puerta. En ese momento, Emma vio que alguien se escondía debajo de las sábanas.

—Hola —saludó Emma, que se sentía más tonta que nunca—. Perdona que te moleste a estas horas, pero es que mi marido ha desaparecido.

—Anda, no me digas —dijo el chico sorprendido con los ojos bien abiertos. Estaba despeinado y solo llevaba puestos unos calzoncillos—. Vaya, pues aquí no está. Eso te lo aseguro —contestó mientras señalaba el interior.

—Ya, me imagino. Bueno, era solo por preguntar…

—No te preocupes —dijo el chico bostezando y cerró la puerta.

Emma se sentía cada vez más preocupada. ¿Dónde se había metido Johan? ¿Dónde habría ido en plena madrugada? ¿Habría conocido a alguien? De repente, recordó a aquella mujer alta y morena que miraba a Johan desde la barra. Era evidente que le había parecido atractivo, aunque Emma prefirió evitar el tema y no hacer ningún comentario al respecto. Pero había algo en ella que le resultó extraño y tenebroso. Sabía de sobra que le había echado el ojo a su marido y, para colmo, este se había ido de la cabaña en mitad de la noche. El mero hecho de pensar en ello hacía que se le helara el corazón.

LA POLICÍA RECIBIÓ la llamada a las cinco de la mañana. El agente que estaba de guardia trató de localizar de inmediato al comisario, que aún no se había despertado.

—¿Sí? —respondió Knutas con voz dormida.

—Perdona que te moleste tan temprano —se disculpó el agente—. Al parecer, la asesina ha vuelto a hacer de las suyas.

—¿Cómo dices?

—Acaban de encontrar a un hombre atado del mismo modo en que fueron halladas las otras dos víctimas. Está en una de las casetas que hay en la playa de Kapelludden, junto al pueblo de När.

—Pero ¿está muerto?

Knutas salió de la cama de un brinco y empezó a ponerse los pantalones mientras seguía con el iPhone pegado a la oreja.

—No, no. Sigue vivo, pero apenas está consciente —continuó explicando el agente—. Había ido al cumpleaños de un amigo suyo. Al parecer el anfitrión organizó una fiesta por todo lo alto cerca del pueblo.

Knutas recogió a Karin de su apartamento y ambos pusieron rumbo al sur de la isla a toda velocidad sin apartar la vista de la carretera.

—Así que es ella —soltó Karin para romper el hielo—. Nosotros como locos buscándola por la ciudad y resulta que había

377

ido a una fiesta de cumpleaños a hacer de las suyas —le dijo a Knutas mientras le lanzaba una mirada fugaz desde el asiento del copiloto—. ¿Y las pruebas de ADN entonces? ¿De dónde habrá sacado los mechones y los restos de semen de la cama de Henrik Dahlman si no son suyos? Vale que quizá se pueda adquirir semen con dinero, pero ¿y el pelo? ¿Cómo lo ha conseguido?

—Quién sabe. Tal vez los haya dejado como pista falsa para engañarnos —dijo Knutas—. No sería la primera vez que un asesino hace algo así.

—Dios santo —dijo Karin—. Desde luego, ¿quién lo iba a decir? Que a una persona se le ocurran ese tipo de cosas tan retorcidas… La verdad es que, en cuanto la vi, la primera impresión que me dio fue que era una mujer insegura y algo neurótica.

La conversación se interrumpió cuando Kihlgård los llamó por teléfono. Iba con Wittberg en un coche y también se dirigían al lugar de los hechos.

—El hombre se llama Stefan Söderström —afirmó Kihlgård, que acababa de recibir la confirmación de una patrulla recién llegada a Kapelludden—. Lo han encontrado en las mismas condiciones en las que aparecieron las otras víctimas. La mujer lo había atado a la cama desnudo y le había puesto un collar de cuero. Lo ha fustigado. La única diferencia es que este ha logrado salir con vida. Ha sido un reportero quien ha delatado a la presunta autora. Al parecer, la asesina lo había dejado encerrado allí con la víctima. Es Johan Berg, el de la tele.

—¡¿Cómo?! ¿Estás hablando en serio? —exclamó Knutas mientras negaba con la cabeza—. ¿Ha podido Johan hablar con él?

—Sí, aunque por lo visto Stefan Söderström no está en las mejores condiciones. Lo poco que ha logrado decir es que era su exmujer quien lo había agredido. Según parece, el periodista oyó unos gritos y se acercó a la caseta para ver que ocurría, con la mala suerte que acabó atado en el suelo después de abrir la puerta de la cabaña. Al final consiguió soltarse y llamó a la policía.

—Menos mal —dijo Knutas aliviado—. ¿Y ella ya está arrestada?

—De eso nada, Knutte querido. Nosotros vamos de camino con los perros y varios equipos de refuerzo. Hemos pedido hasta un helicóptero. Ya sabes, hay que aprovechar los recursos que tenemos.

—Estupendo. Nosotros llegaremos enseguida —contestó el inspector.

KNUTAS Y KARIN aparcaron junto a las casetas de pescadores de la playa de Kapelludden y, al bajarse del coche, vieron la ambulancia que se marchaba a toda prisa con las sirenas encendidas. Tanto Stefan Söderström como Johan Berg estaban a salvo e iban de camino al hospital. Sohlman, que fue uno de los primeros en llegar, había llamado para confirmar que Söderström presentaba algunas contusiones y estaba inconsciente, pero se encontraba estable y su vida no corría peligro. Johan Berg solo había sufrido heridas leves y un médico lo vería más tarde.

Varios coches de policía estacionaron junto a las casetas y los agentes uniformados se dispusieron a acordonar la zona. La presunta asesina aún seguía en libertad.

Fueron corriendo hacia el lugar donde Stefan Söderström y Johan Berg habían estado encerrados mientras que Sohlman y sus ayudantes recogían huellas a un ritmo frenético. Otros agentes se ofrecieron para ayudar en la búsqueda de Agnes Molin. El inspector los reunió a todos en la zona de césped de la playa y distribuyó el trabajo entre los presentes. Tomaron la decisión de inspeccionar el interior de cada una de las casetas de pescadores, puesto que no había que descartar la posibilidad de que se hubiera escondido en alguna. Hicieron lo mismo con las cabañas para invitados que se encontraban a pocos metros del lugar y los almacenes que había cerca. Los refuerzos y la patrulla canina llegarían en cualquier momento, lo que facilitaría mucho la búsqueda.

Karin y Knutas vieron cómo sus compañeros desaparecían en distintas direcciones.

—Conozco este lugar —dijo Karin—. He estado aquí antes y sé que hay un lago no muy lejos. Si no recuerdo mal, quedan algunos cobertizos antiguos allí.

—Ve tú si quieres —le dijo Knutas—. Yo me quedo esperando a las patrullas. Ten cuidado.

Karin se adentró a toda prisa en el bosque que estaba un poco alejado de la playa. Sabía que los cobertizos destrozados por el viento y abandonados estaban ocultos entre la maleza.

En aquel lugar reinaba el silencio, a excepción del rumor del agua, el cantar de los pájaros escondidos entre los arbustos y los insectos que revoloteaban a su alrededor. Mientras caminaba atenta al sonido de sus pasos se aseguró de que llevaba la pistola en la funda.

Pasados unos minutos, llegó a la orilla del lago, que estaba repleta de guijarros. Alzó la vista y apreció que a lo lejos había un cobertizo construido a ras de la superficie del agua. Observó que tenía una estructura alargada con el tejado a dos aguas y que la madera estaba totalmente desgastada por la humedad y los azotes del viento. Además, tanto las ventanas como la puerta estaban tapiadas para que el agua no entrase. A Karin le pareció extraño porque los otros cobertizos estaban abiertos y desde fuera se podía ver el interior. «En todo caso, la asesina elegiría el que está tapiado como mejor opción para esconderse», pensó.

Karin decidió acercarse y, al llegar a la puerta del cobertizo, se fijó en que estaba cerrada, sin embargo, vio que el candado oxidado que colgaba del mango estaba roto. Se le empezaba a acelerar el pulso. Aquello solo podía significar que habían cerrado la puerta desde dentro y que, por lo tanto, había alguien allí.

Se dio la vuelta y miró a su alrededor. Estaba sola ante aquella situación. El corazón le latía a mil por hora. Caviló unos segundos y finalmente decidió que debía correr el riesgo y aprovechar la oportunidad para no dejarla escapar. Volvió a mirar el candado y apoyó la oreja contra la puerta, pero no oyó nada. Entonces sacó la pistola de la funda y le quitó el seguro. Ahora debía concentrarse todo lo posible.

—¡Alto, policía! —gritó Karin tras derribar la puerta de una patada.

El cobertizo era pequeño y estaba en silencio. Karin se detuvo y advirtió que no había nada más que un soporte de madera que servía para las barcas que solían guardarse allí y una banqueta con cajas de plástico llenas de herramientas, sogas entrelazadas y una nevera de tela desgastada. Olía a una mezcla de tierra húmeda, alquitrán y algas. En una pared, un flotador rojo y blanco colgaba de un clavo oxidado, y, al lado, se veían algunos chalecos salvavidas. Enfrente, había varios ganchos con aparejos de pesca, redes y un salabre. Allí no había ni un alma. ¿Dónde diablos se había metido?

Fue entonces cuando alguien se abalanzó sobre ella por detrás como una fiera. A Karin se le cayó la pistola y se vio envuelta en una pelea salvaje en el suelo. Ante sí tenía una melena larga y oscura. Notó que unas uñas se le clavaban en el cuello e intentaban estrangularla. Aunque le faltaba el aire, hizo acopio de todas sus fuerzas para quitarse de encima a su atacante. Durante unos segundos, Karin y la asesina se miraron a la cara. Pudo ver la locura que irradiaban los ojos maquillados de Agnes Molin. Se percató de que la peluca que llevaba se le había descolocado y de que su cuerpo atlético estaba en posición de combate. Enseguida volvió a lanzarse al cuello de Karin, pero esta vez la agente consiguió agarrarla y lograr ventaja. Como respuesta, su adversaria le clavó los dientes afilados en la muñeca y la sangre empezó a brotar. Karin dio un grito de dolor y, pasados unos segundos, varios agentes de policía con las armas desenfundadas irrumpieron en el cobertizo. Su enemiga quedó reducida e inmovilizada con unas esposas. Luego oyó la voz de Knutas muy cerca.

—¡Cariño! ¿Estás bien?

Todo había acabado.

EL SOL ESTABA a punto de ponerse en el horizonte. Era una de esas maravillosas noches de julio en las que la naturaleza se mostraba con toda su armonía y esplendor. No soplaba brisa entre los árboles, y tanto la hierba como las flores desprendían un dulce aroma que lo embriagaba todo. Las semillas habían comenzado a brotar en los pastos y los acianos y las amapolas envolvían el campo amarillo. El verano estaba en pleno apogeo y solo faltaban unas semanas para disfrutar de la mejor época del año.

Karin se había ofrecido a preparar la cena y Knutas, cómo no, había aceptado encantado la propuesta. Sabía que, cuando estaba de buen humor, se le daba muy bien cocinar y le gustaba experimentar nuevas recetas. Aquella noche iba a deleitarlo con filetes de ternera a la italiana acompañados de patatas y ensalada. A Knutas se le hacía la boca agua con solo percibir el olor que venía de la cocina. Por la tarde, había ido al Systembolaget a por un par de botellas de vino y, aunque le costó decidirse, al final eligió un rosado que casaría de maravilla con aquel delicioso plato. Estaba seguro de que a Karin le iba a encantar. Descorchó la botella bien fría y sirvió dos copas mientras Karin cortaba las verduras con la cabeza apoyada en él. Knutas le pasó el brazo por el hombro para corresponderle con otro gesto cariñoso.

—¿Te apetece probar una copa de Casiopea Rosato antes de la cena?

—Uy, Casiopea. Pero si tiene nombre de constelación y todo.

—Cierto —dijo el inspector riendo—. Aunque en este caso me temo que solo es una botella de vino de la bodega. La he comprado hoy.

Salieron al porche de la casa de Lickershamn y, mientras contemplaban el mar al fondo, brindaron y probaron aquel vino exquisito.

—Te mereces que te felicite de nuevo —dijo Knutas con un gesto de ternura—. Por haber atrapado a la doble asesina. Bueno, a la asesina en serie, mejor dicho.

—Ay, gracias —dijo Karin, que se ruborizó y lo miró con una sonrisa tímida—. Aunque no sé si alegrarme de cómo pasó todo al final. Quiero decir, el momento del arresto fue una odisea.

—Podría haber ocurrido una desgracia... —le dijo él mientras le acariciaba la mejilla—. No me gusta que hagas esas cosas sola. Te lo he dicho muchas veces.

—¿Es que no te atraen las mujeres independientes? Anda, y yo que pensaba que sí... —bromeó Karin.

Al decirle eso, Knutas se sonrojó y Karin le dio otro sorbo a la copa de vino. En parte, se había vuelto más directa y descarada desde que habían retomado el contacto.

Knutas supo que algo cambió en él en el momento en que irrumpió con la policía en el cobertizo y vio a Karin luchando desesperada con la asesina. Ahí fue cuando se dio cuenta de cuánto la amaba y de lo que realmente significaba para él. Fue entonces cuando todas sus dudas se desvanecieron como por arte de magia.

Después de eso, lo vio todo con más claridad. Comprendió que Line era solo un recuerdo del pasado, nada más. Supo que el motivo por el que había estado tan confundido era porque, en realidad, no había terminado de asimilar su divorcio y, en cierto modo, lo que le entristecía era no tener una familia.

Por otra parte, sentía que había llegado la hora de que Karin y él dieran un paso adelante en la relación y se fueran a vivir juntos. Sabía que tenía que comportarse como la persona adulta y madura que era. Incluso sopesaba la idea de pedirle la mano.

—¿Qué te ronda por la cabeza? Pareces muy pensativo —le dijo Karin mientras se encendía un cigarrillo. Fumaba más a menudo desde la crisis de pareja—. ¿Es por el caso?

—Sí —mintió. Knutas consideraba que era mejor no compartir esos pensamientos espontáneos y dejarlos estar—. Menuda es esa Agnes Molin.

A decir verdad, sentía cierta pena por ella, había tenido una vida bastante complicada. Su padre la había traicionado cuando era una adolescente y, al no ser capaz de superarlo, le arrebató la vida de forma premeditada.

Ni siquiera sabían a ciencia cierta si era del todo consciente de la gravedad de sus actos. De hecho, su nombre había aparecido en otra investigación por asesinato. Resultó que otra chica de la misma edad que cumplía condena en el centro de menores donde Agnes estuvo interna, apareció muerta una mañana. Se llamaba Linnea Jonsson. La policía siempre sospechó de ella, aunque no encontraron pruebas que la relacionaran con el crimen.

Al cabo de unos años, conoció a Stefan Söderström y siempre creyó que aquel hombre había llegado a su vida para poner punto final a sus días de soledad. Pero después de unos meses, Stefan se fue con otra y le pidió el divorcio. Fue entonces, cegada por el odio que sentía hacia los hombres infieles que traicionaban a sus mujeres, cuando quiso buscar venganza. Agnes Molin había admitido en su declaración que su objetivo primordial era confundir a la policía mediante pruebas falsas que inculparan a Stefan. Por esa razón, dejó las sábanas que tenían manchas de semen de Stefan en la cama de Henrik Dahlman. En el segundo asesinato, puso mechones de su exmarido en la mano de la víctima.

Nada consiguió apaciguar la ira que sentía y por eso pensó que debía morir como los demás. Por suerte, gracias a que Johan Berg actuó rápido, Stefan Söderström salió con vida de aquella situación.

Karin dio otro trago a la copa y apagó el cigarrillo.

—Uf, vamos a dejar este tema. Hablemos de comida, mejor. Bueno, como esta noche preparo yo la cena, mientras tanto quédate aquí a leer el periódico si quieres.

—Vale, si insistes… —dijo riendo.

Knutas se puso a cargar la pipa mientras observaba a la gata que, en ese momento, se revolcaba por la hierba e intentaba cazar una mariposa.

Todo indicaba que Agnes Cecilia Molin se deshizo de su segundo nombre en cuanto regresó a Gotland después de pasar parte de su adolescencia en aquel centro de menores de Estocolmo. Su historia le recordaba a la famosa novela de Maria Gripes, que narraba la vida de una chica que se sentía sola y abandonada en el mundo. Después de todo, aquel había sido el principal motivo que la había llevado a cometer los asesinatos.

Ni siquiera se inmutó cuando los agentes la arrestaron. Más bien parecía disfrutar de aquel momento por el mero hecho de ser el centro de atención. Aunque, al mismo tiempo, se podía percibir un enorme vacío en sus ojos.

A Knutas le resultaba difícil relacionar el rostro de aquella mujer con el de una asesina en serie que había actuado con tanta brutalidad y les había arrebatado la vida a dos hombres inocentes. Sí se imaginaba a una bibliotecaria normal y corriente al ver su foto.

Inevitablemente, los medios de comunicación hicieron todo tipo de reportajes sobre su vida personal sin escatimar detalles, y tanto sus antiguos compañeros de colegio como las personas que trabajaban en el centro de menores se ofrecieron como voluntarios para ser entrevistados.

El teléfono de Knutas empezó a sonar justo cuando iba a levantarse de la silla para poner la mesa. Al principio, ignoró la llamada, pero, unos segundos más tarde, la curiosidad hizo que sacara el iPhone del bolsillo para ver quién era.

Se le hizo un nudo en la garganta al leer el nombre que aparecía en la pantalla.

—¿Anders?

Le dio un vuelo el corazón en cuanto oyó la voz con la erre gutural de siempre.

Se levantó y caminó hacia la puerta de la entrada, que estaba abierta. Al asomarse, vio que Karin seguía ocupada en la cocina y que tarareaba una canción en voz baja.

—Sí, dime —respondió Knutas en voz baja mientras se alejaba del umbral de la puerta.

Justo después, bajó las escaleras del porche y cruzó el jardín para ponerse junto a los setos que quedaban detrás de la caseta de las herramientas.

Los latidos se le aceleraban cada vez más.

—¿Por qué no me has llamado? ¿Puedes hablar ahora? —le preguntó Line.

¿Qué podía decirle? ¿Que no era el mejor momento para ponerse a charlar con ella?

—Sí, sí. Claro —le dijo mientras arrancaba las hojas del seto que sobresalían demasiado.

—Estupendo —continuó Line—. Tengo noticias para ti. Como no me has dicho nada en todo este tiempo, me he tomado la libertad de comprar los billetes sin consultártelo. Ya está todo reservado, así que te llamo para decirte que… ¡Nos vamos a Mogán! ¿Te acuerdas de que estuvimos comentándolo? ¡Ay, qué ganas tengo de que pasemos unas vacaciones juntos! Tú y yo bajo el sol, bañándonos en el mar sin que nada ni nadie nos moleste. Por fin podremos recuperar el tiempo perdido, Anders.

Reconozco que quizá debería habértelo preguntado antes, pero, bueno, solo se vive una vez y no podía esperar.

A Knutas se le vino el mundo encima.

¿Estaba hablando en serio?

Mientras pensaba en qué responderle, se puso a contemplar el mar en calma. Por un lado, tenía a su novia en la cocina y, por otro, a su exmujer al teléfono.

Cerró los ojos y, unos segundos después, los volvió a abrir.

—¿Anders? ¿Sigues ahí?

Las piernas le flaqueaban hasta el punto de tener la sensación de que iba a desplomarse.

Lo reconfortaba pensar que el mar nunca dejaría de existir y que podría tenerlo a su lado toda la vida.

Con la mano húmeda por el sudor, Knutas agarró el móvil con fuerza y volvió a echar un vistazo a la casa.

Respiró hondo.

Finalmente, Line obtuvo la única respuesta que podía darle.

Agradecimientos

GRACIAS A MIS maravillosos amigos Andreas Chakir y Katerina Janouch por darme su apoyo incondicional cuando más lo necesitaba. Gracias también a mis queridos hijos, Rebecka y Sebastian Jungstedt, por vuestra consideración, amor e inspiración. Sobre todo, mil gracias a ti, Rebecka, por haberme ayudado con el guion.

También quiero expresar mi enorme agradecimiento a:

Celeste Franklin, del Hogar de Chicas de Eken, Klintehamn.
Dos chicas estupendas (I.F. y S.A.) del Centro de Menores SIS Ungdomshem Rebecka, Färingsö.
Johan Gardelius, miembro de la policía científica de Visby.
Magnus Frank, inspector de policía de la comisaría de Visby.
Martin Csatlos, del Departamento de Medicina Forense.
Lena Allerstam, periodista y responsable de estrategia empresarial de Utbildningsradion.
Ulf Åsgård, psiquiatra y experto en perfiles criminales.
Elin Gustafsson, jefe de departamento del Centro de Menores SIS Ungdomshem Rebecka.
Birgitta Dahlberg, jefe de departamento del Centro de Menores SIS Ungdomshem Rebecka.
Mikael Blomquist, segundo jefe de departamento del Centro de Menores SIS Ungdomshem Rebecka.
Rebekah Nadja Andreeff, auxiliar administrativa de la biblioteca Almedal.
Anton Westman, paracaidista.
John Cargill-Ek, paracaidista.
Tobias Krajnik Åkerberg, paracaidista.

Gracias a todos los magníficos profesionales que trabajan en la editorial. En especial a mi editora, Lotta Aquilonius, y a mi redactora, Ulrika Åkerlund. A mi diseñadora, Sofia Sheutz, que logra siempre superarse, a mi agente de prensa, Anna-Karin Korpi, y a mi fotógrafa, Anna-Lena Ahlström.

Muchas gracias también a mis maravillosos Céline Hamilton y Jonas Axelsson, de la agencia Partners in Stories.

Y, por último, gracias de corazón a Anna-Karin Eldajö de la asociación ATN - All Together Now, por hacer posible que continúe escribiendo.

La serie de Gotland

¿Los has leído todos?

Nadie lo ha visto

La primera entrega
de la serie que enganchó
a lectores de todo
el mundo.

Nadie lo ha oído

Una historia apasionante,
violenta y escrita
con sensibilidad.

Nadie lo conoce

Una excavación saca a la
luz un macabro hallazgo
con consecuencias
terribles.

El arte del asesino

Anders Knutas y Johan
Berg descubren lo mucho
que pueden engañar
las apariencias.

Un inquietante amanecer

El comisario Knutas sobre
la pista de una oscura
historia de venganza.

La falsa sonrisa

El comisario Knutas
descubre que a veces
no se puede confiar
en quien más queremos.

Doble silencio

Seis amigos
tras las huellas
de Ingmar Bergman.

Un juego peligroso

El precio
de la fama es...
la muerte.

La cuarta víctima

¿Qué relación hay entre
un atraco a mano armada
y un crimen nunca
resuelto?

El último acto

Un antiguo teatro de Gotland
se convierte en el escenario
de un asesinato.

No estás sola

La subcomisaria Karin
Jacobsson se enfrenta
a un caso difícil.

Las trampas del afecto

Una controvertida
herencia desencadena
acontecimientos inesperados
en la isla de Gotland.